존 애 원

세계 최초의 민간 무료 의료시설

존애원

존심애물

하용준 장편소설

은행나무

이 글을 Y님께 바칩니다.

목차

1권

2권

구료제민

프롤로그

과음한 다음날에는 벌나무 달인 물이 최고다. 10여 년 전에 간경화를 앓았을 때도 벌나무 달인 물을 일 년여 음용하고는 큰 효험을 봤다. 벌나무는 달리 산청목이라고도 하는데 정식 명칭은 산겨릅나무다. 이 나무의 줄기를 잘라 말려서 달이는데, 최근에 그 효용이 널리 알려져서 함부로 채취를 하는 바람에 보호수종으로 지정되어 있다.

과학적인 방법으로 검증되지 않은 민간요법을 신봉해서는 안 된다는 의견이 있다. 하지만 과학이 미처 모르는 것이 있다면 모른다고 해야지 무턱대고 부정해서는 안 된다. 벌나무의 어떤 미지의 성분이 인체의 간에 좋은 영향을 끼치는 것인지는 현대과학도 모른다.

냉장고를 연다. 문짝 안쪽에 놓아둔 페트병을 꺼낸다. 벌나무 달인 물을 커피 잔에 따라서 두어 잔 마시고 나니 온몸에 퍼져 있던 주독이 눈 녹듯이 사라지는 것만 같다. 속이 시원해지니 정신도 맑아진다.

휴대폰의 진동음이 들린다. 열어본다. 박물관장이다. 얼른 플립을 열고 받는다. 일상적인 인사말이 오간 끝에 관장의 용건이 전해진다.

"오후에 박물관에 잠깐 들르실 수 있겠습니까?"

"무슨 특별한 일이라도 있습니까?"

"특별하다면 특별한 것일 수도 있어서요."

박물관장은 평소에 농담을 거의 하지 않는 사람이다. 백두장사급 씨름선수 같은 덩치에 성품도 우직하여 맡은 일밖에 모른다.

"박물관은 박물관 본연의 역할을 잘 수행하면서 시민들에게는 문 턱을 낮추어야 한다는 게 저의 지론입니다."

그리하여 우리 시의 박물관은 평소에 시민이 쉽게 즐길 수 있는 행 사부터 전문가 수준의 프로그램까지 다양하게 진행되고 있다. 박물관 장이 부지런하니 힘든 것은 학예사들과 직원들이다.

수석 학예사가 나와서 반긴다. 관장과도 악수를 하고 응접탁자 앞 에 마주 앉는다. 관장은 차부터 줄 생각을 잊었나 보다. 이윽고 이 기 자와 김 기자가 도착한다. 잠시 잡담을 나눈 뒤에 관장은 학예사에게 무언가 가져오라고 이른다. 그가 나가고 나서야 손수 차를 타서 내놓 는다.

몇 모금 마시지 않아 학예사가 장갑을 낀 채 작은 궤짝을 들고 돌 아온다. 응접탁자 위에 내려놓자 우리는 호기심이 잔뜩 인다.

"이게 뭡니까?"

"어떤 봉사단체가 청리에서 혼자 사는 어르신의 낡은 집을 수리하 려고 지붕과 벽을 뜯어냈는데 지붕 아래 공간에서 이 궤짝을 발견했 다고 합니다. 봉사단체 회원 중에는 전직 공무원도 있었는데 그분이 이걸 보는 즉시 저한테 알려왔습니다.

학예사를 데리고 나가서 현장 사진을 찍은 뒤에 그 어르신한테 허 락을 받고 수거해 왔습니다. 돌아와서 궤짝 안에 든 내용물의 사진과 목록을 첨부한 보관 증서를 만들어서 어르신께 찾아갔더니 전부 박 물관에 기증하겠다고 하시더군요.

혹시라도 나중에 어르신의 마음이 변할지 모르니 궤짝 속의 물건은 일단 맡아두겠다고 말씀드렸습니다."

"그랬더니요?"

"마음 변할 일 없으니 아무 염려 말라고 하셨습니다."

"나중에 자식들이 알면 가만히 있겠습니까?"

"그래서 저희들도 잠시 맡아두는 쪽으로 생각하고 있습니다."

박물관장과 주고받는 동안 학예사가 궤짝을 열고 안에 든 것을 하나하나 꺼내놓는다.

"물건이 많네요?"

관장이 내민 장갑을 끼고 살펴본다. 아주 작게 돌돌 말린 두루마리, 접이식으로 된 것, 불에 탄 쪽지들, 낡은 침통, 뜸 도구로 보이는 것도 있다. 십여 종의 물건 중에서 단연 눈길을 끄는 것은 두 권의 두툼한 책이다.

표지에는 담야일기(淡耶日記)라고 적혀 있다. 상권과 중권이다. 책은 하권까지 있었음이 분명한데 하권은 실전되었는지 보이지 않는다. 학예사가 상권을 집어 들고 조심스레 겉장을 넘긴다. 서체가 먼저 눈길을 끈다. 해서체로 또박또박 적혀 있다.

학예사가 말한다.

"처음 몇 장을 대충 읽어보니 존애원이라는 낱말이 등장했습니다."

그는 갈피를 두어 장 넘기더니 그 대목을 가리킨다. 과연 존애원이다. 우리나라 최초로 설립된 민간 무료 의료시설! 그간 내가 조사한 바로는 우리나라에서뿐만 아니라 세계 최초일 것 같은 미지의 의료기구!

김 기자가 감탄한다.

"관장님이 우리를 부르신 이유가 이것 때문이었군요. 존애원."

"작가님이 존애원에 관해 관심이 많으시니 작은 도움이라도 될까 해서."

박물관장에게 웃으며 사례를 한다.

"고맙습니다. 아마도 큰 도움이 될 것 같습니다."

이 기자가 나를 보며 말한다.

"그러면 한잔해야지?"

"예, 형님. 여부가 있겠습니까?"

좌중이 다 웃는다. 학예사가 묻는다.

"작가님, 담야일기라면 담야라는 사람이 썼다고 보는 편이 유력하지 않겠습니까? 인명이든 관자든 아호든 말입니다."

"그렇지요."

"그런데 혹시 작가님은 담야가 누군지 아시겠습니까? 존애원에 관계된 사람 중에는 담야라는 사람은 금시초문이라서요."

"정경세 집안의 남자 종입니다."

사람들이 놀란 표정을 짓는다.

"아, 그래요?"

"담야라는 기록이 어디에 나옵니까?"

광해군 4년, 1612년에 봉산옥사가 일어난다. 황해도 봉산에 사는 김제세가 군역을 피하고자 엉터리 문서를 만들어 바쳤다가 들통이 나서 곤장을 맞는다. 이때 김제세 등은 탐관오리로 악명이 높았던 봉산 군수 신율을 곤란하게 할 작정으로 거짓 역모를 고변하기에 이르고 이로 인하여 많은 사람들이 처형되거나 큰 고초를 겪는다.

이 옥사에 정경세의 이름도 거론된다. 광해군은 정경세의 아들들과 집안 종들을 모두 잡아들인 뒤 친히 국문을 한다. 이때 정경세의 집안 종들 중에서 남자 종 담야와 여자 종 양춘의 이름이 등장하는 것이

다. 며칠 후 광해군은 정경세가 역모에 가담했을 리 없다고 여기며 풀어준다.

"《조선왕조실록》에 정경세의 종들 이름이 등장하다니 의외로군요?"

"정경세를 조사하다가 우연히 얻어걸린 겁니다. 그런데 그의 종이 쓴 일기가 발견되다니, 이것 참."

"그가 쓴 게 확실하다면 엄청난 발견인데요?"

"그렇지요. 지금까지 존애원에 대한 기록은 거의 전해지지 않고 있는데 이번에 이런 것이 나왔으니."

한편으로는 큰 의문이 인다. 아무리 대학자 집안의 종이라고 하지만 한문을 알다니? 더구나 천민의 신분인 종이 양반 상전인 정경세의 성명을 그대로 쓰다니? 그것뿐만이 아니고 이전, 이준, 전식, 고인계 등 정경세와 동시대를 살았던 사대부의 성명도 그대로 썼다. 좀처럼 이해가 되지 않는다.

박물관장이 정리한다.

"당대 최고의 학자라고 할 수 있는 정경세 집안의 담야라는 종이 쓴 일기. 그리고 그 일기에 존애원과 정경세, 이전, 이준, 강응철, 김광두 등 존애원 창립 멤버들의 이름이 등장한다는 사실. 이 두 가지만 보더라도 이 문건은 아주 큰 학술적 가치를 지니고 있는지도 모르겠습니다."

학예사가 덧붙인다.

"현재 존애원에 대한 기록으로 이렇다 할만한 것이 전해지지 않는 가운데 발견된 것이니 당연한 일이 아니겠습니까?"

관장이 나를 배려해 말한다.

"작가님도 한번 읽어보시겠습니까? 한 부 복사해 드릴까요?"

"먼저 학계에 보고해야 되는 것 아닌가요?"

"보고는 천천히 해도 됩니다. 그리고 예산을 지원받아서 꼼꼼하게 완역을 해야 되겠지요. 원본을 그대로 복사한 뒤에 책으로 만들어서 며칠 뒤에 드리겠습니다."

"괜찮습니다. 그냥 지금 복사만 해주십시오."

이 기자가 말한다.

"기왕이면 두 부 더 복사해요."

잠시 후 학예사가 복사물이 든 두툼한 대봉투 세 개를 들고 온다. 박물관장은 그것을 쇼핑백에 넣어서 우리 세 사람에게 건네준다.

"작가님께 큰 도움이 되면 좋겠습니다."

웃으면서 대답한다.

"아마 그럴 겁니다. 고맙습니다."

존심애물

강물에서 건진 아이

1

사람의 삶은 한 치 앞도 내다볼 수 없는 것이라서 인연이니 운명이니 하는 말들이 생겨났을 것이다. 어떤 때에 어떤 사람을 만나 어떤 일을 겪은 것이 그 사람의 인생을 통째로 뒤바꾸어 놓은 것만 같기에 인연이나 운명이라는 말을 갖다 붙이는 것이 아니겠는가.

나 또한 아홉 살 어릴 적에 운명 같은 한 귀인과의 조우가 있었으니 그때가 바로 기해년 정월 보름날이었다.

이른 아침에 나루터 주모가 보름식찬으로 나물밥을 바가지에 담아 주었다. 밥 위에는 밤 한 톨이 놓여 있었다. 부럼을 깨라는 뜻이었다. 뒤뜰로 가 꿀꺽꿀꺽 삼키듯이 먹어치운 뒤 바가지를 씻어 놓았다.

도끼를 들고 주막을 나섰다. 강 얼음을 깨뜨려 메기라도 한 마리 잡아 드리고 싶은 마음에서였다. 사방에 안개가 끼어 있었다.

나루터 옆 강가에 불쑥 솟은 산봉우리가 있는데 사람들이 송정산이라고 불렀다. 산꼭대기 바로 아래 한 뙈기만한 솔숲에는 작은 정자가 있었고 그 밑으로는 깎아지른 절벽이었다. 강물은 낭떠러지 아래에서 깊은 소를 이루었다.

송정산 벼랑 위 정자에서 내려다보면 강물 속에 우뚝 솟은 큰 바위 봉우리가 있었다. 난데없이 솟아 있다는 뜻에서인지 그 이름이 딴봉이었다. 그 아래 강물도 깊었는데 송정소보다 물고기가 더 많이 모여들었다.

나보다 강물 속을 더 잘 아는 사람은 없다고 자부해 온 터였다. 얼어붙어 있는 강 위로 걸어가 딴봉 기슭에 다다랐다. 얼음장 아래를 가만히 살펴보니 깊은 물속에서 잠을 자고 있는 커다란 가물치가 보였다.

날씨는 차가웠다. 안개가 끼어 더 춥게 느껴졌다. 해가 난 뒤에 할까 망설였다. 문득 나루터 쪽을 바라보았다. 집사와 시종이 딸린 단출한 양반의 행차가 눈에 들어왔다. 그 때문에 주막으로 돌아가기가 내키지 않았다. 사람들을 함부로 대하는 양반을 피하고 싶었다.

도끼로 톡톡 쳐 얼음을 깨기 시작했다. 얼음구멍이 나자 그 옆 얼음장 아래를 살폈다. 그런데 가물치는 어디론가 사라지고 없었다. 언 강 위로 이리저리 걸음을 옮기며 물고기를 찾았다. 또 한 마리가 보였다. 이번에는 아까보다 좀 더 떨어진 곳에서 도끼질을 했다. 살살 내리치는 탓인지 얼음이 잘 깨지지 않았다.

물고기가 달아날까 봐 점점 힘을 주어 얼음장을 내려쳤다. 드디어 구멍이 났다. 하지만 팔을 집어넣을 만큼 크지는 않았다. 구멍 가장자리를 돌려가며 깎듯이 쳐 나갔다. 그런 한순간이었다. 와지근하면서 얼음장 사방으로 금이 가더니 깨져서 갈라져 버리는 것이었다.

아차 할 새도 없이 몸이 기우뚱하며 미끄러져 물에 빠지고 말았다. 차가운 물은 마치 온몸을 바늘쌈으로 꽁꽁 묶는 듯했다. 놀란 마음에 팔다리를 놀려 솟구치려다가 갑자기 가슴이 뻐근해지며 온몸이 뻣뻣해지는 것을 느꼈다. 그 뒤로 얼마나 허우적댔을까.

"아이가 물에 빠졌다!"

갑자기 누군가 소리쳤다. 나루터와 주막에 있던 사람들이 두리번거리다가 그가 가리키는 쪽을 바라보았다. 몇 사람은 그를 따라 송정소로 달려갔다.

얼음장이 깨져 조각조각 둥둥 떠 있고 사람들은 얼음장 밑을 살폈다.

"저기 있다!"

정신을 잃고서 차가운 물속에서 물살을 따라 떠내려가고 있었다. 다들 발만 동동 구르며 탄식만 할 뿐 그 누구도 구하려 들지 않았다. 먼저 도착한 사람들을 뒤따라 또 한 떼의 사람들이 이르렀다. 그들 중 한 사람이 웃통을 벗어던지더니 깨진 얼음 조각들 속으로 풍덩 뛰어들었다.

물속으로 헤엄쳐 간 그는 나를 붙잡아 끌고 왔다. 어느새 사람들이 장대를 가져다가 물속에 던져 넣었다. 그는 장대를 붙잡았다. 사람들이 끌어내리려고 했지만 얼음이 미끄럽고 자꾸만 깨져 좀처럼 밖으로 나오지 못했다.

"여기 이거!"

거적을 가져온 사람들이 얼음장 위에 깔았다. 그는 한 번 숨을 크게 들이쉬더니 물속으로 쑥 들어갔다. 내 몸이 물속에서 밖으로 높이 솟구쳤다가 거적 위로 걸쳐졌다. 사람들은 손에 손을 잡고 길게 늘어서서 거적을 끌어당겼다.

나는 마침내 밖으로 끌어내어졌다. 그다음은 물속에 있는 사람 차례였다. 그까지 끌어낸 뒤 사람들은 저마다 그의 용기를 칭찬하기 시작했다. 그는 컥컥거리며 숨을 몰아쉬며 내게 눈길을 두었다.

사람들이 나를 거적에 눕혀 강 밖으로 내왔다. 나루터에 이른 사람들은 내가 죽은 줄로만 알고 측은하게 여겼다. 사태를 전해들은 주모가 달려 나와 창백한 내 얼굴을 매만지며 오열했다.

"아이고, 아이고! 이놈아, 어서, 어서 눈 좀 떠 보거라!"

물속에 들어가 나를 건져낸 것은 양반의 시종이었다. 그는 나를 똑바로 눕혔다. 코에 손을 대어보았다. 나는 숨을 쉬지 않았다. 손목의 혈맥도 짚었다. 맥도 뛰지 않는 것이었다.

"주막 아궁이 앞으로 아이를 옮기고 젖은 옷을 벗기게."

사람들은 시체를 덮어 놓으려는 줄 알고 새 거적을 가져왔다. 양반은 고개를 저었다.

"마른 솜옷을 갖고 오게."

양반은 집사를 시켜 내 고개를 뒤로 젖혀 놓고 가슴을 누르게 했다. 사람들은 이미 숨이 끊어진 내게 쓸데없는 짓을 한다고 수군댔다. 한참 가슴을 누르던 집사는 소용없다는 듯이 고개를 저어보였다.

양반은 나지막하지만 힘 있는 목소리로 말했다.

"계속 하게."

사람들이 수군거리는 소리가 커졌다.

"거 참, 어쩌자는 건지."

"죽은 놈 가슴을 눌러서 살아난다면 세상에 죽을 사람 하나도 없겠네."

그때 내 턱이 조금 움직였다. 양반은 얼른 고개를 돌리게 했다. 집사가 다시 가슴을 누르려는 순간 내가 잔기침을 하는 듯 하더니 몸을 새우처럼 말며 크게 구토를 했다. 물과 함께 속엣것이 섞여 나왔다. 나는 몇 차례 더 토해 내고는 눈을 떴다.

"세상에!"

"죽은 놈이 살아났어!"

"그것 참 신통할세."

양반은 나를 일으켜 앉혔다. 등을 토닥토닥 두드려 주었다. 창백한 얼굴에 차츰 혈색이 돌아왔다. 나는 영문을 몰라 주위를 두리번거렸다. 주모가 내 앞으로 엎어지듯이 앉더니 와락 끌어안고 감격에 겨워 크게 흐느꼈다.

내가 기억하는 건 그때부터였다. 정신을 차리고 보니 거적 위에 앉아 있었고 주모가 나의 온몸을 만지며 눈물을 흘리고 있었다.

사람들이 빙 둘러서 있었는데 그 중에서 한 사람이 유독 눈에 띄었다. 양반이었다. 그는 우뚝하다 할 만큼 키가 컸으며 망건을 두른 이마가 넓었다. 형형한 눈빛으로 나를 굽어보고 있었다.

사람들은 그 양반에 대한 말들을 쏟아내고 있었다.

"이제 보니 의술에 밝은 나리가 아니신가?"

"유의(의술에 조예가 있는 선비)이신 게지."

"숨은 명의가 아닐까?"

"아마 그럴지도."

누군가 그 양반에게 물었다.

"나리, 정녕 저놈이 되살아날 것을 알고 계셨사옵니까?"

"사람 목숨을 어찌 예단하겠는가?"

그는 천천히 걸음을 옮겨 주막 마루에 걸터앉았다.

"내 아까 길을 오다가 강 얼음이 깨지며 이 아이가 빠지는 것을 보았다네. 차디찬 깊은 물속에서 세상 어떤 강심장인들 그 냉기를 버틸 수가 있겠는가. 빠져들자마자 오장육부가 쪼그라들어 멈춘 게지."

사람들은 침을 삼키고 귀를 세워 양반의 말을 듣고 있었다.

"게다가 물을 잔뜩 먹은 것이 분명하니 그 물을 토하여 숨을 쉬게 하고 맥이 돌아오도록 몸을 따뜻하게 해준 것뿐이네."

사람들이 고개를 끄덕이는 겨를에 누군가 소리쳤다.

"전임 감사또 영감이시다!"

그 말에 모두 놀랐다. 사람들이 하나둘 무릎을 꿇으며 조아렸다. 나도 얼른 제자리에서 무릎을 고쳐 꿇었다. 어떤 사람들은 그냥 고개만 돌린 채 서 있었다. 그러자 무릎을 꿇은 사람들이 그들을 나지막이 나무랐다.

"이 사람들아, 뭘 하고 있는 게야! 어서 꿇지 않고!"

그들 중 한 사람이 내뱉었다.

"허어, 무슨 죄를 지었나. 꿇긴 왜 꿇어!"

"지난 난리 때 양반이 한 게 뭐 있나. 백성들 버리고 도망치기 바빴지."

"그래도 의병을 일으켜 나라를 구한 분들일세."

"의병? 의병 좋아하네. 깊은 산속에 식솔들 다 데리고 들어가서 의병입네 하고 말로만 떠든 것이 무슨 의병이냐."

양반이 듣기 불편했는지 군기침을 하고는 말했다.

"허험, 굽힐 것 없네. 다들 일어나게."

양반은 허리에 차고 있던 약낭에서 무언가를 꺼냈다. 황금빛이 번쩍번쩍 나는, 공깃돌만한 환약이었다.

누군가 소리쳤다.

"청심환이다!"

그것과 같은 크기의 은냥을 주어야 살 수 있다는 비싸디비싸고 귀하디귀한 약재였다. 양반은 시종에게 일렀다.

"그릇에 따뜻한 물을 떠오게."

시종이 주모에게서 받은 그릇을 가져다 바쳤다. 양반은 금박지로 싼 환약을 물에 개었다. 그러고는 내게 다가와 내밀었다.

"쭉 들이키거라."

감히 받아들지 못하고 주뼛거렸다. 사람들이 한마디씩 했다.

"세상에, 평생 구경도 못해 볼 약을!"

"죽은 사람도 살린다지?"

"저 귀한 걸 천한 아이에게 먹이려 하시다니……."

주모가 다그쳤다.

"뭘 해. 나리께서 주시는데 고맙습니다 하고 얼른 마시지 않고!"

공손히 그릇을 받아서 마셨다. 여간 쓴 맛이 아니었다. 그릇을 내려놓자 어떤 사람이 얼른 다가와 받아들고는 혀로 온 그릇을 핥았다. 주모가 눈을 흘기며 그의 옆구리를 툭 쳤다. 그는 입을 삐죽거리며 먼 산을 바라보며 멀거둥 눈알만 굴렸다.

양반은 내 옆에 놓인 옷에 눈길을 두었다. 젖은 옷 속에 비치는 것이 있었다. 두꺼운 조각보였다.

"저 옷 좀 가져와 보게."

주모가 가져다 올렸다. 양반은 옷을 뒤집어 조각보를 살폈다. 그의 눈이 잠시 고정되어 움직이지 않았다. 주모가 말했다.

"저놈이 여기로 올 때부터 옷 속에 꿰매어져 있던 것이옵니다. 어린 놈이 날로 커 가니 옷이 바뀔 때마다 쇤네가 꿰매 주곤 했습죠."

양반은 내게 물었다.

"이 조각보는 어디서 난 것이냐?"

"모, 모르옵니다."

주모가 다시 말을 이었다.

"혹여 저놈의 부모를 찾을 수 있는 단서가 아닌가 해서……."

양반의 눈길은 다시 내게로 향했다.

"네 엉덩이 위쪽에 붉은 문신이 있는 것을 보았다. 다시 한 번 자세히 보고 싶구나."

고개를 숙인 채 망설였다.

"아무리 어린아이라도 엉덩이를 보이는 게 내키지 않지."

"생명의 은인이신데 부끄러울 게 뭐 있느냐. 어서 보여 드려."

돌아서서 웃옷을 벗고 허리춤을 풀어 바지를 내렸다. 양반은 마루에서 내려와 가까이 다가왔다. 문신을 자세히 살폈다.

"그만 옷을 입어도 좋다."

옷을 다 입고 나자 양반이 물었다.

"너의 성명은 무엇이며 거소는 어디냐?"

대답을 하지 못하고 우물쭈물했다. 주모가 대신 말했다.

"이놈이 지난 난리 통에 큰 충격을 받았는지 여기로 흘러들기 이전의 일은 하나도 기억하지 못하옵니다."

"이름도 없단 말인가?"

"소인이 담야라고 붙여주었습지요."

"담야……. 무슨 뜻인가?"

"아이가 자맥질을 여간 잘해야 말이옵지요. 그래서 소인이 이름을 담야라고 지었습니다요. 하온데……."

주모가 말끝을 흐렸다. 양반은 나를 잠깐 바라보더니 고개를 돌려 주모에게 말했다.

"말할 것이 있다면 괘념치 말고 무엇이든지 말해 보게."

"나리께서 이놈을 좀 데려가 주소서. 어린아이긴 하나 재주가 많고 영특한 놈이옵니다. 제 밥벌이는 할 것이옵니다."

양반은 대답하지 않았다.

"이놈이 여기서는 더 나아질 것이 없사옵니다."

주모가 나에게 채근했다.

"어서 모시겠다고 아뢰지 않고 뭘 하고 있어? 네 목숨도 구해 주시고 세상 귀한 약도 먹여 주신 분이시다. 이후부터 죽을 때까지 잘 모시겠다고 아뢰거라. 어서."

주막과 강을 떠날 생각이 없었다. 하지만 주모가 하도 완강히 나오는 바람에 시키는 대로 하지 않을 수 없었다.

"소인을 거두어 주신다면 평생 따르겠사옵니다."

양반은 잠시 생각하더니 말했다.

"좋을 대로 하거라."

주모는 흐뭇한 얼굴이 되었다.

"나리, 담야를 거두어 가시는 마당이니 한 상 잘 차려내어 오겠사옵니다. 조금만 기다려 주소서."

주모는 양반에게는 큰 상을 차려내고 사람들에게도 작은 상을 내왔다. 사람들이 음식을 먹는 동안 그녀는 더운 물을 끓여 내 몸을 씻어주었다.

"여기 있는 것보다 백 번 천 번 나을 게다. 나리를 따라가면 필시 네 팔자가 달라질 것이니 말이다."

"가기 싫은데……."

"그런 말 말거라. 나는 아무데도 안 가고 여길 지키고 있을 테니 훗날 네가 잘 되거든 찾아오너라."

오시가 되어 안개가 걷히고 햇무리가 나타났다. 주모와 사람들과 작별하고 양반을 따라나섰다. 어디로 가는지 얼마나 가야 하는지 모를 길이었다. 한참 걷다가 뒤돌아보니 눈물이 핑 돌았다. 한달음에 주막으로 되돌아가고 싶었다.

그때 양반을 뒤따라 걷던 집사가 뒤돌아보며 말했다.

"걷는 품을 보아하니 네가 아직 몸이 온전치 않구나."

집사는 내 걸음을 막으며 쪼그려 앉았다.

"자, 내 등에 업히거라."

2

정경세는 집 앞 너른 연못을 돌고 있었다. 7년 왜란을 겪은 뒤로 세상이 전과 같지 않았다. 모든 것이 부서지고 깨지고 엎어져 다시 돌이킬 수 없을 것만 같았다. 저승을 하늘 아래에 옮겨 놓은 듯 날이면 날마다 스산하기만 했다.

죽은 자들과 산 자들을 구분할 수 없었다. 생불여사, 살았으되 죽은 것만 못지않은 백성들이었다. 굶고 병들어 죽은 자들은 묻히지 못했고 산 자들은 죽을 날만 기다리고 있는 형국이었다. 남쪽 고을이 이러할진대 추운 북녘 고을들은 더하면 더했지 덜하지 않을 것이었다. 정경세는 느꺼운 심정을 금할 수 없어 내딛던 걸음을 멈추곤 했다.

"어찌해야 한단 말인가?"

문득 《맹자》에 나오는 구절을 읊조렸다. '대장부는 천하 사람이 다 들여다볼 수 있는 너른 집에 거주하고, 천하의 공명정대한 직위에 오르며, 천하의 큰 도를 행한다.' 정경세는 자신의 삶을 되돌아보고는 고개를 저었다.

그러다가 뒤따르고 있던 내가 무언가 중얼거리는 소리를 듣고는 물었다.

"너는 뭘 그리 오물거리느냐?"

대답을 할 수 없어 가만히 있는데 정경세가 다시 하령했다.

"똑바로 소리내어 읊어 보거라."

차마 입 밖에 나오지 않는 목소리를 굳은 혀끝에 달아냈다.

"거천하지광거하고, 입천하지정립하며, 행천하지대도한다."

"글을 얼마나 했느냐?"

"한 적 없사옵니다. 마님께서 읊조린 것을 따라 외웠을 뿐이옵니다."

정경세는 잠시 뜸을 두었다가 말했다.

"첫 구절은 대장부가 가져야 할 존심이고, 두 번째 구절은 입신이며, 마지막 구절은 처사다."

집으로 돌아온 정경세는 나에게 책 한 권을 내주었다.

"천자문이다. 집사가 글을 조금 아니 틈나는 대로 배우거라."

그날부터 천자문을 배우고 익히기 시작했다. 집사는 하루 종일 글을 중얼거리고 다니는 나를 대견하게 여겼다.

정경세는 두 글자가 영 머릿속에서 떠나지 않았다. 대장부가 가져야 할 마음가짐, 존심. 존심은 만물에 대하여 인을 잃지 않는 사람 본연의 마음가짐을 항상 평상심으로 유지하는 것을 말하는 것이었다.

"존심, 존심이라……."

바람이 세차게 불었다. 집 뒤 대숲에서 댓잎들이 바람에 스치고 서로 비비는 소리가 마치 귀신이 울부짖는 소리 같았다. 높이 솟은 대나무가 쏟아지듯이 부러져 온 집안을 덮칠까 봐 나는 몹시 불안했다.

집사는 한 방을 쓰고 있는 내게 핀잔을 주었다.

"이놈이 이제 보니 간덩이가 생기다가 말았구나."

나는 벽에 기대어 꼼짝도 하지 않았다.

"책은 읽고 있느냐?"

"하늘 천 따 지……."

나도 모르게 술술 나왔다. 단숨에 천자문을 끝까지 외워버렸더니 집사의 두 눈이 휘둥그레졌다. 그때 바람처럼 찾아드는 사람들이 있었다. 강응철과 김광두였다. 집사가 두 사람을 모시고 작은 사랑채로 갔다. 나는 손님이 들었기로 잔심부름을 하기 위해 밖으로 나와 사랑마당으로 갔다.

계집종 양춘이 안채에서 꿀물을 내왔다. 그것을 받아들고 방에 들어가 내려놓았다. 그러고는 뒷걸음으로 나와 마루 밑에 섰다. 집사는 방문 앞에 시립하고 있었다.

"병란 뒤로 계가 폐해진 지 벌써 7년이 넘었네."

남촌에는 30여 년 전 병인년에 고을 부로(연로한 사람의 경칭)와 존장(존경할 만한 나이 많은 어른) 16명으로 결성된 낙사계와 20년 전 무인년에 그들의 자식들 21명이 맺은 낙사계가 있었다. 그 외에 작은 계로 10년 전 경인년에 계원 6명이 만든 낙사계가 있었지만 2명이 죽고 4명이 남아 그 명맥이 끊어지다시피 한 상황이었다.

"매년 봄가을 좋은 날을 택하여 예악(활쏘기와 풍류음악)을 즐긴 것이 엊그제 같으이."

"계를 어찌하면 좋겠는가?"

"병인계는 어른들이 이끌어 나가시기에 벅찬 연세가 되셨고 우리 무인계는 계원들이 흐지부지하니……."

"이대로 둘 수는 없는 일이니 시일을 두고 고민해 보세."

세 사람은 계의 문제뿐만 아니라 이런저런 시류에 관해 한참 방담

28

을 나누었다. 가까운 이웃 고을에 살고 있는 두 사람은 해거름이 되기 전에 돌아갔다. 대문 밖으로 배웅하고 돌아온 정경세는 나를 불렀다.

"들으니, 네가 천자문을 다 외웠다고?"

대답을 하지 않고 묵묵히 앉아만 있었다.

"어디 한번 외워 보거라."

외기를 마치자 정경세의 얼굴에 미소가 돌았다.

"네가 비록 옛 기억을 잃었다고는 하나, 분명히 글공부를 했을 것이다."

정경세는《명심보감》을 내주었다.

"집사는 이 아이가 이것도 다 외거든 내게 알리도록 하게."

정경세의 집으로 또다시 벗들이 찾아왔다. 강응철, 김광두 외에 이전과 전식도 있었다. 정경세는 반갑게 맞이해 들였다. 정경세는 그간 구상해 놓은 복안의 첫 단계를 제시했다.

"전에도 어른들 계의 업무를 우리가 다 보지 않았나? 내가 또 살펴보니 계에 중복되는 분들도 적지 않았네. 더구나 오늘에 이르러 병인계, 무인계, 경인계가 모두 흐지부지하게 되었으니 우리 남촌의 예의와 풍속을 다시 일으키기 위해 세 계를 통합하는 것이 어떻겠는가?"

"계를 다 통합하자고?"

"부자지간에 계를 같이 한다는 말은 고금에 들어보지 못했네."

"들어보지 못했으면 우리가 시작하면 될 일 아닌가?"

"장유유서도 모른다고 남의 웃음거리가 될 지도 모르는데……."

"쉽게 결정할 문제가 아닐세."

"그러면 어른들께 먼저 여쭈어보는 것이 어떻겠는가?"

그리하여 정경세와 이전이 병인낙사계의 계장(계의 우두머리)으로 있
는 송량을 찾아갔다. 합계를 하자는 말을 들은 송량은 고민에 빠졌다.
혼자 결정할 수 없어 도유사(계의 사무를 맡아보던 우두머리) 김각에게 편
지를 내어 의견을 물었다.

김각 역시 간단한 일이 아니라고 판단하여 고을 부로들의 회동을
제안했다. 그리하여 정여관의 집에서 모였다. 정여관은 정경세의 부친
으로 큰 사랑채에 들어있었다.

"윤 공이 불참하다니 무슨 일이 있는 게요?"

"감기로 여러 날 고생하고 있다고 합니다. 탕약을 먹어도 좀처럼 차
도가 없다고 들었어요."

"그것 참. 나이가 있으니 그깟 작은 고뿔도 쉬 낫지 않는 게로구먼."

송량을 비롯한 고을 어른들은 정경세, 이전 등이 남촌의 모든 계를
통합하자는 제안을 놓고 저마다 의견을 내놓았다.

"우리가 병란을 겪으면서도 다행히 살아남았지만 이제 늙어 작은
증세에도 거동을 하지 못하게 되었으니 계를 이어가기가 참 난감하게
되었소."

"그렇다고 모임이 없을 수는 없는 일이니 좋은 방안을 강구해야겠
지요."

"평소에 서로 어울리던 벗들이 거의 다 돌아가시고 여기 모인 우리
몇 사람뿐이니 계니 뭐니 할 것도 없지 않겠소? 틈나는 대로 오늘처럼
이렇게 모이면 될 것을."

"그러면 젊은 사람들 뜻대로 해줍시다. 우리는 뒷전으로 물러나 있
으면 될 일 아니겠소?"

"계를 통합해 노소가 나이를 잊은 채 다함께 서로 어울리는 것도
나쁘지 않소."

"남들이 우리더러 체신머리도 없이 젊은 사람들과 동석한다고 비웃을까 봐 그것이 걱정이외다."

"옛적에 난정에서 수계할 때도 늙은 사람들과 젊은 사람들이 함께 모였으니, 아주 없었던 일도 아니오."

난정에서 수계를 했다는 말은 중국 동진 때 삼월 삼짇날을 기려 당시에 명성이 높았던 노소 41명이 난정에 모여서 풍류를 즐기고 시를 읊는 계모임을 가졌던 고사를 일컫는 것이었다.

"그렇소. 노소가 어울린다고 해서 무슨 의리가 손상되겠소? 아무 구애받을 것이 없어요."

"그래도 부자지간에 계를 같이 한다는 건 좀……."

논의 끝에 합계에 대해 대체로 동의하는 쪽으로 의견이 모아졌다.

"그러면 기왕지사 말이 나온 거, 이 자리에서 합계를 할 길일을 정해 버립시다."

그로부터 며칠 뒤에 고을 어른들과 젊은 자식들이 다 정경세의 집에 모여들었다. 집안은 모처럼 많은 손님들로 북적였다.

병인계 계장 송량과 무인계 계장 이전, 그리고 경인계 계장 정경세가 차례로 앉았다. 그 옆으로는 도유사 김각과 유사 김광두가 앉았다. 나머지는 연세가 많은 순으로 자리했다. 식순에 따라 노소가 서로 절을 올린 뒤 송량의 덕담을 시작으로 합계를 진행했다.

회원명부를 정비하는 과정에서 고민이 생겼다. 이미 죽은 계원들에 대한 처리 문제였다. 김각이 말했다.

"그분들의 자제들이 있지 않은가? 좋은 일을 하는 이때에 서로 멀리해서야 되겠는가?"

그리하여 죽은 회원들 중에서 자식이 있는 사람은 그 자식의 성명을 모두 기록했다. 자식이 없는 경우에는 부득이 사위의 이름을 써넣었다. 그렇게 하는 것은 다만 옛날의 우호를 잊지 않고 오래도록 의리가 폐하지 않도록 하기 위함이었다.

합계하여 명부를 새로 만든 결과, 세 계의 계원 24명은 그대로 통합하고 새로 2명을 추가했으며 특별히 4명은 계에 정식으로 가입한 것은 아니지만 활동하는 것으로 간주하여 명단의 끝에 성명을 기입했다.

김광두가 큰 소리로 완성된 명부를 읽었다.

"전 참군 송량, 전 현감 김각, 전 현감 윤진, 전 감사 정경세, 단양군수 이준, 전 직장 정이홍, 진사 강응철, 생원 정이룡, 유학 이전, 유학 우성적……."

마지막으로 고 권문해의 아들 권별이 호명되었다. 권별은 11세에 불과했지만 그의 아비 권문해가 처가인 상주에서 《대동운부군옥》을 저술한 공로가 있어 회원으로 가입되었다.

통합 낙사계의 계원이 확정되자 이어 규약을 강정(서로 논의하여 정함)했다. 규약은 앞서 세 계의 규약 중에서 중복되는 것은 빼고 새로운 사람들도 들어왔으니 약간의 내용을 덧붙였다.

"이로써 우리 모두의 가상한 뜻으로 합계가 이루어졌으니, 합계의 의의를 밝히는 글이 없을 수 없소."

"지당한 말씀이오. 낙사합계의 서문은 정경임(경임은 정경세의 관자)에게 맡기는 것이 어떻겠소?"

정여관이 손사래를 쳤다.

"아니오. 우리 집 돈아는 그럴 만한 글재주가 없소. 다른 사람에게 쓰도록 하오."

"허허허. 정경임을 제쳐놓고 어느 뉘의 문장을 얘기한단 말이오?"

계원들은 한목소리로 정경세를 추천했다.

"여러 어른들께서 말씀하시니 어설픈 글줄이나마 소인이 초안을 잡아보겠사옵니다."

정경세는 낙사합계서를 쓰는데 몰두했다. 먼저 초안을 잡은 뒤에 퇴고를 거듭한 끝에 본안을 완성했다. 정여관에게 보이니 별말 하지 않고 송량에게 가지고 가서 보이라는 것이었다.

나는 집사와 함께 정경세를 시종했다. 송량은 집에 없었다. 윤진이 오랫동안 감기가 낫지 않아 병문안을 갔다는 것이었다. 정경세는 발길을 돌려 윤진의 집으로 갔다. 대문을 들어서기도 전에 깊은 기침 소리가 들려왔다. 정경세는 사랑채에 들었다.

낙사합계서 본안을 내놓자 송량이 읽어보고는 흡족해했다.

"역시 정경임일세. 더 보탤 것도 뺄 것도 없구먼. 이것으로 하기로 하지."

침석에 누워 있던 윤진은 기침을 하는 가운데서도 본안을 읽고 싶어 했다. 일어나 앉아서 손을 뻗자 송량이 두루마리를 쥐어 주었다. 윤진은 가까스로 다 읽더니 고개를 끄덕였다. 그러고는 다시 자리에 누웠다.

그때 집안 종이 소반을 들고 들어왔다.

"마님, 탕약이옵니다."

윤진은 누운 채 고개를 저었다.

"엣취, 으으, 엣취, 에, 에엣취!"

"벌써 한 제를 다 먹었는데 차도가 없으니 참으로 난감하옵니다."

"달리 방도가 없다더냐?"

"읍내 의생의 말로는 탕약을 드시면 사흘이면 일어나실 것이라고 했는데……."

청지기와 송량의 대화를 들은 정경세가 물었다.

"무슨 탕약이라고 하더냐?"

"소시호탕이라 했사옵니다."

"소시호탕? 약첩을 갖고 와 보이거라."

집안 종은 첩약을 가지고 와 펼쳐 놓았다. 살펴보던 정경세는 혀를 찼다. 그러고는 윤진에게 물었다.

"어르신, 몸이 으슬으슬 춥습니까?"

윤신은 고개만 끄덕였다. 정경세가 다시 집안 종에게 물었다.

"혹시 집안에 막걸리가 있느냐?"

집안 종은 나가더니 술병을 하나 들고 들어왔다.

"여기, 며칠 전에 합계하는 잔치 때 감사또 영감댁에서 보내온 것이 한 두루미 있사옵니다."

"그것을 뜨겁게 데워서 가지고 오너라. 소금도 조금 갖고 오고."

집안 종은 의아해하면서 술병을 가지고 나갔다. 송량이 물었다.

"데운 막걸리가 감기에 효험이 있는가?"

"저 탕약보다는 나을 성싶사옵니다. 말이 소시호탕이지 약재들의 돈푼량이 맞지 않고 품질도 약효도 바랄 수 없는 하품 중의 하품이옵니다."

"저, 저런!"

집안 종이 데운 막걸리를 가지고 돌아왔다. 정경세는 사발에 가득 붓고는 손으로 온도를 가늠했다. 조금 식힌 뒤에 소금을 한 지분 탔다. 집안 종에게 윤진을 일으키게 해 다 마시게 했다.

"아파 누운 사람에게 술을 먹이다니, 거 참."

윤진이 사발을 비우자 정경세가 집안 종에게 말했다.

"군불을 좀 더 지펴 아랫목이 하루 종일 절절 끓도록 하거라. 이불

34

을 푹 덮어쓰고 한나절 땀을 푹 나게 하면 효험이 있을 것이다."

정말이었다. 윤진은 그다음날로 언제 앓았냐는 듯이 씻은 듯 나은 모습으로 자리를 털고 일어났다.

3

정경세가 막걸리를 먹여 윤진이 앓던 감기를 낫게 했다는 소문이 퍼져나갔다. 사람들은 무척 신기하게 여겼다.

어떤 사람들은 윤진이 그만 나을 때가 되었는데 정경세가 권한 막걸리가 무슨 묘방인 것처럼 부풀려졌다고 말하기도 했다. 하지만 그건 사람들이 모르고 하는 말일 뿐이었다. 직접 그날의 상황을 목격한 나로서는 정경세의 처방을 생생하게 기억하고 있었다.

윤진이 별것 아닌 감기로 여러 날 중병을 앓듯 고생한 것을 계기로 낙사계 계원들 사이에는 고을의 부로들에 대한 걱정이 대두되었다.

"앞으로 어른들이 편찮으실 일이 어디 감기뿐이겠나."

"다들 연로하시니 어느 때 어떤 노환이 찾아들지 모를 일이네."

정경세가 말했다.

"의국을 설치하는 것이 어떤가?"

계원들이 다 놀랐다.

"의국을?"

"그러하네. 의국을 설치해 우리 낙사계의 도청으로 삼는다면 일석이조가 아니겠는가."

김광두가 맞장구를 쳤다.

"옳거니! 그러면 어른들의 건강을 잘 돌봐드릴 수 있겠군? 그러다가 수명이 다하여 돌아가시게 되면 후하게 장례도 치르고. 다들 어떤가?"

다른 사람들은 다 수긍하는데 정경세가 강한 어조로 말했다.

"그것만으로는 안 되네."

계원들은 의아한 얼굴로 정경세를 바라보았다.

"어른들뿐만 아니라 백성들을 다 치료해야 하네."

"백성들을?"

"그것도 무료로 말일세."

"백성들을 다 무료로 치료하겠다니? 무슨 그런?"

"엄두가 나지 않는 일이네."

"그렇네. 백성이 어디 한둘인가."

정경세가 또 말했다.

"불가 사람 유마힐 거사는 관직에 있지 않았으면서도 다른 사람의 몸 아픈 것을 보면 꼭 제 몸이 아픈 것처럼 여겼네. 우리가 학문을 하는 이유가 무엇이겠는가? 나 스스로를 수양하고 백성을 잘 돌봐 성은에 보답하고자 하는 것이 아니겠는가? 이러한 터에 어찌 우리들의 안위만을 생각하고 백성 구제를 저버릴 수 있겠는가?"

자리는 숙연해졌다.

"정경임의 말씀이 백번 지당하나, 형편이란 것이 있지 않는가? 전쟁이 끝난 지 얼마나 지났는가? 가옥은 다 부서지고 땅은 황폐하여 제대로 피는 곡식이 없고 산과 들에는 온전히 자라는 초목이 없는 형국일세."

"그럴수록 백성을 더 사랑해야 하지 않겠는가? 굶지 않는 백성이 어디 있으며 아프지 않는 백성이 어디 있겠는가? 이러한 참혹한 때에 우리가 백성을 사랑하는 마음을 일으켜 두루 미치게 한다면 그 얼마나 떳떳한 일이 되겠는가?"

계원들은 아무래도 내키지 않았다. 정경세는 자신의 뜻을 몰라주는 계원들이 안타까웠다. 일단 그날은 각자 집으로 돌아가 고민해 보기로 하고 헤어졌다.

큰사랑에 들어있던 정여관이 아들을 불렀다.

"백성들까지 무료로 다 치료해 주자면 많은 재물이 있어야 하지 않겠느냐? 의국도 크게 지어야 하고 온갖 약재며 의약기구도 장만해야 하고 말이다. 그 재물은 어떻게 다 조달할 생각이냐?"

"처음부터 어찌 만백성을 다 치료할 수 있겠습니까? 부로와 존장들을 돌봐드리는 한편 우리 남촌 향리의 위급한 병자도 외면하지 말자는 것이지요."

정여관은 곰곰이 생각하더니 한 가지 제안을 했다.

"의국을 설치하는 것도 좋다마는 의국에만 그치지 말고 강학당을 겸하게 하면 어떻겠느냐? 선비들에게 강업을 권하여 향교와 서원에 버금가는 강학당 구실까지 한다면 명분이 더 크게 서지 않겠느냐?"

정경세는 아비 정여관의 제안을 낙사계의 어른들에게 말했다. 송량과 김각 등은 지극히 좋은 뜻이라고 격려해 주었고 윤진은 발 벗고 나서서 돕겠다고 약속을 했다. 그 바람에 젊은 계원들도 반대만 하고 있을 수 없게 되었다.

드디어 뜻이 하나로 모아졌다. 계원들이 각자 형편에 맞게 재물을 내어 의국을 설치하기로 합의한 것이었다.

정경세는 단양군수로 가 있는 이준에게 사람을 놓아 의국을 설립한다는 소식을 전했다. 관아 앞 강가에 새 누각을 짓는 일을 몸소 감독하고 있던 이준은 크게 감동했다. 그는 정경세에게 편지를 보내왔다.

"과연 정경임은 보살 같은 자비심과 높이 품은 포부로써 경세지민을 이루려 애쓰니 나의 자랑스러운 벗이자 나라의 달관(경륜이 뛰어난 벼슬아치)일세. 또 월간(이전의 아호) 형을 비롯해 여러 벗들이 다 참여하여 의로운 일을 추진하니 나 또한 흔쾌히 참여하겠네."

의국을 설립하기 위해 계원들이 각자 형편에 맞게 출자하기로 했지만 모두 얼마나 내놓아야 할지 고민이 되었다. 정경세가 아비 정여관의 부름을 받고 갔다. 그는 아들 앞에 여러 장의 전답 문서를 내놓았다. 정경세는 놀랐다.

"가산을 다 내놓으면 장차 어찌하시려고?"

"의국을 도모하고자 하는 것은 네가 주창한 일인데 어찌 인색하게 출자를 해 우리 부자의 체면을 깎겠느냐? 집안 살림은 생각해 둔 바가 있으니 염려 말거라."

정경세가 내놓은 것을 보자 다른 사람들도 각자 체면을 구기지 않을 만큼 전답, 곡식, 면포를 출물(물자를 냄)했다.

"의국은 어디에 건립하는 것이 좋겠는가?"

"정경임 댁에서 검암에 있는 전답을 죄다 내놓았으니 거기가 최적지라고 보네."

모두 이견이 없었다. 낙사계 도유사를 맡은 김광두가 재물 목록과 회의 결과를 어른들에게 알렸다.

"앞으로는 일일이 아뢸 것 없다."

김광두를 돌려보낸 송량이 말했다.

"그래도 젊은 사람들이 실수를 할지 모르니 점검을 해주는 것이 좋지 않겠소?"

"일을 처리해나가다 보면 더러 실수도 하고 착오도 겪고 하는 것이지요."

"젊은 사람들 하는 일에 너무 간섭하는 것도 썩 보기 좋은 일은 아니외다."

"늙으면 세상에서 자꾸 밀려나는 것 같아서, 존재감이 없어지는 것 같아서 손을 놓아야 하는데도 놓지 못하는 경우가 다반사가 아니겠소?"

"동감하오. 온 고을 일에 노욕과 노탐을 부려서 젊은 사람들 하는 일에 자꾸 영향력을 끼치려고 잔소리를 하고……."

"그건 고약한 늙은이 심보일 뿐이오."

"우리네 늙은이가 아직 한창이라는 생각을 하는 것 자체가 문제지요. 젊은이들한테 그저 비웃음이나 살 뿐인 것을."

"언제까지고 욕심을 놓지 못하는 고약한 노인이 될지, 그림자만 봐도 공경심이 우러나는 현명한 어른이 될지는 우리 스스로에게 달렸지."

정여관이 웃는 낯으로 말했다.

"우리는 며느리가 해주는 밥이나 먹고 경치 좋은 곳으로 놀러나 다닙시다. 자주 집을 나가 줘야 집안사람들이 편해지는 법이라오."

"맞아요. 늙은이가 매일같이 방구석에 붙어 앉아서 있으면 그 꼬락서니 자체가 모든 사람을 불편하게 만들지요."

"그러면 안 되고말고."

"자자, 저기 갑장산 너머 동녘에서 오는 세상은 싱싱한 젊은이들한테 맡겨두고 우리는 서산 너머 가는 세월이나 붙잡으러 갑시다."

김각이 하늘을 우러러보고는 탄식했다.

"그나저나 비가 오지 않아 큰일이외다."

날이 계속 가물었다. 지난 3월부터 단 한 번도 비가 내리지 않았는데 5월 보름이 되어서야 드디어 큰 비가 사흘 동안 줄기차게 왔다. 그 동안 가슴이 타들어가고 있던 민생이 그나마 가을에 추수할 희망을 조금이나마 가지게 되었다.

술렁이는 남촌

1

의국을 짓는 일을 감독할 사람을 정했다. 정경세가 도감을 맡고 강응철이 유사를 맡았다. 두 사람은 의국을 짓는 동안 약재를 미리 모아 두어야 한다고 여겼다. 그리하여 가을걷이가 끝난 뒤부터 낙사계 계원들의 집안 종들이 한가한 틈을 타 백 가지 약초를 채취하도록 했다.

의국을 지을 목수로는 여러 명을 두고 고민하다가 품삯이 좀 비싸긴 하지만 읍내 관아를 재건한 적이 있는 도편수를 불렀다. 의국을 제대로 잘 짓기 위해서였다. 정경세와 강응철은 도편수에게 약재창고를 먼저 짓도록 했다. 백성들을 치료할 의국의 본 건물보다는 집안 종들이 날마다 산으로 들로 나가 채취해 오는 약재를 보관할 창고가 당장 시급했기 때문이다.

"남촌 양반들이 약방을 짓는다지?"

"나도 들었네만 백성들을 무료로 치료해 줄 것이라고 하더군."

"거 무슨 말 같잖은 소리! 양반이 어떤 종자들인데 하찮은 우리네 백성들을 무료로 치료해 준다는 말인가?"

"나도 풍문을 들은 것뿐일세."

남촌에 있던 의생은 낙사계가 의국을 설치하려는 것을 못마땅하게 여겼다. 만에 하나 무료로 치료해 준다는 말이 사실이라면 백성들이 더 이상 자신을 찾아오지 않으리라는 불안감 때문이었다. 그는 의국이 완공되기 전에 대책을 논의해야 한다고 생각하여 읍내 관아로 가 심약청을 찾았다.

심약청은 각종 약재의 진상에 관한 일을 담당하고 있었는데 그 우두머리인 심약은 혜민서에서 파견된 종9품의 의관 정계립이었다. 그의 휘하에 있는 의학생도, 즉 의생 14인이 상주 백성들의 병고를 돌봐 오고 있었다. 의생들의 성이 조씨, 성씨, 강씨, 홍씨, 박씨, 김씨, 이씨, 전씨였으므로 그들은 스스로 계를 모아 팔가계라고 칭했다.

팔가계는 관아로부터 조세와 부역을 면제 받는 대신에 약초를 채취하여 바치는 것을 업으로 삼았다. 그런 한편, 비싼 대가를 받고 백성들에게 침이나 뜸을 시술하거나 약을 지어 팔기도 했다. 그 과정에서 의술을 모르는 백성들에게 덤터기를 씌우기 일쑤였다. 그 때문에 백성들의 원성이 높은데도 그들이 진상 약재를 맡고 있는 터라 관아에서는 그들의 횡포를 눈감아 주고 있었다.

심약청에 모여든 팔가계의 계원들은 남촌 의생의 얘기를 듣고 분개했다. 하지만 심약 정계립은 별일 아니라는 듯한 반응이었다.

"양반들이 의국을 설치하여 백성들을 무료로 치료해 주겠다는 말을 믿는가? 그러한 일은 고금에 없던 일일세."

"영 무시할 일만은 아닌 듯합니다. 남촌의 낙사계인가 하는 계에서 그렇게 할 작정으로 의국을 짓고 있다고 합니다."

"필경 명분은 그럴듯하게 내세워 놓고 다른 속셈이 있는 게지."

"다른 속셈이라뇨?"

"양반들이 자기네들끼리 먹고 놀 자리를 만들 작정이지 달리 뭘 하겠는가?"

"그렇다면 안심입니다만 소문처럼 혹시라도 백성들을 무료로 치료해 주는 시늉이라도 하면 어찌합니까?"

"약재도 모아들이고 있다고 하는데……."

"귀한 약재를 구비해 두고 백성들에게 무료로 약을 지어 준다? 허허헛! 그럴 일은 없을 것이니 쓸데없는 걱정 말고 다들 그만 물러가게."

도편수가 약재창고를 다 지었다. 정경세와 강응철은 창고를 둘러보고는 그간 각 계원들의 곳간에 흩어져 있던 약재를 의국의 약재창에 다 모았다. 두 사람은 직접 실사를 해 약재의 목록을 작성하고 창고의 문을 굳게 잠갔다.

도편수가 의국의 당우(건물)을 짓기 위해 터다지기를 할 무렵 여름 장마가 들었다. 정경세와 강응철은 높은 습도로 말미암아 약재창에 있는 약재에 곰팡이가 슬지 않을까 걱정이 되었다. 그 우려는 사실로 나타났다. 약재가 하루가 다르게 썩어 들어갔다.

창고에 불을 피웠지만 연기가 잘 빠져나가지 않았다. 그리고 효과도 별로 없었다. 급기야 구들을 새로 놓았다. 그러고는 군불을 지펴 창고의 습도를 낮추려고 했다. 그래도 약재가 썩는 것을 막지는 못했다.

그 무렵 도편수가 의국 당우를 지을 목재를 빼돌리는 수법으로 공사비를 부풀려서 과다 청구한 사실이 드러났다. 강응철이 애초의 공사비보다 2할이나 할증된 비용이 들어가게 된 것을 이상하게 여겨 직접 조사하여 밝혀낸 일이었다.

치죄를 하자 도편수는 완강히 부인했다. 그러나 그동안 도편수 밑에서 일하면서 줄곧 양심의 가책을 느껴오던 부편수가 이실직고하는 바람에 그의 죄가 낱낱이 탄로나고 말았다. 그 일로 도편수는 더 이상 상주 땅에서 살 수 없게 되었다.

그런데 민심은 참 기이하게 흘렀다. 불법을 자행해 온 도편수의 죄를 밝힌 부편수를 오히려 배신자로 낙인찍는 것이었다. 더구나 도편수는 상주를 떠나지 않고 버젓이 읍내에 머물면서 부편수에 대해서 갖가지 음해의 말을 퍼뜨렸다.

"나는 상주사람이고 부편수 그놈은 난뎃놈인데 굴러온 돌이 박힌 돌을 빼내려고 수작을 부린 거지."

급기야 부편수가 오히려 상주바닥을 떠나야 할 상황에 이르렀다.

"자네가 의국의 당우를 지을 수 있겠는가?"

"소인의 얕은 재주로는 감당하지 못할 바입니다."

정경세와 강응철은 오갈 데 없는 부편수를 거두어 두었다. 터에 기둥만 놓은 당우를 이어서 지을 새 도편수를 시급히 찾아야 했다. 낙사계 계원들은 지난 일을 거울삼아 두 번 다시 실수를 하지 않도록 선량하고 솜씨 좋은 도편수한테 의국을 짓도록 해야 한다고 입을 모았다.

"상주 땅이 넓으니 의국을 지을 만한 도편수 하나 없을라고. 잘 수소문해 보세."

"지난번 그 작자가 상주에서 제일간다고 하지 않았나? 그런 위인이 고작 그 모양인데 뭘 더 찾겠나."

"기왕지사 일이 이렇게 된 거, 상주 최고가 아니라 조선 팔도에서 최고인 자를 물색해 보아야 하네."

정경세가 묵묵히 있다가 입을 열었다.

"궁궐을 지어본 도편수라면 어떨까?"

"거 좋은 생각일세."

정경세가 공조에 물었다. 공조좌랑의 대답이 돌아왔다. 편지를 읽어본 정경세는 계원들에게 말했다.

"건물을 짓는 실력은 뛰어난데 성격이 별난 자가 있다는군."

"어떻게 별난 자이길래?"

"재목 구입부터 건축의 전 과정을 본인이 전담을 하지 않으면 일을 아예 맡지를 않는다는데?"

"그렇다면 전에 그 고약한 도편수보다 더한 자가 아닐까?"

"그야 알 수 없지."

"그자는 지금 어디 있다던가?"

"해인사에서 절밥을 빌어먹고 있다고 하는군."

"어찌 되었건 공조에서 추천한 자이니 한번 데려와 보기나 하세."

정경세는 사람을 보내 그자를 데리고 왔다. 덩치가 보통 장정의 두 배나 되는 거구에다가 목소리도 쇠절구공이를 찧는 소리를 냈다. 그는 자신의 이름도 말하지 않았다. 그저 임 도편이라고 불러달라고 할 따름이었다. 정경세가 물었다.

"대궐을 짓는 재주를 가진 사람이 왜 해인사에 있었는가?"

"지난 병란 때 상한 장경각 건물을 수리하고 있었습니다."

정경세는 해인사 장경각이 수백 년 동안 대장경을 보관하고 있는데도 단 한 장의 경판도 습기가 차 곰팡이가 피거나 좀이 슬거나 썩지도 않은, 불가사의한 건물임을 잘 알고 있었다.

"장경각은 어떠한 건물인가?"

"실로 놀라운 건물이옵니다. 아마도 두 번 다시 짓기 어려울 것이옵니다."

"자네도 짓지 못할 건물인가?"

"소인 같은 일천한 재주를 가진 놈이 어찌 장담을 하겠사옵니까."

정경세는 왠지 임 도편의 대답에 적지 않은 믿음이 갔다. 잠시 물러가라 이른 뒤에 다른 계원들과 상의를 하니 도감과 유사가 알아서 하라는 것이었다. 정경세와 강응철은 그에게 의국 건립을 맡기기로 했다.

"백성을 구제하려고 짓는 건물일세. 임 도편이 좀 맡아주게."

"듣사니, 백성들을 무료로 치료해 주려고 하신다는데 그 말씀이 진정 사실이라면 소인이 맡아서 지어보겠사옵니다. 다만 소인에게 전권을 주소서. 또한 기한도 두지 말아 주십시오."

"잘 알겠네. 의국을 짓다가 뭐든 할 얘기가 생기거든 나나 여기 있는 유사에게 주저 말고 아뢰도록 하게."

정경세와 강응철은 임 도편을 데리고 검암으로 갔다. 의국 건설 현장을 둘러보던 임 도편은 약재창고를 열고는 코를 쥐고 고개를 돌렸다.

"약재가 상하지 않을 방도를 못 찾겠네."

"창고를 바람이 거의 통하지 않도록 지었으니 약재가 다 썩을 수밖에 없지요. 창을 제대로 내야 하옵니다. 바닥 공사도 숯을 깔아서 다시 해야 하고요."

그가 지적한 문제는 약재창고뿐만이 아니었다.

"의국의 당우를 지으려고 세워 놓은 기둥도 다 뽑고 처음부터 새로 놓아야 하옵니다."

"기둥에 무슨 문제라도 있는가?"

"나무의 아래위를 잘못 본 탓에 기둥이 죄다 거꾸로 서 있사옵니다."

강응철이 말했다.

"내 눈에는 아래쪽이 굵어 보이고 위쪽이 가늘어 보이는데? 제대로 서 있는 게 아닌가?"

"착시 현상일 뿐이옵니다."

임 도편은 기둥으로 다가갔다. 그러고는 한곳에 손을 짚었다.

"이 옹이 부분의 나이테 간격이 넓게 벌어져 나간 쪽이 나무의 아래쪽이 되옵니다."

잘 살펴보니 과연 기둥의 위쪽으로 나이테 간격이 넓었다. 정경세와 강응철은 서로 마주보며 제대로 된 도편수를 데려 온 것 같아 흐뭇한 낯빛을 지었다.

"주춧돌도 다시 들어내야 하옵니다. 땅을 파낸 뒤 바로 주춧돌을 놓으면 열이면 열 다 내려앉고 맙니다."

"그러면 어떻게 해야 하는가?"

"물을 붓고 나서 그 물이 아래로 다 빠지기를 기다렸다가 달구로 충분히 다진 후에 주춧돌을 놓아야 하옵니다."

"허허. 그 정도만 들어보아도 자네가 어떤 사람인지 알겠네. 이후로는 일일이 아뢸 것 없네. 의국을 다 짓는 날까지 모든 것을 자네 임의로 알아서 하게."

강응철은 전 도편수의 부정을 밝힌 부편수를 데려오게 해서 임 도편에게 소개했다. 부편수는 열심히 일을 배워 보겠다고 했고 임 도편은 서로 잘 도와 일을 해보자고 했다. 임 도편이 부편수에게 물었다.

"이 좋은 재목은 다 어디에서 가져오오?"

"속리산 서쪽 15리가량 되는 곳에 용화솔면촌이 있는데 거기서 날라다 썼습니다."

"아, 황장(임금의 관을 만드는 데 쓰는 질 좋은 소나무인 황장목)과 대궐에서 쓰는 재목이 나온다는 바로 그 고을이로군."

2

왜란의 막바지 무렵에 경상감영을 임시로 대구에 두었는데 드디어 완전히 이전해 가게 되었다. 그에 따라 많은 관속들이 따라 떠나갔다. 심약청도 감영에 딸려있었던지라 심약 정계립도 대구로 갔다. 다만 팔가계는 상주 토착민들이라 그대로 머물렀다.

정계립이 떠나고 나자 상주에는 의술을 제대로 아는 의관이나 의원이 없는 형편이 되었다. 의생들은 주로 약초에 밝을 뿐 병자들을 치료하기에는 어설픈 의술을 가진 자들이었다. 그런 까닭에 아프거나 다친 백성들을 치료할 의국의 필요성이 더욱 커졌다.

임 도편은 약재창고를 깨끗이 헐어내고 다시 짓는 일부터 했다. 새로 짓고 보니 모양만 봐도 어엿한 건물이었다.

"이제 약재를 새로 채취해 보관해도 되겠는가?"

"갓 지은 건물이라 습기가 많사옵니다. 좀 더 마른 후에 들여놓으십시오."

한곳에 정착하지 않고 짐을 꾸려 가족을 이끌고 이 고을 저 고을로 옮겨 다니는 자들이 노상에 즐비했다. 충청도와 경기도에서 조령을 넘어오는 사람들이 얼마나 되는지 모를 정도였다. 그들은 먹을 것이 있는 곳이라며 어김없이 나타났다. 잔칫집이나 상갓집, 또는 건물 공사 현장을 용케도 잘 찾아다니는 것이었다.

검암에도 여러 무리가 흘러들어 곡식과 약을 구걸했다. 임 도편이 조금씩 나누어 주자 턱도 없이 부족하다며 퍼질러 앉아 농성을 하기 시작했다.

"풍년이 들었다는 영남의 인심이 어찌 이리 야박할꼬!"

"아이고, 우리 언년이 이 자리에서 굶어 죽네!"

강응철이 그들을 좋은 말로 달랬다. 그러고는 솥을 내걸어 더운밥을 지어 배불리 먹이고는 등을 토닥이며 보냈다.

지난 전란 중에 상주는 정기룡 목사가 지키고 있어 왜적이 감히 넘볼 수 없는 고장이라고 알려지는 바람에 충청도, 전라도에서 넘어온 유민이 이미 수만 명을 헤아렸다. 그들은 대부분 전쟁이 끝난 후에도 고향으로 돌아가지 않았다. 전쟁 중에 죽은 수많은 상주 토착민들을 대신해 뿌리내리고 있었다. 풍토가 서로 다른 곳에서 살다가 온 사람들이다 보니 기질도 서로 달라 다툼이 빈번히 발생했다.

그러는 가운데 정착한 유민들은 토착민과 섞여 살고자 상주 말을 닮아갔고 상주 아이들은 전라도와 충청도 말씨를 신기하게 여겨 곧잘 흉내를 내곤 했다. 그리하여 여러 고장 사람들의 말이 서로 섞이고 기질도 점차 혼합되었다. 경상도에서 가장 큰 도회지로 명성이 높던 상주는 더 이상 이전의 상주가 아니었다. 여러 도의 사람들이 다 어울려 사는 별천지가 되어 가고 있었다.

또 한 무리의 사람들이 남촌을 찾아들었다. 수십 명이 떼 지어 괴상한 옷을 입고 얼굴은 온통 야릇하게 꾸미고서 하루 종일 북을 치고 노래하며 돌아다니는 것이었다. 그러다가 사람을 만나면 여자는 치마를 뒤집어 입기도 하고 남자는 허리춤을 끌러 요망한 짓거리를 하기를 서슴지 않았다.

고을 사람들이 그냥 두어서는 안 되겠다 싶어서 괭이며 몽둥이를 들고 나섰다. 그러자 그들은 부리나케 도망쳐 갔다. 그렇게 멀리 떠났

거니 했는데 며칠 뒤 다시 나타나서는 또 그와 같은 짓을 벌이는 것이
었다.

"이것들을 그냥 요절을 내놔야겠어!"

"이참에 아주 혼쭐을 내어 다시는 발붙이지 못하도록 하세."

낙사계 계원들은 고을 사람들과 그들 사이에 큰 싸움이라도 벌어질
까 우려했다. 좋은 말로 타일러 떠나보내기 위해 사람들의 뒤를 따라
나섰다. 그 무리는 고을 사람들의 위협에도 아랑곳하지 않았다. 오히
려 팰 테면 패 보라는 식이었다.

"병란에 신음하던 팔도의 모든 백성이 다시 살아보려고 애쓰고 있
는 판국에 이 무슨 하릴없이 해괴한 짓거리들인가!"

"이히히. 우리더러 해괴하다네?"

"양반아, 그 좋은 옷 좀 날 줘, 응?"

그들이 다가왔다. 고을 사람들이 뒷걸음질을 쳤다. 한 여자가 앞으
로 나오면서 갑자기 소리를 지르며 달려들었다. 그것을 시작으로 우르
르 덮쳤다. 양반 상민 닥치는 대로 할퀴고 물어뜯는 것이었다. 참다못
한 고을 사람들이 가지고 있던 연장을 마구 휘둘렀다. 머리가 깨지고
피가 터져서야 그들은 물러났다. 하나같이 피칠갑이 된 얼굴로 씩씩
거리며 쏘아보더니 슬그머니 뒷걸음질을 쳐 사라지는 것이었다.

정경세는 괴상한 유랑민에게 할퀴어 옷이 찢어지고 살갗 여기저기
상처가 났다. 계원들도 정도의 차이는 있지만 상처를 입지 않은 사람
이 없었다.

"참으로 고약한 일도 다 있군."

"이게 다 전후에 민생이 수습되지 않아서 일어나는 일이 아니겠는
가?"

정경세는 등에 종기가 생겼다. 할퀸 자리에서 난 것인지 아닌지 알

수 없었다. 처음엔 열이 나면서 종기가 생긴 부위가 화끈해지며 달아오르더니 몹시 통증이 느껴졌다. 등을 대고 똑바로 누워 잘 수가 없었다.

하루 이틀도 아니고 병석에 누운 지 한 달이 지나자 계원들이 걱정을 하기 시작했다. 종기는 흔한 증상이라 고약 몇 장 번갈아 붙이면 낫는 게 보통이었다. 그래서 대수롭지 않게 여겼는데 그게 아니었다.

계원들은 의논하여 용궁현에 살고 있는 용한 의원을 불러오기로 했다. 그의 이름은 이찬으로 관자는 중명이었다. 재상 유성룡의 조카이기도 한 이찬은 어려서부터 의술을 스스로 익혀 터득한 사람인데 젊은 나이에 이미 명의로 이름이 높았다.

이찬은 마다하지 않고 상주 남촌을 찾았다. 그가 정경세를 진맥한 후에 종기를 살피고 나자 강응철이 근심어린 목소리로 물었다.

"이보게, 이중명. 정경임의 증세가 어떤가?"

"이 지경이 되도록 어찌 손을 쓰지 않았습니까? 등에는 오장육부 중 오장의 혈이 있으므로 무릇 등에 생긴 종기는 다른 곳과는 달리 속히 치료하지 않으면 목숨을 잃을 수도 있사옵니다."

"목, 목숨까지 위태롭다?"

"종기가 깊어지는 것을 막고 하루바삐 곪아 터지도록 해야 합니다."

이찬은 보자기를 풀어 상자를 열더니 뜸쑥을 꺼내 정경세의 종기에 뜸을 떴다. 그러고는 처방을 적었다. 오 서방이 그것을 들고 읍내 약방으로 가 약을 구해 왔다. 양춘이 안채에서 탕약을 달이는 동안 이찬은 뜸을 뜬 자리에 고약을 붙였다.

"이제 목숨이 위험하지는 않겠는가?"

"이만하면 위험한 고비는 넘긴 것 같습니다."

정경세는 알맞게 식힌 탕약을 마셨다. 그제야 계원들은 안심했다.

이찬은 용궁으로 돌아가지 않고 그대로 머물면서 정경세의 종기를 극진히 치료했다. 사흘 뒤에 종기가 한껏 부풀어 올랐다.

"거머리를 몇 마리 잡아오게."

그것을 잡는 일은 내가 할 몫이었다. 집 앞에 있는 연못에 들어가 거머리를 잡아 대접에 담아 내놨다. 그 흉물을 어디에 쓰려는지 몹시 궁금했다.

이찬은 종기 부위에 손을 대어 보더니 그 중 한곳을 물수건으로 닦아내고는 대롱을 대어 세웠다. 그러고는 대롱 속에 거머리를 한 마리 집어넣는 것이었다. 그다음은 작은 주전자로 거머리가 든 대롱에 찬물을 조금씩 부었다.

대롱에 물이 차자 이찬은 주전자를 내려놓고 대롱만 곧추 세워 쥐고 있었다. 일각이나 지났을까. 이찬이 수건을 받치고 대롱을 치웠다. 놀랍게도 거머리가 고름과 피를 빤 것이었다. 부어 있던 종기가 조금 홀쭉해졌다. 이찬은 대롱에서 거머리를 꺼내 대접에 놓았다. 통통하게 배를 채운 놈을 보니 신기하게만 여겨질 따름이었다.

이찬은 또 다른 거머리를 대롱에 넣고 종기의 고름과 피를 빨게 했다. 그렇게 세 마리가 빨고 나자 종기는 확연히 가라앉는 것이었다.

"아직 뿌리는 빠지지 않았군."

이찬은 침통에서 침을 하나 꺼내 그 끝을 불에 달구었다.

"번침(불에 달군 침)을 쓰려나 보오."

"종기를 쨀 모양이군."

이찬은 적당히 힘을 주어 조심스럽게 종기를 쨌다. 그런 후 얼른 침을 놓고는 그 부위를 손가락으로 꾹 눌러 짰다. 피와 고름이 섞여 나왔다. 한 번 더 힘을 주어 짜자 작은 덩어리 같은 것이 빠져나왔다.

"이제 됐어! 종기의 뿌리가 뽑혔어."

이찬은 구멍이 난 것과 같은 종기 자리를 꾹 눌러 지혈을 하고는 다시 고약을 붙였다. 그가 보따리를 다 싸고 나자 이전이 무릎을 치며 말했다.

"이중명이 과연 뛰어난 의술을 지녔군 그래?"

"참으로 신묘한 의방(치료법)이 아닙니까? 허허."

강응철이 물었다.

"의채(치료비)는 어찌해야 하는가?"

이찬은 빙긋 웃었다.

"듣자 하니 공들께서 의국을 설립하여 무료로 백성을 치료하신다고 하던데 소인 또한 무료입니다."

나는 그때 비로소 의술에 눈을 떴다. 내가 딴봉 아래 강물에 빠졌다가 살아나게 된 것에서부터 정경세가 윤진의 감기를 치료한 것, 또 이찬이 정경세의 종기를 치료한 과정을 직접 목격하고 보니 글공부보다는 의술이야말로 사람을 살리는 가장 필요한 인술임을 깨달았다.

별것도 아닌 종기 때문에 죽을 고비까지 넘긴 정경세는 세상의 일에 마음을 두지 않았다. 의국을 설립하는 일조차 강응철에게 다 맡겨 놓다시피 하고 여기저기 깊은 골짜기와 시내를 찾아다녔다.

그러던 중, 집에서 북쪽으로 수십 리 떨어진 우북산 기슭의 지세를 살펴보고는 썩 마음에 들어 했다. 우뚝 솟은 산 아래 10여 리에 걸쳐 펼쳐진 골짜기에 숨은 듯 맑은 시내가 감돌아 흐르고 깎아지른 절벽과 물가 곳곳에 바위가 서 있었는데 그 모양이 모두 기기묘묘했다. 또 물이 흐르다 쉬어가는 깊은 소에 비치는 하늘까지 더해 정경세의 마음을 사로잡았다. 그리하여 오래지 않아 우선 그 터를 매입하고 물가에 초당을 지었다.

정경세는 틈날 때마다 집 안에 있는 책을 초당에 가져다가 좌우에 쌓아두고는 침식을 잊고 읽기를 즐겨 했다. 그런 틈틈이 물가의 빼어난 경치 속을 배회하면서 자연과 하나 되는 정취를 읊곤 했다.

나는 《명심보감》에 이어 《소학》을 읽은 뒤였다. 정경세가 기특하게 여겨 귀한 책인 《통감》을 몇 권 내주었는데 그마저도 다 외워버렸다.

"네가 아무래도 어릴 적에 글공부를 많이 했었나 보다. 너는 기억을 못한다고 하지만 어쩌면 사서삼경에까지 이르렀는지도 모르지. 그렇다면 상민 집안의 자식은 아닐 것이다."

정경세는 그때부터 나의 기억을 되찾아 줄 생각을 했다. 용궁현에 있는 이찬에게 사람을 보내 기억을 회복하는 데 좋은 약을 지어 왔다. 그러고는 잘 달여 먹도록 했다.

"조각보를 꿰맨 그 옷을 좀 가져오너라."

침소에 둔 옷을 가져다가 정경세에게 주었다.

"이 옷은 잠시 내게 맡겨 두거라."

아무 말도 하지 않았다. 정경세가 다시 입을 열었다.

"너의 부모를 찾아보려는 것이다. 나중에 반드시 돌려주마."

정경세는 손바닥만한 조각보를 유심히 살폈다. 무늬라고 생각한 것은 아무래도 전서체(한문 서체 중의 한 가지) 글자로 보였다. 그러나 무슨 글자인지 단정하기 어려웠다. 그와 같은 유형의 글자를 손가락으로 써가며 모두 떠올렸다.

고민 끝에 풍(豊) 자라고 확신했다. 오색명주실로 촘촘히 자수를 한 것을 보면 여간 정성을 들인 것이 아니었다.

"그래, 이것만 보더라도 그 아이가 어느 양반 집안의 자식이 틀림없어. 귀한 집 자손이 아니고서야 이런 귀한 자수를 놓은 것이 옷 속에 꿰매어져 있을 리가 있나."

하지만 그 조각보가 어디에 쓰는 것인지 알 수 없었다. 단순히 아이의 신분을 나타내기 위해 일부러 만들어 옷 속에 꿰매 주었을 리는 만무했다. 정경세는 율리 본가에 있으나 우북산의 초당에 있으나 조각보에 대한 생각으로 가득 찼다.

그날도 사랑채에서 조각보를 꺼내 놓고 골똘히 생각에 잠겨 있는데 아내가 집안일을 의논하기 위해 들렀다가 그것을 보았다.

"그건 베갯모가 아닙니까?"

"베갯모?"

"그렇습니다. 근데 그건 어디서 났습니까?"

정경세는 아내의 물음이 귀에 들어오지 않았다.

"베갯모라, 베갯모……."

"영감?"

그제야 정경세는 고개를 들고 아내를 바라보았다.

"이건 담야 그 아이의 옷 속에 꿰매어져 있던 것이오."

"그래요? 어디 좀 봅시다."

옷을 건네받아 베갯모를 살펴보던 아내가 말했다.

"솜씨가 여간 뛰어난 것이 아니군요. 보기 드물게 귀한 것입니다."

"베갯모에 이런 글자를 수놓는 경우도 있소?"

"그게 무슨 글자입니까?"

"풍 자요."

"글쎄요. 수(壽) 자, 복(福) 자, 강(康) 자, 녕(寧) 자와 같은 글자를 자수하는 것이 보통인데 그것도 드문 일이군요."

아내가 안채로 돌아갔다. 조각보가 어디에 쓰인 것인지 그 의문은 풀렸지만 정경세의 궁금증은 더 커졌다.

"풍 자라……. 풍년이 들라는 염원으로 풍 자를 베갯모에 새기는 것은 이상한 일이 아닌가?"

3

의국의 당우가 거의 다 지어졌다. 임 도편이 그간 부편수를 비롯하여 일꾼들을 잘 다독여서 공사를 차질 없이 이끈 덕분이었다.

"의국의 당우도 중요하지만 그에 앞서 더 신경 써서 지은 것은 약재창고입니다."

임 도편은 낙사계 계원들을 데리고 약재창고로 가 설명했다.

"약재가 장마철에도 썩지 않고 한겨울에도 얼지 않으려면 무엇보다 습기를 조절하는 것이 중요합니다. 창고의 바닥에는 숯과 소금과 황토를 썼고, 창도 남동쪽으로는 낮은 창을, 북서쪽으로는 높은 창을 내두었습니다. 또 벽을 두껍게 하고 지붕의 높이를 높였기 때문에 창고 안의 온도가 사철 내내 거의 일정할 것이옵니다. 수천 경판을 둔 해인사 장경각이나 수백 권의 책을 보관하는 사고도 다 이런 기법으로 지은 건물들이옵니다."

계원들은 고개를 끄덕였다.

"이제 곧 의국이 완공이 될 것이니 마땅히 명칭이 있어야 하지 않겠는가?"

"좋은 이름이라도 생각해 두었나?"

"글쎄. 우리가 짓기보다는 스승님께 여쭈어보기로 하세."

정경세는 유성룡에게 자문을 구했다. 오래지 않아 그의 대답이 돌아왔다.

"자네들이 의국을 설립하고자 하는 일은 본심을 잃지 않고 착함을 기르는 일인 존양이기도 하거니와 과거의 전란을 반성하는 존성의 의미가 담겨 있기도 한 것이 아니겠는가? 그런데 이 존양과 존성은 단지 마음을 잘 쓰는 것, 즉 존심을 달리 일컫는 것에 불과하니 이러한 뜻으로 계원들과 잘 의논하여 이름을 짓도록 하게."

이에 정경세가 말했다.

"명도 선생이 말씀하기를, 처음 벼슬자리에 나아가는 선비의 마음가짐은 진실로 남을 사랑하는 데 마음을 두어야 하고 그렇게 하면 반드시 곤경에 처한 사람을 구제해 줄 수 있을 것이라고 했네. 우리도 이러한 뜻에 따라 의국의 이름을 정하는 것이 어떻겠는가?"

"좋은 생각일세. 사랑은 어짊을 베푸는 것과 같은 것이니, 이웃을 인애함으로써 백성을 인애함에 이르고 백성을 인애함으로부터 만물을 사랑함에 이르는 것이 아니겠는가?"

"옛말에 군자가 비록 대문을 나서지 않더라도 나라에 가르침을 완성한다 하였으니 그것이 바로 지금 우리가 하려는 바가 아니겠는가?"

"우리 모두는 의기투합하여 남을 사랑하는 데 마음을 둔 사람들이니 이 마음이 어찌 의국 하나에 그치고 말겠는가. 다만 생각건대 일이 흥하고 폐하는 데는 때가 있으니 한번 설립한 후로는 이 일을 실추시키지 않아야 할 것이네."

"맹자께서 말씀하시기를, '측은히 여기는 마음은 사람이 모두 지니고 있다'라고 했으니 우리들 마음에 측은지심이 없어진 뒤라야 이 의국은 폐해질 수 있겠지."

낙사계 계원들은 긴 의논 끝에 의국의 이름을 정경세가 제안한 대로 정호의 글에 나오는 존심애물 넉 자에서 따 존애당이라고 명명하기로 결정했다.

그다음 할 일은 존애당의 도감과 유사를 뽑는 것이었다. 계원들은 또 회의한 끝에 낙사계의 계장 이전이 존애당 도감을 겸임토록 하고 또한 낙사계의 유사를 맡고 있는 김광두를 존애당의 유사를 맡도록 했다. 낙사계와 존애당이 이원화 되어서는 안 된다는 취지였다.

"이제 존애당 당임을 뽑아야 하지 않겠나?"

존애당을 맡아서 실질적으로 운영할 책임자를 말하는 것이었다. 첫째 조건은 의술에 밝은 사람이어야 한다는 데 이견이 없었다.

"정경임이 의술을 잘 아니 적임이 아니겠는가?"

"아닐세. 정경임은 언제 조정에 불려 가 큰 벼슬을 맡을지 모르니……."

정경세가 웃는 낯으로 말했다.

"의술을 귀동냥으로 아는 사람 정도로는 안 되고 아주 조예가 깊은 사람이어야 하네. 수백 가지 병을 앓는 백성들에게 의술을 베푸는 일은 그지없이 위험한 일일세. 심사숙고해서 모셔 와야 하네."

"그렇다면 의술에 뛰어난 자가 누가 있을까?"

팔도의 행림(의사들의 세계)에 낭중지추와도 같은 사람들이 있었다. 비록 초야에 묻혀 있지만 백성들 사이에 명의로 이름 높은 그들이었다.

멀리로는 경기도 수원에 있는 백학기, 전라도 금구(전북 김제의 옛 지명)에 사는 침의 김영국, 충청도 은진의 명의 송억길과 옥천의 명의 김징이 있었고, 가까이에는 경상도 거창에서 이름이 높은 김귀상, 용궁에서 몸을 감추고 사는 이찬, 그리고 내상을 잘 다스린다는 전 함창현감 이국필 등이 계원들의 입에 오르내렸다.

정경세가 말했다.

"내가 봐둔 사람이 있네."

"그게 누군가?"

"모셔 오기가 힘든 분이긴 한데······."

낙사계가 의국을 설립하는 것을 못마땅하게 바라보는 시선들이 있었다. 김 진사를 따르는 무리로 그들은 낙사계 계원이 되지 못한 양반들이었다. 상민들은 의국이 장차 아픈 사람들을 무료로 치료해 줄 것이라는 소문을 반신반의하면서 지켜볼 뿐이었지만 김 진사 무리는 낙사계에 대해서 온갖 험담을 늘어놓는 것이었다.

"의국인지 뭔지 설립한답시고 고을 백성들을 현혹시키고 있지 않은가 말일세."

"그러게나 말입니다. 공연한 일을 벌여 온 고을을 시끄럽게 만들고 있습니다."

"약방이 생기면 약장수다 뭐다 하여 온갖 외부 잡인들이 드나들어 고을 분위기를 흐리게 할 것인데 그 사태는 또 어찌하나?"

"아마도 고을 처녀들이 남아나지 않을 것입니다."

"거 참. 전란이 그친 후에 이제 다시 우리끼리 조용히 살아보나 했는데 쓸데없는 분란거리를 만들다니."

"이러고 있을 게 아니라 우리 다함께 목사또를 찾아가서 의국인지 약방인지 하는 것을 못하게 항의하도록 하세."

그들의 말을 들은 목사 이광길은 부드러운 음성으로 타이르듯이 말했다.

"대개 나와 남이 친할 수도 있고 소원할 수도 있소. 그렇지만 천지 사이에 함께 태어나 기운을 고르게 받은 사람들이 아니오? 본관이 듣자 하니 남촌의 낙사계가 큰 뜻을 내어 같은 하늘을 이고 같은 땅에서 살아가는 동포를 구제하고자 한다는데 어찌 그것을 분수 밖의 일이라 하겠소? 또 고을이 시끄러워진다느니 풍속이 저해된다느니 하는 말은 아직 일어나지 않은 일을 두고 염려하는 것과 같으니 이는 기나라 사람의 근심과 무엇이 다르겠소?"

기나라 사람의 근심이란 기인지우의 고사를 말하는 것이었다. 기나라 사람 하나가 날마다 하늘이 무너지거나 땅이 꺼지면 어찌하나 하고 쓸데없는 염려로 잠도 제대로 자지 못하고 밥도 제대로 먹지 못했다는 일화였다.

의국 설립을 저지하려고 항의하러 갔다가 오히려 목사에게 가르침을 받은 자리가 되고 말았다. 그들은 머쓱해져서 더 이상 할 말이 없었다. 잔뜩 상기된 얼굴로 관아를 나오려는데 은밀히 다가오는 사람이 있었다.

"저어, 나리들!"

"아니 자네는 팔가계의 의생이 아닌가?"

"소인도 읍내에 들어왔다가 나리들을 먼발치에서 알아보았습죠."

의생은 손을 비비며 말을 이었다.

"기왕 나오신 걸음이 아니십니까? 괜찮으시다면 소인이 저 남문 앞 장터거리로 가서 목이라도 축여 드리고 싶습니다만?"

그러잖아도 그들은 속을 달래고 싶은 마음이 굴뚝같았다. 걸음은 자연히 의생을 따라 갔다. 그가 이끈 곳은 장터가 아니라 약방거리였다. 그들은 의아히 여기면서도 그냥 따라가 보았다. 이윽고 도착한 곳은 팔가계 중에서 가장 큰 약방을 운영하고 있는 도의생(의생들의 우두머리)의 집 앞이었다. 도의생이 신발도 신지 않고 달려 나왔다.

"아이고, 나리들! 어서 오소서."

의국을 찾는 사람들

1

새해 정월에 도성에서 사람이 왔다. 이덕형이 보낸 이였다. 이덕형은 이항복과 둘도 없는 친구 사이로 알려져 있지만 실제로는 정경세와 친분이 더 두터웠다. 그래서 오성과 한음이라기보다 우복과 한음으로 부르는 편이 더 옳았다.

이덕형은 정경세에게 새 책력(달력)을 보내왔다. 맨 윗면에는 그가 직접 지은 시가 씌어 있었다.

갖가지 근심과 많은 병으로 한 해가 저무는데
느긋하고 한가로이 살면서 벼슬을 가벼이 여기네.
의국의 비방을 천지신명이 이미 내렸을 것이니
존애당의 그윽한 정취는 다 이루기 어려우리.

산 위의 뜬구름 변해가는 건 보기에 질리지만

연못의 샘물 맑은 것은 유독 사랑스러우리라.

이 책력을 지녀 보내는 것은 별다른 뜻이 없으니

봄이 오면 늙은 농부가 밭을 가는 걸 도와주소.

정경세는 기뻐하며 답시를 적었다. 그런 뒤에 곶감을 챙겨 이덕형의 하인에게 주어 보냈다.

"가거든 이 상공에게 안부 잘 전하게."

흐뭇한 기분은 며칠 동안 가시지 않았다. 정경세는 길을 나섰다. 찾아간 곳은 읍성 남문 밖에 사는 성협의 집이었다.

성협은 한양 태생으로 정경세보다 7살 위였지만 서로 벗으로 학문을 교류하며 지냈다. 양반가에서는 상팔하팔, 즉 위로 8살 아래로 8살까지는 서로 친구로 지내는 것이 아무 흉이 될 것이 없었다. 다만 8살로 한정해 놓은 까닭은 그 차이를 넘으면 자칫 아버지의 친구와 친구가 될 우려가 있기 때문이었다.

성협의 장인은 상주에 살았던 진사 홍수민이었다. 그는 율곡 이이와 이종사촌이었다. 그런 인척 관계로 성협은 형 성호와 함께 이이에게 학문을 배우고 익혔다.

10여 년 전에 홍수민이 졸서(선비의 죽음)했다. 그때 성협의 처 홍씨가 상을 치르기 위해 친정에 내려와 있었는데 불운은 겹쳐 일어난다는 말처럼 연이어 한양에 있는 시어머니의 상을 당했다. 홍씨는 급한 걸음으로 한양으로 갔다가 두역(천연두)에 걸려 26세의 나이로 생을 마감하고 말았다. 그때 장남 성여송은 7세였고 차남 성여백은 6세였으며 막내 성여춘은 4세였다.

왜란이 터지자 성협은 진휼관에 제수되어 하삼도(충청, 호남, 영남)의 굶주린 백성 수천 명을 먹여 살렸다. 그런 뒤에는 어린 아들들과 홀로

된 장모를 모시고 수회촌(현재의 충주 수안보면 수회리)으로 피난을 했다가 어린 아이들과 장모를 보살피기 위해 그곳에서 별실(첩)을 얻었다. 전쟁이 끝난 후 성협은 모든 식구들을 데리고 처가 집안인 남양 홍씨가 세거하고 있는 상주의 대지동으로 이주했다.

성협이 살고 있는 집은 허름한 초가삼간이었다. 정경세가 찾아갔을 때 마침 중풍에 걸린 노인을 그 아들이 업고 들어가는 것이었다.

"나리, 의원 나리!"

정경세는 성협이 약방을 차려 놓고 있나 했다.

"나리! 우리 아버지의 팔이 마비되었습니다! 어서 좀 고쳐 주십시오."

성협과 아이들이 다 방문을 열고 나왔다. 성협은 자식에게 업힌 채로 있는 환자의 등에 침을 한 대 놓았다. 잠시 후 침을 뽑고는 환자에게 말했다.

"팔을 들어 보오."

환자는 수월히 팔을 들었다. 그러고는 빙빙 돌리기까지 했다. 아들이 환자를 내려놓았다.

"아버지, 괜찮으십니까?"

"허어 그것 참. 언제 그랬냐는 듯이 멀쩡해졌어. 이것 봐. 내 팔이, 내 팔이. 하하."

정경세는 빙그레 웃으며 고개를 끄덕였다. 환자와 자식은 성협에게 허리를 굽혀 절을 하고는 돌아갔다.

"과연 신묘한 의술이로군요."

"아니, 정경임? 이 누추한 곳에 어인 일입니까?"

성협은 정경세의 손을 잡고 방으로 이끌었다. 나는 지고 온 것을 그의 장남 성여송에게 주었다. 정경세가 챙겨온 여러 가지 음식이었다.

"의국을 짓고 있다고 들었는데 가보지도 못했습니다. 잘 되어 가는 지요?"

"당우만 번듯하면 무슨 소용이겠습니까? 용한 의원이 있어야지요."

정경세는 작정하고 있던 말을 꺼냈다.

"성사열(사열은 성협의 관자)이 의국을 좀 맡아주십시오."

"내가요?"

성협은 손사래를 치며 고개를 저었다.

"이몸은 전혀 적임이 아닙니다."

정경세는 그를 타일렀다.

"내가 알기로, 우리 사람은 피와 살이 있는 몸으로 추위와 더위의 침범을 받음에 404병을 앓는 것이 아니겠습니까? 그런데 이렇듯 병은 많으나 약은 갖춤이 없어서 백성들이 비명에 죽는 경우가 많으니 이 어찌 안타까운 일이 아닐런지요."

404병이란 오장에 있는 각각 81개의 병을 총합한 405병 중에서 죽는 병을 제외하고 사람이 걸릴 수 있는 모든 병을 일컫는 말이었다. 정경세는 한 차례 침을 삼킨 뒤에 말을 이었다.

"공은 시서와 학문을 두루 갖추었고 기황술(의술의 시조로 일컬어지는 기백과 황제를 합칭한 말로써 의술을 일컫는 말)에도 능통한 분이 아닙니까? 지금 남촌에서 뜻을 같이 한 계원들이 힘써 당우를 짓고 약재를 대략 모아서 응급용으로 대비하고자 하나, 병을 진찰해서 약을 쓰는 일을 감당할 사람이 없어 감히 이 일을 공에게 맡아 달라 부탁하는 것입니다. 부디 작은 의국을 설립한 뜻을 저버리지 말아 주십시오."

"말씀을 들어보니 존애당의 당임을 맡아 달라는 것인데 다시 말씀 드리지만 저는 자격이 없는 사람입니다."

정경세는 찾아오기 전부터 성협의 거절을 짐작하지 못한 바 아니었다. 낙사계 계원은 다 퇴계의 학통을 이어받은 유성룡으로부터 학문을 익혔으니 남인에 속하면서 퇴계의 학맥에 들어있었다. 그에 비해 성협은 율곡의 학파이니 당연히 서인이 되었다. 성협이 정경세의 제안을 거절한 것은 바로 이 때문이었다. 남인과 서인. 서로 어울릴 수 없는 정치적 대척점에 서 있는 당파였다.

정경세는 더 이상 성협을 설득하지 않고 시 한 편을 외웠다.

"숨어 사는 이 긴 밤에 앉았으니 뜰에는 티끌 한 점 없네…… 다툼은 끝내 견줄 데가 없고……. 지기에게 바치고자 하나 그대가 받아들이지 않을까 두렵네."

그 시는 일찍이 성협이 지은 '술회계붕당'이었다. 조정의 벼슬아치들과 나라의 선비들이 남인과 서인으로 나뉘어 붕당을 일삼는 것을 경계해야 한다는 취지의 시였다. 그 시는 팔도의 선비들에게 널리 회자되어 성협의 존재감을 부각시켰다. 정경세는 그 시를 읊어 보임으로써 성협이 학파나 당적에 얽매여 의국을 맡지 않으려는 태도를 일깨워 주었다.

성협은 곤혹스러웠다.

"이렇게까지 나오시니 참으로 부끄럽군요. 많은 명의를 두고 하필 저를……."

"성사열만한 분이 없기 때문입니다."

"과찬입니다. 과찬."

"방금 전에 침 한 대로 중풍을 씻은 듯이 낫게 한 것을 보았는데도요? 허허."

"정경임처럼 낙사계 계원들이 다 저를 마땅하다고 생각하는 것은 아닐 것입니다."

"그건 제가 잘 말해보겠습니다."

"더 이상 거절할 수가 없군요. 만약 그분들이 다 만장일치로 이 못난 사람을 용납한다면 과분한 자리이긴 하나 한번 고려해 보겠습니다."

남촌으로 돌아온 정경세는 계원들에게 말했다.

"존애당을 맡아보실 분으로 성사열이 어떻겠소?"

"성사열?"

계원들은 곧 두 갈래로 갈라졌다. 서인을 모셔온다는 것은 말도 안 된다는 주장과 백성을 바라본다면 당파는 따질 것이 못 된다는 의견이었다. 정경세는 성협을 반대하는 계원들을 한 사람 한 사람 설득했다.

"망국적인 붕당이 우리 남촌에서도 이어져야 하겠는가?"

"지난 7년 전쟁의 원인이 다 파당을 지어 국사를 제대로 돌보지 않아 비롯된 것이 아닌가?"

정경세는 계의 고문들을 찾아갔다. 그들은 젊은 계원들보다 더 완강히 반대했다. 하지만 정경세의 거듭된 설득에 성협을 반대할 이렇다 할 명분을 내세우기 어렵게 되었다. 서인이라는 이유 하나만으로 무턱대고 반대하기에는 한계가 있었기 때문이다. 정경세는 결국 모든 계원들의 동의를 얻어내기에 이르렀다.

날을 가려 성협을 청해 왔다. 낙사계의 고문 김각과 윤진이 차례로 말했다.

"이번 기회에 성사열이 우리 낙사계의 계원이 되시는 것도 나쁘지 않겠소."

"암, 의국을 이끌 사람이니 당연히 계에 가입해야지."

성협이 일어나 사례를 했다.

"여러 모로 부족한 사람을 이렇게 거두어 주시려 하니 몸 둘 바를 모르겠습니다. 이 한 몸 아끼지 않고 의국을 설립하신 뜻을 따르겠습니다."

낙사계는 그 자리에서 성협을 계원으로 받아들이고 존애당의 당임으로 추대했다. 그런 뒤 의국의 운영에 관해서는 전권을 위임했다.

그밖에 성협을 도와 의국에서 일을 할 사람들을 가렸다. 이전이 부리고 있던 청지기 장 서방을 존애당의 집사로 삼고, 감영 심약청에서 일을 보다가 그만둔 서원을 데려다가 재물의 출납과 환자를 치료한 일 따위를 기록하게 했다. 또 허드렛일을 할 종들도 각 집안에서 뽑아 보냈는데 정경세는 나와 계집종 양춘을 존애당으로 보냈다.

"네가 의술에 관심을 두고 있다는 것을 내 이미 알고 있다. 의술이 비록 사람을 살리는 분야이긴 하나 그 의술을 펼치는 의원이 모름지기 사람이 먼저 되어 있어야 한다. 사람이 되려면 경서를 읽지 않고서는 안 되는 일이니 의약과 침구에 온 관심이 팔려 글 읽기를 소홀히 여겨서는 안 될 것이다."

간단히 짐을 싸 존애당으로 갔다. 행랑채에는 다른 종들도 와 있었다. 집사 장 서방이 우리를 모두 불러 모았다.

"앞으로 날이면 날마다 아픈 사람들이 드나들 곳이다. 게 중에는 양반 나리들도 있을 것이고 상민 백성들도 있을 것이다. 신분이 어떠하든 그 누구도 홀대하거나 언행을 함부로 하는 일이 없어야 할 것이다. 알겠느냐?"

"예, 집사 어른!"

존애당이 완공되었다. 임 도편이 당우 이곳저곳으로 계원들을 이끌고 안내했다. 본당, 의사, 약재창고, 행랑, 곳간 등을 둘러본 계원들은 흡족해했다. 임 도편이 재목을 아끼고 계획성 있게 쓴 것을 모르는 사람은 없었다.

본당의 버팅(마당보다 높이 다져 주춧돌을 놓은 터)에 선 이전이 사방을 둘러보다가 의아해하며 물었다.

"이보게, 임 도편. 보아하니 이 본당이 남향이 아니고 동향일세. 의사도 그렇고 말일세. 건물을 동향으로 지은 연유가 있는가?"

임 도편은 정경세를 바라보았다. 그가 대신 대답했다.

"월간 형님, 새벽에 뜨는 해를 따라 양기가 천하에 퍼지니 그 기운을 받아들여 양생을 하고자 함입니다."

"허허, 그런 깊은 뜻이 있었군."

강응철이 말했다.

"의국이 다 지어졌으니 목사또와 좌수 어른과 같은 분들을 모시고 현판식을 거행해야 하지 않겠나?"

"그리 거창하게 할 것이 있겠는가?"

"우리가 존심애물의 뜻을 낸 것은 생색을 내고자 함이 아니니 현판식과 같은 행사는 생략하는 것이 어떻겠는지요?"

"그렇다면 의국을 설립한 사실을 어떻게 면민들에게 알리겠는가?"

"구태여 떠벌리지 않아도 다 풍문이 나게 되어 있습니다."

계원들은 번거로운 허례허식으로 생각해 현판식은 하지 않는 것으로 결정했다. 그런데 바로 그다음날부터 사방에서 좋은 일에 쓰라며 부조가 답지하는 것이었다. 곡식과 면포는 물론이고 여러 가지 약재에 이르기까지 더러는 실명으로, 또 익명으로도 전해왔다.

성협은 서원에게 지시했다.

"귀한 뜻을 잘 받들어야 하네. 빠뜨림 없이 잘 적어두고 특히 기증해 온 약재는 상하지 않도록 잘 보관하게."

약재창고를 둘러본 성협이 말했다.

"양달에 내다 말릴 약재와 음지에 들여 말릴 약재가 따로 있네."

그의 곁에 시립한 채 묵묵히 귀동냥으로 새겨들었다.

"음지에서 자란 인삼과 같은 약재는 양달에 말려야 하며, 양지에서 크는 당귀와 같은 약재는 응달에 말려야 하네."

성협은 밖에 내놓고 말려야 할 약재와 창고 안에서 말려야 할 약재를 하나하나 구분해 주었다. 들을수록 신기하기만 했다. 산과 들에 흩어져 자라는 풀뿌리가 전부 약초가 될 수 있고 그것들을 잘 말리거나 찌거나 하여 약재로 탈바꿈시킬 수 있다는 사실에 놀라움을 넘어 잔잔한 흥분마저 일었다.

매일 대문을 활짝 열어 놓았지만 몸이 아픈 사람은 찾아들지 않았다. 백성들 사이에는 존애당에서 용한 의원이 무료로 치료해 준다는 말을 믿지 않는 분위기가 감돌았다. 아무 대가 없는 치료는 당치도 않을 것이며, 또 설령 무료로 치료해 준다고 한들 어떻게 빈손으로 가서 치료만 받고 그냥 나오겠느냐는 말들이었다.

읍내 팔가계 의생들은 존애당에 대해 깊은 관심을 기울이고 있었다. 존애당이 무료로 치료해 준다는 말이 사실이라면 자신들에게 큰 영향을 끼칠 것은 불을 보듯 뻔한 일이었다. 비싼 치료비와 약값을 내야 하는 읍내 약방에는 차차 환자가 줄어들 것은 물론이고 끝내는 모든 환자들이 존애당을 찾을 것이기 때문이었다.

"종국에는 문을 다 닫아야 하는 사태가 올 것일세."

"속히 대책을 세워야 합니다."

팔가계 의생들에 딸린 채약부(약초를 전문적으로 채취하는 사람)들도 모여서 저마다 불만을 토해 내었다.

"존애당에서 약초를 캔다고 하네."

"아무리 임자 없는 약초라지만 이거 우리 영역을 너무 침범하는 거 아냐?"

"관아에 등록도 하지 않고 약초를 캐러 다닌다면 엄연히 불법이 아닌가?"

"들리는 말로는 남촌 양반들이 목사또를 찾아가 사정을 얘기하고 약초를 채취할 것을 허락받았다는군."

"그렇다면 큰일이 아닌가? 우리가 캘 약초를 그놈들이 다 캐어 갈 수 있으니."

"방법이 있지."

"그게 뭔가?"

"산에서 만나면 본때를 보여줘야지."

2

여러 날이 지나도 환자는 그림자도 보이지 않았다. 계원들이 조바심을 냈다.

"아픈 백성들이 찾아들 방안을 강구해야 합니다."

하지만 성협은 무사태평이었다. 그저 하루에 한 번 약재창고로 가 말리거나 찌고 있는 약재를 살피는 것이 고작이었다.

성협은 노는 일손들을 불러 모았다. 그러고는 여러 가지 약초를 보여주며 그와 똑같은 것을 채취해 올 것을 당부했다.

"약초를 캐오면 정말 곡식으로 바꾸어 줍니까?"

"곡식을 원하면 곡식을, 면포를 원하면 면포로 그 값을 좋게 쳐 줄 것이네."

그들 중에는 예전에 채약부 노릇을 하다가 의생들의 횡포에 못 이겨 그만두었던 사람들도 있었다. 성협은 그들을 중심으로 편을 짜 주었다.

"소인도 약초꾼들을 따라가고 싶습니다."

성협은 선선히 승낙했다.

"네 뜻이 그렇다면 조심해서 다녀오너라."

약초가 많이 나는 산은 백화산이었다. 추풍령의 북쪽에 높이 솟아 있는 백화산은 백 가지 약초가 난다고 하여 백약산으로도 불렸다. 약초꾼들을 따라 백화산으로 향했다. 그들은 어린 나를 놀리듯이 말했다.

"이놈아, 백화산에 저승골이 있다는 얘기를 들어봤느냐?"

저승이라는 말에 등골이 오싹했다.

"그 골에 들어서면 그냥 죽은 목숨인 줄 알거라. 사람이고 짐승이고 간에 산 채로 배를 갈라서 오장육부를 꺼내고 뼈마디를 추려서 쭉 늘어놓고 말려서는 날름날름 먹어치우는 괴물이 사느니라."

유후성이 그를 나무랐다.

"이 사람이 쓸데없는 소리는. 그만 겁주고 어서 가세."

이윽고 산기슭에 이르렀다. 약초꾼들이 잠시 다리쉼을 한 뒤에 손에 쥔 방울을 흔들며 산을 오르기 시작했다. 그들을 따라 힘겨운 걸음을 옮겼다. 백화산은 험하고 높았다. 예전에 뛰어놀던 강가 송정산과 딴봉은 산도 아니듯이 여겨졌다. 그렇게 깊은 산골에서 하늘까지 자란 나무를 보는 것은 난생 처음이었다. 나뭇잎들이 켜켜이 쌓여 썩은 땅은 걷기에 푹신하기까지 했다.

점점 깊이 들어갔다. 산속은 어둡고 무서웠다. 맨 앞서 가던 약초꾼이 신호했다. 잠시 개울가 바위 위에 앉아서 쉬었다. 개울물로 목을 축이고 고개를 드는데 개울 건너편 숲에서 불같은 것이 보였다.

누군가 소리쳤다.

"범이다!"

약초꾼들은 일제히 방울을 울리고 꽹과리를 쳐 댔다. 바스락거리는 소리가 나는가 싶더니 숲속은 이내 정적이 감돌았다. 온몸에 식은땀이 흘렀다.

"이놈아, 산이 이렇게 무서운 곳이니라."

약초꾼들이 다시 방울을 울리면서 낫을 휘두르며 길을 헤치고 나아갔다. 사람들이 밟아가고 있어서 길이지 사실은 길이라고 할 것도 없는 나무와 풀이 무성한 비탈이었다.

어디선가 다른 방울 소리가 들려왔다. 함께 올라온 같은 편인가 싶었는데 낯선 사람들이었다. 읍내 팔가계 의생들에 딸려있는 채약부들이었다. 그들은 험악한 인상을 쓰며 다짜고짜로 약초꾼들에게 대들었다.

"야, 이놈들아! 네놈들 오늘 잘 만났다."

"누구 허락 받고 약초를 캐러 다니는 거야, 엉?"

약초꾼들도 지지 않았다.

"누구 허락 받다니? 천하의 약초가 다 네놈들 것이라더냐?"

"별놈들 다 보겠네?"

채약부들은 손에 들고 있던 연장으로 내리칠 듯한 시늉을 냈다.

"이놈들이 저절로 달려 있는 주둥이라고 함부로 놀려? 이것들을 그냥 콱!"

그들이 유후성을 바라보고 힐난했다.

"야 이놈아, 네놈은 채약부 노릇을 하다가 그만두더니 이제 남촌 약방에 붙어먹고 사느냐. 이 의리 없는 놈아!"

유후성도 지지 않았다.

"의리? 이놈들아, 온갖 추잡한 짓은 다 하는 의생놈들 밑에서 설설 기는 주제에 무슨 의리를 찾느냐."

약초꾼들과 채약부들의 실랑이는 한참 이어졌다. 분위기는 험악했지만 몸싸움은 일어나지 않았다. 서로 기세를 드높이는 입씨름뿐이었다. 내 어린 마음에도 서로 해칠 뜻은 없다는 것이 느껴졌다.

싸움판이 크게 벌어질 것 같은 분위기가 어느새 수그러들었다. 양쪽 다 적당히 물러나는 것이었다. 의생들 밑에 있는 채약부들이나 존애당에 딸려있는 약초꾼들이나 어차피 입에 풀칠하며 살기에는 빠듯한 목숨들이었다. 그것을 서로 잘 아는 처지였기에 그저 한바탕 속풀이를 해 본 것뿐이었다.

"에라, 이놈들아! 범 아가리에 꽉 물려 버려라!"

"네놈들은 오늘 필시 독사에 물려 뒈질 팔자니 발밑이나 잘 살피고 다니거라."

약초꾼들은 산비탈을 오르내리며 여러 가지 약초를 캤다. 오줌을 누려고 약초꾼들을 피해 으슥한 곳으로 갔다. 아무리 오줌을 누려고 해도 나오지 않았다. 한참 동안 용을 쓰다가 나는 허리춤을 올리고 돌아왔다. 유후성이 나를 보더니 말했다.

"이 아이의 얼굴이 왜 이래?"

"어디 좀 보세."

약초꾼 하나가 나를 돌려세웠다.

"어허, 낯짝이 하얗군 그래?"

약초꾼들은 나를 바위에 기대어 앉아 쉬게 했다. 몸이 싸늘해지는 것을 느꼈다. 딴봉 아래 송정소에서 얼음이 깨지며 강 속에 빠져든 기분이었다. 갑자기 몸이 오싹했다. 유후성이 턱을 덜덜 떨고 있는 나를 보더니 말했다.

"그만 내려가야겠네. 이러다 송장 하나 보겠군."

약초꾼들은 약초를 담은 망태기를 단단히 갈무리하고 비탈을 돌아 내려가기 시작했다. 유후성의 부축을 받고도 제대로 걸을 수 없었다. 그가 나를 업었다. 그러잖아도 내 걸음에 맞춰 산을 오르는 바람에 시간이 많이 지체된 터였다. 서둘러 내려가지 않으면 산속은 순식간에 캄캄해질 것이었다.

"어두워지기 전에 내려가기는 어렵겠는걸?"

"발밑이 잘 보이질 않아."

"허어, 이러다 산속에서 옴짝달싹 못하게 되겠어."

"안 되겠네. 약할미 댁에 가서 하룻밤 신세를 지도록 하세."

"쌍욕을 바가지로 얻어먹을 텐데……."

"산에서 범의 밥이 되는 것보다는 낫지."

"아무렴. 욕을 하면 욕을 먹고 차를 주면 차를 마시면 될 거 아닌가."

백화산 약할미. 그 노인은 약초꾼들과 채약부들 사이에 신적인 존재였다. 깊은 산속에 살면서 모르는 약초가 없었고 모르는 효능이 없었다. 병은 있는데 약이 없으면 약을 만들어낸다는 말까지 돌고 있었다. 나이가 100살이 넘었다는 말도 있고 불로장생하는 비방을 남몰래 가지고 있다는 소문도 있었다. 그런데 성격이 워낙 괴팍해 약초꾼들이 길을 잃고 찾아들더라도 그 태도가 불량해 보이면 갖은 욕을 퍼부으며 빗자루로 매찜질을 한다는 것으로도 유명했다.

약초꾼들은 더듬듯이 길을 찾아서 약할미의 오두막에 이르렀다.

"어르신!"

방문이 덜컥 열렸다.

"웬 놈들이 남의 집 마당에 허락도 없이 들어와 있느냐?"

"소인들은 남촌 약초꾼들인데 산속에서 날이 저물어 하룻밤 폐를 끼칠까 하고 찾아왔습니다."

"남촌 약초꾼들?"

약할미가 밖으로 나왔다. 머리는 호호백발이었지만 허리가 꼿꼿했으며 눈매가 마치 범의 눈처럼 성성했다.

"남촌 양반놈들이 약방을 열었다던데 너희들이 그 약방에 약초를 대느냐?"

"대는 게 아니고 소인들이 그에 딸려있습죠."

"그래? 그렇다면 내 하룻밤 재워주지."

약할미는 소문과 다르게 친절하게 대하는 것이었다. 이유는 그 다음에 하는 말로 잘 알 수 있었다.

"무료로 백성들을 치료하겠다고 한 명분을 지킨다는 것이 쉬운 일은 아닐 테지만 정경임, 이숙재(숙재는 이전의 관자), 이숙평(숙평은 이준의 관자)과 같은 사람들이 뜻을 모았으니 가상한 일이지."

노파는 약초꾼들 사이에 서 있는 나를 보았다.

"이 아이는 누구냐?"

"의국에 딸린 아이종입니다."

"안색이 좋지 않구나. 어디 좀 보자. 이리 오너라."

약할미는 나를 마루에 앉히고 손목의 맥을 짚었다. 그러고는 이마에 손을 얹어보더니 약초꾼들에게 버럭 야단을 쳤다.

"이 정신없는 놈들아, 원기가 하나도 없이 비쩍 마른 아이를 어쩌자고 이 험한 산에 데리고 왔느냐. 이놈이 피로를 견디다 못해 오줌소태에 걸렸구나."

약할미는 내게 부드러운 음성을 냈다.

"오줌을 누려고 해도 잘 안 나오고 고추 끝이 따갑고 아프기만 하지?"

맥을 짚고 안색만 봐도 어찌 사람이 앓고 있는 증세를 단번에 정확히 짚어낼 수 있는지 궁금하기만 했다. 기어들어가는 목소리로 대답을 하자 약할미는 건넌방을 향해 소리쳤다.

"야 이년아! 집에 길손이 들었는데 나와 보지도 않고 뭘 하고 있는 게야!"

문짝이 열리며 앳된 계집아이가 머리를 긁으며 나왔다.

"언제는 누가 와도 기척도 하지 말라고 하고선. 할머니 변덕도 참."

"변덕은 무슨 변덕이냐. 그때그때 다른 거지."

약할미는 마당 구석으로 가더니 몽당싸리비를 들고 왔다. 그러더니 작두를 가져다가 아랫부분과 윗부분을 잘라내고 중간에 있는 마른 줄기 한 묶음을 계집아이에게 주었다. 그러고는 약장으로 가 지부자(댑싸리씨)도 한 줌 내주면서 말했다.

"옛다, 별난아. 어서 이것을 푹 삶아서 그 물을 그릇에 받아 오너라."

"하여간 별 이상한 짓도 다 시켜."

별난이는 약할미가 준 것을 들고 부엌으로 갔다. 불을 살려 그것들을 삶는 동안 노파는 화로에 큰 무쇠주전자를 올리고 약차를 끓여서 약초꾼들에게 한 사발씩 나눠 주었다.

"옛다. 너도 한 사발 하거라."

한 모금 마셔보았다. 첫 맛은 썼지만 이내 구수하면서도 단 맛이 났다. 약초꾼들은 훌훌 불어서 얼른 마시고는 또 사발을 내밀었다.

"이놈들이 염치도 없이……."

약할미는 말은 그렇게 하면서도 골고루 부어주었다. 그러고는 허리춤에 매어 놓은 약낭을 끌러 환약을 세어 세 알씩 손에 쥐어 주었다. 유후성이 너스레를 떨었다.

"이래서 이 백약산에만 오면 일부러 길을 잃어서라도 우리 어르신을 뵙고 싶어진단 말이야."

"왜 아니겠나. 허허."

별난이가 대접을 들고 들어왔다. 누르면서도 시커먼 물이 담겨 있었다. 약할미는 약손가락을 넣어서 온도를 재어 보더니 내게 주었다.

"얼른 마시거라."

빗자루를 달인 물을 마시라니 비위가 상해 내키지 않았다.

"오줌소태엔 이게 명약이다. 너 계속 오줌이 안 나오면 그러다가 죽는 수밖에 없느니라."

죽는다는 말에 대접을 받아들었다. 유후성이 말했다.

"두 눈 질끈 감고 단숨에 꿀꺽꿀꺽 마시거라."

하룻밤 자고 나자 거짓말처럼 오줌소태 증세가 사라졌다. 약할미는 빙그레 웃으며 말했다.

"어떠냐? 신통하지 않느냐?"

"저도 사람을 치료하고 살리는 약초 공부를 하고 싶습니다."

"하나둘씩 귀담아 듣고 눈여겨보는 겨를에 저절로 공부가 될 게다."

고마운 마음에 절을 꾸벅 했다. 약할미는 곰쓸개 말린 거며 귀한 약초를 싸 유후성에게 주었다.

"가져가서 좋은 일에 쓰거라."

"예, 어르신. 의국에 돌아가서 좋은 뜻을 잘 말씀드리겠습니다."

"의국에 일손이 부족하다고 들었다. 이참에 저 별난이도 데려가거

라. 영 쓸모없지는 않을 게다."

계집아이는 아싸 하며 펄쩍 뛰면서 좋아했다.

"할머니, 얼른 준비해서 나올게!"

유후성이 약할미의 말에 놀라며 물었다.

"별난이를 내려 보내면 어르신 혼자 적적해서 어떻게 지내시려고요?"

"산천초목이 다 동무고 벗인데 뭐가 걱정이겠느냐."

별난이는 벌써 보따리를 하나 안고 마당으로 내려서고 있었다. 약할미가 다시 말했다.

"이 아이를 정경임에게 잘 말해주게. 내 때를 봐서 한 번 들른다고 하고."

"예, 어르신. 하룻밤 잘 쉬었다가 갑니다요."

"내내 편안하십시오."

"어서 가게. 별난이는 어른들 말씀 잘 들어야 한다."

"응. 할머니 잘 있어."

별난이는 약할미와의 이별에 아쉬운 마음도 들지 않는지 마냥 신이 나서 약초꾼들을 따라나섰다. 나는 산을 내려오는 내내 댕기머리를 나풀거리며 폴짝폴짝 뛰어 내려가는 별난이의 모습에 눈을 떼지 못했다.

고을로 돌아온 유후성이 정경세에게 별난이를 데려온 사정을 말했다.

"존애당의 일은 성사열의 소관이니 그에게 아뢰게."

유후성은 성협을 찾았다. 그로부터 자초지종 이야기를 듣고 난 성협은 별난이를 약초창고에서 일을 보게 했다.

장 서방이 외쳤다.

"드디어 첫 환자가 들었습니다!"

환자는 계속 침을 흘리며 구토를 하고 설사를 하면서 복통을 참기 어려운지 배를 움켜쥐고 있었다. 눈자위가 돌아가며 환각 증세를 보이기도 했다. 성협은 환자를 살피고는 물었다.

"독버섯을 잘못 먹은 게로군."

"아니 어떻게 독버섯을 먹은 걸 아십니까?"

성협은 환자를 데리고 온 사람의 물음에는 대답도 하지 않고 서원 한언협에게 말했다.

"이 자는 독버섯에 중독되었네. 가서 지장수(누런 황토를 가라앉힌 물) 한 그릇 떠오게."

물 한 그릇을 다 들이킨 환자는 이내 증세가 좋아졌다. 양춘이 환자에게 미음을 쑤어주었다. 아침에 왔다가 차츰 기력을 회복한 환자는 저녁이 되자 멀쩡한 몸이 되었다. 그만 돌아가 보라는 말에 환자는 쭈뼛거렸다.

"치료비는 무료일세. 그만 가 보게."

그는 허리를 여러 번 숙인 뒤 돌아갔다. 그 일이 알려지기 시작했다. 존애당이 백성들을 가리지 않고 무료로 치료해 준다는 것이 사실이라는 말이 나돌았다. 저마다 병을 앓고 있는 사람들이 하나둘 찾아들어 존애당의 대문 앞을 서성거렸다.

"어서 들어가 보오. 진맥도 먼저 한 사람이 먼저 낫는 법이오."

유후성의 말을 들은 사람들은 용기를 내어 대문 안으로 들어섰다. 서원이 차례로 의국일지에 성명거소를 적고 증세를 기록했다. 성협은 의사(환자를 치료하는 곳)에 들어 환자를 한 사람씩 진맥했다.

치료방법은 다양했다. 곧바로 눕혀 놓고 뜸을 뜨거나 침을 놓는 환자가 있는가 하면 처방전을 써 주어 약재창고에서 약을 타 가도록 하는 환자도 있었다. 더러는 환자가 손쉽게 구할 수 있는 것들을 일러주어 그것으로써 효험을 보게 했다.

존애당은 하루가 다르게 문전성시를 이루었다. 해가 지고 난 후에도 찾아드는 사람이 그치지 않았다. 남촌 고을뿐만 아니라 점차 먼 고을에서도 소문을 듣고 찾아들고 있었다. 세상에 아픈 사람들이 그렇게 많은 걸 그때 처음 알았다.

특별히 아픈 데가 없는 사람들도 기웃거렸다. 굶주린 자들이었다. 유랑민이 찾아와 구걸을 하면 존애당에서는 아무런 조건 없이 곡식을 조금씩 나누어 주어 돌려보냈다. 또 고을 사람들 중에서도 굶는 자가 많았다. 그들에게도 멀건 죽이나마 한 사발씩 돌아가게 했다.

"이러다간 약재가 얼마 못 가 동이 날 것 같습니다."

"의사에 환자들이 가득 차 더 이상 누울 자리가 없습니다."

"약탕기가 모자랍니다."

"의포(환자의 치료에 쓰는 천)도 그때그때 빨아서 대지만 턱없이 부족합니다."

"곡식창고에도 곡식이 얼마 남지 않았습니다."

약재며 곡식이 다 바닥나면 큰일이었다. 문을 닫지 않을 수 없는 상황이 될 것이었다. 약초꾼들이 매일 약초를 캐와 대고 있지만 그 즉시 약재로 쓸 수 없었다. 말리고 찌고 하는 포제(약재를 가공하는 방법) 과정에 많은 시간이 들었다. 또 춘궁기가 되어 곡식 한 톨 귀하기가 금싸라기 같았다.

낙사계 계원들은 곤혹스러웠다. 당초 예상보다 존애당을 찾는 사람들이 수십 배나 많은 것이 걱정이었다. 시급히 해결 방안을 마련해야 했다.

"약재는 떠돌이 약재상이라도 찾아들면 값을 주고라도 사 들이세. 약재가 모자라 의국이 문을 닫는 일은 없어야 할 것 아닌가?"

"의국에 일손이 부족하니 그도 보충해야 하네."

"뜸쑥도 만들어야 하고 침이며 여러 가지 의술기구도 모자란다고 들었네."

계원들은 계획을 세웠다. 그러고는 용의주도하게 움직였다. 다들 안채에 일러 크고 작은 의포를 많이 짓도록 했다. 또 동네의 아낙들에게는 삯을 주고 피와 고름이 묻은 의포를 삶고 빠는 일을 시켰다.

성협은 유후성을 비롯한 약초꾼들에게 뜸쑥을 만드는 법을 일러주어 할 일 없는 밤에는 그것을 만들도록 했고, 이전은 손재주가 좋은 고을 남정들에게 약초를 다는 저울이며 약작두와 같은 의술기구를 그려주어 그대로 만들게 했다. 정경세는 대궐에서 쓰는 그릇을 빚어 구워내는 중모현 자기소를 몸소 찾아가 약절구를 수십 개나 만들어 주도록 특별히 부탁했다.

"장 서방은 약탕관을 좀 사 오게."

지게를 지고 나선 장 서방을 따라 읍내 장터로 갔다. 옹기전에 가서 약탕관을 고르고 있는데 옆에 있던 노인이 혀를 끌끌 차는 것이었다.

"어찌 이런 걸 약탕관이라고 가져다 놓는담."

장 서방이 물었다.

"약탕기가 어때서 그러시는지요?"

"이것 보게. 아래쪽 배뚜리와 위쪽 아구리의 두께가 똑같지 않는가? 이렇게 되면 약을 달일 적에 물이 빨리 쫄게 되고 약재는 쉬 타버리고 말지."

장 서방은 골라서 지게에 실어 놓은 약탕관을 하나하나 다시 살펴더니 다 내려놓았다. 옹기전 주인이 힐난했다.

"약탕기가 다 똑같지 무슨 두께 타령이야. 안 사려거든 그냥 가슈. 웬 재수 없게……."

장 서방이 노인에게 물었다.

"좋은 약탕관은 어디에 가면 살 수 있습니까?"

"약탕관을 잘 만드는 옹기장이는 둘인데 하나는 상주 서쪽 벌을야리에 있고 또 하나는 단밀현 단곡 고을에 사는 젊은이라네."

장 서방은 기왕 나선 걸음이라 낙동을 거쳐 단밀현으로 갔다. 단곡 고을은 도기소였다. 모든 집에서 옹기를 구워내고 있는 것이었다. 말을 물어 젊은 옹기장이의 집을 찾아갔다. 그는 집 뒤쪽에 있는 가마에서 막 독이며 단지 같은 것들을 꺼내고 있던 참이었다.

"약탕관을 좀 사러 왔소."

"낱개로는 팔지 않습니다."

"청리에 있는 존애당에서 쓸 것이오. 스무 개가 필요하오."

"존애당이라고요?"

젊은 옹기장이는 이미 존애당을 알고 있었다.

"남촌 의국에서 쓸 약탕관을 소인이 댈 수 있다면 오히려 영광입니다."

그러면서 그는 장 서방과 나를 극진히 대접하는 것이었다.

"그런데 어인 연유로 약탕관은 아래쪽과 위쪽의 두께가 달라야 하오?"

"응당 그래야 합지요. 바닥과 배뚜리는 두껍고 위로 갈수록 얇아져야 하지만 또 맨 위쪽 아구리에 이르러서는 다시 두꺼워야 합니다. 그래야 약을 달일 적에 약탕관 전체가 골고루 데워지면서 약재의 약성이 온전히 배어나게 되지요."

"한낱 약탕관에도 그런 오묘한 이치가 있었군."

"지금은 만들어 놓은 것이 없으니 열흘 뒤에 제가 존애당으로 가져다 드리겠습니다."

"고맙소. 여기 선금이오."

"반값만 받겠습니다. 소인도 약탕관으로써 좋은 일에 보탬이 되고 싶어서요."

존애당의 이름이 원근에 많이 알려져 각각의 방식으로 도우려는 사람이 생겨났다. 황희의 후손인 황씨 집안, 노수신의 후손인 노씨 집안, 이순신의 처족인 방씨 집안, 산양현에 성촌을 이루고 있는 고씨 집안, 낙동면에 세거하고 있는 조씨 집안······. 그밖에 사벌에서 청빈하게 살고 있는 조우인과 정기룡 등 낙사계 계원은 아니지만 우의가 두터운 친구들도 십시일반으로 면포와 곡식을 보내왔다.

익명의 기부자들도 적지 않았다. 더러는 한밤중에 찾아들어 마당에 비단이나 은자와 같은 귀한 재물을 던져 놓기도 하고 사람을 시켜 여러 가지 약재를 등짐 져 보내오기도 했다.

설립한 지 얼마 지나지 않아 계속 유지해 나가는 것이 불가능하게만 여겨졌던 존애당이었다. 바닥을 보이던 존애당의 재정은 뜻하지 않은 도움으로 다시 이어나가게 되었다. 궁하면 통하는 법이라고 했던가. 절실하면 해낼 수 있다는 것을 존애당이 증명해 보이고 있는 듯했다.

6월 들어 큰비가 밤새도록 내렸다. 거센 바람과 함께 천둥과 번개가 쳤다. 땅 위에 있는 모든 것을 부수고 쓸어가 버릴 듯한 기세였다. 그 다음날도 새벽부터 비가 많이 내리고 저녁때 잠깐 갰다가 한밤중에 다시 또 줄기차게 내렸다.

계원들과 성협의 걱정은 단연 약재창고였다. 아무리 잘 지었다고 하더라도 여러 날 비가 오는 장마철에는 약재가 습기를 감당할 수 없을 것이었다. 통풍이 잘 되게 창을 내고 천장도 높이 해서 지었지만 그것만으로도 안심이 되지 않아 임 도편이 구들을 놓아둔 것이 다행한 일이었다.

그런데 날마다 불을 때어 말려도 천군만마처럼 밀려드는 습기는 도저히 감당할 수 없었다. 장 서방이 좋은 꾀를 냈다. 대장간에서 쇠를 불릴 때 바람을 불어넣는 풀무를 가져다 놓고 바람을 일으켰다. 사람들이 돌아가며 풀무질을 했다. 그러나 그때뿐이었다. 하루 종일 풀무질을 하고 있을 수는 없는 노릇이었다.

마침내 긴 비가 그치고 해가 쨍쨍 났다. 하지만 장마가 잠깐 물러간 것인지 완전히 사라진 것인지 알 수 없었다. 성협이 약재창고를 둘러보았다. 약재를 하나하나 살펴본 그는 근심어린 목소리를 냈다.

"또 한 번 흙비가 크게 내린다면 다 상하고 말겠군."

장마가 다시 돌아왔다. 또다시 연일 비가 내리자 성협은 약재창고의 문을 다 열어두게 했다. 습기란 것도 바람을 따라 들락날락하는 것이라고 보았다. 흐르는 물이 썩지 않듯이 약재도 흐르는 습기라면 견디지 않을까 하는 생각이었다.

과연 성협의 판단은 옳았다. 창을 열어두고 불을 지피고 풀무를 돌리고……. 갖은 방법을 다 쓴 보람이 있어서인지 긴 장마가 물러갈 즈음까지 상한 약재는 얼마 되지 않았다.

"성 당임께서 애 많이 쓰셨습니다."

"제가 할 일을 한 것뿐입니다. 의국에서 약재는 목숨 같은 것이니까요."

"상한 약재가 있다고 들었는데 축난 만큼 구해 들여야 하지 않겠습

니까?"

성협은 그간 깊이 생각해 오던 바를 말했다.

"이참에 약초를 한번 재배해 볼까 합니다."

경상도에서 나는 약재는 180여 종, 그 중에서 상주에서 나지 않는 것이 80여 종이었다. 약초 중에서 가장 많이 쓰이는 것은 백출과 감초 등이었다. 웬만한 처방에는 다 들어간다고 봐도 무방했다.

"빈번하게 쓰이는 약재는 약초를 재배해서 쓰자는 말씀이군요?"

존애당 앞에는 너른 들이 있었다. 그 절반이 존애당에 출연한 재산이었다. 성협은 그 들에 산야에서 자라는 약초를 옮겨 심어 시험 재배를 시작했다. 또 어렵사리 한양의 종약전에 부탁해 감초, 감수, 형개와 같은 당재의 종자를 구해다가 심기도 했다.

그런데 김 진사와 같이 낙사계에 가입하지 않은 무리가 여선히 존애당을 못마땅하게 여겼다.

"아니 종자를 뿌려 곡식을 거두어들여도 모자랄 판국에 약초라니?"

"제가 곁눈으로 둘러보니 약초가 아니고 죄다 잡초입디다."

그에 비해 백성들은 존애당 편이었다.

"약초가 많이 자라니 더 많은 사람을 치료할 수 있겠군 그래?"

"남촌 양반들이 정말 큰일을 벌였어."

"누가 아니라나? 백성을 위해 무료로 의술을 펼치는 곳은 팔도에 저 약방밖에 없을 걸?"

고을 사람들은 약초를 재배하고 있는 들을 약뱅이들이라고 불렀다. 약방의 들이라는 뜻이었고 약초가 자라는 들이라는 뜻이었다. 그들은 치료를 받고 존애당을 나설 때나 약뱅이들을 오갈 때마다 약초 사이에 올라오는 김을 매어 놓곤 했다. 그리하여 약뱅이들은 따로 관리하지 않아도 되었다.

약초가 잘 자라는 것을 본 성협은 자신이 가지고 있는 의서를 모두 존애당으로 가져다 놓았다. 그러고는 또 한 가지 제안을 했다.

"의서를 모아야겠습니다. 수백 가지 병에 쓰는 수천 가지 처방을 다 기억하고 있기란 어려운 일입니다. 희귀한 병을 앓는 환자에게는 희귀한 처방을 써야 하니 귀한 의서를 한곳에 모아두고 틈날 때마다 연구를 해야 할 것입니다."

그리하여 의서각이 마련되었다. 낙사계 계원들은 각자 한두 권씩 가지고 있는 의서를 모두 그곳으로 기증했다. 중복되는 책도 있었지만 다 받아들였다. 의서를 쌓아 놓고 보니 무려 일백여 권이나 되었다.

《향약구급방》과 《촌가구급방》은 조선에서만 산출되는 약재로 병을 치료하는 방법과 또 한 가지 약재로만 치료할 수 있는 병과 증세를 모아 놓아 펼쳐보는 즉시 활용할 수 있는 아주 유용한 의서였다.

퇴계 이황이 지은 《활인심방》도 있었고, 김유가 저술한 《수운잡방》, 식이요법으로 병을 다스리는 방법을 적어 놓은 《식료찬요》, 흉년에 먹을 것이 없을 때 대처하는 방법을 기술한 《구황촬요》와 같은 귀중한 의서도 있었다. 또 《벽온방》은 비록 책의 갈피 수가 많지는 않았지만 전염병 치료 방법을 적어 놓은 귀중한 의서였다.

정경세가 새 의서를 한 질 전해주었다. 《의림촬요》였다. 어의 양예수가 지은 것으로 역대 명의들의 행적을 적어 놓은 책이었다.

"담야는 단 한 권도 빠뜨리지 말고 의서들의 목록을 만들거라."

나는 그때부터 의서각에 들어앉아 여러 가지 의서들을 살피며 목록을 만들기 시작했다.

3

"우리나라의 도학이 정포은(포은은 정몽주의 아호)에서 비롯했고 이퇴계(퇴계는 이황의 아호)에 이르러 집대성되었음을 잘 알 것입니다. 그 두 분의 중간에 김한훤당(한훤당은 김굉필의 아호), 정일두(일두는 정여창의 아호), 이회재(회재는 이언적의 아호) 같은 선생들이 모두 서로 수백 리 안에서 뒤를 이어 나왔습니다. 그런데 우리 모두는 이퇴계의 학통을 이어 받으신 유서애(서애는 유성룡의 아호)로부터 사사했으니 실로 우리나라의 도맥이 상주에 있다고 할 것입니다."

계원들은 정경세가 하는 말을 묵묵히 듣고 있었다.

"우리가 뜻을 세워 의국을 설립하여 백성들을 치료하고 구휼하고 있는 것은 실로 큰 보람이 아닐 수 없습니다. 한데 우리의 생각이 이것에만 그쳐서는 안 될 것입니다. 선현들의 도학을 이어갈 인재를 길러야 한다는 말씀이지요."

"그러면 당장 존애당에 강학당을 설치하자는 말씀인가?"

"그것만으로는 부족합니다. 서원을 세워야 합니다."

계원들은 다 어리둥절했다. 그간 존애당에 재물을 출원한 것이 여러 번이었다. 다들 더는 여력이 없음을 서로 잘 알고 있었다. 그런데도 정경세는 후학 양성을 위해 서원을 건립하자고 주장하는 것이었다. 이전이 말했다.

"우리가 과연 그럴 만한 힘이 있을까?"

"학문은 젊은 때를 놓치면 다시 이루기 어려운 것임을 잘 알지 않습니까? 우리가 비록 살림이 궁핍해졌다고는 하지만 굶고 지낼 정도는 아니니 더 늦기 전에 학풍도 다시 일으켜야 합니다."

계원들은 거듭된 정경세의 설득에 수긍하고 서원을 짓기로 합의를 보았다. 정경세는 계의 고문들을 찾아가 서원의 건립을 추진할 뜻을 밝혔다. 송량, 김각, 윤진과 같은 낙사계의 고문들은 그 뜻을 가상히 여겨 적극적으로 도울 것을 약속했다.

"그렇다면 어디에 세우는 것이 좋겠는가?"

"존애당 옆이 최적지겠지?"

"아닐세. 물길을 따라 오르내리며 유생들이 모일 수 있는 곳이라야 하네."

"봐 둔 곳이 있는가?"

"낙연동에 있는 소호의 송정이 좋은 터 같습니다."

낙연동은 상주 동쪽 낙동강에 인접한 고을이었다. 소호는 낙동강이 굽이 돌아 흐르는 무임포 일대를 부르는 말이고 송정은 그 뒤편에 있는 터를 말했다. 무임포 앞을 흐르는 강 중간에 작은 섬이 하나 있었다. 홍수가 지면 잠기고 가뭄 때는 드러나는 까닭에 하중도 또는 하상도라고 불렀다.

논의 끝에 무임포 뒤편 솔숲에 서원을 세우기로 결정했다. 그다음은 서원의 이름을 지어야 했다. 계원들이 각자 생각나는 대로 이름을 말했다. 이전이 다 듣고 있다가 입을 열었다.

"아무리 우리가 서원을 세운다 하더라도 그 명호를 짓는 일은 함부로 할 수 없으니 선생님께 여쭈어보는 것이 어떻겠는가?"

모두가 동의했다. 정경세는 유성룡에게 편지를 냈다.

"……그리하여 서원에는 마땅히 명호가 있어야만 하는데 알맞은 이름이 생각나지 않습니다. 누구는 그 땅의 지명을 따서 낙연서원이라 칭하자고 하고, 또 누구는 그 나루의 이름을 따 무임서원이라 하자고도 하는데 마음에 흡족하지 않습니다. 저는 우리나라의 도학이 선생님에 이르러 남쪽 상주로 전해졌으니 이러한 사실에서 취해 도남서원이라고 칭하면 좋겠다는 생각을 해 보았습니다.

선생님께서 살피시어 이러한 이름들이 적합하지 않다면 별도로 아름다운 이름을 지어 주시어 도우(서원 건물)를 빛내 주신다면 참으로 다행스럽겠습니다."

그로부터 얼마 지나지 않아 유성룡이 답장을 보내왔다.

"내가 생각해 보니 도남서원이라는 명호가 퇴계 선생님의 도학이 남쪽 상주로 간 사실에 썩 부합하니 아주 아름답네. 구태여 다른 명호를 애써 궁리할 필요가 없을 것 같네. 자네들은 어떻게 생각하는가?"

깊이 생각할 것도 없었다. 이황의 도학이 수제자 유성룡을 거쳐 남쪽 상주로 이어져 갔다는 뜻의 도남. 그 이상 좋은 이름이 어디 있겠는가. 유성룡의 수제자인 정경세는 그가 조언한 대로 서원의 이름을 도남서원으로 정하기로 하고 도우를 건립할 재물을 모으기로 했다.

정경세는 또 이준에게 제안했다.

"존애당 기문(유래를 기록한 글)을 문미(창문 위 가로로 댄 나무)에 걸어야겠는데 숙평 형이 좀 지어 주십시오."

"알겠습니다. 경임 형이 원하시니 한번 지어보지요. 그런데 존애당의 '당'을 '원'으로 바꾸면 어떻겠습니까?"

"존애당을 존애원으로요? 무슨 특별한 이유라도 있습니까?"

"'당'은 건물 하나를 지칭하는 말인데 우리 존애당에는 크고 작은 당우가 들어서 있으니 '원'이라고 하는 편이 옳은 일일 듯싶습니다."

"듣고보니 일리 있는 말씀이군요. 그렇다면 '존애'는 어디까지나 도학의 실천 방법이니 당호로 삼아서 강학당에 써서 걸고, 널리 백성을 구제한다는 뜻인 제생을 원명(원의 명칭)으로 하여 대문에 거는 것이 어떻겠습니까?"

"사민(양반과 상민)들 사이에 이미 존애당이라는 이름이 입에 익었는데 이것을 바꾼다면 장차 존애와 제생, 두 이름으로 부르게 될 것입니다. 처음 발원한 뜻대로 존애에서 취하여 존애원으로 하는 것이 좋을 것 같습니다."

낙사계 계원들이 다 동의하여 존애당을 존애원으로 바꾸기로 했다. 현판 글씨는 정경세가 크게 쓰고 서각 솜씨가 뛰어난 강응철이 좋은 느티나무에 글자를 새겨 대문 위에 달았다.

"존애원이라……."

"좋지 않습니까?"

"좋다마다요. 허허허."

그때 저 멀리 저물녘의 어스름 속에서 사람이 하나 나타났다. 장옷을 입은 여자였다. 그녀는 똑바로 걸어오더니 사람들을 보고는 가볍게 고개를 숙였다. 장 서방이 앞으로 나서며 물었다.

"누, 누구요?"

장옷을 벗으니 앳된 얼굴이 드러났다. 키가 커서 어른인 줄 알았는데 그게 아니었다.

"이 고을에 백성들을 무료로 치료한다는 약방이 있다던데 여기가 맞는지요?"

"그렇다만? 아, 아니 그렇소만?"

"저는 애종이라 합니다. 제가 약간의 의술을 아니 여기 머물면서 의원님의 시중이나 들까 해서 찾아왔습니다."

"의술을 안다?"

이준이 장 서방을 젖히고 나섰다.

"의술을 아는 계집이라? 네 정체가 무엇이냐?"

"그저 북쪽 고을에서 온 하찮은 년이라고 해둡지요."

90

"네 이년, 말투가 참 요망하구나."

애종은 조금도 두려움 없이 담담하게 말했다.

"나리께서는 아마도 허릿병이 다 낫지 않으셨나 보옵니다. 또 오른쪽 팔꿈치가 수시로 시고 당겨지며 가끔 참기 어려운 통증이 있으시지요?"

"아니, 이년이?"

듣고 있던 성협이 이준의 말을 가로막으며 물었다.

"네가 이 나리의 안색과 서 있는 품새만 보고도 용케 병의 이력을 알아보는구나. 그렇다면 하나 묻겠다. 이 나리의 팔꿈치가 아픈 증세에는 어떤 처방을 써야 하겠느냐?"

"차고 습한 기운이 팔꿈치 관절 사이에 스며들어 있어서 그런 병증이 생긴 것이니, 먼저 아시혈(통증 부위를 일컫는 말)에 침을 놓고 그다음 날에는 쑥으로 뜸을 뜨면 필시 효험을 빨리 볼 수 있을 것입니다."

성협이 또 물었다.

"뜸은 어디에 떠야 하겠느냐?"

"곡지혈(팔꿈치를 구부렸을 때 팔뚝 위쪽에 있는 혈)과 아시혈 두 곳에 7장(장은 뜸을 세는 단위)을 지지면(뜸을 놓는 것을 말함) 될 것입니다."

세상을 바꾸는 일

1

존애원을 지어서 병고에 시달리고 민생에 허덕이는 백성들을 치료하고 먹이는 일은 순조롭게 진행되었다. 또 젊은이들을 가르칠 서원을 세우는 일에 있어서도 차질 없이 공사가 이루어져 가고 있었다. 이제 남은 일은 한 가지였다. 바로 자라나는 아이들이었다.

정경세는 어린아이는 글공부도 중요하지만 먼저 예의범절을 가르쳐야 한다고 생각했다. 매일같이 존애원을 마구 내달리며 뛰어노는 아이들. 그것을 말리지 않는 부모들. 정경세는 아이들이 버릇이 없는 것을 눈여겨보았다. 아이들이 글공부를 할 책은 많았지만 삼가 가져야 할 뱀뱀이를 조목조목 적어놓은 책은 세상에 아직까지 변변한 것이 없었다.

"없다면 있도록 해야지."

그는 집필에 몰두했다. 그리하여 탈고를 한 것이 《양정편》이었다. 어린아이가 올바른 예의범절을 기르는 책이라는 뜻이었다. 갈피를 덮고는 다시 생각에 잠겼다. 의문에 싸인 어린아이, 바로 나에 대한 궁금증이었다. 정경세는 베갯모를 서안 위에 올려놓고 살폈다. 자수가 되어 있는 글자 풍 자에서 오랫동안 눈길을 떼지 않았다.

정경세는 무릎을 탁 쳤다.

"그래!"

문득 고을 이름에서 딴 것일 수도 있다는 생각이 든 것이었다. 풍 자가 들어가는 고을이라면 풍산? 풍산에 사는 누구의 아들인가? 이렇게 한문을 쓴 것을 보면 양반 가문이 아닐까? 짐작컨대 내가 이미 글공부를 제법 했던 것이 분명한 것 같았다. 그렇지 않고서는 《천자문》부터 《명심보감》,《통감》에 이르기까지 그렇게 빨리 뗄 수는 없을 것이었다. 더구나 의서각에 있는 의서들의 목록을 만들라는 말을 듣고는 한 달도 안 되어 보란 듯이 해내지 않았는가 말이다.

정경세는 나를 양반집 아들로 추측했다. 중인이나 상민의 아들도 서당에 다니며 글공부를 할 수는 있지만 어디까지나 천자문 정도지 더 나아가는 경우는 드물었다. 글공부를 더 해 봤자 그 일신이 쓰일 데가 없기 때문이었다.

"그렇지. 베갯모가 귀한 것이라고 했으니……."

그에 이르러 정경세는 나를 양반 가문의 자식으로 확신했다. 그때 퍼뜩 뇌리를 스치는 것이 있었다.

"역적!"

정경세는 갑자기 몸이 후끈했다. 내가 역적의 자식일 수 있다는 생각에 이르렀다. 어느 가문이 역적으로 몰려 모두 죽임을 당하게 된 상황에서 자식만은 하나 살리려고 길거리에 내버린 것은 아닐까? 정경세는 곧 고개를 가로저었다. 뒷날이라도 잡히기만 하면 죽음을 면치 못할 텐데 어느 누가 역적의 자식이라는 것을 암시하는 표시를 해 놓겠는가. 역적일 리는 만무하다고 여겼다.

"풍 자가 들어가는 고을이라면……."

오래 생각할 것도 없었다. 가까운 안동에 풍산 고을이 있었다. 그곳은 스승 유성룡의 고향이기도 했다. 풍산 고을에 있는 어느 가문이 지난 왜란 때 아이를 잃어버렸을 수도 있는 일이었다. 병란이 터지고 왜적이 거침없이 올라오자 아이의 몸에 문신을 새기고 윗도리 속에 베갯모를 꿰매놓은 것인지도 몰랐다. 피난을 하다가 자칫 아이를 잃어버릴 경우에 누구라도 베갯모와 문신을 보고 아이를 고향에 데려다 달라는 뜻인 건 아니었을까. 팔도에 유랑민이 수백 만 명이나 되었던 시기였다.

"풍산 고을 어느 집안의 아이일까?"

정경세는 나의 내력을 밝히는 일을 계원들에게는 비밀에 부치고 풍산으로 사람을 보내 전쟁 중에 아들을 잃어버린 집이 있는가 알아보기로 했다.

존애원에 들른 정경세는 내게 책을 한 권 주었다. 《양정편》이었다. 공손히 받아들었다. 그가 부드러운 음성으로 말했다.

"글을 몰라도 사람 구실을 할 수는 있지만 글을 알면 자기 자신이 어떤 사람인지 명백히 알 수 있다."

그런 뒤 정경세는 의사로 갔다. 마당에 선 채 의사 안에서 환자를 돌보고 있는 성협을 물끄러미 바라보았다. 애종이 성협의 곁에서 뜸 시중을 들고 있었다. 성협은 고개를 돌려 정경세와 목례를 주고받았다. 그러더니 내게 말했다.

"담야는 약재창에 가서 뜸쑥을 좀 가지고 오너라."

그때 애종은 고개를 들어 나를 힐긋 보았다. 엷은 미소를 머금고 있었다. 나는 갑자기 당황하여 얼른 얼굴을 돌리고 약재창으로 뛰어갔다.

약재창 고지기 할아범은 약작두로 약재를 썰고 있었다. 별난이는 그 곁에 퍼질러 앉아서 작은 나뭇가지로 땅바닥을 두드리며 신세 한탄을 하는 것이었다.

"아이고, 어디서 굴러온 계집애가 내가 앉아 있어야 할 자리를 꿰어 차고 앉아서……. 아이고, 내 신세야. 이 나쁜 애종이 년! 이 귀한 몸은 이런 시골 약방의 약초창고에 처박혀 있는데 출세는 언제 어느 때나 하려나."

할아범이 듣더니 빙긋 웃으며 말했다.

"그러면 다시 백화산으로 돌아가거라."

"그런 말씀 마셔요. 다시 그 구질구질한 백화산 움막으로 돌아가기는 죽어도 싫습니다."

"네 할머니 걱정은 안 되니?"

"할머니야 뭐, 오래오래 사실 테니 아무 염려 마셔요."

내가 들어서자 별난이는 벌떡 일어났다. 그러고는 들고 있던 나뭇가지로 나를 가리켰다.

"담야, 너!"

나는 별난이를 똑바로 바라보지 않고 할아범에게 말했다.

"원임 어른께서 뜸쑥을 가져오라고 해서요."

할아범이 뜸쑥을 챙기는 동안 별난이가 있는 쪽을 바라보았다. 물씬 풍기는 냄새로 보아 지황을 찌고 있음직했다. 생지황을 술에 담가 두었다가 쪄서 말리기를 9번 반복하면 숙지황 중에서도 귀한 구지황이 되는데 이는 사물탕을 비롯하여 많은 처방에 두루 쓰는 요긴한 약재가 되었다.

"너, 애종이 좋아하지?"

쓸데없는 소리에는 대꾸를 하지 않기로 마음먹은 터라 아무 말도 하지 않았다. 별난이가 다가왔다.

"나를 똑바로 보고 말해. 맞지?"

하는 수 없이 한마디 해주었다.

"별난아, 애종누님은 너보다 나이가 많아. 근데 말끝마다 애종이, 애종이, 누님이 뭐 네 친구라도 되는 줄 아니? 그러니까 네가 버릇이 없다는 소릴 듣는 거야. 너처럼 이쁜 애가 그런 소리를 들어서야 되겠니?"

"그럼 애종이한테 언니라고 부르라는 말이야?"

"언니지 그럼."

할아범이 건네주는 뜸쑥을 받았다. 그에게 인사를 하고 약재창을 나오면서 별난이에게 덧붙였다.

"약초에 대해서는 네가 제일 많이 알잖아. 그 좋은 지식을 장차 크게 쓰려면 제발 성깔머리 좀 죽여."

별난이는 팔짱을 끼며 쌀쌀맞게 말했다.

"흥! 네가 뭔데 나한테 이래라저래라야! 빨리 가버려! 꼴도 보기 싫어!"

존애원에 느닷없이 무서운 사람들이 찾아들었다. 한양 도성에서 의금부 도사와 선전관이 찾아온 것이었다. 그 차림새와 위풍을 보니 흡사 다른 세상에서 온 사람들인 듯했다. 목사를 비롯하여 판관, 좌수 등 상주 고을의 벼슬아치란 벼슬아치는 다 그들의 뒤를 따랐다.

임금이 앓고 있는 인후통이 오랫동안 낫지 않아서 내의원에서 팔도의 재야에 숨어 있는 명의를 추천했는데 그 중에서 성협이 의술에 통달했다고 하여 천거가 되었다는 것이었다.

성협은 당장 따라나서지 않고 고민했다. 존애원 의사에 들어있는 위중한 환자도 수십 명이나 되었고 날마다 찾아드는 환자도 그 수를 헤아릴 수 없었다. 그들을 따라가지 않으면 어명을 어기고 죄를 짓는 것이 되었고 환자를 두고 가자니 차마 마음의 양심이 내키지 않았다.

"그래도 가는 것이 옳습니다."

"성사열이 한양으로 가면 이 의국은 어찌 하고요?"

"의원 없이 의국을 운영할 수는 없습니다."

"성사열이 다녀올 동안 다른 사람을 잠시 물색해 봐야겠지요."

성협이 말했다.

"금방 돌아올 수 있는 길이 아닐 성싶습니다. 하고, 이제 의국도 자리를 잡았으니 이참에 다른 분을 찾아보십시오."

"그건 아니 될 말씀. 상감마마의 환후가 완쾌되는 즉시 돌아오셔야 합니다."

성협은 존애원에 딸린 사람들에게 일일이 그 맡은 바 임무를 상기시키며 당부했다. 맨 먼저 애종, 그다음은 서원 한언협, 집사 장 서방, 고지기 할아범, 약초꾼 유후성, 별난이, 그리고 맨 마지막에 나였다.

"담야는 의서를 많이 읽은 줄 안다. 하지만 머리만으로는 환자를 돌볼 수 없다. 내가 가고나면 의사에 들도록 하거라."

성협은 존애원을 맡은 지 채 2년도 되지 않아 한양으로 떠나갔다. 그가 없는 존애원은 썰렁했다. 마치 큰 기둥이 하나 사라진 듯했다. 당장 환자를 돌볼 사람이 없었다. 소문은 이내 퍼져나갔다. 존애원에 있던 의원이 임금의 병을 살피러 갔다는 말이었다.

"그렇다면 우리가 팔도 최고의 명의한테 치료를 받은 게 아닌가?"

"암, 그런 셈이지."

"상주에 그런 숨은 명의가 다 있었군 그래?"

읍내 팔가계의 도의생이 은밀히 계원 한 사람에게 청탁을 했다. 존애원의 원임 자리가 탐이 나서였다. 대부분의 낙사계 계원들은 아쉬운 대로 그렇게 하는 것도 괜찮은 일이라 여겼지만 정경세와 이준은 일언지하에 거절했다.

"의술보다 인성이 우선입니다."

"그렇긴 하지만 원임 자리를 비워 둘 수는 없는 일입니다."

"내게 좋은 생각이 있습니다."

행장을 차린 정경세는 길을 나섰다. 어디로 가는지 말을 하지 않아 행처를 알 수 없었다. 묵묵히 뒤따를 뿐이었다.

읍내를 지나 한참을 걸어 함창현에 이르렀다. 함창에도 의술에 밝은 사람이 있었다. 전 현감 이국필이었다. 그런데 정경세는 그의 집으로 찾아가지 않고 현청에 들렀다. 현감 홍사고가 달려 나와 환대를 했다.

그날 밤 두 사람은 시간 가는 줄 모르고 밤늦도록 이야기를 나누었다. 갑자기 쿠쿵 하는 소리에 나는 잠에서 깨어 어리둥절했다.

"지진이 난 게로군."

지진은 밤새 몇 차례 더 났다. 날이 밝아 밖으로 나왔다. 정경세는 막 내아를 나서고 있었다. 홍사고가 속히 등청을 해 밤새 이어진 지진으로 파손된 가옥은 없는지 살펴봐야 했기에 일찍 현청을 떠나려는 것이었다.

정경세는 존애원의 새 원임으로 이국필을 염두에 둔 것이 아니었다. 영강을 따라 거슬러 오르니 낯익은 풍경이 나타났다. 나도 모르게 눈이 커지고 탄성이 터져 나왔다. 눈앞에 보이는 것은 딴봉이었다. 이윽고 나루터 주막에 이르렀다. 얼른 사립문 안으로 뛰어들어 주모를 찾았다.

그녀는 부엌에서 나왔다. 나를 보더니 놀랍고 반가움에 어찌할 바를 몰라 했다.

"아니, 이게 누구야? 담야 아니냐? 담야야!"

그녀의 품에 안겼다. 주모는 내 몸을 어루만졌다.

"아유, 이 등짝이며 어깨 좀 봐. 몰라보게 달라졌어. 이제 네가 장정이 다 되어가는구나."

주모는 정경세를 알아보았다.

"아이고, 영감마님. 우리 담야를 거두어 주셔서 얼마나 고마운지 모릅니다요."

그녀는 눈가에 맺히는 이슬을 훔쳤다.

"얼른 상을 봐 올 테니 조금만 기다려 주십시오."

주모는 부엌으로 들어갔다. 정경세가 내게 말했다.

"둘러볼 곳이 있으면 다녀오너라."

그 말이 떨어지기가 무섭게 쏜살같이 송정산으로 내달았다. 모든 정경이 그대로였다. 산꼭대기에서 강물을 내려다보았다. 뛰어들어 물장구를 치고 고기를 잡고 싶은 충동이 일었다. 주위를 살펴보았다. 아무도 없었다. 옷을 벗기 시작했다. 강물 속에 뛰어들어 마음껏 헤엄을 쳤다. 그런 뒤 슬슬 물고기를 막다른 곳으로 몰아갔다.

이윽고 잡은 물고기를 가지고 주막으로 돌아와 주모에게 주었다. 그녀의 얼굴에 웃음꽃이 활짝 피었다.

"오랜만에 우리 담야가 잡은 물고기 맛을 보게 되는구나."

정경세의 상에 물고기 찜이 올라왔다. 주모가 살코기를 발라 따로 놓았다. 정경세의 젓가락은 두어 번 갈 따름이었다. 그가 소찬을 즐

겨 하는 까닭이었다. 수저를 내려놓고 상을 물렸다. 그 상을 받아서
먹었다.

주모와 아쉬운 인사를 나누고 다시 길을 걸었다. 산양현 퇴촌 고을
에 닿았다. 고상안과 고인계 등이 사는 고씨 성촌이었다. 두 사람은 집
안의 숙질 사이로 산양현에서 이름 높은 선비들이었다.

고인계가 산장(서당의 임원)으로 있는 근암서당에서 하룻밤 묵었다.
함창에서 산양까지는 얼마 되지 않아 묵어갈 거리가 아님에도 정경세
가 일부러 걸음을 늦추고 송정나루에서 시간을 지체한 것 같았다. 거
기서도 정경세는 두 사람과 밤새도록 방담을 나누었다.

서당에서 아침을 먹고 길을 나섰다. 느릿느릿 걸었어도 해가 중천에
이르기도 전에 용궁현에 다다랐다.

정경세가 찾아간 곳은 이찬의 집이었다. 그는 역시 의술에 뛰어난
것으로 알려져 있었다. 지난번에는 정경세의 등에 난 종기를 거머리를
써서 깨끗이 치료한 사람이었다.

그는 어릴 때부터 병치레를 자주 하여 자연스럽게 의술에 관심을
갖게 되었고 스스로 독학을 하여 일가를 이루었다는 평판이 있었다.
이찬은 특히 외숙부인 유성룡으로부터 영향을 많이 받았다.

일찍이 유성룡은 명나라 명의 이천이 저술한 《의학입문》을 우연히
읽어 보고는 깊은 감명을 받아 《의학변증지남》을 지었는데 후에 다시
《의학입문》의 침구 편을 근간으로 삼아 《침경요결》을 펴냈다. 유성룡
은 그러한 책들을 다 조카 이찬에게 물려주어 의술을 더욱 갈고 닦도
록 했다.

이찬의 집에는 안동 예안에 살고 있는 김령도 와 있었다. 김령은 왜
란 때 유성룡의 휘하에 자진 종군한 사람인데 유성룡을 배종하고 가
서 명나라 장수들을 만난 자리에서 깊은 학식을 드러내어 탄사를 받

왔던 인물이었다.

두 사람은 15살 아래였지만 정경세는 깍듯이 예를 갖추어 말했다.

"이중명(중명은 이찬의 관자), 김자준(자준은 김령의 관자), 두 분 막역지우를 한꺼번에 뵙고 보니 참 반갑습니다."

두 사람은 허리를 깊이 굽혀 사례를 했다.

"감사또 영감께서 이 누추한 집에 친히 왕림해 주셔서 갑자기 식은땀이 솟고 몸 둘 바를 모르겠습니다."

함께 자리한 세 사람은 노소를 잊고 해가 저물기도 전부터 호음방담을 시작했다. 밤이 이슥하도록 세상의 온갖 이야기를 나누다가 김령이 존애원의 원임 성협이 임금이 앓고 있는 고질병인 인후통을 치료하러 간 일을 거론했다. 정경세는 바로 이때다 싶어 말을 꺼냈다.

"성사열이 떠나는 바람에 존애원의 의사에 불이 꺼지고 말았으니……."

김령은 정경세가 이찬을 찾아온 이유가 비로소 짐작되었다. 그도 넌지시 정경세를 동조하고 나섰다.

"백성을 치료하는 의국은 한날한시도 비어 있어서는 안 될 일이 아닙니까? 그래 성청죽(청죽은 성협의 아호)의 후임으로 염두에 두신 분이 있습니까?"

"있긴 하지만 그분이 일언지하에 거절을 할까 봐 입이 안 떨어지는구려."

이찬은 묵묵했다. 김령이 이찬을 보고는 말했다.

"소인도 한 사람 적임이라고 생각되는 사람이 있는데 감히 그 성명을 밝히지 못하겠습니다."

"아마도 김사준과 내가 똑같은 사람을 생각하고 있는 것은 아닐는지요?"

말이 그쯤 오가자 이찬이 입을 열지 않을 수 없었다.

"두 분이 사람을 아주 옴짝달싹 못하게 만드시는군요. 영감께서 몸소 먼 길을 찾아오신 뜻을 잘 알겠습니다. 성청죽께서 한양에서 돌아오시기 전까지만 재주가 일천하고 불민하나마 제가 잠시 가 있도록 하겠습니다."

정경세는 이찬의 손을 덥석 잡았다.

"고맙소, 이중명!"

김령은 크게 웃었다.

"이제 보니 우리 정우복(우복은 정경세의 아호) 영감께서 사람의 마음을 얻으시는 수완이 여간 아닙니다. 허허."

2

"이중명이 정말 수락했단 말씀입니까?"

낙사계 계원들은 고집이 세기로 유명한 그의 마음을 얻은 방법이 궁금했지만 정경세는 웃기만 할 뿐이었다.

"그렇다면 아주 잘된 일 아니오? 이국필 전 현감도 명의로 이름이 높기는 하나 연세가 있으니 아무래도 젊은 이중명이 맡는 게 좋겠지요."

그리하여 계원들은 별다른 이견 없이 이찬을 제 2대 존애원 원임으로 추대했다. 이찬이 오는 날 계원들과 존애원 사람들은 격식을 갖춰 그를 맞이해 들였다.

젊은 명의가 새 원임으로 취임한 뒤 존애원이 다시 활기를 되찾았다. 가까운 고을 먼 고을 할 것 없이 날마다 수없이 환자들이 밀려들었다. 밤에도 대문 밖까지 줄을 서 있는 까닭에 마당 안팎으로 도가니불을 활활 지펴 놓아야 했다. 고을 어귀에서 존애원으로 오는 길목 곳곳에도 초롱을 달아 사람들이 찾아오기 쉽도록 했다.

의사는 며칠씩 치료가 필요한 환자들로 방마다 꽉 차 발 디딜 틈이 없었다. 침을 놓고 뜸을 뜨는 진료실도 마찬가지였다. 어디나 할 것 없이 사람들로 북적거렸다. 뒷마당에는 숯불 화로가 길게 놓여 있었다. 화로마다 올려진 약탕관에서 탕약이 달여지고 있었다.

피고름이 묻은 의포가 하루에도 수십 장씩 나왔다. 그 자국은 쉽게 없어지지 않았다. 의포를 빠는 일을 맡은 아낙들은 피 얼룩을 지우는 데 고심했다. 여러 가지 실험을 해보다가 그들은 한 가지 방법을 찾아냈다.

의포에 있는 피고름 자국을 감식초에 적셔 놓았다가 냇가에 보를 쌓고 보 안에 며칠 담가주었다. 존애원 앞으로 흐르는 시냇가에 늘 지어 앉아서 그것들을 건져내어 일일이 비벼 빠는 것이었다. 피 얼룩이 거의 다 빠지면 큰 솥에 넣고 삶아서 햇빛에 널어 말렸다.

의포를 빠는 아낙들 외에도 약초를 씻어 말리는 아낙들, 약절구에 약재를 빻는 아낙들, 약작두로 약초를 써는 아낙들, 뒤뜰에서 약탕관에 약을 달이는 아낙들……. 품을 팔러 온 아낙들은 얼굴이 드러나는 것을 기피해 모두 흰 고깔을 쓰고 있었다. 사람들은 그들을 약방아낙이라고 불렀다.

약재창 고지기 할아범은 손을 놀리고 있는 약초꾼들을 불러 모았다. 별난이와 함께 그들이 캐온 약초가 약재로 변모하는 과정과 약재의 약효를 가르쳤다.

애종은 이찬의 곁에서 침구 시중을 들었다. 환자를 돌보는 일은 이른 새벽부터 밤 늦도록 이어졌다. 두 사람이 자칫 과로로 쓰러질지도 모른다는 걱정이 나돈 지 오래였다. 다른 의원을 더 두어야 한다는 말까지 나왔다.

"적당한 의원이 있겠습니까?"

"이중명처럼 대가없이 환자를 돌보려고 할 의원이 있으면 모르되……."

환자들에게 대가를 바라지 않았지만 그렇다고 가만히 있을 그들이 아니었다. 많게는 됫박 곡식을, 적게는 한 줌씩 슬그머니 놓고 가는 일이 많았다. 그것들을 모아다가 굶주린 사람들이 구걸하러 오면 조금씩 내주는 것이 내가 할 일이었다.

무엇보다 존애원에서 일을 하는 약방아낙들의 인기는 실로 대단했다. 결원이 생기면 그 빈자리에 서로 들어오려고 줄을 대는 상황까지 벌어졌다. 고을 사내들은 농한기에 노름에 빠지거나 빈둥빈둥 놀지 않고 약초를 캐러 다녔다. 하릴없이 놀면 욕을 먹는 분위기가 형성되었다.

"우리 청리 고을이 천하의 존애원을 둔 고을이야. 그러니 우리가 잘 받쳐 줘야지."

고을의 권농으로 있는 김각 등 낙사계의 고문들도 한입으로 말했다.

"걱정을 많이 했는데 애들이 참 잘하고 있습니다."

"다 시행착오를 겪어가면서 하는 법이지요."

전란 후 흉흉했던 고을 풍습이 어느새 아름답게 바뀌어 가고 있었다. 존애원의 평판과 명성이 날로 더하는 만큼 환자들은 더 많이 밀려들었다. 의사도 의사지만 환자를 데리고 온 가족들이 잠잘 곳도 필요했다. 존애원 밖이나 약뱅이들에 쳐 놓은 임시 막사로는 될 일이 아니었다. 여러 날 한데서 지내는 그들조차 병을 얻을 지경이었다.

그런데 존애원의 재정으로는 한계가 있었다. 계원들은 큰 난관에 봉착했다. 갹출한 재물과 희사 받은 재물이 적지 않았지만 점차 살림의 규모가 커지는 바람에 하루가 다르게 재정이 소진되었다.

환자도 아니고 가족도 아닌 사람들이 존애원 앞을 서성거렸다. 그들은 선뜻 들어서지 못하고 눈치만 살폈다. 대문을 들어서던 어떤 환자가 바깥에 한 사내 한 무리가 서성거리고 있다는 말을 내게 전했다.

나가 보았더니 그들은 읍내 의생들 밑에 딸려있는 채약부들이었다. 관아에 공식적으로 등록을 해 잡역을 면제받고 약초를 채취하여 살아가도록 한 사람들이었다. 그들 중 한 사람은 등짐을 지고 있었다.

"예 무슨 일로 오셨습니까?"

한 사람이 쭈뼛거리다가 손을 비비며 입을 뗐다.

"여기 약방에 약재가 많이 부족하다는 말이 있어서……."

그제야 나는 그들이 찾아든 의도를 짐작했다. 의생들에게 바치고 남은 약재를 팔러 온 것이었다. 존애원에서도 약초꾼들을 놉으로 두고 있는 까닭에 달리 약재를 사야 할 이유가 없었다. 설령 약재가 부족하다고 해도 살 여력이 되지 않았다. 나는 그때 약재도 곡식이나 면포처럼 사고팔기도 한다는 걸 처음 알았다.

그들을 좋은 말로 돌려보낸 뒤 얼마 지나지 않아서였다. 존애원이 약초꾼들을 헐값에 부려 먹고 약재는 빼돌려 비싸게 팔아 폭리를 취한다는 소문이 났다. 소문의 진원지로 팔가계가 지목되었다. 존애원 때문에 환자가 거의 다 끊겨 예전과 같은 쏠쏠한 재미를 보지 못하고 있다는 것을 모르는 사람이 없었다.

낙사계는 목사에게 요청했다.

"우리 의국에 대해 그릇된 소문이 나돌고 있습니다. 엄중히 조사해

주소서."

목사는 판관을 시켜 면밀히 알아보게 했다. 그 결과 존애원에 대한 소문은 사실무근임이 밝혀졌다. 그 반면에 팔가계 의생들이 오히려 채약부들을 심히 부당하게 착취해 온 사실이 드러나게 되었다. 목사는 팔가계에 따끔한 경고 처분을 내리는 것으로 사건을 마무리 지었다. 그들을 심하게 추궁하거나 벌이라도 내린다면 진상할 약재를 조달하는데 큰 차질을 빚을 것이기 때문이었다.

덩치가 큰 사람이 존애원을 찾아왔다.

"소인은 경설이라고 합니다. 팔도를 떠돌아다니는 약재상입지요. 이 의국에 대한 얘기는 일찍이 듣고 있었습니다."

존애원에 관한 소문이 팔도에 쫙 나 있다는 말에 가슴이 뿌듯했다.

"팔도 곳곳에서 이곳 상주 남촌을 본받아 약계가 결성되고 있습니다. 그렇지만 그것은 어디까지나 양반들이 서로 상부상조하는 수준에 머물 뿐 존애원과 같은 큰 사업은 하지 못하고 있는 실정입니다."

"아무렴. 우리 존애원 같은 곳은 어디에도 없지."

"이런 약방을 누가 쉽게 운영할 수 있겠나."

"말이 그렇지 찾아오는 백성들을 죄다 무료로 치료해 준다는 건 웬만해선 엄두도 못낼 걸?"

그가 팔도를 돌아다니며 얻은 경험과 들은 이야기들을 풀어놓는 걸 신기하게 들으면서 퍼뜩 뇌리를 스치는 생각이 있었다. 약재창에 쌓아 놓은 수많은 약재들. 어떤 것은 몇 년 쓸 것도 있었다. 약재가 사고팔아도 되는 물건이라면 가려서 파는 것이 어떻겠나 싶었다. 그렇다면 존애원을 운영하는 재정에 적지 않은 보탬이 될 것 같았다.

"약재를 팔자고?"

내 말을 자초지종 들은 할아범이 놀랐다. 그는 이찬에게, 이찬은 또 낙사계에 약재의 매매에 관한 내 견해를 말했다. 계원들 사이에서는 찬반양론이 벌어졌다.

"우리가 무료로 백성들을 치료해 주자고 존애원을 연 것인데 약재를 매매하자고 하다니 당치도 않습니다."

"약재를 사고팔자는 것은 그것과는 무관한 일입니다."

"그렇게 해서 존애원 재정이 늘어나면 더 많은 백성들을 치료하고 먹일 수 있습니다."

"어찌 양반이 장사를 한다는 말입니까?"

"우리 낙사계가 직접 나서자는 것이 아닙니다. 존애원에 딸린 사람들 중에서 적임자를 가려서 시험삼아 그 소임을 맡겨보자는 것이지요."

낙사계 회의는 찬성과 반대 의견을 절충했다. 당분간이라는 조건 하에 재고가 많은 약재에 한해서 팔아보기로 하는 것으로 결론을 냈다. 또 약재 매매를 담당할 적임으로 내가 지목되었다. 생각지도 못한 일이었다. 뒤에 들으니 이찬이 무슨 이유에선지는 몰라도 적극적으로 나를 거론했다는 것이었다.

이찬이 나를 부르더니 일러주었다.

"어떤 약초든 그대로는 잡초나 다름없다. 사람의 손을 거쳐야 약재로 거듭난다. 그런데 세상에 똑같은 약재는 없다. 값어치가 뛰어난 약재가 있는가 하면 그렇지 않은 약재도 있다. 다 좋을 수는 없다는 말이다. 좋은 약재는 굳이 좋다고 말을 하지 않아도 좋다는 것을 다 알 것이고 품질이 나쁜 약재는 아무리 좋은 약재라고 우겨도 좋은 것이 되지 못한다."

"명심하겠습니다, 원임 어른."

일어서려는데 이찬이 한마디 더 하는 것이었다.

"사람도 마찬가지다."

그 말을 듣고 걸음을 멈칫 하다가 나왔다.

할아범과 함께 약재창에 있는 약재들 중에서 팔아도 될 만한 것들을 골라 따로 두었다. 그런 뒤 약재상 경설에게 넘기기 전에 백방으로 약재 값을 알아보러 다녔다. 가장 큰 장은 대구에서 열렸고 선산장도 그에 못지않았다. 멀리로는 동래장, 진주장, 나주장, 전주장까지 돌아보았다. 가는 곳마다 약재 값이 다르니 약재 값이 결정되는 기준을 도무지 알 수 없었다.

"사시사철 철마다 다르고, 흉년이 든 해 풍년이 든 해가 다르고, 비가 많이 온 해 적게 온 해가 다르고……. 우리 같은 약재상들 사이에는 임금님 마음속은 알아도 약재 값은 알 수 없다는 말이 있다네."

겪어보니 경설은 그 심성이 음흉한 사람은 아니었다. 내놓는 약재마다 값을 좋게 쳐 주었다. 그러면서 내가 마음에 들었는지 향후에 값이 폭등할 약재와 폭락할 약재를 넌지시 일러주기도 했다. 수십 년 그의 경험과 감각에서 비롯된 예측이었다. 자주 만나는 겨를에 그와 점점 친해지게 되었다.

약재를 매매해서 번 돈으로 그간 변변히 쳐주지 못했던 품삯을 주었다. 약초꾼들과 약방아낙들의 입이 벌어졌다. 그들은 신이 나서 더 열심히 일을 했다. 그렇게 하고도 남은 이익금으로는 존애원의 재정에 보탰다. 그들의 품삯 외에도 의포며 약탕관을 비롯해 소모되는 의술 기구가 많아 그것을 구입하는 데도 적지 않은 돈이 들었다. 또 백화산에서 나지 않는 귀한 약재를 구입하는 데도 썼다.

모자라던 의술기구가 추가로 갖추어지고 약재창에는 점차 약재의 가짓수가 늘어나 없는 약재가 없다고 할 정도가 되었다. 그 혜택은 고스란히 백성들에게 돌아갔다. 약재가 없어서 치료를 못하고 돌려보내는 경우가 없어진 것이었다. 약재의 매매로 얻게 된 효과는 이만저만 아니었다.

"담야가 큰일을 해냈구려."

"스물도 안 된 나이에 수완이 보통이 아닙니다. 허허."

이찬은 성협과 달리 의술만큼은 내게 한마디도 가르쳐 주지 않았다. 자신의 진료를 곁에서 지켜보게만 할 따름이었다. 말이 아니라 해 보이는 걸로 가르치고 있다는 것을 나중에야 깨달았다.

"보고도 익히지 못하면 다시 또 보기를 반복해야 한다. 그래야 내 것이 돼. 평생 안 잊어먹는단 말이다. 입으로 가르쳐 주고 귀로 배운 것은 오래 가지 못한다."

잘 잊어버리게 된다는 말이었다. 사람의 목숨을 다루는 일, 의술. 이찬은 그 요체를 정확히 꿰뚫고 있는 숨은 명의임에 틀림없었다. 하루 일을 마치고 방으로 돌아와서는 눈을 감고 그가 의사에서 행한 진료나 치료 장면을 머릿속으로 되새김질했다. 그럴 때면 마치 내가 환자를 돌보고 있는 것만 같았다.

존애원에 많은 사람들이 드나든다는 것을 알고 방물장수가 찾아들었다. 약방아낙들이 바쁜 가운데서도 잠시 한가로운 시간을 내어 방물장수가 가지고 온 여러 가지 방물을 들었다 놓았다 했다. 방물장수의 고리짝은 금세 바닥이 났다. 그가 거의 비다시피 한 고리짝을 지고 대문을 나서서 멀어져 가자 애종이 달려가 그를 붙들어 세웠다. 그러고는 품에서 칠보노리개를 꺼냈다.

"이걸 받으시고 침을 주시오."

방물장수는 눈이 휘둥그레졌다.

"이건 궁궐 사람들이나 정승판서의 부인네들만 가질 수 있는 물건인데 어찌 이 귀한 걸로 침을 달라고 하십니까?"

"괜찮소."

방물장수는 아홉 종류의 침이 각각 묶음으로 들어있는 침 쌈지를 건네더니 은으로 만든 침통까지 주었다.

"이것까지 쳐도 노리개 값이 안 되겠지만 하는 수 없군요."

존애원으로 돌아온 애종은 기회를 엿보다가 다른 사람의 눈을 피해 나의 망태기에 넣어두었다.

나는 약방아낙 육점어미에게 부탁했다.

"이 분첩을 별난이에게 좀 전해주셔요."

"담야 총각이 직접 주지 않고?"

부끄러운 마음에 얼굴이 붉게 달아올랐다. 육점어미가 빙그레 웃었다.

"알았어요. 잘 전해줄게요."

별난이는 육점어미로부터 분첩을 건네받으면서도 새침을 떨었다.

"주는 거니까 받는 거라고 전해주셔요. 다음부턴 이런 거 줘도 안 받는다고 꼭 좀 말해주시고요."

"으이그, 고맙다고 한마디 하면 어디 덧나나."

깊은 밤에 유후성은 애종의 처소를 찾았다. 애종이 인기척을 느끼고 밖으로 나왔다.

"야심한 시각에 어인 일이오?"

"이거, 별 거 아니오만."

그는 분첩을 내놓았다. 애종은 받지 않았다.

"제가 이런 것을 받을 이유가 없습니다. 그만 돌아가십시오."

"이보오, 내 마음을 그렇게도 몰라주다니 너무 서운하기만 하구려."

"더 서운해지기 전에 단념하십시오. 그리고 제 처소에 다시는 나타
나지 마십시오. 사람들의 입에 오를까 두렵습니다."

다음날, 잠시 쉬는 틈을 타 이찬이 장 서방과 나를 데리고 약뱅이
들로 나갔다. 약초가 자라는 것이 신통치 않았다. 벌레가 먹거나 잎이
시들어 있는 것이었다. 이찬이 중얼거렸다.

"원래 농사를 짓던 기름진 땅인데 왜 그럴까?"

장 서방이 대답했다.

"물 빠짐이 잘 안 되어서 그런 것 같습니다. 위쪽 흙은 조금 걷어내
고 남천의 모래를 퍼다 날라서 섞으면 아마도 물이 잘 빠질 것입니다."

이찬은 고개를 끄덕였다.

"목초액도 수시로 뿌리게. 그러면 튼튼하게 자랄 걸세."

그러고는 밭고랑 사이를 다니며 못 쓰게 된 약초의 이름을 하나하
나 불렀다. 나는 이찬이 불러주는 약초를 모두 적었다. 존애원으로 돌
아온 이찬은 내게 말했다.

"백화산에 다녀오너라. 약초를 캐오라는 것이 아니라 약할미에게
가서 값을 쳐주고 사 오라는 말이다."

약재창으로 갔다. 거기에 걸려 있는 내 망태기를 둘러매며 별난이
에게 말했다.

"할머니한테 갈 건데 같이 가지 않을래?"

"난 안 갈래."

평소와 다름없는 대답이었다. 할아범에게 인사를 하고 약재창을 나
왔다. 망태기가 왠지 무겁게 느껴졌다. 살펴보니 방울과 낫 외에도 희
고 작은 통이 하나 들어있었다. 꺼내보니 침통이었다.

"아니, 누가 이런 걸 내 망태기에 넣어두었지?"

나더러 침도 한 대 놓을 줄도 모른다며 놀리던 별난이를 떠올렸다.
방물장수가 왔을 때 그녀가 사다가 몰래 넣어 둔 것으로 생각했다.

"별난이가 돈이 어디 있어서 침통을 다……."

존애원 대문을 나서려는데 애종이 무표정한 얼굴로 나를 바라보고
있는 것이었다. 얼굴이 확 달아올랐다.

"애종누님?"

"으응? 백화산에 가는구나. 잘 다녀오렴."

내가 무어라 말을 하기도 전에 애종은 서둘러 종종걸음을 쳐 안으
로 들어가 버렸다. 애종의 뒷모습을 잠깐 돌아본 뒤에 산 쪽으로 걸음
을 놓아갔다.

백화산 약할미의 약재는 유명했다. 똑같은 약재라도 그 노파의 약
재는 거의 두 배 값이었다. 호호백발의 노파에게 무슨 비밀이 있는지
산속 깊은 곳에 있는 오두막에는 멀리서 약초를 사러 온 사람들로 늘
붐볐다. 약재상들과 각지의 유명 약방에서 보낸 심부름꾼들이었다.

오두막을 들어서며 인사를 하자 노파가 이리 오라는 뜻으로 손짓을
했다. 사람들 틈을 비집고 그 곁으로 갔다.

"어서 오너라. 예 앉아서 구경이나 하려무나."

그날은 산삼 한 뿌리를 놓고 다들 실랑이를 벌이는 중이었다. 약할
미는 팔짱을 끼고 앉아 그들이 다투는 꼴을 물끄러미 지켜보고 있었
다. 동래에서 온 약재상과 개성에서 온 약재상이 마지막까지 남아 옥
신각신한 끝에 산삼은 동래약재상에게 돌아갔다.

"약할멈, 다른 약초를 좀 내어보오."

"없네."

그때 누가 투덜거렸다.

"존애원에서 다 가져간 게지."

"존애원? 뭘 하는 곳이길래?"

"이 사람이? 명색이 약재상이라는 자가 존애원을 모르다니? 혹시 항왜(임진왜란 때 우리나라에 귀순한 일본 군사)나 향화(임진왜란 때 우리나라에 귀순한 명나라 군사) 아냐?"

"이거 왜 이러시나? 모를 수도 있지."

그가 존애원을 잘 안다는 듯이 길게 늘어놓았다. 듣기에 기분이 무척 좋았다.

"그럼 이제 약재는 존애원으로 사러 가야겠군 그래?"

허드렛일을 도우며 약할미의 오두막에서 하루 머물렀다. 밤이 되자 약할미는 이것저것 가르쳐 주었다. 그러한 가르침 끝에 말했다.

"의원도 그 의술에 따라서 몇 가지 종류가 있단다."

의원이면 그냥 다 같은 의원인 줄 알았는데 의원도 여러 종류가 있는 줄은 처음 듣는 얘기였다.

"음식으로 처방을 하는 식의, 약재를 처방하는 약의, 맥을 짚어서 그 앓는 병을 알아내는 맥의, 점혈(침이나 뜸을 놓을 자리를 미리 표시함)을 하고 침과 뜸을 놓는 침의, 째고 자르고 하는 양의(종기를 전문으로 치료하는 의사)가 있다. 이 중에서 담야 너는 어떤 의술을 펴고 싶으냐?"

당돌하게 물었다.

"다 하면 안 되나요?"

약할미의 얼굴에 미소가 번졌다.

"되고말고."

다음날 약할미의 오두막에서 내려오는 길에 큰 비를 만났다. 삽시간에 물이 불어나 개울을 건널 수 없었다. 돌아가는 길을 찾아야 했다. 약초가 가득 든 망태기를 단단히 들쳐 매고 숲을 헤치고 나갔다.

비에다가 물안개까지 끼어 한 치 앞이 겨우 내다보였다.

한참을 가노라니 무덤이 하나둘 나타났다. 무덤은 수도 없었다. 그런데 이상한 것은 다 올망졸망한 것이 여느 무덤에 비해 크기가 절반도 되지 않았다. 어린아이들의 무덤인가 하여 모골이 송연했다. 비를 잔뜩 맞은 탓에 몸이 으슬으슬 추웠다.

큰 자작나무를 돌아들자 풀 더미인지 뭔지 모를 것이 저 앞에 보였다. 물안개와는 다른 연기가 나는 것도 같았다. 수풀 속을 계속 나아갔다. 풀 더미로 보인 것은 오두막이었다. 백화산 깊은 곳에 약할미 말고 다른 사람도 사는가 싶었다.

이상한 냄새가 코끝을 파고들었다. 오두막의 뒤뜰에서 무슨 소리가 나는 것 같았다. 발걸음을 조심스럽게 놓으며 돌아가 보았다. 곰 같은 것이 웅크리고 있었다. 그것이 고개를 확 돌렸다. 그 순간 얼어붙고 말았다. 사람도 짐승도 아닌 얼굴이었다. 일어서는 그의 한 손에는 피 묻은 칼이, 다른 손에는 작은 짐승이 들려져 있었다. 그는 천천히 다가왔다.

"웬 놈이냐?"

대답을 못하고 서 있는데 그가 칼끝을 겨누며 다그쳤다.

"이놈, 무슨 일로 여길 찾아들었느냔 말이다!"

움찔하면서 눈을 감고 말했다.

"저, 저는 존애원에 있는 사람인데 약할미 댁에 들렀다가 우중에 그만 길을 잃고……."

"존애원?"

"그, 그렇습니다."

3

도의생은 존애원이 날로 번성하는 것에 부아가 치밀었다. 성협이 임금의 환후를 돌보러 한양으로 떠난 뒤 자신이 존애원의 원임 자리를 차지하려는 뜻을 품었는데 뜻하지 않게 이찬이 원임으로 오고 나서부터 자존심이 몹시 상해 있었다.

그는 대구 경상감영 심약청의 심약 정계립에게 도움을 요청했다. 존애원의 성세를 꺾을 필요가 있다는 취지에서였다. 정계립도 속으로 존애원을 괘씸하게 여겨오고 있던 터였다.

"이놈들이 인정을 쓸 줄 몰라. 인정을!"

인정이란 다름 아닌 뇌물이었다. 정계립은 경상감사 이시언에게 말했다.

"진상 약재가 몇 가지 부족한데 상주 존애원이라고 하는 의국에 그 약재들이 있습니다."

"그렇다면 그 의국에 사람을 보내 공물로 바치도록 하게."

정계립은 그 소임을 도의생에게 맡겼다. 그는 기세 좋게 존애원을 찾아갔다. 그러고는 큰소리로 약재를 내놓으라고 윽박질렀다. 장 서방이 차근차근 말을 했다.

"도의생 어른, 우리 존애원은 공물을 바칠 의무가 없습니다."

"없다니? 어허, 감사또께서 바치라고 하지 않는가!"

"그것이 부당한 요구라는 말씀입니다. 약재는 상주목 관아에서 각 고을 별로 할당하는 것인데 우리 청리 고을도 다른 고을들과 마찬가지로 그 할당된 것을 상주 관아에 바칠 뿐입니다. 그러니 우리 의국이 직접 감영에 약재를 공상(토산물을 윗 관아에 바침)할 이유는 없습지요."

"뭣이? 그걸 말이라고 하는가? 감사또 영감이 바치라고 하면 바칠 것이지 웬 말이 그렇게 많아!"

그는 데리고 온 수하들에게 약재창에 들어있는 약재를 꺼내게 했다. 그때 이찬이 나와서 도의생을 꾸짖었다.

"네 이놈, 여기가 어디라고 함부로 행패냐! 가서 감사또 영감께 전하거라. 존애원은 다른 원처럼 나라나 관아에서 세운 게 아니고 순수한 민간의 의국이라고 말이다. 알겠느냐?"

"좋소. 내 가서 꼭 그렇게 전하리다. 장차 그 후환이 어떨지는 그때 가보면 알 것이외다. 애들아, 가자."

감사는 정계립으로부터 이찬의 말을 전해듣고는 수염을 쓰다듬으며 말했다.

"그렇다면 약재를 바치라고 요구하는 건 부당한 일이 아닌가? 난 또 존애원이 다른 원들처럼 나라에서 관할하는 유곡역에 딸린 원인 줄로만 알았네 그려."

도의생은 또 한 번 쓴 맛을 다셨다. 그는 곰곰이 생각한 끝에 팔가계를 소집했다. 그런 뒤 재물을 갹출해 상주목사 이집에게 큰 뇌물을 바쳤다. 억지로 끌어 모으지 않아도 재물이 제 발로 굴러들자 목사는 그지없이 흡족했다.

"뭐 어려운 점은 없느냐?"

"다 목사또 나리의 어지신 목민에 힘입어 편안합니다. 다만 존애원이⋯⋯."

도의생은 드디어 김 진사와 모의를 했다. 그리하여 존애원이 돈벌이에 혈안이 되어 백성들의 고혈을 짜내고 있다고 투서를 했다. 목사 이집은 그 즉시 투서를 한 자를 잡아들였는데 그는 존애원에서 삯을 받고 약초를 캐다 대던 약초꾼이었다. 팔가계에 매수된 그는 그들이 시키는 대로 거짓 증언을 했다.

목사는 그러잖아도 전직 고관들을 등에 업고 기고만장하여 인사하러 올 줄도 모르고 뇌물도 바치지 않는 존애원을 어떻게 하면 손봐줄까 고심하고 있던 터였다.

"풍속을 해치는 존애원은 스스로 철폐하라. 한 달 기한을 줄 것이다."

당장 문을 닫으라 하지 않고 기한을 둔 것은 의사에 든 위중한 환자들 때문이었다. 존애원을 혼내려다가 백성들의 원성을 사서는 안 될 일이었다. 이제 존애원의 운명은 꼭 한 달 남은 셈이었다. 낙사계 계원들은 모여서 대책 마련에 골몰했지만 딱히 좋은 수가 나지 않았다.

"목사또를 찾아가 탄원해 보는 것이 어떻겠습니까?"

하지만 정경세와 이준은 똑같이 고개를 저었다.

"낙사계와 존애원이 떳떳하니 순리대로 될 것입니다."

"그렇습니다. 너무 걱정 마십시오."

그 무렵 별로 아픈 데도 없는 것 같은 환자가 한 사람 찾아들었다. 그는 허름한 차림이었지만 눈매만은 날카로웠다. 약초꾼들이 그를 알아보았다.

"저분은 아까 길에서 우리한테 뭘 자꾸 꼬치꼬치 물어보던 양반 아닌가?"

"맞네, 바로 그분일세."

이찬이 그를 진맥하고 나서 말했다.

"쳇증이 조금 있는데 별것 아닙니다."

이찬은 환약을 조금 주었다. 다른 환자들 같았으면 약을 더 달라, 침은 왜 안 놔 주느냐고 아쉬운 소리를 늘어놓았을 텐데 그는 그렇지 않았다.

"치료비는 얼마입니까?"

"그냥 가시면 됩니다."

"그래요? 양반은 다 무료인가 봅니다?"

"아니, 모든 사람이 다 무료입니다."

"진짜요?"

뒤에서 진료 순서를 기다리던 사람들이 투덜거렸다.

"속고만 살았나."

"뭘 그리 꾸물거리누."

"거 참. 아무리 느릿한 양반이기로서니 뒷사람 생각도 좀 해야지."

그는 비위 좋은 얼굴로 천천히 나와 신을 신었다. 그러면서 두리번거리며 곳곳을 살피는 것이었다. 소피를 보러 간다고 뒷간으로 가서도 한참 만에 나왔다. 참 이상한 사람이었다. 읍내 팔가계가 보낸 염탐꾼이 아닌가 의심스러웠다.

그로부터 며칠 뒤 고을 아이들이 외치며 돌아다녔다.

"암행어사가 나타났다아!"

그 소리를 듣는 순간 앞서 존애원을 찾았던 이상한 행객을 떠올렸다. 그가 바로 암행어사였던 것일까.

어사는 상주목 관아에 들어 그동안 수집한 증거를 내놓고 증인을 불러들여 목사 이집을 추궁했다. 결국 상주목사 이집은 많은 사람들에게 부당하게 뇌물을 받아먹은 것이 사실로 판명나 삭탈관직을 당했다.

뇌물을 준 사람들도 다 잡혀 왔다. 그 중에서 목사의 강압에 못 이겨 바친 사람들은 무죄 방면되었고 자진해서 뇌물을 먹인 사람들만 남았다. 그 중에는 도의생도 있었다. 어사는 그에게 의학생도의 직위를 박탈하고 곤장을 쳐 내쫓았다. 그 소식을 전해들은 남문 밖 약방거리의 의생들은 행여나 자신들에게 불똥이 튈 새라 벌벌 떨었다.

문득 순리대로 될 것이라는 정경세의 말이 떠올랐다. 그가 어사를 불러들였는지 아니면 임금의 명을 받은 어사가 상주의 수령관을 기찰하다가 우연히 존애원이 처한 어려움을 해결해 주었는지는 알 길이 없었다. 어찌되었건 만연해 있던 부정부패가 일소되어 속이 다 시원했다.

그로부터 얼마 지나지 않아 한양 전의감에서 경상감영에 파견되어 있던 의학교유가 의생들에게 의술을 교습하러 상주에 왔다. 말이 의술교습이지 뇌물을 바라고 온 것이었다.

의학교유는 의원 취재에서 아깝게 탈락한 사람 중에서 원하는 자로 임명했는데 조정의 정식 의관이 못 되다 보니 열등감이 가득 차고 쓸데없는 자존심만 높았다. 그들은 그 자리에 있는 동안 한몫 단단히 챙겨서 퇴임하려는 속셈을 가지고 있는 경우가 많았다.

상주에 온 의학교유는 팔가계의 새 도의생이 내놓은 약재들을 보고 마음에 들지 않아 혀를 찼다.

"땅 넓다는 상주에 값비싸고 귀한 약재가 이다지도 없나 그래."

관원이라고 오는 자마다 뇌물에 혈안이 되어 있으니 의생들은 채약부들을 달달 볶을 수밖에 없었다. 가장 힘없고 고달픈 것은 채약부들이었다. 그들은 의생들의 등쌀에 더는 견디지 못할 지경이었다.

"이참에 그만둘까 보네."

"그러면 앞으로 뭘 먹고 살게?"

"차라리 존애원의 약초꾼이 되는 게 속 편할 것 같아."

"그건 아니 될 소리! 채약부의 존심이 있지."

"존심은 무슨 얼어 죽을 존심."

"아닌 게 아니라 존애원이 생기고부터 의생어른들은 물론이고 우리의 위신까지 땅에 떨어졌어. 백성들이 우리를 무슨 더러운 벌레 보듯 하고 있지 않은가."

"맞아, 이게 다 그 망할 놈의 존애원 때문이야."

도의생은 팔가계 의생들을 시켜 채약부를 닦달했다. 있는 것 없는 것 다 긁어모아 내주었지만 의학교유는 성에 차지 않은 얼굴이었다. 그가 물었다.

"사람들에게 돈도 받지 않고 병을 치료해 준다는 의국이 여기 상주에 있다는데 어떤 곳인가?"

도의생이 침을 뚝뚝 떨어뜨리며 열변을 토하듯 말했다. 다 듣고 난 의학교유는 주먹을 불끈 쥐고 말했다.

"심약 나리의 말씀이 맞았군. 그냥 두어서는 안 되겠어."

그는 의생들을 이끌고 존애원으로 쳐들어오다시피 했다. 대문을 썩 들어서더니 거들먹거리며 횡포를 부렸다. 그때 이찬은 응급한 환자를 보고 있는 중이어서 아무 대응을 할 수 없었다. 때마침 이준이 들렀다가 그 광경을 보고는 크게 호통을 쳐 내쫓았다. 모든 사람들이 다 통쾌하게 여겼다.

"고을 원님이 없으니 별것들이 다 설치는구면."

"그러게. 그나저나 새 목사또는 언제 부임해 오시려나."

"이번에는 좀 어질고 깨끗한 분이 오셨으면 좋겠구면."

해가 바뀌어 신임 상주목사 김상용이 부임했다. 그는 정경세, 이준 등과 함께 사마시(감영에서 열리는 시험) 동방(과거에 함께 급제한 사람)이었다. 그들은 존애원에서 방회(과거에 함께 급제한 사람들끼리의 모임)를 열었다.

그 모임에 대한 소문은 순식간에 퍼져나갔다. 그 이후부터 존애원에 부당한 요구나 시비를 거는 사람은 아무도 없었다.

정경세는 무임포에 나아갔다. 서원을 짓는 현장에 이르렀다. 천천히 둘러보던 그의 얼굴이 밝지 않았다. 벌써 한 달째 역사가 중지되어 있었다. 임 도편과 부편수가 나무를 켜다 말고 정경세를 발견하고는 톱을 놓고 왔다.

"일이 힘들다며 각지로 흩어져 간 목수들이 다시 돌아오지 않고 있습니다."

"달래기도 하고 어르기도 해보았지만 다들 일하기를 꺼려 합니다. 일꾼들도 도망친 자가 태반이나 되고……."

전란 이후에 백성들은 삶에 허무함을 느껴 힘든 일을 기피하는 풍조가 생겼다. 그들은 산림에서 유유자적하는 양반들의 흉내를 내는가 하면 유랑걸식을 하며 좋은 경치를 보러 다니는 것이 유행이었다.

정경세가 말했다.

"지금에 와서 중지한다면 그간 들인 공력을 폐해 버리는 일이 되네."

"기와를 다 얻을 때까지 공사를 중지한다면 너무 늦어질 것입니다. 남아 있는 목수들을 나누어 보내 우선 재목을 배에 실어서 가져다 놓는 것이 좋겠습니다. 그 후에 기와를 다 확보하게 되면 그때 목수의 일과 와공의 일을 동시에 영건(건축물을 짓는 일)하는 것이 좋겠습니다."

임 도편이 부편수를 데리고 밤낮 심혈을 기울인 끝에 드디어 서원이 완공되었다. 정경세는 우리나라에 도학이 전해진 계보를 밝혀두는 것을 최우선으로 삼았다. 그리하여 정몽주, 김종직, 정여창, 이언적, 이황, 이 다섯 현인을 합사(두 분 이상의 혼령을 함께 모아 제사를 지내는 일)하여 유생들뿐만 아니라 물길과 땅길을 오가는 사람들이 다 이러한 사실을 바르게 알도록 했다.

가뜩이나 민생이 피폐해 있는데 양반들의 전유물인 서원을 건립한 일에 대해서 왈가왈부할 만도 하건만 백성들 사이에서는 아무도 부정적으로 말을 하는 사람이 없었다.

"양반들이 출세하자고 만약 서원부터 지었다면 욕을 얻어먹었을 거야."

"욕이 다 뭔가. 민심이 들고일어나 불 질러 버렸겠지."

"낙사계가 존애원을 먼저 세워 민심을 달랜 후에 서원을 지은 것, 이것만 보더라도 모든 일에는 순서가 있다는 것을 여실히 알 수 있네."

지난해 대궐로 불려갔던 성협이 임금을 치료한 공으로 무주현감으로 나아가게 됐다는 소식이 전해졌다. 낙사계 계원들은 물론이고 존애원에서 치료를 받고 있던 백성들까지 다 기뻐했다.

그런데 그로부터 불과 몇 달 지나지도 않은 어느 날이었다. 무주현감으로 있어야 할 성협이 평복을 하고 존애원에 모습을 나타낸 것이었다.

"아니 성사열?"

계원들이 다 존애원 도청에 모였다.

"중형께서 동지사(동지중추부사의 준말)를 지내고 계시는데 형제가 나란히 조정의 벼슬자리에 앉아 있으면 욕심 많은 집안이라는 오해를 살 수 있지 않겠습니까?"

"아니 누가 그런 소릴 한다는 말입니까?"

성협은 웃을 뿐 더 말을 하지 않았다. 그는 무주로 다시 돌아갈 마음이 없었다. 사람들은 그의 처신을 두고 찬사를 아끼지 않았다.

"누구도 그런 염치는 낼 수 없는 일이지."

"성무주, 참 대단한 분이야."

그들은 성협에 대한 별칭으로 성무주라고 부르기 시작했다. 성협이 돌아오자 난감해진 것은 이찬이었다. 그는 존애원 원임 자리를 다시 성협에게 돌려주려고 했다. 하지만 성협은 펄쩍 뛰며 만류했다.

"이 아둔한 사람보다는 이중명이 적격입니다. 제가 멀리 있으면서도 존애원의 소식은 듣고 있었어요. 참 대단합니다. 만약 제가 계속 맡고 있었다면 이만큼 번창하지 못했을 겁니다."

"아닙니다. 제가 맡기에는 너무 벅찬 자리입니다. 부디……."

성협은 단호하게 말했다.

"저는 이제 산림에 들어가 지내려고 합니다. 저의 뜻을 꺾지 말아주세요."

성협은 존애원을 한 바퀴 둘러보았다. 마지막으로 의서각에 들어갔다. 그 중에 눈에 띄는 책이 있었다. 《의학정전》이었다. 그 책은 명나라 명의 우단이 지은 것으로 정경세가 조정에 있을 때 명나라 사신으로부터 선물 받은 것이었다.

"이 책을 좀 빌려가도 되겠습니까?"

정경세는 평소에 책을 빌리러 오는 사람에게는 성심성의껏 대하면서 항상 기쁜 기색을 띠었다. 책 이름을 말하기만 하면 매번 손수 찾아주었는데 그렇게 하는 데에 친소(친함과 소원함)를 전혀 고려하지 않았다. 다만 임금에게 하사받은 책은 따로 보관하며 절대로 다른 사람에게 빌려주지 않을 뿐이었다. 그것은 임금에 대한 불경이라고 생각했던 것이다.

"되고말고요."

성협은 상주 읍내에서 서쪽으로 10여 리 떨어진 능암에 복거(살 곳을 정함)하러 갔다. 정경세는 성협을 바래다주었다. 날이 저무는 바람에 우북산 초당으로 돌아가지 못하고 존애원에서 묵었다.

밤이 깊도록 잠이 오지 않았다. 과거시험을 봐서 오른 벼슬자리가 아니고 비록 천거로 얻은 벼슬이긴 하더라도 한번 앉으면 그 달콤한 맛에 물러나기 싫은 것이 바로 그 자리였다. 그런 자리를 성협은 미련 없이 내던진 것이었다.

"산속에 들어가 아무도 알아주지 않는 의술 연구에 몰두하려 하다니……."

정경세는 그다음으로 또 한 사람을 떠올렸다. 그 출신이 의문에 싸여 있는 인물, 바로 나였다. 내 얼굴을 그린 인상서를 가지고 풍산 고을에 간 사람이 그 고을 사람들에게 일일이 내보였지만 알아보는 사람이 아무도 없었다.

세월이 많이 흘러 아이가 훌쩍 커버리는 바람에 못 알아보는 것일 수도 있었다. 그런데 사람들의 말이 죽은 아이는 있어도 실종된 아이는 없다는 것이었다. 정경세는 풍 자가 풍산 고을을 뜻하는 것이 아닐지도 모른다는 생각을 했다.

"그렇다면 도대체 무슨 의미란 말인가. 분명히 아이의 신분과 관련이 있을 것인데……."

백수회에 나타난 무희

1

계의 고문들이 바깥으로 나들이를 하는 일이 눈에 띄게 줄었다. 기력이 쇠잔해진 탓이었다. 존애원에서 고문들의 집집마다 보약을 지어 보내는 일을 그치지 않았지만 좀처럼 거뜬하게 일어나 움직이는 사람이 없었다.

"보약도 효험이 없다니."

계원들의 탄식을 들은 이찬이 말했다.

"보약을 받아들일 만한 원기마저 고갈되어 있기 때문입니다."

"그렇다면 어찌해야 원기를 보충하겠습니까?"

"원기를 돕고 비위를 보호하는 음식으로는 타락이 으뜸이지요."

"타락이라면 소젖을 말하는 것이 아닙니까?"

"그렇습니다. 암소가 첫배 새끼를 낳은 뒤 나오는 젖을 드시게 한다면 효험을 볼 수 있을 것입니다."

계원들은 의논 끝에 암소를 한 마리 구입하기로 결정했다. 장 서방이 우시장에 가서 비싼 값을 주고 새끼 밴 암소를 사 왔다. 외양간에 넣고 마치 어른에게 효도를 다하듯 정성을 들여 돌봤다.

암소가 무사히 새끼를 낳았다. 애종은 그 젖을 받았다. 쌀을 불려서 갈아 놓은 것을 넣고 잘 저어가며 끓였다. 걸쭉하게 되자 그릇에 담고 소금으로 간을 해서 내놓았다. 존애원에 모인 고문들은 한 그릇씩 들었다.

열흘이 지나자 그들의 혈색이 완연히 달라졌다. 기력을 다소 회복한 모습이었다. 목소리도 밝아졌다. 계원들은 다 기뻐했다. 타락은 큰 병을 앓고 있으면서 못 먹는 환자들에게도 두루 처방이 되었다.

"세상에! 나랏님이나 잡수신다는 이 귀한 것을!"

"여기가 어딘가? 바로 존애원 아닌가? 존애원! 허허."

이준이 계원들에게 말했다.

"어른들이 연세가 있으니 이제 천수가 어떤지 장담하지 못하는 때에 이르렀습니다. 계의 재정도 넉넉하니 큰 잔치를 베풀어 드리는 것이 어떻겠습니까?"

"썩 좋은 생각입니다. 오래오래 사시라는 뜻에서 잔치의 이름을 백수회라고 하는 것은 어떨는지요?"

그리하여 정월 대보름날에 계의 고문들뿐만 아니라 고을 모든 부로들을 모시고 잔치를 열기로 했다. 준비는 착착 진행되었다. 목사 김상용이 존애원에서 백수회가 열린다는 소식을 듣고 재물을 보내왔다. 대부분의 계원들은 목사의 배려에 감사했지만 정경세와 이준은 정색을 했다.

"관물을 도움 받으면 민간에서 한다는 의미가 없어지게 됩니다."

"마땅히 돌려보내야지요."

"그래도 목사또께서 우리를 생각해서 보내온 것을 어떻게 돌려보냅

니까?"

"한번 도움을 받기 시작하면 점점 그에 의지하게 되고 결국은 관의 재물로 잔치를 치르고 싶은 욕심이 일게 됩니다. 그건 존애원을 창설한 뜻이 아니거니와 이 백수회를 여는 뜻도 아닙니다."

"자손만대에 이르더라도 존애원은 오직 존애원다움을 잃지 말아야 합니다."

계원들은 두 사람의 뜻에 따랐다. 다만 목사의 체면이 상할 것을 우려했다. 정경세와 이준이 차례로 말했다.

"목사가 그 정도로 속이 좁은 사람이 아니니 심려치 않아도 됩니다."

"오히려 존애원을 더욱 가상히 여기고 감격할 것입니다."

드디어 잔칫날이 되었다. 김각, 정이홍, 윤진 등이 상석에 앉았는데 송량은 지병이 도져 참석하지 못했다. 계원의 어버이가 아니더라도 고을에서 나이가 많은 어른이면 모두 초대를 했기에 머리가 흰 사람들이 거의 다 모여들었다. 그들 가운데는 술을 차고 온 사람들도 있었다.

정경세는 사촌동생 정광세, 이전 이준 형제, 김지덕과 김지복 형제 등 모든 계원들과 아랫자리에 앉아서 고을 어른들의 만수무강을 염원하며 술을 따라 올리고 안주를 집어 입에 넣어 드렸다.

낮부터 화기애애하게 시작된 잔치는 분위기가 무르익었다. 술이 얼큰하게 달아오르는 시점에서 시 짓기가 절로 이루어졌다. 나는 큰 벼루에 먹을 갈았다. 정경세와 이준이 차례로 축수시를 지어 바쳤다.

계의 고문들이 가만히 있을 리 만무했다. 서로 미루고 양보하다가 윤진이 맨 먼저 답시를 지어 내놓았다. 그렇게 시 짓기가 한참 이어지는 동안 백성들이 앉아 있는 자리에서 누군가 소리쳤다.

"이 좋은 자리에 가무가 빠졌네. 가무가!"

계원들은 서로 얼굴을 보며 아차 했다. 읍내 기생들을 부른다는 것을 그만 잊고 만 것이었다. 김광두가 말했다.

"이런 낭패가 있나."

"어쩌지?"

당혹스러웠다. 시 짓기는 양반들에게나 재미있는 것이지 상민 백성들에게는 아무 흥미도 없고 지겹기만 한 것이었다. 안색을 보니 계의 고문들도 은근히 가무를 바라는 눈치가 역력했다.

"지금이라도……."

그 말이 채 끝나기도 전에 얼굴에 눈 가면을 쓰고 색동 무복을 입은 무희가 양손에 부채를 들고 잔치판으로 나왔다. 그러더니 현란한 부채춤을 추기 시작하는 것이었다. 발걸음은 나는 듯이 가볍고 두 팔의 춤사위는 무지개를 뿌리는 듯했다.

사람들은 넋을 잃고 바라보았다. 탄성도 나오지 않았다. 어느 때부턴가 무희의 춤 박자에 맞춰 구경꾼들이 하나둘 손뼉을 치기 시작했다. 이어서 풍물 치는 소리가 울려 퍼졌다. 무희의 춤사위는 신이 났고 사람들의 흥은 무르익어갔다.

무희의 한량부채춤이 절정에 이를 무렵이었다. 상민 노인들이 앉은 자리에서 비명 소리가 났다.

"아버지!"

순간 풍물 소리가 뚝 그쳤다. 무희도 춤을 거두었다. 한 노인이 목을 쥐며 숨을 쉬지 못한 채 넘어가고 있는 것이었다. 아들은 연신 아버지를 부르며 노인을 안았지만 그는 컥컥 하기만 할 뿐이었다. 눈자위가 돌아갔다.

그 가까이에 있던 별난이는 어쩔 줄 몰라 두 손을 가슴에 대고 오들오들 떨기만 했다. 누구도 손을 쓰지 못했다. 무희가 손에 들고 있던 부채를 내던지고 노인에게 다가갔다. 그러고는 양쪽 볼을 손으로 눌러 입속을 열어보더니 얼른 머릿속에 감추어둔 침을 뽑아 들었다. 노인의 손을 들어 엄지와 검지의 손톱뿌리 모서리에 있는 소상혈과 상양혈에 각각 침을 놓았다. 검은 피가 터져 나왔다. 무희는 노인의 아들에게 말했다.

"얼른 일으켜 세우시오!"

"숨넘어가는 사람을 일으켜 세우라니?"

"그러니까 일으켜 세우라는 말이오! 어서!"

아들은 무희가 시키는 대로 아비를 부축해 일으켜 세웠다. 무희는 노인의 등 뒤에서 두 팔을 깍지 껴 가슴을 안고 위로 쳐 올렸다. 한 번 두 번 세 번, 노인은 축 늘어져 있었고 무희는 힘겨워했다. 그녀는 기합 소리를 내며 한 번 더 노인의 가슴을 위로 쳐들어 올렸다. 그러자 그의 입에서 무언가 툭 튀어나왔다.

"아니, 저게 뭐야?"

"떡 조각 아냐?"

무희는 노인을 살며시 내려놓고 맥을 짚었다. 그런 뒤 노인의 턱을 흔들었다. 이윽고 노인은 눈을 떴다. 정신이 돌아오는 듯했다. 무희가 별난이에게 말했다.

"따뜻한 물 좀 떠 오너라."

몇 모금 마시고 난 노인은 온전한 상태로 돌아왔다. 사람들이 웅성거리더니 무희를 칭송하기 시작했다.

"세상에, 저 기생이 죽어가는 사람을 살렸어!"

"기생이 아닐지도 몰라."

"기생이 아니면 누구란 말이야?"

"어쨌든 사람을 살렸으니 참 대단하군."

"여기가 존애원이라서 살았지 다른 데 같았으면 죽은 목숨이야."

"그건 그래."

무희는 어느새 사라져 버렸다. 나는 그녀가 사라져 간 방향을 오랫동안 바라보았다. 노인을 일으켜 세우라는 목소리가 다시 귓전을 맴돌았다. 애종의 목소리임에 틀림없었다. 그녀가 놀라운 춤 솜씨를 지니고 있었다니.

달이 뜰 무렵 백수회는 끝났다. 사람들이 다 돌아갔다. 북적이던 존애원은 한가해졌다. 그때부터 존애원 사람들의 관심사로 떠오른 것은 단연 무희의 정체였다. 약재창 아낙 옥산댁이다, 의포를 빠는 육점어미다, 아니다 탕약방 외남댁이다……. 그러다가 애종이라는 말이 흘러나오기 시작했다. 그러더니 무희는 마침내 그녀로 굳어지는 것이었다.

이찬이 애종에게 말했다.

"그런 춤이며 구급방은 어디서 익혔느냐?"

애종은 선뜻 대답하지 않았다.

"어느 의서에도 그런 비방은 쓰여 있지 않다."

"오며 가며 얻은 것입니다."

"그렇게 얻어질 수 있는 구급방이 아니다. 저 깊은 궁중에서라면 모를까."

애종은 허리를 깊이 굽힐 뿐 얼굴을 들지 않았다.

"너의 과거 이력이 어떤지는 모르겠다만 오늘 장한 일을 했다. 이만 나가 보거라."

애종은 물러나와 자신의 처소로 갔다. 약방아낙 몇 명이 존애원 마당을 서성거리더니 애종의 처소 앞에서 머뭇거렸다. 그 앞을 지나가다가 그녀들을 보고는 물었다.

"예서 뭣들 하는 겁니까?"

"저어, 약방아씨께 부탁이 좀 있어서……."

"그러면 문을 두드려서 말을 하지 왜 이러고들 있습니까?"

약방아낙들은 뭔가 부끄러운 기색을 띠며 주저했다. 나는 방문 앞으로 가서 애종을 불렀다.

"누님, 애종누님!"

방문이 열리고 그녀가 밖으로 나왔다.

"담야구나. 무슨 일이니?"

나는 비켜섰다. 아낙들 중 하나가 차마 떨어지지 않는 입을 뗐다.

"저어, 애종아씨. 이 못난 것들에게도 구급방인가 하는 그런 좋은 비방을 좀 가르쳐 주실 수 없나 해서 염치불고하고 찾아왔습니다요."

"아, 그래요? 일단 안으로 들어오세요."

애종은 내게 눈길을 한번 주고는 아낙들을 들였다. 방문이 닫히는 것을 보고서야 그 자리를 떴다.

아낙들의 간청을 들은 애종은 이찬에게 어떻게 해야 할지 물었다. 이찬은 듣자마자 반색을 했다. 그 역시 구급방을 백성들에게 알려주었으면 하고 있던 참이었다. 조금만 알면 손쉽게 치료할 수 있는 병증으로 존애원을 찾는 일들이 적지 않아서였다.

더구나 부녀자들은 병이 있어도 존애원을 찾기가 쉽지 않았다. 그런 면에서 구급방이나 간단한 의술을 약방아낙들이 알고 있으면 부녀자들이 아무런 부담감 없이 치료를 받을 수 있으리라 여겼다.

이찬은 별도로 방을 하나 마련해 주어 애종이 약방아낙들에게 틈나는 대로 구급방과 간단한 의술 지식을 가르치도록 했다. 애종은 약초에 밝은 별난이를 찾아갔다.

"나랑 같이 약방아낙들에게 간단한 구급방을 가르치자꾸나."

하지만 별난이는 쌀쌀맞게 거절했다.

"나는 싫어. 하고 싶으면 너 혼자 해."

애종은 하는 수 없이 혼자 아낙들에게 의술의 기초 지식을 가르치기 시작했다.

"사물탕과 같이 끝 글자가 탕 자인 것은 약탕관에 달여야 하는 약을 뜻하고, 우황청심환과 같이 환 자인 것은 알약을 이르는 것이며, 평위산과 같이 산 자인 것은 가루약, 경옥고와 같이 고 자로 끝나는 것은 걸쭉한 약을 말합니다."

아낙들은 고개를 끄덕였다.

"환은 물에 개서 먹을 수도 있고, 산과 고는 뭉쳐서 알약으로 만들어 복용할 수도 있습니다."

애종은 침을 한 차례 삼킨 뒤에 말을 이어갔다.

"또 의술을 알려면 사람의 몸을 알아야 합니다. 몸을 알려면 오장육부를 가장 먼저 알아야 하지요. 사람의 몸에 오장육부가 있다고 하는 것은 무슨 뜻인가 하면……."

약방아낙들 사이에 애종이 내의원 의녀였다는 소문이 나돌았다. 그 말을 들은 별난이의 귀가 번쩍 띄었다.

"뭐? 애종이가 의녀?"

별난이는 애종이 아낙들에게 의술 강학을 하는 밤에 몰래 그 방문 앞에 가서 무엇을 가르치는가 엿들었다. 조곤조곤 말하는 소리가 잘 들리지 않았다. 강학방 앞으로 지나가다가 별난이를 발견했다.

"너 거기서 뭐하는 거야?"

별난이는 깜짝 놀라 손가락을 입에 가져다 댔다. 그때 방문이 열렸다. 애종이 밖으로 나와서 별난이에게 말했다.

"왔으면 얼른 들어오지 않고. 어서 들어와."

별난이는 여전히 심술궂게 굴었다.

"아니. 너한테 배울 게 뭐가 있다고."

그러고는 바람처럼 가버렸다. 그 뒷모습을 물끄러미 바라보던 애종은 짧은 한숨을 쉬었다.

"심성이 나쁜 애는 아니니까 누님이 이해해요."

애종은 내게 미소를 지었다.

"저도 이만 갈게요."

말과는 달리 나는 잘 알고 있었다. 별난이가 심성이 나쁜 애라는 것을. 더러 착하게 보이지만 속이 좁은 사람들이 있다. 사람들 눈에는 그 착한 것만 보이지만 사실상 그들은 성품이 좋지 않은 사람들인 것이다. 그런데 나는 왜 그런 사람인 별난이가 예쁘게 보이는 것일까? 참 모를 일이었다.

2

정경세가 대구부사에 제수되었다. 낙사계 계원들은 다 자기 일처럼 기뻐했다. 정경세는 집안을 나서서 존애원에 들렀다.

"의국과 서원을 잘 부탁합니다."

정경세는 계원들의 배웅을 받으며 사은을 하러 도성으로 떠나갔다.

"대구는 가까우니까."

"그렇지요. 멀리 가시는 것이 아니니 다행입니다."

"상감께서 정경임을 고향 가까이에 있도록 배려하신 것 같습니다."

그는 대궐에 들어가 임금을 알현했다. 그 자리에는 나이 지긋한 종친이 한 사람 앉아 있었다. 정경세가 조정에 있을 때 가끔 만나 서로 예학을 강론하던 풍산군이었다. 임금은 그가 고희에 이른 것을 축하한 뒤 하교했다.

"풍산군은 과인의 존속인데 나이가 70에 차니 지극히 가상하도다. 품계를 더 높여 가덕대부(종1품)로 삼노라."

"전하, 성은이 망극하옵니다."

"정경세는 대구로 가서 부민을 어루만지고 민심의 안정을 도모하라."

정경세는 사은례를 마치고 풍산군과 함께 어전을 물러나왔다.

"나리, 여전히 건강해 보이십니다."

"허허. 농담도 잘하시는구려."

두 사람은 덕담을 나누며 걸었다. 정경세는 문득 생각났다.

"풍산군이라면?"

그랬다. 풍산군. 그 풍 자가 나의 옷에 꿰매져 있었던 베갯모의 글자와 똑같았다. 정경세는 속으로 설마 했다.

풍산군의 이름은 이종린. 중종의 다섯 번째 서왕자인 덕양군 이기의 장남이었다. 그러므로 풍산군은 중종임금의 손자가 되는 셈이었다. 풍산군의 아내는 군부인 박씨인데 왜란 중에 일찍 죽고 말았다. 또한 맏아들 귀성군도 왜란이 끝난 이듬해에 요절했다.

"기왕 이렇게 만났으니 모처럼 회포도 풀 겸 우리 집으로 가십시다."

정경세는 알아볼 것도 있고 해서 마다하지 않았다. 집에 도착한 풍산군은 차남 귀천군을 정경세에게 인사시켰다. 정경세는 귀천군이 누구와 닮았다는 생각이 들었다. 불현듯 정경세의 머릿속으로 내가 떠올랐다.

'담야가 혹시 풍산군의 아들?'

그러나 정경세는 곧 억측이라고 여겼다. 그러나 풍산군과 내가 자꾸 겹쳐 떠오르는 것은 어찌할 수 없었다. 풍산군의 배위 군부인 박씨가 일찍 죽었다지만 내 나이로 보아 그녀가 죽기 전에 낳았을 수도 있다는 생각이 드는 것이었다.

하룻밤 묵고 가라는 간청에도 불구하고 정경세는 끝내 사양하고 풍산군의 집을 나섰다. 귀천군이 뒤따라 나오며 어두운 밤길을 바래다주었다. 정경세는 그에게 물었다.

"귀천군 나리, 혹시 아래로 동생이 있습니까?"

"동생요? 제가 막내입니다. 그런데 그건 왜?"

"아, 아닙니다. 혹시나 해서요."

정경세는 속으로 그러면 그렇지 했다. 내가 풍산군의 아들이라는 생각은 역시 지나친 생각이었다고 스스로를 나무랐다.

종각 근처의 육의전 사거리에 이르렀다. 저 앞으로 한 무리의 사내들이 가로로 지나갔다. 손에는 몽둥이인지 막대기인지 모를 것을 들고 있었다.

훈련도감의 포수들이 밤에 패거리를 지어 온 도성 안을 횡행하면서 사람을 죽여 쓸개를 빼내 약용으로 삼는다는 소문이 났다. 그도 그럴 것이 전국적으로 약재로 쓸 웅담이 부족해진 탓이었다. 조정의 삼의사(전의감, 내의원, 혜민서)는 물론이고 민간의 행림(의료계)에서도 웅담을 구할 길이 없었다.

사헌부, 한성부, 포도청 등 모든 법사가 나서서 면밀히 조사를 한 결과 사람을 죽여서 쓸개를 얻는다는 말은 사실이 아니라는 결론을 내렸지만 한번 일어난 소문은 좀처럼 수그러들지 않았다.

저녁 무렵 종루 근처 시전에서 장을 보고 집으로 돌아가던 부녀자가 애오개에서 배가 갈려 죽었는데 내장은 파헤쳐져 온통 밖으로 나와 있고 간과 쓸개가 사라진 사건이 발생했다. 또 송현에서는 어느 벼슬아치 집안의 어린아이가 나가 놀다가 변을 당한 일이 있었다.

흉악한 범죄가 잇달아 발생하자 도성에서는 사람들이 모두 해가 질 무렵이면 바깥출입을 삼갔다. 동네마다 건장한 젊은이들이 몽둥이와 죽창을 가지고 다니면서 흉도들의 불상사를 경계했다.

흉악한 사건은 좀처럼 해결되지 않았다. 좌변과 우변 포도대장이 직접 기포관들을 지휘하여 패악질을 일삼고 다니는 무리를 색출하여 체포하려고 했다. 하지만 그들은 여간 신출귀몰한 게 아니었다.

"어떤 약방에서 말린 사람의 쓸개를 웅담이라 속이고 명나라 장사꾼들에게 몰래 팔았대, 글쎄."

"뭐라고? 사람의 쓸개를?"

"그렇다면 소문이 사실이라는 말이 아닌가?"

"나라에서 의주 국경의 검문을 강화했다잖아."

"내가 듣기로는 범인들로 지목된 향화인들이 잡혔다던데?"

"항왜들이 저지른 일이라는 소문도 있어."

"요즘은 어디 믿을 만한 말이 있어야 말이지."

"나는 흉도들이 다름 아닌 도감포수들이라고 들었네."

"설마 훈련도감 군사들이 그런 짓을 벌이고 다니겠어?"

"임금이 오늘내일 하고 후사가 불안하니 별 해괴한 일이 다 생기는군."

존애원에서도 웅담이 꼭 들어가야 하는 약을 제조하지 못하고 있었다. 약할미한테 가면 웅담을 구할 수 있을지도 몰랐다. 이찬의 허락을 얻어 백화산으로 향했다.

"웅담을 구하러 왔어요."

"웅담? 그건 약초가 아니구나. 약초가 아닌 약재는 다 아랫골에 있으니 그곳으로 가보렴."

아랫골에 사는 사람은 반인반수 같은 용모를 했는데 그 이름이 천수인이었다. 백화산에 들어오기 전에 어디서 무엇을 했는지 전혀 알수 없었다. 그가 틈날 때마다 하는 일은 짐승의 배를 갈라 그 속을 살펴보는 것이었다. 또 뼈마디를 잘라서 칭칭 동여매어 주고 얼마나 사는지 날짜를 세어보기도 했다.

그 때문에 그의 오두막 주변에는 다리, 발, 날개, 심지어는 눈과 귀가 없는 온갖 짐승들이 돌아다녔다. 그러다 죽으면 무덤을 만들어 주곤 하는 것이었다. 나는 그 기묘한 행동에 큰 의문을 품고 있었다.

오두막이 가까워졌다. 양귀비꽃이 만발해 있었다. 짐승들이 내게 달려들 듯이 모여들었다. 먹을 것을 달라고 가까이 오는 것이었다. 망태기에서 콩을 한 줌 꺼내 뿌려주었다. 짐승들은 우르르 몰려갔다. 육식을 하는 것들만 남아 나를 뚫어지게 바라보았다. 더 줄 것이 없었다.

"저리 가!"

천수인은 커다란 멧돼지를 묶어 놓고 그 발 하나를 잘라낼 태세였다. 멧돼지는 주둥아리가 묶여 있어 소리를 내지 못하고 두 눈만 부라리고 있었다. 그런데 멧돼지 옆에 무슨 약인지 알 수 없는 가루약 바가지가 놓여 있었다. 내가 다가가자 그가 소리쳤다.

"그건 아편이다, 손대지 마!"

그 소리에 우뚝 멈춰 섰다. 그는 칼을 들고 멧돼지의 앞발 정강이

쪽을 잘랐다. 멧돼지는 꼼짝도 하지 못하게 묶여 있어서 크게 몸부림을 치지 못하고 움찔움찔하는 것이 다였다.

발을 잘라낸 천수인은 피가 나는 부위를 인두로 지지고 처맸다. 옷 밖으로 드러난 그의 팔뚝에는 온통 침과 칼로 찌르고 벤 자국과 뜸 흉터 투성이였다.

"발은 왜 잘라내신 거예요?"

그는 멧돼지만 살필 뿐 대답을 해주지 않았다.

"아저씨, 여기가 저승골인가요?"

"이놈아, 멀쩡한 사람이 살고 있는데 저승골이 뭐냐. 이승골이라면 모를까."

"악할미는 아랫골이라고 부르지만 고을 사람들이……."

"저승골이라고 부른다고?"

고개를 끄덕였다.

"너도 그렇게 부르고 싶으냐?"

"아뇨."

그는 지혈이 다 된 것을 확인하고는 멧돼지를 풀어주었다. 멧돼지는 절룩거리며 숲속으로 쏜살같이 달아나 버렸다. 그가 왜 자꾸 짐승을 못살게 불구로 만드는지 이해할 수 없었다. 솥에는 무언가 끓고 있었다. 천수인은 솥뚜껑을 열었다. 김이 무럭무럭 올라왔다. 집게로 집어서 들어 올린 것은 날이 가느다란 칼이었다.

"이렇게 하면 쇳독이 쉽사리 오르지 않지."

"아, 칼을 삶아서 쓰시는군요?"

"쇳독이 오르면 그 자리가 곪고 잘 낫지도 않는다."

"침도 마찬가지인가요?"

"그놈 참 궁금한 것도 많네."

천수인은 드디어 내게 알려주기 시작했다.

"칼이나 침과 같이 쇠로 된 도구의 쇳독 없애는 방법을 알아내기 위해 그것들을 팔팔 끓는 물에 넣어도 보고 처음부터 찬물에 넣어 삶아도 봤지. 그런데 여러 가지 방법 중에 제일 좋은 것은 찌는 것이란다."

나는 잠자코 듣고만 있었다. 그는 계속 말했다.

"쪄서 뜨거운 김을 쐬었다가 써 보니 제일 좋았어. 의포도 똑같이 해봤더니 거의 다 곪지 않았지."

의술 용어를 말하는 천수인을 보고 그가 한때 백정이 아니라 의원이 아니었나 했다. 그는 내 마음을 들여다보기라도 한 듯이 말했다.

"한때는 백정 노릇도 해 보고 의원인지 뭔지 흉내도 내봤지."

말 못할 과거를 감추고 사는 사람 천수인. 그의 곁에서 눈치껏 시중을 들었다. 그는 내가 비위가 참 좋다며 한 가지씩 가르쳐 주었다.

"부러진 뼈를 감별하는 방법이 있단다. 환자가 아파하는 부위를 살긋이 눌러 보아 자지러지는 듯하면 부러진 것이고 그냥 참을 만한 비명을 지르면 금이 간 것이다. 부러진 뼈나 금이 간 뼈는 반드시 부목을 대어 고정시킨 뒤에 접골산을 따뜻하게 데운 청주에 타 먹으면 잘 붙는다."

"약이 없으면요?"

"접골목이나 골담초 뿌리를 달여 먹으면 효험을 볼 수 있지."

그즈음 그의 오두막 근처에 있는 수많은 무덤과 불구가 되어 돌아다니는 짐승들을 이해할 수 있게 되었다. 천수인은 침이나 뜸, 또는 약재를 써서 치료를 할 수 없는 병증을 그 나름대로의 방식으로 연구하고 있었다. 마취를 한 다음 잘라내어야 할 부위를 잘라내고 마지막으로 지혈하기까지 사람에게는 함부로 시술할 수 없으므로 온갖 짐승을 잡아다가 실험을 해 보곤 하는 것이었다.

천수인은 참나무 밑동에 묶어 놓은 숫사슴에게로 갔다. 사슴은 겁에 질려 그를 피하느라 나무 주위를 빙빙 돌았다. 그 바람에 목을 묶고 있던 줄이 밑동을 감아 더 이상 움직이지 못하고 애처롭게 부우부우 하고 부르짖기만 했다.

천수인은 명주실로 꽁꽁 묶어둔 사슴의 고환을 살폈다. 그렇게 해 놓으면 피가 통하지 않아 고환이 썩어 들어가게 되는데 거의 다 썩을 즈음에는 아무 감각도 느끼지 못하게 되었다. 그때 고환을 잘라내고 그 자리에는 지혈제를 발라두는데 상처가 아물면 실을 풀어내는 것이다.

"대궐의 내시들도 다 이렇게 만든다."

"팔다리를 잘라낼 때도 똑같이 하면 되나요?"

"안 될 것이 없지 않겠느냐."

그의 내력이 못내 궁금했다. 조심스럽게 물었다. 그는 대답 대신 긴 한숨을 쉬었다. 그런 뒤 말했다.

"뭘 그리 자꾸 알고 싶어 하느냐. 네가 여기 드나든 것이 한두 번도 아닌데 내가 짐승 잡는 백정인 걸 아직도 모르겠느냐."

"아니에요! 아저씨는 절대로 백정이 아니에요. 용한 의원이셨다면 믿겠어요."

"의원? 살리지 않고 죽이는 의원도 있다더냐?"

산 너머로 해가 졌다. 그는 호리병을 하나 들고 나왔다.

"술 먹을 줄 아느냐?"

"한 모금도 먹어본 적 없어요."

"이건 천하일미 백화산 머루술이란다. 옛다 너도 맛 좀 보거라."

달콤하고 향기로웠다. 몇 잔 받아먹었는지 모르게 잠이 들고 말았다. 눈을 떠보니 아침이었다. 천수인은 내게 말린 멧돼지 쓸개를 주었다.

"이거라도 가지고 가거라. 아쉬운 대로 웅담을 대신할 수 있을 게
다."

그것을 망태기에 넣어 존애원으로 돌아왔다. 이찬에게 내놓으니 그
는 한눈에 멧돼지 쓸개임을 알아보았다.

"웅담과 멧돼지 쓸개는 다르다. 대용으로 쓸 수 없다는 말이다."

나는 그때 의원마다 약재를 보는 견해가 다르다는 것을 알았다. 어
디 가서 웅담을 구한담.

고민은 깊어졌다. 문득 좋은 생각이 떠올랐다. 정경세가 고을 원으
로 가 있는 대구. 그 대구부에 약재를 전문적으로 취급하는 큰 장이
열리고 있었다. 왜 거기에 가 볼 생각을 못했을까.

"대구에 다녀오겠습니다."

"한양에서도 구하기 어려운 약재가 시골 장에 있겠느냐?"

"그래도 보내 봅시다. 정경임한테 안부도 전할 겸."

부사로 가 있는 정경세에게 문안도 할 겸 대구로 갔다. 약재 장터는
감영 남문 밖 담벼락에 쭉 펼쳐져 있었다. 이른 새벽부터 약재상이 모
여들었다. 작은 시골 장이 아니었다. 조선 팔도의 약재란 약재는 다 모
아 놓은 것 같았고 약재상이란 약재상도 다 찾아든 것 같았다.

날이 갈수록 무분별하게 난립히는 난전이며 모여드는 약재상들이
많아지는 탓에 점포를 가진 장사꾼들에게 크게 방해가 되었다. 그러
한 실태를 보고받은 정경세는 일 년에 두 번만 누구나 사고팔 수 있는
약재시장을 개설하도록 했다. 그때는 난전이 십 리가 되든 백 리가 되
든 상관하지 않겠다는 조건을 달아주었다. 그리하여 대구 남문 밖 약
재시장은 2월 춘령시와 10월 추령시로만 열리게 되었고 평소에는 금

란관을 두어 난전을 엄금하고 전방을 가진 약재상들만 장사를 하도록 했다.

경상도는 팔도에서 약재 생산량이 가장 많은 곳이었다. 각 고을을 대표하는 약재가 있었는데 고령은 향부자, 영천은 자소엽, 문경은 오미자, 영주는 하수오 등이었다. 대구 약령시에는 경상도에서 나는 약재만 취급하는 것이 아니라 팔도에서 나는 약재가 다 모여들었다. 그 종류만 해도 300종이 넘었다. 야생종이 200여 종이었고, 재배를 한 약재도 100여 종에 달했다.

약령시를 다니다가 약재상 경설을 발견했다. 반가웠다. 얼른 달려가 그의 옷소매를 잡았다. 그는 뒤를 돌아보더니 나를 얼싸안았다.

"담야! 자네를 예서 보게 되다니!"

"저도 약도가 어른을 뵐 줄은 몰랐습니다."

"그래 여긴 웬일인가?"

"웅담을 구할 수 있을까 해서……."

"온 팔도가 웅담 때문에 몸살을 앓는군."

경설의 뒤를 따라다녔다. 그는 웅담이 있을 만한 약전과 난전을 다 훑었지만 예상대로 단 한 점도 보이지 않았다. 그렇게 귀해진 것이 시장에 나올 리 없었다.

한 난전 앞에서 두 사람이 옥신각신하며 싸우고 있었다.

"야, 이놈아! 어디 할 짓이 없어서 가짜 우황을 팔아먹느냐."

한 사람이 핏대를 올리자 난전상은 맞받아쳤다.

"이놈이? 이게 어딜 봐서 가짜로 보이느냐?"

"냄새를 맡아보니 가짜인 게 분명한데 네놈은 코도 없느냐."

"이런 맹랑한 놈을 다 보았나? 야, 이놈아! 냄새만으로 어찌 가짜인지 아느냐?"

입씨름은 점점 거칠어졌다. 이내 주먹다짐으로 커질 것 같았다. 경설이 중간에 끼어들었다.

"자자, 그만들 하시오. 내가 감별해 보리다."

"이놈은 또 누구야?"

난전상으로부터 그 말을 듣고는 경설이 쌍심지를 켜 보였다. 난전상은 경설의 덩치와 눈매에 움찔했다. 경설은 우황을 들고 요리조리 살폈다. 냄새도 맡았다. 그것만으로는 알 수 없었다. 껍데기를 뜯으려고 하자 난전상이 말했다.

"만약 그것을 뜯었다가 진품이면 변상을 해야 하오?"

경설은 그를 한 번 쳐다보더니 대꾸했다.

"좋소. 만약 가짜라면 어떻게 하겠소?"

난전상은 얼른 대답하지 못했다. 경설은 우황의 껍데기를 뜯어내고 겻칼을 꺼내 한쪽을 베어냈다. 그런 뒤 우황의 속을 살폈다. 난전상은 하얗게 뜬 얼굴이 되었다. 우황 속은 황토가 섞여 있었다.

"아니고, 나리!"

난전상은 경설의 바짓가랑이를 붙잡으며 무릎을 꿇었다. 그와 실랑이를 했던 사람은 어이가 없다는 표정을 지었다. 경설이 말했다.

"네놈은 다시는 이 장에 나타나지 말거라."

경설은 가짜 우황을 난전상의 얼굴에 보기 좋게 발라주었다. 구경꾼들이 손가락질을 하며 다 웃었다.

하루 종일 시장을 돌아다녔지만 끝내 웅담을 구하지 못했다. 경설과 헤어져 관아로 갔다. 이방의 안내를 받아 정경세에게 문안했다. 정경세는 고향의 소식을 하나하나 물었다. 실상을 그대로 알려주었다. 질문을 그친 그는 나를 가만히 바라보았다.

"네가 전에 그 송정산 아래 나루터로 어떻게 흘러들었는지 전혀 기억하지 못하느냐?"

"예, 마님."

"부모가 누군지 조금도 짐작되는 바도 없고?"

"그러합니다."

"네 엉덩이 위에 새겨져 있는 문신이 무엇을 뜻하는지는 아느냐?"

"모르고 있습니다."

"다 모른다? 알았다. 그만 가 보거라."

3

초가을 중순에 내리기 시작한 비가 열흘 동안 그치지 않았다. 그로 인해 상주 전역에 큰 홍수가 났다. 개천과 강물이 다 크게 범람해서 온 농토가 끝없이 아득한 물바다를 이루었다.

물은 읍성 안으로 밀려들었다. 관아 남문 안 객사와 대청, 내아 할 것 없이 모두 침수되었다. 동남쪽 성 밖에 거주하던 관원들과 그 일대 백성들의 살림집이 순식간에 불어난 남천의 물에 허물어져 산산이 부서지며 떠내려갔다. 가재도구는 하나도 건져내지 못했다. 목숨이라도 부지하게 된 것이 다행이었다. 여러 고을에 대대로 내려오던 세족의 큰 저택들도 예외 없이 떠내려갔다.

"이런 물난리는 상주 고을이 생긴 이래 처음 있는 일일 거야."

불어난 물이 산을 덮고 언덕을 넘쳤으며 모든 읍면을 휩쓸었다. 그 참극은 임진년 왜적의 분탕질보다 더 심했다. 미처 피하지 못한 사람들이 물에 빠져 죽어 그 시체가 둥둥 떠내려가는 것이 이루 셀 수 없었다. 살아남은 사람들은 물가에 나와 앉아 창자를 끊는 통곡을 했다. 곳곳에서 터져 나오는 그 소리가 온 땅에 울려 퍼졌다.

존애원은 개천의 줄기에서 멀리 벗어나 있었지만 그래도 산에서 내려오고 언덕에서 모여드는 물로 마당이 잠기기 시작했다. 낮은 곳에 있는 가옥들이 이미 수해를 입어 그곳에 사는 백성들이 존애원으로 피난을 오려고 했다. 하지만 물이 불어나 헤쳐 올 수 없어 발만 동동 굴렀다.

이찬은 애종과 함께 의사가 잠길 것을 우려했다. 물은 이미 안마당으로 들어와 버텅 바로 아래까지 차오르고 있었다. 낮은 부엌은 이미 다 잠긴 뒤였다. 불어나는 물은 무서웠다. 그러나 그 물을 보고도 어찌할 방도가 없었다. 환자들을 옮길 곳이 없었다.

할아범과 별난이는 약재창에서 약재들을 높은 시렁으로 옮기고 있었다. 차곡차곡 쌓아도 자리가 모자랐다. 절반은 버려야 할 상황이 되었다. 나는 의서각에서 의서들을 모두 다락으로 옮겼다. 만약 다락까지 물이 찬다면 존애원은 지붕밖에 남지 않을 것이었다. 이제 하늘에 운명을 맡기는 수밖에 없었다.

드디어 비가 그쳤다. 천우신조였다. 천지신명의 감응이 있었다고 여겼다. 물은 의사의 댓돌을 삼킨 뒤 대청마루 바로 밑까지 차오른 뒤에 더 이상 불어나지 않았다. 한나절이 지난 후 물이 빠지기 시작했다. 겁에 질린 얼굴로 가슴을 졸이고 있던 사람들은 환호했다.

"이제 살았어!"

"물이 나간다아!"

존애원은 밀려든 토사로 온통 진흙밭이었다. 허벅지까지 푹푹 빠졌다. 사람들은 쉬지 않고 진흙을 걷어냈다. 여러 날이 걸리는 일이었다. 약초가 잘 자라고 있던 약뱅이들도 모래와 흙이 다 쓸려가 약초는 한 포기도 찾아볼 수 없었다. 모두 절망하고 있는 그때 누군가 소리쳤다.

"다시 시작하자!"

"그래 안 될 것 없지!"

모든 사무가 정상으로 돌아오기까지 한 달이 넘게 걸렸다. 온 상주 관내가 다 물난리에 몸살을 앓았건만 오직 존애원만은 큰 피해 없이 지나갔다.

"그러고 보니 검암 아래 그 자리가 참으로 명당이 아닌가."

"왜 아니겠나. 좋은 일을 하는 곳이니 하늘도 굽어 살피신 게지."

환자가 아닌 데도 일부러 존애원을 찾아와 지맥과 지세를 살피는 사람들이 있었다.

"비켜요, 비켜!"

"뭐 볼 게 있다고 아픈 사람들이 누워 있는 곳에 한가하게 찾아와서는 저리 두리번거리누."

"풍수쟁이들이지 뭐."

"반풍수 요령 흔든다는 바로 그 반풍수들?"

사람들은 와하하 웃었다.

임금의 병이 다시 도져 능암에서 살고 있던 성협이 또다시 부름을 받았다. 성협은 존애원에 와서 계원들과 의논했다. 이번 길은 아무래도 심상찮았다. 임금의 환후가 예사롭지 않다는 소문이 이미 오래전부터 나 있었다.

"만약 흉사를 당한 뒤에는 진맥한 의원도 무사하지 못할 것입니다."

"이미 늦은 것 같으니 이번에는 가시지 않는 것이 좋겠습니다."

"어의들이 그렇게 많은데도 재야의 명의를 불러들이려는 것을 보면 불상사에 대비하여 면피를 하고자 하는 수작이 아니고 뭐란 말입니까?"

계원들은 성협이 임금을 치료하러 가는 것을 말렸다. 그때까지 가만히 듣고만 있던 이준이 말했다.

"아니 가도 죄를 얻을 것이오."

좌중은 아무도 더 이상 말을 꺼내지 못했다. 성협이 말했다.

"상감의 환후가 위중한 만큼 이번에는 시중들 손이 필요한데 기왕이면 의술도 조금 아는 사람으로 데려가고 싶습니다."

"그럼 누가 적임이겠소? 성무주께서 골라보십시오."

성협은 나를 지목했다. 그러자 이찬이 단호히 반대했다.

"담야는 안 됩니다."

"왜 안 된다는 말씀입니까?"

"다른 사람을 가려보도록 하십시오."

나를 두고 두 사람의 실랑이가 벌어졌다. 성협이 나를 데려가지 못하도록 이찬이 막아선 것은 내가 그를 따라갔다가 임금이 승하하기라도 하는 날에는 큰 죄를 얻어 장래의 일신을 망치게 될까 우려해서였다.

성협으로서는 최선을 다해야 했기에 최고의 도울손을 선택하는 것이 당연한 일이었다. 이전까지는 그만저만하던 성협과 이찬의 사이가 그 일로 그만 소원해지고 말았다. 결국 성협은 나를 데려가지 못하고 혼자 존애원을 나섰다. 그의 뒷모습을 보고 계원 한 사람이 중얼거렸다.

"어째 다시 못 볼 사람 같기도 하고……."

이찬의 심부름으로 약재창에 갔더니 별난이가 힐난했다.

"대궐 구경을 하게 생겼는데 바보같이 그 기회를 놓치다니. 너 정말

바보 아냐?"

할아범이 웃었다.

"별난이가 담야를 좋아하는구나."

"뭐라구요?"

"하긴, 잘생겼지 키 크지 목소리 좋지 자상하지 똑똑하지……. 좋아할 만도 하네. 허허."

"아저씨! 말 다했어요?"

"그민 해."

종이에 적은 목록대로 할아범으로부터 약재를 받았다. 돌아서려다 말고 별난이에게 말했다.

"분명히 알아둬. 나는 애종누님을 좋아하지 않아."

"흥, 거짓말! 속으로는 좋아하는 거 다 알아. 둘이 잘해 봐. 아주 잘 어울리네. 기생 같은 년하고 바보 같은 놈하고."

"뭐라고? 너 말 다했어?"

"그래, 다했다. 어쩔래?"

"어휴, 내가 말을 말자, 말아!"

밖으로 나왔다. 유후성이 서 있었다. 그는 우물쭈물했다.

"할, 할아범 안에 있는가?"

"들어가 보세요."

받은 약재를 가지고 의사에 갔다. 이찬은 애종에게 처방전을 내주었다. 그녀는 처방전을 보면서 약재를 하나하나 저울로 달면서 고개도 돌리지 않고 나지막한 목소리로 말했다.

"한양으로 가지 않게 된 건 아주 잘된 일이야."

한양에서 파발이 와서 임금이 승하했다는 비보를 전했다. 계원들

148

은 다 북쪽을 바라보며 곡을 하고는 절을 했다. 성협이 걱정되었지만 그에 관한 소식은 없었다. 임금이 죽으면 치료를 담당하던 의관들이 모두 처벌을 받는 것이 관례였다. 보통은 귀양을 가거나 삭직을 당하고 출송(도성 사대문 밖으로 내보냄)하는 것이었다.

그런 어느 날, 성협이 돌아왔다. 계원들은 귀양을 가지 않은 것만으로도 다행스럽게 여겼다. 계원들이 묻자 성협은 가서 겪었던 상황을 이야기해 주었다.

임금의 환후가 급박하게 되어 성협은 어의 박지지와 진어할 약을 상의했다. 그런 뒤 성협이 직접 탕약방으로 가 탕약사령이 약을 달이는 것을 지켜보았다. 탕약을 올리기 시작한 지 며칠이 지나 임금의 환후는 차도를 보였다.

소주방에서 찹쌀밥을 올렸는데 임금이 갑자기 기가 막혀 위급하게 되었다. 성협과 박지지는 얼른 구급방을 써서 용뇌소합원(기가 막혀 갑자기 인사불성이 된 것을 치료하는 약), 죽력(대나무줄기를 불에 구워서 얻은 진액) 등과 같은 약을 들였지만 임금은 끝내 숨이 넘어가고 말았다.

그런데 항간에서는 임금의 죽음을 두고 한 가지 소문이 퍼졌다. 임금의 후궁 중 한 사람인 김 상궁이 왕세자와 사통하고 있다가 이때에 이르러 찹쌀밥에 독약을 탔다는 것이었다. 성협은 낮수라로 찹쌀밥이 들어왔을 당시에 기미상궁이 은수저로 기미를 했는지 안 했는지 기억이 알쏭달쏭했다.

용상은 잠시도 비워 둘 수 없는 자리였다. 곧바로 임금 자리에 오른 왕세자는 그 즉시 성협을 비롯하여 어의 허준, 박지지 등과 일단의 내의원 의관들을 유배 보내거나 문외출송을 시켰다.

"그랬군요. 아무튼 이렇게 무사히 돌아오게 되어서 다행입니다."

계원들은 성협 옆에 앉아 있는 낯선 사람에 눈길을 주었다. 성협이 그를 인사시켰다. 어의 박지지였다.

박지지는 상산 박씨로서 상주가 관향이자 고향인데 그도 삭직되어 돌아오는 길에 성협에게 존애원 얘기를 듣고 어떤 식으로든 봉사하고 픈 마음이 생겼다.

이찬은 스스로 존애원 원임 자리를 내놓았다. 그동안 할 만큼 했고 성협과 어의 박지지까지 돌아와 있으니 자신은 그만 용궁으로 돌아가고 싶었다. 계원들이 만류했지만 그 역시 전날 성협이 그러했던 것처럼 뜻을 굽히지 않았다.

나는 내 문제도 조금 작용되었으리라고 생각했다. 나를 한양으로 데려가는 문제로 성협과 다투었던 일이 못내 마음에 걸린 것이 아닌가 했다. 그도 그럴 것이 그 자리에서 성협과 이찬은 서로 단 한마디도 나누지 않았다.

낙사계 회의가 열렸다. 그 자리에서 어의 박지지가 존애원 원임으로 추천되었다. 박지지도 내심 상주에 눌러앉아 존애원을 맡고 싶어 하는 눈치였다. 그리하여 계원들은 어의를 지낸 그를 제3대 존애원 원임으로 추대했다.

"불민한 사람이나마 열성을 다해 존애원을 이끌어 보겠습니다."

존애원에 딸린 많은 사람들이 새로 취임한 원임 박지지에게 하례를 드렸다. 박지지는 도청에서 버텅으로 내려서서 원의녀 애종을 비롯하여 서원, 집사, 고지기와 일일이 인사를 나누었다. 그런 뒤에는 마당으로 한 층 더 내려섰다. 약초꾼들과 약방아낙에 이르기까지 한 사람 한 사람의 면면을 다 살펴보며 안면을 익혔다.

밤이 되어 애종이 사람들의 눈길을 피해 박지지의 처소를 찾았다.

"어의관 나리, 소녀 애종입니다."

"내 아까 낮에 너를 알아보았다. 여러 해 전 그때 내의원에서 내쳐진 후 어디로 갔나 했더니 여기에 와 있었었구나."

"나리, 한 가지 간청이 있습니다. 여기 사람들에게 저의 예전 신분이 드러나지 않도록 해주십시오."

"네가 원한다면 그렇게 하마. 내 약속하지."

"고맙습니다."

"그래 여기 생활은 할 만 하더냐?"

애종은 존애원의 지난 이야기를 박지지에게 들려주었다. 그로서는 존애원의 실태를 파악하기 위해 따로 알아보지 않아도 되었다. 다 듣고 난 박지지는 애종에게 말했다.

"오히려 내가 너에게 고마워 해야겠구나. 그런데 네가 여기서는 원의녀로 불린다니, 허허. 그 출중한 재주는 어딜 가도 드러나는구나. 과연 낭중지추로다."

"과찬이십니다. 하오면 이만 물러가겠습니다."

약방아낙들이 강의방에 모여 있었다. 떠들썩했다. 애종이 들어서자 곧 조용해졌다. 애종은 그들을 둘러보더니 말했다.

"열성들은 여전하시군요."

"우리도 열심히 배워서 원의녀님과 같은 사람이 되고 싶습니다."

애종은 강의(의술을 강의함)를 시작했다.

"사람의 몸에 나쁜 영향을 끼쳐서 아프게 하는 독이라는 것이 있습니다. 그것을 체독이라고 합니다. 체독에는 크게 두 가지가 있지요. 열독과 냉독이 바로 그것입니다. 열독은 살갗으로 나오려는 성질을 가지고 있고 냉독은 오장육부 안에 숨어 머물면서 온갖 질병을 만들어냅니다."

"냉독이 더 무서운 것입니까?"

"그렇습니다. 열독은 사람을 죽게 만드는 경우가 적은데 냉독은 쌓이면 반드시 사람을 죽게 만듭니다. 열독의 종류로는……."

어의 박지지가 와서 존애원의 원임이 되고부터는 애종이 과거 한때 내의녀를 지냈었다는 소문이 사실로 굳어져 갔다. 그리고 소문은 뼈와 살을 더해 애종과 박지지가 내의원에 있을 때 그렇고 그런 사이였다는 말도 나돌았다.

그런 말이 귀에 들어갔을 법도 한데 두 사람 중 어느 누구도 그런 소문에 반응을 보이지 않았다. 그 이유가 두 가지라고 생각했다. 소문이 사실이거나 아니면 소문이 터무니없는 것이라서 대응할 필요조차 느끼지 못했거나.

별난이가 갑자기 태도를 싹 바꾸어 애종을 잘 대하기 시작했다. 언니라고 한 번도 부른 적이 없었는데 꼬박꼬박 언니라고 하는 것이었다. 자신이 먼저 존애원에 들어온 선배고 애종이 후배라고 으스대던 꼴도 더 이상 볼 수 없었다.

별난이가 애종에게 애원했다.

"언니, 이 미천한 것에게 의녀가 되는 길을 좀 알려주세요."

"그게 무슨 소리야? 의녀라니?"

"에이, 다 알고 있는데 뭘 그러세요?"

"뭘 다 안다는 거야?"

"언니가 전에 내의녀였다는 것을 모르는 사람이 없어요."

"네가 어디서 쓸데없는 소문을 들었구나."

별난이는 갑자기 혼란스러워졌다. 그러나 곧 자신의 판단을 굳게 믿었다.

"언니가 의녀가 아니었다면 그 깊은 의술을 어떻게 습득했겠어요?"

애종은 웃었다.

"내가 무슨 의술이 있다고 그러느냐. 너도 참."

별난이는 속으로 다짐했다.

'그래? 흥, 어디 두고 보라지. 내가 꼭 너의 정체를 밝혀내고 말테니까.'

발목을 자른 김 진사

1

긴 겨울 끝에 새로 봄이 오고 날이 완연하게 풀렸다. 아이들은 서당을 파한 뒤 산으로 들로 뛰어다니며 놀았다. 계원들이 서로 친하게 지내는 것과 마찬가지로 그 자식들도 무리를 지어 다녔다.

강응철의 아들 강용후가 나이가 제일 많아 다른 아이들을 이끌었다. 정경세의 두 아들 정심 정학, 이전의 아들로는 이덕규와 이신규, 이준의 자식인 이원규와 이문규 등이었다. 가끔 멀리서 조우인과 정기룡이 들를 때면 아들 조정융 정익린을 데리고 다녔는데 그 아이들도 남촌의 아이들과 곧잘 어울려 놀았다.

"오늘은 오리를 잡자."

아이들은 작은 눈구멍을 낸 바구니를 덮어쓰고 물속으로 들어가 가만히 앉아 있었다. 청둥오리들이 먹이를 실컷 잡아먹고는 해거름에 물을 마시러 개울가 곳곳에 날아 앉았다. 바구니 가까이에도 한 무리가 날아들어 물을 마셨다. 아이들은 물속에서 아주 천천히 오리 쪽으로 다가갔다. 그 중 한 마리가 망을 보고 있다가 날개를 파닥이며 조심하라는 신호를 주었다. 오리들은 높이 날았다.

아이들은 꼼짝도 않고 있었다. 이윽고 오리들이 다시 내려앉았다. 바구니는 다시 오리 쪽으로 조금씩 다가갔다. 그러기를 여러 차례, 오리들은 더 이상 바구니에 경계심을 가지지 않았다. 손을 뻗을 만한 거리까지 다가간 정심이 물속에서 오리의 다리를 확 잡아챘다. 다른 오리들은 일제히 날아 올랐지만 다리가 잡힌 오리는 날개를 후드득거리기만 했다.

"잡았다!"

물 밖으로 나온 아이들은 불을 피웠다.

"오리 혓바닥은 잘라서 의국에 가져다 줘야지."

"맞아. 약으로 쓴다고 했어."

정심이 오리를 진흙으로 싸 구웠다. 구워지는 동안 아이들은 무료함을 달래기 위해 작대기로 땅을 치며 노래를 불렀다.

오리가 다 익자 강용후는 나이가 어린 순으로 고기를 나누어 주었다. 오리를 잡은 공이 있는 정심에게는 큰 다리를 하나 주었다. 정심은 먹지 않고 동생 정학에게 주었다. 정학은 먹고 있던 갈비 쪽 고기를 형에게 주고 다리를 받아들며 웃었다.

이전이 존애원을 서당 삼아 아이들을 가르치고 있는 정경세에게 물었다.

"여러 아이들 중에서 누가 뛰어납니까?"

정경세는 이원규와 이신규를 떠올렸지만 웃으며 말했다.

"자식이 어버이보다 낫다고 하면 그 아비는 기뻐하는 법이지만 동생이 형보다 낫다고 하면 형은 반드시 불쾌해져서 동생을 미워하는 법입니다. 비교하기를 좋아하는 어른들은 무심코 누가 나은가 묻는데 집안과 고을의 풍속을 해치는 것으로는 이 말보다 더 심한 것이 없지요. 형제를 두고 어찌 그 재주를 구별하는 마음을 내겠습니까?"

"허허, 과연 그 말이 옳습니다."

아이들은 시냇가, 논두렁 아래, 물이 괸 웅덩이와 같은 곳을 찾아다녔다. 개구리가 그런 곳에 알을 낳아 두기 때문이었다. 막내인 정학과 이신규가 동이를 들고 형들을 따라다녔다. 이원규가 웅덩이를 살펴보더니 손가락으로 가리켰다.

"저기 있어!

강용후는 바가지로 개구리 알을 떴다. 또 다른 곳들을 찾아 헤매며 한 동이 가득 채우고 나서야 고을로 발길을 돌렸다.

"아이들이 떠 온 것입니다."

계원들은 큰 대접에 담긴 개구리 알을 숟가락으로 떠 삼켰다.

"효심이 벌써 이러하니 장차 우리 고을이 빛나겠습니다. 허허."

"다들 글공부도 잘한다니 왜 아니겠습니까."

정경세가 동지사에 차임되었다. 새 임금이 사명(사신의 임무)을 받들고 갈 사람을 택하라고 명했는데 조정에서 논의 끝에 그를 선발했다. 이번 사신에게는 중요한 임무가 한 가지 있었다. 그것은 염초(화약의 원료)를 수입해 오는 일이었다. 명나라에서는 염초의 수출량을 해마다 줄여왔는데 그로 인해 조선에서는 비축량도 줄어들고 군사의 조련에 많은 차질을 빚어왔다. 그 문제의 해결을 정경세에게 맡긴 것이었다.

정경세는 고향에 들렀다. 조상들의 묘소에 아뢰고 나서 긴 여행에 필요한 채비를 했다. 계원들은 십시일반 돈을 내어 노자에 쓰라고 보태주었다. 박지지가 정경세에게 말했다.

"당재(중국산 약재)를 무역해 올 사람을 데려가 주십시오."

정경세는 내키지 않았다.

"대저 우리나라에서는 비싼 당재가 약효가 큰 줄 알고 있으나 그것은 그릇된 생각입니다. 의원들이 간혹 환자의 병이 잘 낫지 않으면 당재가 없어서 그렇다는 둥 핑계를 대기도 합니다만 사실은 질 좋은 향약이 효험이 큽니다."

"우리 조선에서 나지 않는 약재도 있지 않습니까?"

"물론 있지요. 그런 약재를 대체할 것이 없다면 무역을 해서 수입해 와야 하겠지요."

"바로 그러한 약재를 수입해 와서 의국에서 쓰려는 것입니다."

그제야 정경세는 박지지의 말에 수긍했다. 계원들이 정경세를 배종(높은 사람의 뒤에서 따라감)할 사람을 물색했다. 건강하고 약재에 밝은 사람이어야 했다. 박지지는 유후성을 추천했다.

"어릴 적부터 약초를 캐러 다닌 사람이고 약초에 대해서는 누구보다 잘 아는 사람이 아닙니까?"

다들 이설이 없었지만 문제가 한 가지 있었다. 유후성이 중국말을 몰라 그들과 의사소통이 되지 않는다는 점이었다. 유후성이 요청했다.

"중국인과 필담이 가능한 담야를 같이 보내주십시오."

정경세가 반대했다.

"그 아이는 아직 어려서 안 되네."

내 나이 17세. 그를 따라 청리 고을로 온 지도 어언 10년이 다 되었다. 정경세는 내가 어리다는 이유를 들었지만 꼭 그것 때문만은 아닌 것 같았다. 하지만 유후성이 혼자 따라가서는 말이 통하지 않는다는 데야 별 수 없었다. 내가 아니고는 달리 데리고 갈 만한 사람도 없었다. 그리하여 결국 나도 따라가게 되었다.

박지지는 유후성에게 사 와야 할 당재의 목록을 적어주고 어떤 것이 품질이 좋은 것인지 감별하는 방법까지 알려주었다. 유사 김광두는 곡식과 면포를 전부 은자로 바꾸어 주었다. 유후성은 묵직한 전대를 허리에 찼다.

정경세가 사행을 간다는 소식을 듣고 원근에서 친구와 지인들이 찾아왔다. 전식은 노자에 보태라고 재물을 주었고 성협은 시를 써서 주었으며 조우인은 노래를 불렀다. 고인계도 무사 귀환을 염원하는 글을 적어 주었다.

약재창고로 갔다. 할아범이 약뱅이들에 나가고 없었다. 별난이에게 말했다.

"선물 사 올게. 뭐 필요한 거 있어?"

"필요한 거 없어. 아무것도 사 오지 마."

"너도 전에 내게 침통을 선물해 줬으니 나도 해줘야지."

"침통? 너한테 침통을 선물한 적 없는데?"

"뭐, 없어?"

"없어."

그렇다면 도대체 누가 내 망태기에 침쌈지와 침통을 넣어 두었던 걸까? 나는 애종에게 갔다.

"누님이었어요?"

"뭐가?"

"이 침통."

품에서 은침통을 꺼내 보였다. 애종은 빙긋 웃었다.

"아, 그거. 네가 장차 훌륭한 의원이 되라고."

속 깊은 애종을 다시 보게 되었다. 값비싼 침통과 침을 선물해 주고도 그동안 그것을 몰라준 내가 얼마나 야속했을까? 그런데도 내색 한 번 안 하다니.

"먼 길에 부디 몸조심해."

밖으로 나오니 약방아낙들이 모여 있었다. 그들은 존애원에서 일을
해서 푼푼이 모은 것을 내놓았다.

"가거든 명나라 연분을 좀……."

"잘 알겠습니다."

존애원 사람들의 배웅을 받으며 정경세를 따라 먼 길을 떠났다. 사
신의 행차에는 언제나 많은 사람들이 따라가는데 그 중에는 상단의
규모가 제일 컸다. 특히 우리나라에서 나지 않는 물품을 매입해 와 되
팔면 큰 이익이 남기 때문에 내상(동래 상인), 경상(한양 상인), 송상(개성
상인), 만상(의주 상인) 등 팔도의 큰 상인들은 다 한 무리씩 끼었다.

며칠 후 의주에 도착해 취승정에 묵기로 했다. 여장을 푼 정경세는
압록강 하구에 있는 검동도로 갔다. 검동도는 중국을 오가는 사신이
면 꼭 머물러야 하는 곳이었다. 그곳은 조선의 끝이었고 강을 건너면
명나라의 시작이었다.

검동도에는 전 어의 허준이 선왕의 죽음에 대한 죄를 얻어 유배되
어 있었다. 정경세는 허준을 찾았다. 그의 집 안에는 온통 책이었다.
놀랍게도 전부 의서였다. 옛 중국의 의서에서부터 최근에 우리나라에
서 간행한 것까지 없는 책이 없었다.

두 사람은 서로 반겼다. 조정에 있을 때 정경세는 왜란 때 앓은 두질
(천연두)의 후유증으로 허준에게 여러 차례 신세를 진 일이 있었다. 또
허준은 당파를 요구하는 대신들의 압박을 받을 때마다 정경세의 도움
으로 위기를 넘기곤 했다.

"보아하니 뭔가 큰 책을 저술하고 계시는 듯합니다?"

"이렇게 한가하게 있을 때 오랫동안 별러오던 것을 마무리할까 해서

요."

허준은 정경세의 안색을 살피더니 물었다.

"어디가 편찮으십니까?"

"배가 아프고 뒷간 드나들기를 몇 번이나 하는지 모릅니다."

"그렇다면 이질에 걸리신 게 분명합니다. 열은 좀 어떻습니까?"

"열은 없는 것 같습니다."

허준은 뒷자리에 앉아 있는 나를 주목했다.

"저 청년은 누구입니까?"

정경세는 나를 허준에게 소개했다.

"의국에서 의술을 배우고 있지요."

그러자 허준은 내게 큰 관심을 보이며 시험 삼아 물었다.

"담야라고 했는가? 자네 주인께서 이질을 앓고 있네. 자네라면 어찌 치료를 하겠는가?"

갑작스런 물음에 얼른 대답을 하지 못했다. 잠시 나를 바라보던 허준이 눈길을 거두려는 순간 얼떨결에 대답이 나와 버렸다.

"배꼽 주위에 있는 혈에 화침을 놓거나 뜸을 뜹니다."

"그래? 약을 쓴다면 어떤 처방을 하겠는가?"

"익원산이나 온육환을 쓰겠습니다."

"정사 영감께는 그 둘 중에 어느 것이 좋겠는가?"

"이질 중에서도 백리에 해당하므로 온육환이 합당한 줄 압니다."

허준은 웃으며 정경세에게 알약을 한 주머니 내놓았다.

"온육환입니다. 한 번 드실 때마다 50알씩, 하루 세 번 더운 물과 함께 드신다면 며칠 안에 효험을 보실 겁니다."

정경세는 놀랐다.

"내가 올 줄 알았습니까? 어떻게 약을 미리 지어놓고 있었단 말입

160

니까?"

"허허. 그런 건 아닙니다. 이 검동도는 사신의 행차가 많은 곳이 아 닙니까? 먼 길에 음식과 물이 다르니 배앓이를 호소하는 사람들이 많 습니다. 그래서 이질약은 항상 조금씩 마련해 두고 있습니다."

"역시 어의는 생각하시는 바가 다르구려. 허허."

허준은 또 나를 바라보았다.

"내가 의서를 집필하느라 매일같이 장시간 서안 앞에 앉아 있었더 니 허리가 좀 안 좋네. 그래서 자네에게 묻겠네. 요통의 증세는 어떻게 다스리면 좋겠는가?"

"뜸이 좋은 줄 압니다."

"뜸을 어디에 떠야 하는가?"

"두 무릎 뒤쪽의 음곡혈과 위중혈에 뜸을 뜹니다."

"그것 말고 다른 처방은 없겠는가?"

"허리에 있는 신수혈에 뜸을 떠도 효험을 볼 수 있습니다."

허준은 구합(뜸을 뜰 도구가 든 작은 상자)을 내놓더니 갑자기 옷을 벗고 돌아눕는 것이었다.

"몇 장 지져보게."

나는 망설였다. 정경세가 허준에게 말했다.

"어찌 의술이 아직 익지 않은 젊은이에게 시술을 맡기려 하십니 까?"

"괜찮습니다. 그만하면 여느 의원 못지않습니다."

처음 뜨는 뜸이라 얼마나 떨렸는지 몰랐다. 먼저 허준의 허리 두 군 데와 무릎의 뒤쪽 오금에 각 두 곳씩 네 곳에 붓으로 점혈을 했다. 그 러고나서 제대로 혈을 짚었는지 재차 확인을 하고 나서 뜸쑥을 올리 고 불을 붙였다. 뜸쑥이 타들어가는 냄새가 방안에 가득 찼다. 잠시도 한눈을 팔지 않고 뜸이 잘 지져지고 있는지 지켜보았다.

이윽고 뜸을 다 뜨고 나서 뜸자리를 깨끗이 닦아내고 붉게 변한 살 갗에 꿀을 발랐다. 허준이 일어나 앉아 옷을 입고 있을 때였다. 밖에서 다급한 목소리가 들렸다.

"어의 영감, 속히 한양으로 올라가셔야겠습니다!"

"무슨 일인가?"

"상감마마께서 영감을 석방하라는 명을 내리셨다고 합니다."

정경세는 자기 일처럼 기뻐했다.

"허허, 나중에 한양에서 봅시다."

"부디 잘 다녀오십시오."

의주를 떠난 사행은 열흘 뒤에 북경에 도착했다. 조선 사신들이 묵는 곳은 옥하관이었다. 정경세는 명나라 땅에 들어서고부터 학질에 걸려 고생했는데 아직 그 후유증으로 나다닐 수 없었다. 나는 그 곁을 떠나지 않고 돌보려고 했다.

"수행한 의관이 있으니 너는 너의 볼일을 보거라."

명나라에 온 조선사람들이 가장 많이 찾는 곳은 유리창거리였다. 거기에는 각종 서적과 문방용품 가게가 수도 없이 이어져 있었다. 상인들은 물건을 사려고 이곳저곳을 기웃거렸다.

그곳에서 멀지 않은 곳에 약재시장이 있었다. 유후성과 나는 그곳으로 갔다. 한 가게에 들렀다. 시험 삼아 우리나라에도 흔히 있는 당귀를 들고 가격을 물어보았다. 터무니없이 비싸게 부르는 것이었다. 다른 가게에 들러도 거의 그 가격이었다. 그날은 그냥 돌아왔다. 사신단이 숙소로 쓰는 옥하관을 돌보고 있는 명나라 사람에게 작은 인삼 한 뿌리를 선물로 주었다. 그러고는 약재를 싸게 살 방법을 물었다.

"여기 상인들도 다 안국에 있는 큰 약시에서 약재를 떼어 와서 팔지요. 안국으로 가서 직접 사면 싸게 살 수 있을 겁니다."

안국은 북경에서 남쪽으로 500리 떨어진 곳에 있는 현읍이었다. 정경세의 허락을 얻어 유후성과 함께 안국으로 갔다.

먼저 약왕묘에 들렀다. 좋은 약재를 좋은 값에 많이 사 갈 수 있도록 해 달라고 기도를 했다. 안국의 약시에 들어서자 좌우로 늘어선 약방에 수백 종의 당재가 산더미처럼 쌓여 있었다. 우리는 명나라 옷차림을 하고 있었지만 말이 통하지 않으니 입을 열 수가 없었다. 그렇다 하더라도 마냥 벙어리처럼 입을 다물고 돌아다닐 수만은 없었다. 해동약방이라고 간판을 내걸어 놓은 큰 약재상을 눈으로 정해 들어갔다. 해동이라고 적어 놓은 것을 보면 필시 조선과 관계가 있을 듯했다.

주인이 인사를 하며 반겼다. 우리는 웃음으로 화답했다. 그러고는 지필묵을 가리켰다. 눈치 빠른 주인은 우리가 조선사람임을 금방 알아챘다.

"잘 오셨습니다. 모든 풀은 안국으로 와서 비로소 약이 된다는 말이 있지요. 북경 상인들도 다 여기서 약을 떼어 가니까 저들도 이익을 남기자면 비쌀 수밖에요. 더구나 조선사람들한테는 바가지를 씌우기 일쑤지요."

"당신은 바가지를 씌우지 않겠다는 말입니까?"

"사실 저는 지난 임진왜란 때 조선으로 출병했던 사람입니다."

그 말이 곧이 믿기지 않았다.

"조선군의 도움으로 목숨을 구한 적이 있습지요. 그 후로 은혜 갚을 날만 기다려 왔는데 이렇게 조선인들을 만나게 될 줄이야."

워낙 허풍과 거짓말을 입에 달고 사는 상인들이라 우리의 환심을 사려고 떠벌리는 말이거니 했다.

"다른 약방도 둘러보고 오십시오."

다른 약방들은 약재마다 거의 두 배 값을 부르는 것이었다. 우리는 다시 해동약방으로 갔다. 약방 주인은 차를 내놓으며 자신의 이름을 밝혔다.

"이제 저를 믿으시겠습니까? 저는 왕치엔이라고 합니다."

우리 두 사람은 서로 마주보며 그를 믿기로 했다. 유후성은 왕치엔에게 약재를 적은 목록을 내주었다.

"감초, 계피, 만삼, 천산갑, 사향, 침향……."

그는 어린아이를 시켜 약재의 견본을 가져오게 했다.

"제 아들 왕앙입니다."

"참 영특하게 생겼군요."

약재의 견본을 면밀히 살펴보던 유후성이 엄지를 척 들었다. 왕치엔은 점원들에게 시켰다.

"먼 길 갈 약재들이니 잘 싸도록 하게."

그리고 건장한 점원 두 사람을 시켜 북경까지 가져다주도록 하는 것이었다. 그의 배려가 진심으로 느껴져 고마웠다. 유후성은 왕치엔의 손을 꼭 잡았다.

"조선에서 명나라에 와서 약재를 구입하려는 사람이 있다면 반드시 이 약방으로 보낼 것입니다."

"고맙습니다. 잘들 가십시오."

사신 행차는 그 이듬해 3월에 조선으로 돌아왔다. 정경세는 염초의 수입에 관해 명나라 조정과 담판을 벌인 결과 기존의 연간 수입량 3천 근의 두 배인 6천 근을 해마다 수입하는 것으로 약속받았다. 나는 유후성과 함께 귀한 당재를 좋은 값에 많이 사 왔다는 감회에 가슴 뿌듯했다.

약방아낙들이 부탁한 연분도 다 나누어 주었다. 정경세는 계원들과 원근에 있는 친구와 지인들에게 붓이며 먹과 같은 문방용품을 하나씩 나누어 주었다.

사람들의 눈을 피해 별난이에게 빗을 선물로 주었다. 겉으로는 별것 아닌 것처럼 여기며 받아들였지만 속으로는 좋아하는 게 틀림없었다. 그다음으로 애종에게는 연분을 주었다.

"이 비싼 걸 왜 사 왔어? 별난이 주지 않고."

"별난이 것도 있어요. 이건 누님 드리려고 사 온 거예요."

그때 등 뒤에서 앙칼진 목소리가 들렸다.

"내 이럴 줄 알았지."

별난이였다. 그녀는 내게 받은 빗을 땅바닥에 내던졌다.

"내가 속았지. 에라, 이 나쁜 놈아!"

별난이가 토라져 몸을 홱 돌리며 갔다.

"별난아, 그게 아냐. 너도 참. 왜 그래?"

애종은 한숨을 쉬었다.

"어서 따라가서 달래렴."

빗을 주워들고 별난이를 뒤쫓아 갔다. 제 처소 앞에 이르러 돌아섰다.

"담야, 너! 다시는 애종이랑 단둘이 얘기하지 마. 알겠어?"

"한 지붕 아래에 살면서 어떻게 말을 안 하고 살아? 더구나 의사에서 환자도 같이 보고 있는데."

"하지 말라면 하지 마!"

"아, 알았어. 환자 돌보는 일 말고는 그러지 않을게."

나는 빗을 옷에 닦아서 내밀었다.

"함부로 버리지 마. 이래 봬도 좋은 거야."

그 무렵 유후종은 애종을 만나고 있었다. 그는 애종에게 백옥노리개를 내밀었다. 하지만 애종은 받지 않았다. 유후성은 간절한 심정으로 말했다.

"어떻게 하면 내 마음을 받아주겠소?"

애종은 아무 말 없이 처소에 들어가 문을 잠갔다. 유후성은 방문을 향해 나지막이 말했다.

"참 야속하구려."

유후성과 내가 명나라에 다녀온 뒤로 당재가 어느 정도 구비가 되었다. 그리하여 약재에 있어서는 아무런 문제가 없을 줄 알았는데 그게 아니었다. 박지지가 중얼거리는 것이었다.

"이제 남은 건 왜재(일본산 약재)인데⋯⋯."

2

명나라에서 사 온 면경으로 엉덩이 위쪽에 나 있는 문신을 비춰보았다. 자자한 먹이 가뜩이나 번져서 알아보기 힘든 글자가 거꾸로 보이기까지 해서 해독하기가 무척 어려웠다.

"무슨 글자일까?"

틈나는 대로 비춰보아 짐작해 보는 도리밖에는 없을 성싶었다. 정경세가 이것저것 알아보는 동안 나도 나의 출생에 대해 점점 궁금해졌다. 과연 나는 누구일까?

감추고 싶은 것일수록 더 빨리 더 멀리까지 소문나는 법이다. 굳이 감출 것은 아니지만 존애원에 당재가 많이 있다는 말은 약재상 경설의 귀에까지 들어간 모양이었다. 그가 존애원을 찾아왔다.

"의국의 약재창을 구경하고 싶습니다."

박지지는 허락을 했다. 유후성이 할아범과 함께 안내해 주었다. 경설은 창고에 가득 쌓여 있는 당재를 보고 연신 감탄했다. 그러고는 그역시 전에 박지지가 그랬던 것처럼 중얼거리는 것이었다.

"왜의 약재까지 구비해 놓는다면 더 이상 아쉬울 것이 없겠군요."

박지지는 경설에게 부탁했다.

"담야를 동래로 데리고 가 왜상을 한 사람 소개시켜 줄 수 없겠는가?"

이번에는 유후성과 같이 보내지 않는 게 이상했다. 그 이유는 내가약재창으로 가 유후성을 만나보고 나서야 밝혀졌다.

"원임 나리께서 같이 가라고 했지만 자네 혼자 약재를 보는 눈을키우고 구입하는 경험도 쌓는 것이 좋을 것 같아서……."

그의 손에는 책이 한 권 들려져 있었다. 천자문이었다.

"글공부를 시작하셨군요?"

그는 멋쩍게 웃었다.

"워낙 아둔한 머리라 잘 안 되네."

경설과 함께 동래로 갔다. 왜관 안으로의 출입은 엄격하게 통제되고있었다. 다만 왜관 밖으로 많은 전방이 펼쳐져 있었다. 그 중에는 약방도 있었다. 경설은 그 중 한 약방으로 들어갔다.

왜상 오타니는 경설을 반갑게 맞이했다. 경설은 그를 소개시켜 주었다. 오타니는 약재만 파는 것이 아니라 왜의 의술에도 밝은 자였는데왜란 때 군의로서 고니시 유키나가 휘하에 종군한 사람이었다.

경설은 오타니에게 존애원에 관해 들려주었다. 오타니는 놀라는 표정을 지었다.

"귀족이 평민을 위해 건물을 짓고 무료로 치료를 해주다니……. 과연 조선은 놀라운 나라입니다. 앞으로 존애원이 필요로 하는 일본의 약재는 최우선으로 공급할 것을 이 자리에서 약속하겠습니다."

그가 좋은 약속을 한 만큼 경설에게 바라는 것도 있었다. 왜상이 조선에서 가장 많이 구하는 것은 인삼이었다. 그들은 인삼을 만병통치약으로 여겨 그에 대한 집착은 거의 병적이었다. 다른 건 몰라도 인삼을 구입할 수만 있다면 귀한 은자를 아끼지 않았다.

인삼 다음으로는 운모였고 각종 의서도 항상 구하는 물건이었다. 그런데 조선 상인들은 하나같이 왜상에게는 품질 좋은 물건을 팔지 않았다. 왜놈이라고 하면 언제나 부르르 화가 치밀었기 때문이다.

왜상은 조선에서 품질 좋은 물건을 구하고 싶었지만 나라에서 거래 규모와 장소를 엄격히 제한하고 있었기 때문에 항상 불만이었다. 그들은 중국까지 가기 어려워 조선에서 당물(중국 물건)도 닥치는 대로 구하는 실정이었다.

오타니가 내게 물었다.

"구하시는 일본의 약재가 무엇입니까?"

"우선 용뇌(녹나무 수지에서 얻은 약재), 석유황(유황덩어리) 그리고 흑사탕을 구입하고 싶습니다."

"정성을 다해 구해 보겠습니다. 만약 제가 그것들을 구해 놓는다면 인삼과 운모와 맞바꿀 수 있겠습니까?"

나는 선선히 수락했다. 오타니는 또 말했다.

"약재는 아니고 다른 것인데……."

"뭔지 말씀해 보십시오."

"조선에 빛깔과 감촉이 매우 곱고 화려한 최상의 비단이 있다고 들었습니다. 망룡대란이라고 한다는데 혹시 그 비단을 구할 수는 없겠는지요?"

"망룡대란?"

나도 경설도 듣는 것이 처음이었다. 경설이 어리둥절한 표정을 짓고 나서 말했다.

"어떻게 오타니 당신이 나보다 조선 물품을 더 잘 알고 있소?"

오타니는 웃었다. 내가 말했다.

"비단을 취급하는 상인들에게 한번 알아보겠습니다."

존애원에는 환자들 외에도 약재상이 많이 드나들었다. 게 중에는 사신을 따라온 왜상이나 당상도 있었고 더러 항왜와 향화인까지 약재를 거래하려고 찾아왔다.

경상도 남부지방에서는 동래 왜관 앞 왜시에서 왜의 약재가 주로 거래되었고, 중부지방에서는 대구 약령시에서 향재(우리나라 토종 약재)가 많이 거래되었다. 그에 비해 북부지방에는 상주 존애원에서 강원도와 충청도에서 나는 약재는 물론 멀리 당재와 왜재까지 두루 거래되었다. 그리하여 모든 약재 거래의 중심점은 존애원이 되었다.

멀리서 온 상인들은 다른 곳에서 숙박하지 않고 존애원에서 묵어가기를 원했다. 그 때문에 그들의 처소로 쓸 행랑을 여러 채 지었다. 존애원은 어느새 일본과 명나라에서 온 빈려(외국에서 온 여행객)들의 성지가 되었다. 그들이 존애원에 머물게 되니 당연히 상주 특산의 약재에 눈길이 갔다. 인삼, 백복령, 안식향(붉나무 진액), 원지(영지버섯 뿌리) 같은 것은 없어서 못 팔 정도였다.

드나드는 사람이 많아지다 보니 당연히 환자도 늘어났다. 밤에 응급으로 찾아오는 환자들을 위해 의사 외에 별도로 신속하게 처치할 구급방을 설치하고 당번의를 둬야 할 필요성이 대두되었다. 원임 박지지 혼자 밤낮으로 많은 환자를 감당하느라 과로사를 할 지경이었다.

존애원 도감 이전이 말했다.

"휘하에 의원이 한둘 정도는 있어야겠습니다."

"아직은 괜찮습니다."

약방아낙들 외에 고을 내 다른 아낙들도 의술을 배우기를 원했다. 박지지는 그들을 한데 모아 별난이가 가르치도록 했다. 그런데 애종과 별난이가 가르치는 방식이 달랐다. 애종은 주로 침과 뜸의 효능을 가르쳤고 별난이는 약초로 모든 병을 낫게 할 수 있다고 고집했다. 그 때문에 아낙들까지 두 패로 갈라져 미묘한 신경전을 벌였다.

애종에게서 의술을 배우는 약방아낙들은 애종이 내의녀였음을 기정사실화 하고는 높이 받들었다.

"이런 시골에 그런 인재가 또 어디 있겠어?"

별난이에게 약초에 대해서 배우는 아낙들도 지지 않았다.

"별난이는 상주사람이고 애종은 난뎃사람이잖아? 상주사람은 상주사람 편에 서야지."

아낙들 간의 분위기는 날로 대립되는 형국이었고 그런 식으로 편 가르기의 골이 깊어지는 것만 같아 박지지는 골치를 앓았다. 그때 내가 제의했다.

"원임 나리, 한 사람에게만 전적으로 맡겨 두지 마시고 매일 바꾸어 가면서 배우게 하는 것이 어떻겠습니까?"

박지지는 무릎을 탁 쳤다.

"옳거니!"

그리하여 아낙들은 날돌이로 애종이와 별난이에게 번갈아 배우게 되었다. 그렇게 한 지 얼마 지나지 않아 패를 짓고 있던 아낙들이 완연히 달라졌다. 애종에게 배우고 있었던 아낙들은 밥상 위에 올라오는 모든 채소가 약초라는 것을 눈뜨게 되었고 별난이에게 배우던 아낙들은 침과 뜸으로써 의술의 심오함을 더 한층 깊이 알게 되었다.

존애원 도감을 맡고 있던 이전이 평릉도 찰방에 제수되어 상주를 떠나 있게 되었다. 계원들은 회의를 열어 새 도감으로 강응철을 뽑았다. 그것을 축하하기 위해 계원들과 여러 지인들이 존애원에 모였다. 전식, 성협, 이찬, 김령, 조우인 등 20여 인이었다.

그런데 그들 중에서 유독 김령의 얼굴이 푸르죽죽한 것이 몸이 영 좋지 않았다.

"어지럽다가 눈앞이 캄캄해지곤 합니다. 또 목에서는 가래가 많이 끓습니다."

이찬이 성협과 상의했다.

"풍담이 든 것이 분명합니다."

"도담탕에 10여 가지 약재를 넣어 2첩을 처방하는 것이 좋겠습니다."

그 무렵 성균관 학유로 벼슬살이를 하고 있던 고인계가 낙향했다가 존애원을 방문했다. 사람들은 서로 반겼다. 그들이 대화하는 것을 듣고 나는 송정나루 주막에서 처음 정경세를 만났던 때를 회상했다. 정경세가 경상감사를 그만둔 직후 산양현 화장리로 가서 인근에 사는 고인계와 그의 족숙 고상안을 만나고 돌아가는 길이었음을 알게 되었던 것이다.

임금이 정경세를 전라도 관찰사로 삼았다. 그는 한양으로 올라갔다. 선조대왕의 3년 상을 마치고 종묘에 합사하는 일을 풍산군이 맡게 되었다. 종친 중에 가장 연세가 많으며 덕이 남다르다는 이유에서였다.

합사의 예를 끝내자 임금은 풍산군을 소덕대부(종1품)로 삼고 종친

부의 일을 관장하도록 했다. 또한 사옹원 제조와 오위도총부 도총관도 겸임시켰다. 정경세는 축하하기 위해 풍산군을 찾아갔다. 여러 가지 얘기 끝에 정경세가 조심스럽게 물었다.

"군부인께서는 어떻게 돌아가셨습니까?"

풍산군은 눈을 아슴프레하게 감고 기억을 더듬더니 옛이야기를 들려주었다.

"왜적이 쳐들어온 임진년 그해 어머니 영가군부인께서 연로한데다가 나 말고는 달리 부양을 할 아들이 없었지요. 그래서 내가 어머니가 계신 안성으로 가 있었어요. 그 이듬해 여름에 어명을 받들어 정릉을 보살피게 되었는데 가을에 어머니 상을 당해 다시 안성의 시골집으로 갔습니다. 거기서 어머니의 3년 상을 치르는 동안 아내도 죽고 그 후 얼마 안 있어 맏아들 귀성군도 죽고 말았어요."

"어찌 그런 비통한 일이……."

"허허, 이거 내가 죽을 때가 가까워지니 장황하게 늘어놓게 되는구려."

정경세는 이렇다 할 정보를 얻지 못했다. 담야가 풍산군의 아들이 되려면 영가군부인의 3년 상의 기간 동안 담야가 태어났어야 한다. 그런데 그 기간에 군부인 박씨조차 죽고 말았다. 결국 담야가 풍산군의 아들이 되려면 그 상중에 풍산군이 첩실을 취했어야 한다는 결론에 이르게 되었다. 그런데 그런 창망한 경황에 어떻게 첩실을 취할 수 있다는 말인가.

정경세는 생각했다. 그래도 혹시 첩실을 두지는 않았을까. 그랬다면 막내인 귀천군 아래로 자식이 있을 수 있게 되는 것이었다. 왕족만큼은 첩실의 자식도 다 종실이 되었다. 혈통상으로 서자와 적자의 구분을 두지 않았다. 그러니 첩실의 자식이라고 하더라도 감춰둘 이유가 하등 없는 것이었다. 다만 상중에 첩실을 본 것에 손가락질을 받을까 봐 그러한 사실을 숨기는 것이라면 이해를 할 수 있는 일이었다.

정경세의 추측은 자꾸 풍산군에 쏠렸다. 내가 귀천군과 어딘지 모르게 닮은 것도 그렇고 나아가 풍산군과도 닮은 구석이 있었다. 풍산군의 풍 자와 베갯모의 풍 자가 같은 것도 정경세의 추론을 뒷받침하고 있었다.

"뭘 그리 골똘히 생각에 잠겨 계십니까?"

"아, 아닙니다."

"자자, 한 잔 하십시다."

정경세는 잔을 부딪으며 풍산군의 얼굴을 잠깐 바라보았다. 담야가 나중에 늙으면 바로 이 얼굴이 될 것인가? 그는 풍산군의 옛 행적을 비밀리에 좀 더 상세히 조사해 보기로 결심했다.

"아 내가 종실의 뒤를 캘 생각을 다 하다니."

발각이라도 나는 날에는 자칫 잘못돼 대역 죄인으로 몰릴 수도 있는 위험한 일이었다.

3

차면 기울고 성하면 쇠한다고 했거늘 어찌된 일인지 존애원은 날로 차기만 하며 성하기만 한단 말인가. 처음 백성들을 무료로 치료해 준답시고 의국의 당우를 건립할 적에 그저 치료해 주는 흉내만 내려니 했건만 이제는 백성들을 치료해 주는 것은 물론이고 당재, 왜재, 향재의 모든 약재까지 거래해 큰 이익을 남기기까지 하고 있지 않은가.

그리하여 상주 남촌의 존애원도 아니고, 경상도의 존애원도 아니며 조선의 존애원으로 커져 버렸으니 누가 해하려고 찔러도 바늘 자국조차 남지 않게 되었다.

고을 내 존애원의 반대 세력을 주도해 왔던 김 진사는 이제 와 존애원에 참여할 수도 없었고 그렇다고 훼방을 놓자고 들자니 별 뾰족한 방법이 없었다. 그저 밤낮 불을 켜고 사람들이 드나드는 모양만 바라볼 뿐이었다.

남모르는 속앓이를 하니 지병이 더 도지는 것만 같았다. 읍내 도의생이 치료를 한답시고 사나흘에 한 번씩 들러서 침이다 뜸이다 약이다 했지만 좀처럼 효험을 보지 못했다. 얼마 전부터는 발가락이 시커멓게 변하고 있었다.

김 진사가 앓고 있는 지병은 소갈(당뇨)이었다. 그의 아들이 말했다.

"의국에 어의를 지낸 사람이 환자들을 진료하고 있다고 하니 한번 가보시는 것이……."

"네가 지금 존애원을 말하는 게냐? 내 앞에서는 그놈의 의국 얘기는 꺼내지도 말거라!"

"어찌 그리 의국을 탐탁지 않게 여기십니까?"

김 진사는 심술궂은 신음 소리만 짧게 냈다. 아들이 다시 종용했다.

"발가락이 다 썩어 들어가고 있지 않습니까? 이러다가 큰일이라도 당하시면……."

"죽으면 죽었지 존애원에는 못 간다!"

아들은 고심 끝에 혼자 존애원을 찾았다. 사정을 전해 들은 박지지는 난색을 지었다.

"모시고 올 수 없다면 저도 어찌할 수 없습니다. 한시라도 이곳을 비워 둘 수 없기 때문입니다. 잘 설득해서 모시고 오십시오."

"어의께서 잠깐 왕진이라도 와 주실 수는 없겠는지요?"

"어의라는 말씀은 마십시오."

박지지는 그 아들의 효심에 감동해 계원들에게 그 일을 알렸다.

"김 진사라면 처음 설립할 때부터 우리 의국을 백안시하던 바로 그 자 아닙니까?"

"맞습니다. 읍내 남문 밖 팔가계의 의생들하고 결탁한 사람입니다."

"그런 자를 치료해 주자고? 아니 될 말!"

"이번 기회에 단단히 반성하도록 그냥 내버려두어야 합니다."

"한패거리인 약방에 가서 고치겠지요."

계원들이 하나같이 김 진사를 곱지 않게 여겼다. 박지지는 왕진을 가겠다는 말을 쉽게 꺼낼 수 없었다. 그래서 말을 돌려서 했다.

"소갈은 여러 가지 합병증이 위험한데 지금 발가락이 괴사하고 있다고 하니 머잖아 발도 썩어 들어갈 것이고 그렇게 되면 목숨이 위험할 수도 있습니다. 존애원이 있는 고을에서 소갈병으로 사람이 죽었다고 한다면 모르긴 해도 존애원이 방치하지 않았나 하는 의혹이 일 것이고 그렇게 되면 존애원의 명예에도 결코 도움이 되지 않을 것입니다."

듣고 보니 일리 있는 말이었다.

"소갈은 참으로 고치기 어려운 병이라던데 만약 원임께서 나섰다가 고치지 못한다면 우리 의국의 명성에도 누가 될 것 아니겠습니까?"

"그렇습니다. 이래저래 좋은 소리를 듣지 못할 바에야 굳이 치료해 준답시고 나설 필요는 없습니다."

박지지가 다시 낮은 목소리를 냈다.

"만약 치료를 해준다면 김 진사께서 마음을 돌릴 수도 있습니다."

"그 속 좁은 자가 마음을 돌려요? 어림도 없는 말씀!"

"그래도 인지상정이라는 것이 있지 않겠습니까?"

거듭된 박지지의 설득에 완강하던 계원들은 좀 누그러졌다.

"그자가 그동안 우리한테 한 짓을 생각하면 단 한 터럭도 봐주고 싶지 않습니다. 하지만 원임께서 워낙 너그러운 마음을 가지고 말씀하시니……."

"우리가 계속 김 진사를 외면하는 것도 선비 된 자로서 할 짓이 아니긴 합니다."

"의국이 처음 표방한 뜻이 존심애물 아닙니까? 미운 자나 고운 자나 한결같이 대하자는 의미지요."

"맞는 말씀입니다. 이제 그만 지난 일은 다 용서하기로 합시다."

"한 고을에 살면서 자꾸 적대시해 봐야 좋을 것이 없어요."

"우리가 크게 자비심을 내면 김 진사도 반드시 변화가 있을 겁니다."

그리하여 박지지는 나를 데리고 김 진사의 집으로 왕진을 갔다. 그의 아들이 대문 밖으로 나와서 반겼다. 김 진사는 살이 많이 찐 사람이었다. 박지지가 물었다.

"고기와 술을 좋아하십니까?"

김 진사는 대답하지 않고 고개를 돌렸다.

"아버님!"

박지지가 다시 입을 열었다.

"존애원을 싫어하신다면 존애원만 싫어하시면 됩니다. 저는 그저 한 사람의 의원일 뿐입니다."

"당신도 존애원 사람이잖소?"

"이 고을에 굴러들어온 사람이지요."

그제야 김 진사는 박지지가 진맥할 수 있도록 팔을 내놓았다. 박지지는 맥을 짚었다. 생기가 없고 뛰는 것이 가늘며 끊어질 듯 이어졌다. 머잖아 병세가 깊어져 죽을 수도 있는 위험한 맥이었다.

"발을 좀 보여 주십시오."

그제야 김 진사는 입을 열었다.

"하루는 발이 저리고 붓더니 발톱이 살을 파고들어가지 뭡니까? 그래서 발톱을 잘라내려다가 그만 피가 나고 말았지요. 그 뒤로 점점 시커멓게 변하더니 감각이 없어지는 게 아니겠소."

시커멓게 썩은 부위가 발가락에서 발등 쪽으로 점차 번지고 있었다.

"시급히 치료해야 합니다."

"어떤 치료 말입니까?"

"이 발은 잘라내지 않으면 안 됩니다."

"뭐라? 잘라야 한다? 네 이놈!"

김 진사는 발을 들어 박지지를 찼다. 그는 가까스로 몸을 피했다. 그러면서 말을 했다.

"진사 어른, 발가락만 잘라서는 소용없습니다. 괴사가 계속 진행될 뿐입니다."

김 진사는 분기탱천했다.

"이노옴!"

박지지는 옷깃을 여미며 일어섰다.

"돌아가서 약을 보내겠습니다."

"흥, 나를 죽이려는 독약일 테지."

"우선 약을 드시고 그 발은 반드시 절단할 마음을 굳게 가지십시오."

박지지와 함께 존애원으로 돌아왔다. 계원들이 기다리고 있었다. 도감 강응철이 물었다.

"그래, 김 진사의 병세가 좀 어떻던가요?"

"전형적인 소갈을 앓을 만한 체형에다가 식습관 또한 소갈증을 부채질하는 격이었습니다."

"저, 저런?"

"기름진 음식과 술을 즐겨 먹어서 생긴 양기가 몸 밖으로 발산이 되지 않고 있었습니다. 그러니 살은 갈수록 더 찌게 되고 양기는 몸속에서 열을 일으키게 되며 그 열은 다시 양기를 태우므로 먹어도 금방 배가 고프고 또 심한 갈증을 느끼게 되는 것이지요."

"썩어 들어가고 있는 발은 어땠습니까?"

"시급히 잘라내야 합니다."

계원들은 예상보다 김 진사의 증세가 심하다는 것을 알고는 측은한 마음이 되었다.

"그 사람이 쉽게 자르려고 하지 않을 텐데……."

"발을 자르면 살 수는 있겠습니까?"

"의원이 된 자로서 어찌 병을 장담하겠습니까?"

계원들과 도청에 있다가 의사로 돌아온 박지지는 나를 불렀다.

"김 진사의 병세는 자네도 보았을 터, 침이나 뜸이 효험이 있겠는가?"

"발병이 된 지 수백 일이 지난 듯하니 침구를 써서는 안 될 것입니다."

"왜 안 되는가?"

"침구를 놓은 자리가 헐어 고름이 나게 되면 그것을 그치게 하기가 쉽지 않기 때문입니다."

"소갈에는 여섯 종류가 있네. 무엇인가?"

"소갈은 그 원인과 증상을 살펴 소갈, 소중, 소신, 강중, 주갈, 충갈로 나눕니다. 소신부터는 위중하여 강중이 되면 곧 죽습니다."

"김 진사는 어디에 해당하는가?"

"제가 본 바로는 주갈인 듯합니다."

주갈은 술과 고기를 좋아하여 먹고 마시고 한 후 방사를 하는 탓에 열이 많이 나 몸속의 진액이 줄어들어서 생기는 소갈병을 이르는 것이었다. 내 대답을 들은 박지지는 고개를 끄덕이더니 말했다.

"어떤 약을 써야 하겠는가?"

"황기육일탕이 가한 줄 압니다."

"그 약을 처방해 줄 터이니 자네가 가서 달이는 법을 그 아들에게 가르쳐 주게."

탕약 한 제와 약탕관을 들고 김 진사 집으로 갔다. 그의 아들에게 숯불을 피워 불 조절을 해야 하는 것과 약을 먹어야 할 때를 일러주었다. 아들은 고맙게 여겼다. 첫 약을 달여 김 진사에게 가지고 갔더니 먹기를 거부했다.

"드셔야 합니다."

"그 잘난 약, 네놈들이나 먹거라."

"독이 들었을까 봐 그러십니까?"

나는 약에 손가락을 넣었다가 그 손가락을 빨았다. 아들이 민망해했다.

"아버님, 환자가 의원을 믿지 않으면 어찌 병이 낫겠습니까?"

"나을 수 없는 병이다. 약이니 뭐니 하고 부산 떨 거 없다. 먹고 싶은 거 먹다가 이대로 죽는 게 나아."

아들의 얼굴이 일그러졌다.

"그렇다면 소자부터 죽겠습니다."

아들은 품에서 겻칼을 꺼내 들었다. 김 진사가 놀라 방사오리에 비스듬히 기대고 있던 몸을 얼른 고쳐 앉았다.

"안 된다!"

아들은 칼을 제 목에 겨눈 채 말했다.

"어서 약을 드십시오."

"아, 알았다."

김 진사는 약사발을 들고 꿀꺽꿀꺽 마셨다. 그제야 아들은 칼을 내려놓고 나를 보았다. 나는 눈을 찡긋해 주었다. 아들의 입가에 엷은 미소가 번졌다.

그로부터 며칠 뒤에 김 진사의 아들이 다시 존애원으로 찾아왔다.

"약을 충실히 먹은 효험이 있어서 아버님의 병세는 호전되고 있습니다. 다만 발이 못내 걱정됩니다. 정녕 아버님의 발을 되돌릴 방도는 없습니까?"

박지지는 일말의 망설임도 없이 단호하게 말했다.

"없습니다. 이미 괴사하고 있는 발은 그대로 놔두면 계속 썩어갈 뿐입니다."

아들은 탄식했다.

"장차 다리만이 아니라 온몸이 괴사할 것입니다."

"결국 방도는 한 가지밖에 없다는 말씀입니까?"

"그렇습니다. 더 늦기 전에 하루라도 빨리 잘라내고 소갈을 근본적으로 치료해야 합니다."

"근본적인 치료라고 하심은?"

"술은 끊고 고기는 살코기만 조금 드시게 해야 합니다. 밥도 지금 드시는 양의 절반으로 줄여야 합니다. 고기를 먹고 싶으면 버섯을 드시게 하고 두부와 채소를 많이 드셔야 합니다."

"버섯, 두부, 채소……. 다 아버님이 싫어하는 음식이군요."

"신선이 먹는 것을 먹는다 생각하면 병을 고칠 수 있습니다."

"만약 지금 잘라낸다면 어디까지 잘라야 합니까?"

"지금은 발목만 자르면 되지만 계속 방치하면 무릎 아래를 잘라내거나 다리 전체를 잘라야 할지도 모릅니다. 아마도 그런 상황에 이른다면 이미 병세가 기울어 생사가 위태롭겠지요."

아들은 힘없는 발걸음을 놓아 집으로 돌아갔다.

"아버님, 이제는 손을 써야 합니다. 더 늦으면 이마저도 불가합니다."

"어떻게 발목을 자른다는 말이냐? 신체발부는 수지부모하고 불감훼상이 효지시야라. 신체에 난 터럭 한 올도 부모에게 물려받아 가진 것이라서 감히 훼손하지 않는 것이 효도의 시작이라고 했거늘."

"지하에 계신 조부님도 아버님이 발을 자르기를 원하실 것입니다. 자식이 죽기를 바라겠습니까, 발을 잘라서라도 살기를 바라겠습니까?"

아들의 설득에 결국 김 진사는 그의 뜻대로 하기로 결정했다. 아들은 존애원으로 사람을 보내 그러한 말을 전했다. 박지지가 타일렀다.

"집에서는 다리를 절단하는 일을 거행할 수 없으니 의국으로 모시고 오게."

김 진사는 또 한 번 망설였다. 이에 아들은 다시 간곡히 설득했다. 마침내 김 진사는 집안 종에게 업혀 존애원으로 왔다.

"진사 어른, 잘 오셨습니다."

박지지의 인사에 김 진사는 잔기침만 할 뿐 아무런 대답도 하지 않았다. 그가 불편해 할까 봐 계원들은 그가 오기 전에 다 자리를 피해주었다. 박지지는 내게 말했다.

"백화산으로 가서 천수인을 데려오게."

나는 내 두 귀를 의심했다.

"누구라고요?"

"못 알아들은 겐가? 저승골에 다녀오라는 말일세. 꼭 천수인 그자를 데리고 오게."

박지지와 천수인이 서로 아는 사이였단 말인가? 영문을 몰라 하며 부리나케 백화산으로 내달았다.

천수인은 여전히 짐승을 해부하며 실험하고 있었다.

"원임 나리께서 스승님을 청해 오라고 하십니다."

"무슨 일로?"

"김 진사가 소갈의 합병증으로 발이 썩어가고 있는데 잘라내어야 한다고 합니다."

"그래? 그 친구 박지지가 나를 필요로 할 때도 다 있단 말인가? 허헛, 오래 살고 볼 일일세."

천수인은 수술 도구를 챙겼다. 그러고는 나와 함께 산을 내려가기 시작했다. 저승골에서 존애원까지는 가깝다면 가깝고 멀다면 먼 길이었다. 가는 길에 한 차례 다리쉼을 했다. 천수인은 흐르는 냇물에 던지듯이 말을 꺼냈다.

"나와 박지지는 한때 동문수학하던 사이였다. 그는 침과 뜸을, 나는 해부에 관심을 두고 있었어. 그러다가 그는 의관이 되는 길을 택했고 나는 해부로는 의관이 될 수 없어 그만 포기하고 말았지. 그 후 해부를 마음대로 할 수 있는 길이 없을까 고민하다가 포도청에 들어가 오작서리가 되었어. 오작서리, 뭘 하는 사람인 줄 아느냐?"

"사람이 죽으면 검시하는 일 말입니까?"

"그렇다. 한데 오작서리도 마음대로 오장육부를 해부할 수 없었어.

182

그 후 그만두고 성균관 근처에 있는 현방(푸줏간)에 들어가 백정 노릇을 했단다. 짐승만큼은 마음대로 배를 가를 수 있었으니까. 피 한 방울 흘리지 않고 소를 해부하는 것을 본 사람들은 나를 천달단이라고 불렀지.

그런데 말이다. 짐승의 속은 훤히 들여다볼 수 있었지만 사람 속을 알고 싶어서 못 견디게 되었어. 그즈음 전염병이 돌아서 사람들이 마구 죽어서 내버려지는 일이 허다했지. 아무 연고도 없어 길가에서 썩어가고 있는 시체. 그걸 그냥 지나치기에는 너무 아까운 마음이 든 게야. 그래서 밤에 몰래 한 구씩 가져다가 해부를 해 보기 시작했어. 사람이 어떤 까닭으로 병이 들며 그 병은 사람 몸속 어디에 어떻게 있으며 그 병이 어떻게 작용하길래 사람이 죽는가 너무 궁금해서 말이야. 사람의 시체를 가져다가 배를 가르고 뼈를 추리고 심지어는 머릿속까지 들여다보았어. 그런데 얼마 못 가서 그게 그만 탄로나고 말았어. 누가 내 행적을 수상하게 여겨서 신고를 했던 거야. 큰 죄를 얻었지. 그런데 내의원 의관으로 있던 박지지 그 사람이 소식을 듣고는 백방으로 손을 써서 겨우 풀려나게 되었어.

집으로 돌아오니 아내와 딸이 병들어 있었어. 나는 시체를 해부해서 얻은 알량한 지식을 마치 큰 의술인 양 여기고 있었어. 그대로 두면 죽는다 싶어서 아내와 딸을 수술하기로 마음먹었어. 그러다가 결국 둘 다 깨어나지 못하고 숨을 거두고 말았지."

그는 그 대목에 이르러 한숨을 길게 내쉬었다.

"그 뒤로 나는 거의 미친 듯이 돌아다녔어. 해부를 가르쳐 줄 명의를 찾아서 말이야. 그런데 그런 명의가 있을 리 만무했지. 그러다가 나는 문득 결심했어. 그 분야를 내가 개척해 보자고 말이야. 그래서 이 백화산 저승골에 자리를 잡게 된 거야."

"그러면 이제는 사람을 해부해도 죽지 않는 비방을 얻었습니까?"

"아니. 내가 이번에 내려가 그 양반의 발을 잘못 자르면 그자가 출혈이 심해 죽을 수도 있어. 그러면 양반을 죽게 만든 죄를 얻어 큰 벌을 받게 되겠지. 그렇게 되면 너에게 내 얘기를 할 기회가 없을 것 아니냐."

"김 진사가 잘못될 일은 없을 겁니다. 제가 확신해요."

"만약 무슨 일이 생겨 내가 죽게 되거든 너는 저승골 오두막을 깨끗이 없애거라."

나는 대답을 하지 않았다.

"그만 가자."

천수인을 데리고 존애원으로 들어섰다. 사람들은 힐끗힐끗 그의 차림새를 훔쳐보며 지나갔다. 박지지가 내려와 그의 두 손을 잡고 반겼다.

"이 사람, 와 주었군 그래."

"누구 부탁이라고. 이 미천한 몸이 안 올 수가 있나."

"예끼, 이 사람. 그런 말 말게. 자네야말로 조선 최고의 의원일세."

천수인은 의사로 가 김 진사의 발을 보았다. 여기저기 눌러보기도 하고 돌려보기도 했다.

박지지가 물었다.

"어떤가?"

"사기가 발등으로 오르고 있군. 자네 말대로 더 늦기 전에 발목을 잘라내어야 해."

"할 수 있겠는가?"

"이 지경이 되었으니 해 보는 수밖에 달리 도리가 없지 않겠나."

천수인은 김 진사의 발을 자를 장소로 대청마루를 택했다. 의사에는 환자들이 들어있었고 방은 너무 좁았기 때문이다. 그는 자신이 볼 수 있도록 마당에 솥을 걸고 물을 끓이도록 했다. 그러고는 저승골에서 챙겨온 것을 내게 모두 주었다.

"다 찌도록 해."

발목 절단에 필요한 도구를 찌는 동안 장 서방은 사람들이 수술 장면을 보지 못하도록 대청마루 끝에 장막을 쳐 가렸다. 찐 것을 장막 안으로 들였다. 그리고 숯불을 피운 화로와 인두도 들여놓았다. 박지지와 애종이 가만히 지켜보고 있었다.

"시작하겠네."

천수인은 김 진사의 입에 둘둘 만 수건을 물리고 턱을 묶었다. 그런 뒤 뜨거운 소금물로 김 진사의 발과 무릎까지 꼼꼼히 여러 번 닦았다. 복숭아뼈 위쪽 부분을 아홉 가닥으로 꼰 명주실로 단단히 묶었다. 이윽고 그 아래로는 피가 돌지 않아 살갗이 변해갔다.

천수인은 침으로 발등 아래 곳곳을 찔렀다. 김 진사는 이따금 통증을 느끼고 으으 하는 소리를 냈다. 박지지가 발목에 있는 혈자리마다 침을 놓고는 손으로 비벼 자극을 주었다. 움찔하던 김 진사가 얼마 후 감각이 없는지 가만히 있었다. 천수인이 다시 침을 들고 발목 아래 여러 곳을 찔렀다. 김 진사는 별무신경이었다.

"이제 된 것 같군."

나는 둘둘 말려 있는 칼집을 펴 놓았다. 천수인이 즐겨 쓰는 해부용 도였다. 얇고 날카로워 몸에 난 털을 깎는 데 쓰는 모도, 칼날이 짧고 칼 폭은 넓어서 살가죽을 벗기기 용이한 피도, 보통 쓰는 부엌칼처럼 생긴 것으로 살을 자르는 데 쓰는 육도, 칼날이 가늘고 그 끝은 위로 쳐들려 있어 뼈를 발라내는 데 적합한 골도, 칼날 끝이 갈고리처럼 생겨서 내장을 파헤치거나 끌어내는 데 쓰는 장도, 그리고 뼈를 쳐 토막내는 데 쓰는 두껍고 무거운 중도였다.

천수인은 먼저 모도를 들고 털을 싹 밀어냈다. 박지지가 물었다.

"털도 문제가 되는가?"

"제대로 한 번에 자르려면 칼을 정확히 대야 하겠기에 이렇게 하는 것일세."

발목의 털을 깎아낸 그는 육도를 들고 살을 가르기 시작했다. 피가 비쳐 나왔다. 그 곁에서 의포를 들고 있다가 피를 닦았다.

"골도!"

골도를 손에 쥐어 주었다. 천수인은 익숙한 솜씨로 관절을 헤집고 들어갔다. 힘줄이 끊기는 소리가 났다. 점점 피가 많이 났다. 발목은 피칠갑이 되어 눈으로는 보지 못하고 감각에만 의지해 잘라야 하는 상황이었다.

천수인은 얼굴에 땀을 흘리고 있었다. 대청마루를 가리고 있던 장막이 세찬 바람에 벗겨져 버렸다. 그 바람에 마당에 서 있던 사람들이 다 볼 수 있게 되었다. 김 진사의 발목을 본 약방아낙들은 비명을 지르기도 하고 눈을 질끈 감으며 고개를 돌리기도 했다. 황급히 자리를 피하며 토하는 사람도 있었다.

발목이 쉽게 잘라지지 않았다. 천수인은 당황하는 기색이 역력했다. 김 진사는 눈알이 뒤집히며 넘어가고 있었다. 박지지가 다급하게 말했다.

"빨리 잘라야 하네! 시간을 끌면 실신한 채 죽을 수도 있어!"

애종도 소리쳤다.

"이것저것 생각할 겨를이 없습니다. 어서 잘라야 합니다!"

천수인은 난감했다. 김 진사의 아들이 뭔가 잘못되어 가는 낌새를 느끼고는 낫을 들고 대청마루로 뛰어 올라왔다. 그러고는 모두에게 엄포를 놓는 것이었다.

"우리 아버님이 잘못되면 네놈들도 다 죽을 줄 알아!"

박지지가 그에게 호통을 쳤다.

"이놈, 여기가 어디라고 함부로 지껄이느냐. 어서 내려가지 못할까!"

내가 나섰다. 중도를 집어 들었다. 천수인이 나와 칼을 번갈아 바라보았다. 나는 결의에 찬 표정으로 눈을 질끈 감았다가 떴다. 그가 손을 내밀었다. 중도를 쥐어 주었다. 그는 높이 들어 김 진사의 발목을 향해 내리쳤다.

"콰악!"

"으!"

피가 튀었다. 천수인의 얼굴이 온통 피범벅이었다. 나도 박지지도 애종도 온 얼굴과 몸에 피얼룩이 졌다. 김 진사는 아무 움직임이 없었다.

"아버님!"

그 아들이 다시 대청마루로 뛰어오르려는 것을 장 서방이 안고 저지했다. 나는 얼른 화로에 달군 인두를 가져다가 잘라낸 발목을 지졌다. 살이 타는 냄새가 진동했다. 김 진사는 몸을 바들바들 떨 따름이었다. 피는 더 이상 나지 않았다. 잠시 후에 피가 또 비쳤다. 천수인은 직접 잘라낸 부위를 지져서 지혈을 했다. 나는 의포를 가져다가 발목을 꽁꽁 처맸다. 박지지가 안도의 한숨을 내쉬며 말했다.

"휴, 이 사람아, 아주 잘했네."

천수인은 나를 바라보았다. 나는 씩 웃었다. 그도 따라 웃었다. 사람들이 웅성거리기 시작했다. 박지지는 김 진사를 의사로 데리고 가 뒷처치를 했다. 그런 뒤 천수인을 데리고 처소로 갔다. 나와 애종은 그 자리를 말끔히 치웠다.

그로부터 한 달 뒤에 김 진사가 아들과 함께 존애원을 찾았다.

"이거 뭘로 사례를 해야 할지 모르겠습니다."

김 진사는 계원들과 둘러앉아 있었다. 박지지와 천수인도 참석한 자리였다. 강응철이 말했다.

"다 이 두 분 덕분이니 이분들에게 사례를 하십시오."

김 진사는 두 사람을 바라보았다.

"과연 명의이시오. 내 미처 두 분을 몰라보아 면구스럽습니다."

"앞으로 소갈을 치료할 일이 남았습니다. 부디 섭생을 조절하시고 인동환을 처방해 드릴 터이니 꼬박꼬박 드시면 완쾌하실 것입니다."

김 진사는 눈시울을 훔쳤다.

"내가 무슨 망령이 들어 의국을 그토록 질투했는지 모르겠습니다. 이제 와 후회한들 늦은 일이 되겠지마는 그래도 마땅히 사죄를 청해야겠습니다. 부디 이 못난 사람을 용서해 주십시오."

"허허. 의견이 다른 것은 무슨 일에나 있는 법입니다. 지난 일일랑 너무 괘념치 마십시오."

"그리 말씀하시니 몸 둘 바를 모르겠습니다. 앞으로 우리 집안도 의국에 작은 보탬이나마 되어 드리겠습니다."

김 진사가 마음을 고쳐먹음으로써 남촌 고을 안에서는 존애원을 반대하는 세력이 자취를 감추게 되었다. 다만 읍내 남문 밖 약방거리 팔가계 의생들은 여전히 존애원을 못마땅하게 여기고 있었다.

김 진사가 힘없이 말했다.

"그 사람들은 도무지 말을 알아듣지 않으니……. 그들이 장차 화근이 될지도 모르겠습니다. 조심해야 할 것입니다."

금란패를 하사받다

1

안개가 잔뜩 끼어 있는 이른 새벽에 존애원으로 가마가 한 채 들어왔다. 환자가 가장 뜸한 시간이었다. 마당에서 비질을 하고 있다가 들어서는 가마를 보았다. 웬 지체 높은 사람인가?

좌우 시종의 부축을 받아 가마에서 내린 사람은 장옷으로 얼굴을 가린 양반가의 여인네였다. 판곡에 사는 젊은 임산부였는데 출산을 한 직후에 말문이 막혀 벙어리가 된 것이었다. 놀랍게도 그 임산부는 임란 때 상주 북천전투에서 일본군에 맞서 싸우다가 장렬히 전사한 김준신 의병장의 손부가 되는 사람이었다.

당시 김준신 의병장의 활약은 대단했다. 일본군이 복수를 하려고 그의 고향 마을로 쳐들어갔다. 그 소식을 들은 문중의 여자들이 왜적의 손에 죽을 수 없다고 하여 연못에 몸을 던져 죽었다. 그런데 기적적으로 살아남은 여인들이 몇 있었는데 임산부가 그 중 한 사람이었다.

존애원이 아무리 무료로 진료해 주는 곳이라고 하지만 부녀자들이 찾아오기란 쉽지 않았다. 하물며 상민도 아닌 양반 부녀들은 몸이 아파도 엄두를 내지 못했다. 그런데 사정이 사정이니 만큼 그 임산부의 집안에서는 이것저것 가릴 경황이 없었다.

박지지는 임산부를 진맥하더니 서둘러 오리 혓바닥을 달여 먹였다. 임산부가 말문을 트는가 싶더니 이틀이 지나자 또 어버버 하는 것이었다. 박지지는 또 오리 혀를 3개나 달여서 먹도록 했다. 이번에도 말을 하는가 싶었는데 사흘 뒤에 또 말문을 닫는 것이었다. 박지지는 남은 오리 혓바닥 5개를 다 달여서 먹였다. 임산부는 그제야 혀를 제대로 놀리며 말을 하는 것이었다.

그의 가족들은 박지지에게 깊은 감사의 예를 나타냈다.

"참으로 하늘이 내신 의원님이십니다. 이 은혜를 어찌 갚아야 할지……."

"조금만 늦었어도 큰일날 뻔 했습니다. 의원은 남녀를 가리지 않으니 다음부터는 부녀자들도 어떤 병세나 통증이 있으면 그 즉시 의국을 찾아주십시오."

그날 이후로 존애원에서는 못 고치는 병이 없고 없는 약이 없다는 말이 퍼졌다.

"의원 어른!"

어두운 밤에 다급한 목소리로 존애원을 들어선 사람이 있었다. 그는 정신을 잃은 사람을 업고 있었는데 무언가 줄줄 흘러내렸다. 불을 비춰 보고는 깜짝 놀랐다. 내장이 다 쏟아져 나온 환자가 아닌가!

의사에서 환자를 돌보고 있던 박지지가 나왔다.

"의원 어른, 우리 아들이 쇠뿔에 받혀 다 죽어갑니다요!"

내장도 내장이지만 피가 많이 났다. 명의로 알려진 박지지로서도

속수무책이었다. 내장을 도로 집어넣을 수도 없고 어디를 지혈해야
될 지도 몰랐다. 의사에 들여서 눕혀 놓았지만 그는 일각도 버티지 못
하고 숨을 거두고 말았다.

"아들아!"

박지지는 허탈감에 털썩 뒤로 주저앉았다. 애종이 박지지를 걱정
했다.

"어의 나리."

박지지는 애종에게 괜찮다는 뜻으로 손을 들어 보인 뒤 그 아비에
게 타이르듯 말했다.

"여기 도착했을 때는 이미 늦었습니다. 망자를 집으로 모셔가 장례
를 치르십시오."

"뭐라고? 야 이놈아, 그게 의원이란 놈이 할 소리냐? 어서 내 아들
을 살려내지 못할까!"

그는 박지지에게 행패를 부렸다. 장 서방이 달려와 뜯어말렸다. 그
는 방바닥을 치며 슬피 울더니 아들을 끌어안고 또 울었다. 사람들이
다 측은하게 여겼다. 애종이 싸늘히 식은 아들의 몸에 커다란 의포를
덮어주었을 뿐이었다.

관아에서 병방군관이 나졸들을 이끌고 왔다. 박지지는 포박되어
끌려갔다. 약방아낙들이 따라나서며 흐느꼈다. 군관이 뒤를 돌아보며
소리쳤다.

"죄인을 따라와서는 안 되오!"

박지지는 동헌 뜰에 꿇려졌다. 그 옆에는 망자의 아비가 앉아 있었
다. 그의 주장은 한결같았다.

"얼른 손을 쓰면 살 수 있는 제 아들을 남촌 약방이 치료를 해주지
않아서 죽었습니다. 사또, 이런 원통한 일이 어디 있겠습니까?"

상주목사 강인은 읍내 남문 밖 의생들을 불러오도록 했다. 도의생과 팔가계 의생들이 다 관아로 왔다. 목사는 망자의 아비에게 자초지종을 말하게 한 뒤에 의생들의 견해를 들었다. 도의생이 말했다.

"사또, 존애원 의원은 무고라고 항변하지만 사람이 죽은 일입니다. 빨리 손을 썼다면 살릴 수 있었을 것입니다."

"그래? 그렇다면 자네들은 살릴 수 있었다는 말이렷다?"

도의생은 우물쭈물했다. 목사는 망자의 아비에게 물었다.

"동수냇가에 산다고 했는가?"

"예, 사또."

목사는 또다시 물었다.

"그렇다면 왜 가까운 남문 밖 약방거리에 가지 않고 더 먼 존애원으로 갔느냐? 사람의 목숨이 경각에 달린 터에 말이다."

"그, 그건 다들 존애원으로 가기 때문입니다요. 약방거리는 사소한 처방도 비싸게 받는다고 소문이 나 있는지라……."

목사는 도의생을 쳐다보았다. 그는 얼굴이 붉어졌다.

"만약 저 아비가 환자를 업고 자네들에게 갔다면 살릴 수 있었겠는가?"

"그게 저어……."

"이놈들! 어차피 아무도 손을 못 쓰는 환자를 두고 존애원 의원을 무고하다니 그러고도 네놈들이 행림에 몸담고 있다고 할 수 있느냐?"

그때 이방이 도의생을 한 차례 흘겨보고는 말했다.

"사또, 소인이 듣자니 전에 존애원에서 김 진사의 썩어 들어가는 발목을 잘라내어 살린 의원이 있다고 합니다. 그 의원을 불러서 저 아비의 자식을 살릴 수 있었겠는지를 확인하시는 것이……."

"그래? 그자를 데려오라."

천수인이 불려왔다. 전후의 얘기를 들은 그는 단호하게 말했다.

"화타, 편작, 약왕이 한꺼번에 와도 살릴 수 없습니다."

목사를 고개를 끄덕였다. 그러고는 존애원과 박지지에게 죄가 없는 것으로 판결하고 모두 돌려보냈다.

남문 밖 약방으로 돌아온 도의생은 분에 못이겨 끙끙 앓았다.

"존애원을 옭아맬 방법이 그렇게도 없단 말인가?"

"단번에 조져버리자면 역모만한 것이 없습죠."

"역모? 거 좋은 생각이군. 그런데 역모로 엮을 방법은 있는가?"

"일전에 읍내 시장에서 면주전을 하고 있는 자가 소인에게 치료를 받으러 왔는데 이상한 소리를 하지 않습니까."

"이상한 소리라니?"

"존애원에서 망룡대란을 구하는데 그 귀한 것이 어디 있어야 말이지 하면서 중얼거리는 소릴 들었습니다."

"망룡대란? 그게 어떤 비단이길래 존애원에서 구한다는 말인가?"

"임금의 옷을 만드는 데 쓰는 것이라고 했습니다요."

"뭐라고?"

도의생은 회심의 미소를 지었다.

"이놈들! 드디어 네놈들을 한꺼번에 날려버릴 수 있겠구나. 흐흐흐."

박지지는 천수인과 함께 존애원으로 돌아와 처소에 마주앉았다. 박지지가 먼저 입을 열었다.

"터져 나온 내장을 도로 집어넣으면 어떻게 되는가?"

"흙독과 손독을 타더라도 식초에 씻어 도로 집어넣을 수는 있지. 터진 핏줄을 인두로 지지면 지혈도 어느 정도 할 수 있고. 하지만 찢어진 살을 붙일 방도가 없다네. 아교풀로 붙일 수도 없고."

"짐승으로 여러 가지 실험을 해 봤을 테지?"

"어디 한두 번 해 봤겠는가."

천수인은 존애원에서 하룻밤 묵은 뒤 백화산으로 돌아가려고 나섰다. 박지지가 나더러 바래다주라고 해 함께 길을 걸었다. 김 진사의 발목을 절단한 뒤로 나는 천수인과 부쩍 가까워져 있었다.

"명나라에도 살을 붙이는 의술은 없는가요?"

"그런 의술이 있다는 말은 아직 들어보지 못했어."

저승골에 다다랐다. 천수인은 소리가 나는 쪽으로 갔다. 사슴이 덫에 걸려 있었다. 그는 사슴을 산 채로 끌고 오두막으로 왔다. 그러더니 목을 따 피를 받았다. 소금을 한 지분 넣어 마시더니 내게도 한 그릇 주었다.

"얼른 마셔."

그와 동질감을 느끼기 위해 눈을 질끈 감고 마셔버렸다. 천수인이 사슴의 배를 가르는 것을 가만히 지켜보았다. 천수인이 그런 나를 보더니 웃으며 말했다.

"허어, 그놈 참. 의원 자질을 타고난 놈일세?"

사슴의 몸속에 들어 있는 여러 가지 장기를 보았다. 천수인이 이리저리 들쳐가며 사슴의 오장육부를 알려주었다. 참 신기했다. 그때 그가 놀라운 말을 했다.

"사람의 오장육부도 이와 다르지 않다."

"정말요?"

천수인은 말문을 닫고 나를 쳐다보았다. 그 눈길이 여간 무서운 게 아니었다. 그래도 피하지 않고 똑바로 바라보았다.

"너도 사람 속을 한번 보겠느냐?"

침을 꿀꺽 삼키며 아무 말도 못했다. 그는 사슴으로 다시 눈길을 옮기며 중얼거렸다.

"언젠가 그 기회가 있겠지."

천수인은 사슴 내장에다가 불린 좁쌀을 조금 넣고 끓인 탕을 내왔다. 숟가락을 들고 무심코 탕 속을 보고는 웩 하고 토하고 말았다. 사슴의 생내장이 연상된 까닭이었다. 그는 한바탕 웃었다.

"허허허, 이놈이 아직 멀었구나."

천수인은 내장탕을 먹지 못한 나를 위해 사슴고기를 숯불에 구웠다. 그러더니 술 한 병을 내왔다.

"너 오늘 운 좋은 줄 알아. 이건 나랏님도 못 먹는 술이다."

"나랏님도 못 먹는 게 어딨어요?"

"허어, 이놈이 안 믿네?"

"그게 무슨 술인데요?"

"백사주라고 들어봤느냐?"

한 잔 마시니 입 안이 박하를 머금은 듯 화하는 느낌이었다. 그러다가 곧 단맛이 났다. 그런 술맛은 처음이었다.

"오작서리를 하셨다는데 검시는 어떻게 하는 거예요?"

"검시? 그건 아주 재미있는 일이었지."

천수인은 포도청 오작서리 시절의 이야기를 들려주었다.

"비명에 죽은 사람의 사인을 밝히는 것은 아주 보람 있는 일이란다. 그냥 자연적으로 죽은 것인지 누군가에게 살해당한 것인지를 알아낼 수 있고, 만약 살해당했다면 살해에 쓰인 흉기가 뭔지 언제 어디에서 어떻게 살해당했는지 다 알 수 있단다."

"그러면 범인을 잡을 수 있는 확률도 높아지겠네요?"

"물론이지."

의술도 의술이지만 검시의 수법도 배우고 싶었다.

"욕심도 많구나."

천수인은 핀잔을 주었지만 무엇이든 궁금히 여겨서 항상 배우고자 하는 나의 태도가 싫지 않은 듯했다. 귀한 백사주 한 병을 그와 나누어 마시고 잠에 곯아떨어졌다. 얼마나 잤는지 몰랐다.

눈을 뜨니 해가 중천에 떠 있었다. 머리가 지끈했다. 천수인은 사슴의 뿔을 잘라 잘 싸놓았다.

"옛다. 생녹용이다. 네 스승에게 가져다 주거라."

그것을 망태기에 넣고 산을 내려왔다. 머리가 아파 빨리 걸을 수가 없었다. 스스로 느끼기에도 휘청대는 것이었다. 나뭇가지를 잡고 바위를 짚으며 천천히 내려오다가 시내를 만나 잠시 쉬었다.

"그 술이 아주 독했나 보네."

시냇물로 세수를 하고 나서 일어서려는데 무언가 머릴 쿵 하고 치는 듯한 충격을 받았다. 그 자리에 털썩 주저앉고 말았다.

"내가 왜 이러지?"

누군가 나를 부르는 것만 같았다. 어디선가 아련한 소리가 들렸다. 환청인가? 도대체 어느 누가 무슨 까닭으로 나를 부르는 거지?

풍산군은 병환을 앓은 지 불과 석 달 만에 스스로 천수가 다 되었음을 알았다. 임금이 내의원에 일러 어의까지 보내 병세를 살피게 했으나 낫게 할 비방이 없는 것을 느끼고 있었다.

죽기 전에 해야 할 일이 있었다. 하지만 하지 못했다. 풍산군은 왜 일찍 시도조차 하지 않고 미루어만 왔는지 가슴속 깊이 후회되었다. 한시도 자리를 뜨지 않고 머리맡을 지키고 있는 아들에게 차마 떨어지지 않는 입을 뗐다.

"내 너에게 할 말이 있다."

"아버님, 나중에 하십시오. 지금은 푹 쉬셔야 할 때입니다."

"아니다. 지금이 아니면 기회가 없을지도 모른다."

풍산군은 숨을 몰아쉰 뒤에 말을 이어갔다.

"너에게 이복동생이 있다. 성명은 이목이다. 그 동생을 찾거라."

귀천군 이수는 놀랐지만 곧 마음을 진정시켰다.

"비록 생사를 알지 못하지만 내 육감으로는 이 하늘 아래 어딘가에 살아있는 것만 같구나."

귀천군은 전에 정경세가 묻던 말이 떠올랐다.

"아버님, 그러잖아도 정우복이 저에게 제 밑으로 동생이 없었느냐고 물어온 적이 있었습니다."

"그랬구나. 나도 정경세가 무언가 알고 있는 것만 같은 생각이 들었다."

"그자가 어찌하여 아버님도 생사를 모르는 저의 동생에 관해 물을 수 있었겠습니까?"

"뭔가 알고 있는 것이 있을 게다."

"무엇을 증거로 동생을 찾아야 하겠습니까?"

"엉덩이 위에 내 이름 이종린의 린 자가 새겨져 있을 것이다. 나의 아들이라는 뜻으로 린 자와 자 자를 내가 직접 자자했었다. 또 옷 품에는 풍 자를 수놓은 베갯모를 꿰매어 놓았다."

"알겠습니다, 아버님. 아버님의 막내아들이자 저의 동생을 꼭 찾겠습니다."

"정경세를 통해 알아낼 만한 것이 있으면 알아내서 반드시 동생을 찾거라. 분명히 어딘가에 살아있을 것이다. 이것이 내 마지막 유언이다."

그 말을 끝으로 풍산군은 숨을 거두었다.

조정에 한바탕 피바람이 불었다. 성균관 학유로 있던 김직재가 모진 고문을 이기지 못했다. 그는 임금과 간신들의 폭정을 종식시키고자 임금의 이복형의 양아들을 새 임금으로 추대할 계획이라고 거짓 자백을 했다. 그것이 발단이었다. 많은 사람들이 있지도 않은 역모사건에 줄줄이 엮여 매일 참혹한 옥사가 벌어졌다.

산양현에 우거하면서 서당에서 아이들을 가르치고 있던 고인계가 의금부에 잡혀갔다. 김직재와 함께 성균관 학유로 있었다는 이유에서였다. 고인계는 별다른 혐의가 없는 것으로 간주되어 열흘 뒤에 사면되어 풀려났다.

상주의 양반들 중에서 벼슬을 한 번이라도 한 적이 있는 사람들은 행여나 불똥이 튀지 않을까 전전긍긍했다. 고문을 못 이긴 사람들이 생각나는 대로, 입에서 나오는 대로 아무나 거론하기 일쑤였기 때문이었다.

고인계가 풀려난 지 닷새 후 금부도사와 선전관이 어명을 받들고 정경세의 집에 이르렀다. 의금부 나졸들은 정경세의 아들 셋과 집안에서 부리는 노복을 모두 체포해 한양으로 압송했다. 그로 인해 온 고을이 발칵 뒤집어졌다. 낙사계도 존애원도 침울하고 어수선한 분위기가 되었다.

"별일이야 있겠습니까?"

"정경임이 무슨 역모란 말입니까? 가당치도 않은 소리지요."

"엮으려고 들면 누굴 못 엮겠습니까. 그것이 걱정입니다."

급한 마음에 천왕보심단과 우황청심환을 챙겨서 조희인과 함께 정경세를 뒤따라갔다. 조희인은 정경세의 벗 조우인의 동생인데 평소에 정경세를 존경하여 스승으로 섬기듯이 하는 사람이었다.

여러 날을 걸어 양지(용인의 옛 지명)에 이르러 잠시 쉴 때였다. 정경세를 진맥하고 나서 두근거리는 가슴을 진정시키는 환약을 먹였다. 그때 낯선 사람이 조희인의 옷깃을 슬그머니 잡아끌면서 말했다.

"이 고을 사또께서 만나고 싶어 하십니다."

조희인과 함께 가서 수령을 만나보았더니 그가 혀를 차면서 말하는 것이었다.

"천하에 어질기로 이름난 사람도 불의의 화에 미침을 피하지 못하니 조석 개변하는 세상의 일을 어찌 이루 다 말할 수 있겠는가. 본관이 듣기로, 연루되어 체포된 자들 대부분은 재빨리 손을 써서 은자를 바치고 풀려났다고 하네. 이번 일은 예측불능이라 그렇게 하지 않으면 무사할 길이 없을 듯하네."

그 고을 수령이 정경세가 화를 입을까 걱정해서 들려준 말이었다. 조희인이 정경세에게 수령의 말을 그대로 전했다. 정경세는 머리를 빗고 있었는데 막 머리카락을 한 줌 쥐고는 상툿고를 돌리려다 말고 돌아보면서 담담한 어조로 내뱉는 것이었다.

"이보게, 묵계(조희인의 아호). 사람의 생사는 천명에 달려 있다는 말도 모르는가? 선비 된 자로서 죽게 되면 죽을 뿐이지 어찌 구차스러운 꾀를 써서 일신을 모면하려 들겠는가. 다시는 그런 망발일랑 내게 전하지 말게."

다음날 정경세는 의금부 옥사에 갇혔다. 옥사 밖은 그야말로 난장판이었다. 면회자들이 옷, 약, 버선, 신발, 음식 따위를 들여 넣으려고 앞을 다투었고 뒤에서는 부녀자들이 모여서 울고 있었다. 옥졸들은 연신 소리치고 있었다. 하옥된 이상 양반이 아니었다. 천민보다 못한 신세였다.

의금부 동편 담벼락에는 승혜전이 붙어 있었다. 그 신발가게의 전주와 옥졸들은 아주 밀접한 관계였다. 금부옥에 들어가는 사람들은 대개 맨발로 끌려오는데 뒤따라온 가족들이 그 승혜전에서 신발을 사서 넣어주었다. 그런데 의금부에 잡혀온 양반들이 며칠 지나지 않아 풀려날 때는 신었던 신발을 내던지고 집에서 가져온 것을 신고 돌아갔다. 그러면 옥졸들이 그 신발을 주워서 중고품으로 승혜전에 되팔았다. 그러면 전주는 그 신발을 잠깐 손봐서 다시 진열대에 올려놓는 것이었다. 옥졸들은 헌 신발을 내다 팔아 술값을 벌 수 있어서 좋았고 전주는 헌 신발을 새 신처럼 비싸게 팔아서 좋았다.

조희인은 어디서 그런 이야기를 들었는지 승혜전 전주를 찾아갔다.

"우리 집안사람들이 많이 잡혀와 있는데 신발도 그만큼 많이 필요하니 차후에 사람 수만큼 사겠소."

"아, 그래요? 그렇다면 싸게 해드리겠습니다."

"싸게 해줄 것까지는 없고. 옥졸 하나를 소개해 주시오."

그 말을 들은 전주는 마다할 리 없었다.

"그야 어려운 일이 아닙죠."

옥졸 하나가 나오더니 조희인과 나를 보며 손가락을 까딱까딱했다. 사람들 틈을 비집고 그에게 다가갔다.

"전해줄 것이 있으면 이리 주시오."

"자, 이거. 우리 주인마님은 정경세 영감이시오."

그의 손에 약보따리를 쥐어 주며 신신당부했다.

"틀림없이 전해주어야 하오."

"아무 염려 마시오."

옥졸은 약보따리를 가지고 들어갔다. 그는 옥간 안으로 약보따리를 던졌다.

"정경세의 것이다."

약보따리를 풀어본 정경세는 자신은 단 한 알도 먹지 않고 함께 간혀 있던 사람들에게 다 나누어 주었다. 옥졸로부터 그 말을 전해 듣고는 몹시 속상했다. 조희인이 고개를 저으며 혀를 찼다.

"선생님이 워낙 그런 분이시니 자네가 이해를 하게."

정경세가 옥사에 갇혀 있는 동안 금부도사가 다시 그의 집으로 가서 추가로 수색했다. 또 다른 도사는 존애원으로 가서 박지지, 애종, 장 서방, 유후성, 별난이, 양춘을 묶어 놓고는 곳곳을 뒤져서 병부일지, 살림의 출납장부, 각종 의서 등을 모두 압수해 갔다.

좌의정 이덕형이 금부옥으로 가서 정경세를 면회했다. 그는 조금도 흐트러지지 않은 정경세의 매무새를 보고는 감탄했다. 두 사람은 옥간 사이에서 손을 맞잡았다.

"정 공!"

"이 상공, 허허. 내가 꼴이 말이 아닙니다."

이덕형은 눈시울이 붉어졌다.

"내 이 한 목숨을 걸고 애써 보리다."

정경세는 고개를 저었다.

"이 상공까지 불똥이 튈까 두렵습니다. 너무 괘념치 마십시오."

"내가 보기엔 아무래도 상감의 총애를 등에 업고 권력을 잡은 자들이 눈엣가시 같은 대신들을 쳐낼 작정으로 꾸며낸 일인 것 같습니다. 역모로 보기엔 너무 억지스러워요."

"엮자고 드는 올가미를 어찌 피할 수 있겠습니까? 보풀 같은 가벼운 명운, 그저 천명에 맡길 뿐이지요."

그러면서 정경세는 부탁했다.

"의국 사람들도 다 끌려왔다고 들었습니다. 그들만이라도 속히 돌려보내 주십시오. 그들이 무슨 죄가 있겠습니까?"

"알겠습니다. 다들 무죄방면 되도록 힘써 보겠습니다."

조희인이 그대로 있다가는 도저히 정경세를 구원할 수 없을 것 같았다. 정경세의 맏아들 정심에게 말했다.

"속히 은자를 구해 선생님의 보방(보증하여 방면함)을 청해야겠네."

정심은 정경세와 친분이 두터운 좌의정 이덕형을 찾아갔다. 임금이 과연 어떤 벌을 내릴지 알고 싶어서였다. 이덕형도 뾰족한 대답을 하지 못했다. 임금이 워낙 변덕이 심해 아침과 저녁을 알 수 없었다.

조희인이 옥중에 있는 정경세에게 넌지시 보방할 뜻을 전했다. 그는 조용한 음성으로 나무랐다.

"그래서는 안 된다. 인간사 길흉화복은 모두 하늘의 뜻인 것이다. 어찌 감히 몰래 상감의 뜻을 살펴서 내 목숨을 구하려 하는가. 다시는 대신들을 찾아가 내 목숨을 구걸하지 말라."

영의정 이원익이 병으로 나오지 못하게 되어 좌의정 이덕형과 우의정 이항복을 비롯한 여러 신하들이 추국관이 되었다. 그들은 의금부에 설치된 추국청에서 연일 문초를 이어갔다.

정경세의 집안 노복들이 모두 용호각 아래에 나아가 국문을 받았다. 이덕형이 물었다.

"너희들의 상전이 평소에 집에서 어떻게 지냈느냐?"

그들의 대답은 한결같았다.

"주인마님은 늘 서책을 가까이 하여 글을 읽으셨습니다. 그리고 틈틈이 아들 셋을 앉혀 놓고 공부를 가르쳤습니다."

"제 주인은 농토가 없어서 집안이 매우 가난합니다. 그래서 찬으로는 창출과 나물만 먹었습니다."

"드나든 사람으로는 어떤 자들이 있느냐?"

"집안 살림이 궁핍하므로 왕래하는 손님은 적었습니다."

이어 정심이 대답했다.

"제 아비는 항상 의가 아닌 행동은 하지 말도록 경계하셨고 저희들을 훈교함에 있어서는 반드시 충효를 말씀하셨습니다. 이런 분이 어찌 역모를 했겠습니까."

그다음은 존애원 사람들이 줄줄이 끌려나와 공초했다. 그 누구도 정경세가 역모에 가담한 일은 말하지 않았다. 박지지에 이르러 이항복이 물었다.

"너는 선대왕마마를 모셨던 어의가 아니었느냐? 네가 어찌하여 그곳에 있느냐?"

박지지는 문외출송 되어 성협과 동행한 것에서부터 존애원에 머물게 된 사연을 길게 얘기했다. 존애원의 얘기를 듣고는 이항복은 물론이거니와 모든 사람들이 상주 땅에 정말 그런 의국이 있느냐는 듯이 믿지 못하겠다는 표정을 지었다. 박지지는 추국관들에게 담담히 말했다.

"이미 압수한 병부일지를 살펴보시고 고을 사람들에게 탐문해 보시면 잘 알 수 있는 일입니다."

이항복이 박지지 옆에 앉아 있는 애종을 보더니 물었다.

"너도 낯이 익구나?"

애종은 아무 말도 하지 않고 머리만 조아릴 뿐이었다. 이항복은 짚이는 점이 있어 이덕형에게 귓속말을 했다. 이덕형이 잠시 박지지와 애종을 번갈아 보았다. 그런 뒤 눈길을 접고 장 서방에게 물었다.

"너는 어인 연유로 망룡대란을 구하고자 했느냐?"

"왜상이 조선에 곱고 찬란한 비단이 있다며 구해 달라고 했기에 읍내 장터에 있는 면주전에 알아본 것입니다. 면주전 전주가 그 비단은 곤룡포를 만드는 데 쓰는 것이라 하기에 왜상에게 다시는 그런 무엄한 물건을 구하려고 해서는 안 된다고 말해주었습니다."

"망룡대란을 구해 장차 새 임금에게 입히고자 한 것이 아니더냐?"

"만약 그런 마음이었다면 어찌 버젓이 대놓고 저자거리에 묻고 다녔겠습니까?"

추국관들은 서로의 얼굴을 보며 고개를 끄덕였다. 그들의 진술에 조금도 의심할 만한 구석이 없었다.

세 아들과 다섯 노복, 그리고 존애원 사람들의 공초를 읽은 임금은 정경세가 역모에 가담했다는 증거도 티끌만큼도 나오지 않았다는 사실을 알게 되었다. 그러나 그대로 석방해 주기에는 잡아들인 체면이 서지 않았다. 그리하여 일단 다시 감옥에 가두었다.

청심환 한 알을 품속에 지니고 정경세의 면회를 갔다. 그때 다른 사람도 정경세를 면회하고 있었다. 그는 나를 보더니 눈을 움찔했다. 옥 안에 있던 정경세가 말했다.

"귀천군 나리시다. 인사 여쭙거라."

허리를 깊이 굽혔다. 그는 나의 용모를 가만히 살피는 것이었다. 그러고는 말했다.

"주인을 잘 모시거라."

"예, 나리."

그 순간 귀천군은 입에서 나올 듯 말 듯한 말을 중얼거렸다.

'이 목소리……..'

임금은 정경세를 풀어줄 빌미를 찾았다. 그의 집에서 압수한 문서

가운데 집안사람들끼리 주고받은 서찰에도 불가피하게 임금을 언급한 경우에는 반드시 글의 행을 바꾸어 한 칸 높이 잡아서 썼으며 부녀자들 사이에 오간 언서(한글 편지)도 역시 그렇게 쓰여 있는 것을 발견한 것이었다.

"정경세가 평소에 이와 같이 공경하고 삼간 사람인데 어찌 역적과 한 무리를 이루었겠는가?"

시립하고 있던 내관이 아뢰었다.

"압송하러 갔던 선전관이 전하는 말이, 대신의 집안에 놓인 단지에는 한 됫박의 곡식도 없었고 방 안에는 다만 다 떨어진 자리만 깔려 있었으며 뜨락에 놓여 있는 한 섬의 곡식은 막 다른 사람에게 꿔 와서 미처 안으로 들이지 못한 것이었다고 하옵니다."

"정경세가 청빈한 것은 이미 다 아는 사실이다."

임금은 추국관들에게 말했다.

"정경세의 죄를 논해 보라."

우의정 이항복이 가장 먼저 아뢰었다.

"어린아이는 반드시 그 증거로만 죄를 정하게끔 율문에 정해져 있사옵니다. 정경세의 자식들은 국문하지 않는 것이 온당할 것이옵니다. 통촉하시옵소서."

"과인의 의견도 우상과 같소. 대저 미열(어리석고 용렬함)한 아이가 무엇을 알겠는가."

그리하여 정경세의 두 아들 정심 정학과 집안의 어린 종들이 먼저 풀려났다.

신하들은 임금이 정경세를 풀어줄 뜻이 있음을 확연히 알았다. 이덕형과 이항복이 차례로 주청했다. 또한 대사간 이이첨도 정경세에게는 죄가 없음을 아뢰었다. 임금은 드디어 전교를 했다.

"정경세가 역모에 참여했다고 의심할 만한 단서가 없다. 방면하라."

그 소식을 들은 즉시 그의 옷과 버선과 신을 가지고 조희인과 함께 금부옥으로 갔다. 정경세는 옥에서 입고 신고 있던 것을 다 버리고 새 것으로 갈아입었다. 그가 풀려나자마자 진맥부터 했다. 겉모습은 의연했지만 기력이 쇠진해 있었다. 몸이 허약해져 있는 탓에 침은 놓지 못하고 약을 권했다. 정경세가 약을 먹는 것을 본 조희인이 말했다.

"선생님 곁에 의술에 밝은 자네가 그림자처럼 있으니 든든하기만 하네."

그때 누가 정경세를 찾아왔다. 그는 사간원 간관이었다.

"이번에 영감께서 무죄 방면된 데는 대사간 대감의 공이 크니 그분께 사례를 해야 할 것입니다."

대사간 대감이란 이이첨을 일컫는 것이었다. 정경세는 그 말을 듣고 이이첨이 자신을 당인으로 끌어들이려는 뜻임을 모르지 않았다.

"무죄방면은 상감께서 내리신 명이거늘 오직 성은에 황공할 뿐인데 어찌하여 대신에게 사례를 하라고 하는가?"

그는 아무 말도 하지 못하고 돌아갔다. 정경세는 조희인에게 단단히 일렀다.

"내 처소에 잡인의 출입을 엄금하게."

이제 남은 건 존애원 사람들이었다. 이덕형이 존애원에 남다른 애정을 가지고 있었으므로 끊임없이 구명 활동을 했다. 그런 노력은 헛되지 않아 임금이 존애원에 관심을 가지게 되었다.

"과인이 들자니, 상주의 양반들이 재물을 내어 의국을 설립해 놓고 백성들을 무료로 치료하고 구휼까지 한다고 하는데 그 말이 사실인가?"

"예, 전하. 정경세, 이준 등이 나서서 참으로 가상한 일을 10여 년째

이어오고 있다고 하옵니다."

"그런 갸륵한 마음으로 종사하고 있는 자들 또한 역모를 일삼았을
리 없다. 그들도 다 방면하라."

이어 임금은 좌의정 이덕형에게 물었다.

"과인이 그 의국에 조그마한 도움이라도 되고 싶소. 무엇을 내려주
면 좋겠는지 경이 말씀해 보시오."

"의국이 본디 존심애물의 기치를 내걸고 관아의 도움은 일체 받지
않는다고 하옵니다. 성은이 하해와 같으시어 재물을 내리시더라도 저
들이 표방한 뜻에 저촉이 될까 심려되옵니다."

"그러면 과인이 어찌하면 좋겠소?"

"의국에 환자를 업고 와 빨리 치료해 주지 않는다고 행패를 부리는
자들이 더러 있다고 하옵니다. 금란패를 내리시어 저들이 마음 놓고
백성에게 이바지할 수 있도록 하옵소서."

그리하여 임금은 존애원에 금란패를 하사했다. 금란권. 분란을 유
발하거나 난동을 부리는 자를 사사로이 체포하고 구금할 수 있는 권
한이었다. 그러한 권한을 상징하는 것이 금란패였다.

임금은 또 전교했다.

"존애원이 하는 일이 지극히 가상하다. 금후로 조세와 부역을 면제
하라."

"성은이 망극하옵니다."

박지지는 풀려나면서 임금이 하사한 금란패를 높이 받아들고 나
왔다.

그로써 잡혀 갔던 사람들이 모두 무사히 풀려났다. 정경세는 모두
데리고 한강으로 나아가 배를 빌렸다. 걸어서 돌아가기에는 모두 너무
피폐해 있었기 때문이다. 이덕형이 배웅을 나왔다.

"이 상공, 부디 일신을 잘 보전하십시오. 짐작컨대, 옥사가 여기서 그치지 않을 것입니다."

"이 사람인들 어찌 모르겠습니까? 제 걱정은 마시고 모쪼록 먼 길에 조심해서 잘 돌아가십시오."

배는 물길을 거슬러 도미나루(하남시 소재)에 도착했다. 엄청난 충격을 받고 가까스로 죽을 고비를 넘긴 탓에 모두 말이 없었다. 별난이는 그때까지도 오들오들 떨고 있었다. 애종이 곁으로 가 옷을 벗어 감싸 주었다. 장 서방이 침울한 분위기를 깼다.

"자, 우리 금란패를 하사받은 걸로 위안을 삼읍시다. 그 패 이리 좀……."

박지지가 상자째 건네주었다. 장 서방이 꺼내 들었다. 금란패는 네 모난 박달나무에 속을 파고 양각으로 '금란(禁亂)'이라고 새기고는 붉은 칠을 한 것이었다. 테두리는 금색으로 칠을 해 놓아 햇빛을 받으니 번쩍번쩍 빛이 났다. 그는 큰 소리로 떠벌리기 시작했다.

"이게 바로 나랏님이 우리 존애원에 하사하신 것이로구나. 그간 크고 작은 시비와 행패에 얼마나 시달렸던고. 이젠 그 누구도 우리 존애원에 들어와서 함부로 행패를 부리지 못하겠구나."

사람들이 별 반응이 없었다. 모두 멍한 표정으로 물만 응시하고 있었다. 장 서방이 양춘에게 말했다.

"양춘아, 노래 하나 해 보거라."

"이 판국에 노래가 다 뭐요?"

"그래도 한 곡만 해 다오. 이 아저씨의 소원이다. 응?"

양춘이 입을 삐죽거리더니 구성진 목소리로 길게 뽑아냈다.

"상주 함창 공갈못에 연밥 따는 저 처자야……."

뱃사공의 키 젓는 소리가 어느새 노랫가락에 맞춰졌다. 하나둘 따라 부르기 시작했다. 뱃전을 두드리며 장단까지 맞추었다. 어두웠던 표정은 일소되고 다들 웃음을 띠고 있었다.

배는 연풍현 수회촌 나루에 대었다. 수백 리 물길을 오는 동안 아무도 멀미를 하지 않은 것이 다행이었다. 배에서 내린 정경세는 수회촌에서 하루 묵었다.

그다음날 새벽 일찍 계립령을 넘었다. 함창현을 지날 무렵부터 비가 내렸다. 장 서방이 어디선가 커다란 고깔을 하나 마련해 와 정경세에게 씌웠다. 아이들도 어른들도 아무도 비를 피할 생각을 하지 않았다.

상주 읍내를 지나 남천을 따라 걸었다. 해가 질 무렵에 멀리 서산이 눈에 들어왔다. 오른쪽으로 길을 꺾어서 조금 더 가자 존애원이 보였다. 마치 고향으로 돌아온 것만 같았다. 산천과 고을 풍경을 바라보노라니 그지없이 아늑한 기분이 들었다. 정경세를 시작으로 하여 많은 사람들이 한양으로 잡혀간 지 보름 만이었다.

남문 밖 약방거리 팔가계 도의생은 서탁을 내리쳤다.

"망룡대란으로도 엮을 수 없다니! 도대체 저 위인들을 어찌해야 혼쭐을 낼 수 있단 말인가?"

3

새 임금은 정인홍, 이이첨에게 의지했다. 그들의 눈 밖에 나서는 안 되었다. 겉으로는 아닌 척 하면서도 많은 관원들이 그들에게 줄 대기에 바빴다. 정인홍은 그의 스승 조식을 선양하기 위해 이황과 이이를 싸잡아 비난했다.

이에 분개한 홍문관 교리 이준은 그들의 주장에 당당히 맞섰다. 그러나 곧 부질없는 일임을 깨닫고 벼슬자리를 초개와 같이 내던진 뒤 낙향해 버렸다. 그것이 시작이었다. 이준의 소식이 알려지자 그의 친형 이전도 세자익위사 세마 벼슬을 버리고 귀향했다. 이전은 효계의 옛집 옆에 새로 아담한 집을 짓기 시작했다.

전라도 도사로 가 있던 전식 역시 임금이 당을 편들고 신하를 편애하는 것을 보고 미련 없이 자리에서 물러나 고향으로 돌아왔다. 고인계는 휘호도감 낭청으로 있다가 조정에 더 머물러서는 장차 큰 화를 입을 것으로 내다보았다. 낙향한 그는 산양현 영강 변 진곡 고을(현재의 산양면 평지1리)에 초당을 짓고 들어앉았다.

정경세는 북간에 기거했다. 의금부 옥사에 갇혀 있는 동안 몸이 많이 상했다. 그런데도 먹는 것은 소박하기 이를 데 없었다. 소반상에 차린 것이라고는 아욱국, 삽주싹무침, 파무침 그리고 말린 물고기 한 마리뿐이었다. 수저를 드는 둥 마는 둥 하다가 상을 물린 정경세는 어지럽게 늘어놓은 것에 다시 집중했다.

내 엉덩이 위쪽에 새겨져 있는 문신. 그것을 그려본 것들이었다. 문신은 두 가지였는데 뒤에 있는 것은 아들 자 자가 분명했다. 문제는 앞 글자였다. 그것은 글자 같기도 하고 그림 같기도 했다. 정경세는 그 모양대로 그려보고 써 보기를 반복했다. 그러던 중 그것은 그림이 아니고 전서체로 쓴 하나의 글자라는 생각으로 기울었다.

하지만 어떤 글자인지 좀처럼 해독할 수 없었다. 그 글자만 해독할 수 있다면 풍 자를 자수한 베갯모와 더불어 확신할 만한 단서를 얻을 수 있을 것만 같았다. 정경세는 그리고 쓴 것을 모두 챙겨들고 나섰다.

존애원 대문 위에는 금란패가 걸려 있었다. 그 때문인지 드나드는 사람들이 전에 없이 차분하고 조신했다. 존애원 사람들을 대하는 그들의 태도도 무척 공손했다. 백성들을 무료로 치료해 주고도 억울하게 역모의 누명을 쓰고 옥살이까지 하고 온 것을 안쓰럽게 여겨서인지도 몰랐다.

이전과 고인계가 도청에 앉아 있었다. 그들은 올라서는 정경세를 반겼다. 조금 있자니 이준과 강응철이 차례로 왔다.

"오늘은 약속이나 한 듯이 모이시는구려."

정경세는 계원들에게 숙제를 한 가지 냈다.

"이걸 좀 보십시오. 무슨 글자인지 알아맞히시는 분께는 《주서절요》를 한 질 드리겠습니다."

좌중은 다들 의아했다. 《주서절요》는 구하기도 어려울 뿐더러 아주 값나가는 것이었다. 어렵사리 소장하고 있는 사대부가에서는 집안 깊이 숨겨 놓고 아무리 친한 친구라도 빌려주기를 꺼려 하는 책이었다. 그래서 아예 소장하고 있다는 말조차 꺼내지 않는 것이 예사였다.

고작 수수께끼 하나에 그 귀중한 책을 걸다니? 계원들의 시선은 정경세가 꺼내 놓은 종이뭉치에 쏠렸다.

"이게 다 뭡니까?"

다들 한 장씩 들고 살펴보기 시작했다. 여러 장의 종이를 비교해 본 끝에 각자 추측되는 글자를 말하기 시작했다. 많이 떠올린 글자가 린(麟) 자와 걸(傑) 자였다. 그러나 그 두 글자 중 하나라고 확신하기에는 뭔가 미덥지 못했다.

이준이 물었다.

"대체 이 글자는 어디서 본 겁니까?"

고인계가 웃는 낯으로 말했다.

"어느 비석에 있던 글자이겠지요. 얼마나 중요한 글자면 정경임이 《주서절요》를 내걸었겠습니까? 허허."

사려 깊은 이전이 입을 열었다.

"내가 보기에는 린 자가 맞는 것 같습니다. 걸 자로 보기에는 부수의 모양과 획수가 아닌 것 같아요. 먹이 번졌다고 해도 걸 자는 아니고 린 자로 보아야겠어요."

정경세는 자신의 견해와 똑같아 이전의 말에 수긍했다.

"그러면 이숙재 형께 책을 드려야겠군요."

그러고는 중얼거렸다.

"린 자라……."

두 글자를 합치면 린자(麟子)가 되었다. 기린과 같은 현인으로 자라나기를 뜻하는 것일까? 그건 아닌 것 같았다. 그렇다면 린의 아들이라는 뜻일까? 이름이 린인 사람, 정경세가 알기로는 그런 사람은 단 한 명 뿐이었다. 바로 풍산군, 그의 이름이 이종린이라는 사실이 떠오른 것이었다.

바깥이 시끄러웠다. 도청 아래에 시립하고 있는데 정경세가 말했다.

"담야는 속히 가서 무슨 일인지 알아오너라."

의사 마당으로 나갔다. 누가 싸우나 했더니 길손 한 사람 주위에 많은 사람이 둘러앉아 있었다. 그들은 다 표를 들고 진료 받을 순서를 기다리고 있는 환자와 그 가족들이었다.

"옹주마마가 벙어리라니."

"게다가 백치라지 않는가?"

옹주마마란 선대왕의 막내딸인 정화옹주를 말하는 것이었다. 8세가 되도록 말도 못하고 행동거지가 정상이 아니었다. 머잖아 혼례를 치르자면 그 병을 꼭 낫게 해야 했다. 이복오빠인 임금은 정화옹주에게 각별한 관심을 쏟고 있었다.

길손이 큰 소리로 말했다.

"그래서 내의원 의관과 어의까지 다 고치려고 덤벼들었지만 저를 어쩌나. 백약이 무효에다가 침과 뜸이 아무 효험도 없었다 이거야. 그래서 나랏님이 팔도에 방을 내걸었지……."

길손은 잠시 뜸을 들였다.

"어떤 방?"

"거, 뜸 들이지 말고 빨리 말 좀 하쇼."

"옹주마마의 말을 틔우는 자는 그 신분을 막론하고 부마로 삼겠노라. 웅? 부마 말이야 부마!"

"부마가 뭐요?"

"말을 태워주겠다는 말인가?"

"이런 답답한! 임금님의 사위로 삼겠다 이 말이오."

앉아서 듣는 사람들은 다 놀랐다.

"신분에 관계 없이?"

'그럼!"

"상놈도?"

"물론!"

그에 이르러 다 탄성을 터뜨렸다. 그러고는 여기저기서 또 말이 터져 나왔다.

"아무리 나랏님의 사위자리가 좋기로서니 벙어리에다가 백치인 마누라를 어찌 끼고 사누."

"그러니까 낫게 해서 멀쩡하게 만들어서 살아야지."

"멀쩡해지면? 옹주마마가 잘도 상놈을 데리고 살겠네. 어림도 없지."

그 길손의 말이 사실이었다. 방은 곧 읍내 관아 벽에 내걸렸다. 그로 말미암아 팔도의 행림뿐만 아니라 모든 고을이 술렁였다. 옹주의 병을 고치겠다고 과감히 한양으로 올라가는 의원들이 있었다. 그러나 그들은 하나같이 성공하지 못하고 물러났다. 기인술사들도 예외는 아니었다.

그 중 지리산에서 도를 닦았다는 도사 하나가 옹주에게 약을 잘못 써서 옹주가 그만 숨이 막혀 죽을 뻔한 일이 발생했다. 임금은 크게 진노해 그 도사를 사형에 처했다. 그 후로는 어느 누구도 옹주의 병을 고치겠다고 나서는 사람이 없었다.

고을 사람들의 관심은 점차 존애원으로 쏠렸다. 출산한 뒤에 갑자기 말을 못하는 임산부를 고친 이력이 있어서였다.

"옹주마마에게도 오리 혓바닥이 효험이 있지 않을까?"

"에이, 그렇다면 벌써 고쳤게?"

궁금해서 박지지에게 물었다.

"오리 혓바닥은 옹주마마께 쓸 수 없습니까?"

"갓 출산한 임산부에 쓰는 것을 태어날 때부터 벙어리인 사람에게 똑같이 쓸 수는 없네. 또 쓴다 하더라도 효험을 보지도 못하고."

"그러면 옹주마마의 병을 고칠 약은 없다는 말씀입니까?"

"병이 있으면 약도 있는 법일세. 다만 사람이 그 약을 찾아내지 못할 뿐이지. 또한 약이 있다 하더라도 그 병에 알맞게 쓸 줄을 알아야 하네. 그래야 명약이 되는 법이지 약 그 자체로 명약인 것은 세상 어디에도 없다네."

박지지의 가르침에 고개가 절로 숙여졌다.

"자네가 옹주마마의 병을 고치러 한번 가보고 싶은 게로군?"

"아, 아닙니다. 그저 약이 있는지 알고 싶었을 따름입니다."

"내가 내의원에 있어봐서 아네만, 궁궐이란 곳이 왕족이 아니고는 다 시시각각 목숨을 내놓고 지내야 하는 곳일세."

박지지는 또 덧붙였다.

"옹주마마를 치료하려면 물이 있어야 하네."

속으로 큰 의문이 들었다.

'물이라니?'

박지지는 물에 대해서는 더 이상 말을 해주지 않았다. 다만 나를 경계하는 말로 대신했다.

"자네 속의 그릇을 키우게. 눌러 담는다고 자꾸 담아지지는 않는다네."

"명심하겠습니다."

그때 대문 밖에서 큰 소리가 들렸다.

"어명이오!"

도청에 들어 있던 낙사계 계원들과 존애원 사람들이 다 간이 철렁했다. 또 역모의 누명을 씌워 잡으러 온 것은 아닌가 했다. 선전관이 문 안으로 들어서더니 좌우로 둘러보고는 말했다.

"내의녀를 데리러 왔소."

"내의녀라니?"

사람들이 다 수군거렸다.

"애종이 누구요?"

애종이 박지지와 함께 의사에서 나왔다. 그녀를 본 선전관이 다시 말했다.

"내의녀 애종은 속히 어명을 받으시오."

"어인 어명입니까?"

궁중에 있는 어의녀와 의녀들이 다 늙어 새로 뽑아야 했다. 그런데 경험이 없는 어린 계집아이들 뿐이었다. 그런 실정을 안 우의정 이항복이 임금에게 아뢰었다.

"선대에 애종이라는 의녀가 있었사옵니다. 여러 의녀들 중에서 그녀의 의술이 가장 나았는데 춤과 노래가 뛰어나 여러 대신들에게 자주 불려 다녔으므로 다른 의녀들이 시기와 질투를 일삼다가 끝내 모함을 해 쫓아내고 말았습니다. 애종을 찾아서 데려다가 어의녀로 삼고 그 아래로 의녀들을 양성한다면 내의녀의 비전과 명맥이 끊기지 않는 방법일 것이옵니다."

임금은 그 말을 옳게 여겼다.

"애종을 데려오라."

선전관으로부터 애종이 내의녀였다는 말을 듣는 순간, 사람들은 비로소 소문이 사실임을 믿게 되었다. 별난이는 애종이 내의녀로 판명되자 그러면 그렇지 하는 표정을 지었다.

애종은 처소에 들어 길 떠날 채비를 했다. 짐이라고 해봤자 옷가지 몇 벌뿐이었다. 유후성이 애종을 찾았다.

"지금 가면 언제 볼 기약이 있겠소?"

"이미 약초에 대해서는 누구보다도 잘 아니 글을 알면 약초꾼에만 머무르지 않을 것입니다. 힘써 글공부를 하십시오."

"내가 하찮은 약초꾼이라서 내 마음을 받아주지 않은 것이오?"

애종은 대답하지 않았다. 유후성이 재차 물었다.

"정녕 그런 것이오?"

그제야 애종은 단호한 목소리를 냈다.

"누구의 마음을 받아주고 안 받아주고 할 처지가 못 됩니다. 이만 가보십시오."

나는 처소에 들어 벽에 기대고 있었다. 그래도 내게 가장 다정하게 대해준 사람이었다. 애종을 찾아가 마지막 인사를 하고 싶었지만 무슨 말을 해야 할지 떠오르지 않았다. 그때 밖에서 인기척이 났다. 방문을 열었다. 애종이 서 있었다.

"좀 들어가 봐도 될까?"

애종은 방안을 둘러보더니 웃으며 말했다.

"부디 큰 의원이 되길 빌게. 한눈 팔지 말고 의술에 매진하길 바래."

"예, 누님. 그동안 고마웠어요."

애종의 눈에 눈물이 글썽이는 것 같았다.

"고맙긴. 내가 고마웠지."

다음날, 애종이 떠나는 마당에서 별난이가 선전관에게 말했다.

"저도 데려가 주시어요. 저는 약초에 대해서는 모르는 것이 없답니다."

선전관을 따라온 금부도사가 별난이를 가로막았다.

"네 이년! 어명을 받드는 자리이니라. 감히 무엄하게 어디서 입을 놀리는 게냐!"

"나리! 부디 소녀도……."

"되먹지도 않는 소리 하지 말고 썩 물러서지 못할까!"

허리에 차고 있던 칼에 손을 대자 별난이는 더 이상 애걸하지 못하고 물러났다. 애종이 계원들에게 일일이 인사를 하고 박지지를 비롯한 존애원 사람들, 특히 약방아낙들의 손을 하나하나 잡으면서 아쉬운 이별을 했다.

"원의녀님, 훗날 꼭 돌아오시어요."

"이렇게 가시면 앞으로 저희들은 어떻게 합니까요?"

"몹시 아쉽지만 어쩌겠어요? 그래도 큰일을 하러 가셔야지요."

"원의녀님은 분명히 훌륭한 어의녀가 되실 겁니다."

애종은 내게 다가왔다. 그녀는 부드러운 음성으로 말했다.

"꼭 훌륭한 의원이 되거라. 훗날 다시 만나자꾸나."

"예, 누님. 부디 몸조심 하셔요."

별난이는 팔짱을 끼고 눈을 흘기며 우리 두 사람을 바라보고 있었다.

"꼴값들 하고는. 아주 눈물 없이는 못 보겠네?"

그러고는 속으로 다짐했다.

"흥, 두고 보라지. 나도 기필코 의녀가 되고 말겠어."

의원의 길에서

1

조세와 부역이 면제되었다는 소문을 듣고 존애원으로 사람들이 몰려들었다. 존애원에 호적을 옮겨두고 일을 하려는 사람들이었다. 그중에서도 눈에 띄는 사람들은 단연 채약부들이었다. 그들은 약초를 캐 공납하는 구실로 조세와 부역을 면제받고 있었지만 공납을 받는 팔가계의 횡포와 등쌀에 큰 불만을 가지고 있었다.

존애원에 소속된다면 조세와 부역이 면제되는 것은 똑같지만 팔가계의 사슬에서 벗어나 좀 더 사람 대접을 받을 수 있을 것 같았다. 그것은 존애원에 딸려있는 약초꾼들이 증명하고 있는 바였다.

"우리도 이 약방에서 일을 좀 하도록 해주십시오."

"약초에 대해서는 우리보다 더 잘 아는 사람들이 없습지요."

약방아낙이 되고자 하는 부녀자들도 몰려들었다. 존애원에는 매일같이 일을 시켜 달라는 사람들과 환자들이 서로 뒤엉켜 난장판을 방불케 했다. 장 서방이 그들을 하나하나 이해시키고 달래서 돌려보내느라 진땀을 뺐다.

그때까지만 해도 존애원에서 일손이 모자라면 그때그때 알음알음으로 소개를 받아서 필요한 자리를 채웠는데 더는 그렇게 할 상황이 못 되었다. 누구를 무슨 근거로 데려다 쓰느냐는 불만이 나오는 것은 당연했다.

고심하고 있던 박지지에게 제안했다.

"필요한 일손이 있으면 해마다 정월에 방을 써 붙여서 공개적으로 뽑아야 다들 다른 말을 내지 못할 것입니다."

"그거 좋은 생각이군."

그 말을 전해 들은 정경세는 웃는 낯이 되었다.

"담야가 아주 지혜로워졌구나."

내 나이 20세를 넘기고 있었다. 정경세는 새삼스러운 생각이 들었다.

"그 아이에게 짝을 지어주어야 할 때가 훌쩍 넘지 않았나?"

존애원에서 일을 하는 부녀들을 떠올렸다. 내 배필이 될 적임은 누가 보아도 양춘이었다. 부지런하고 눈치가 빠르기가 이를 데 없었다. 다른 약방아낙들과 다 잘 지낼 만큼 성품도 어질었다. 정경세는 양춘을 불렀다. 그러고는 넌지시 내 얘기를 꺼냈다. 양춘은 무슨 말을 하는지 모르지 않았다.

"담야, 그 사람은 장차 훌륭한 의원이 될 사람이 아닙니까? 소녀는 대단한 사람, 잘난 사람은 싫습니다. 삶의 굴곡이 심할 것 같아서 말입니다. 평범하게 그저 약초나 캐는 무던한 사람을 만나서 그만저만하게 살기를 바랄 뿐입니다."

"약초꾼이라면 유후성을 말하는 게냐?"

"그 사람을 꼭 집어서 드린 말씀이 아닙니다."

"오냐. 네 뜻이 그렇다면 잘 알겠다."

양춘이 물러갔다. 정경세는 한편으로는 흐뭇했다. 그 역시 내가 용한 의원이 될 것을 의심치 않았다. 그런데 그때 갑자기 양춘의 말이 되새김질 되었다.

"대단한 사람?"

정경세는 베갯모를 들고 벌떡 일어나 안채로 갔다. 아내에게 물었다.

"이거 말이오. 전에 말하기를 아주 귀한 것이라고 하지 않았소? 혹시 궁중에서 지은 것은 아닐까 하오만?"

"여간한 바느질 솜씨가 아니니 아마도 궁중 침방의 솜씨일 가능성이 높습니다."

"그래요?"

정경세는 내친김에 한양 나들이에 나섰다. 이덕형을 찾았다. 그는 정경세의 방문을 크게 반겼다. 정경세는 지난 옥사 때 돌봐준 것에 사례를 했다. 그런 뒤 세상 돌아가는 이야기를 나누었다. 그러다가 슬그머니 베갯모를 꺼냈다.

"이 상공, 출처는 묻지 마시고 이것 좀 알아봐 주십시오."

"이게 뭡니까?"

"베갯모라고 하는데 혹시 상의원 침방에서 지은 것은 아닌가 하고 말입니다."

"알아보는 거야 어렵지 않습니다."

이덕형은 상의원 도제조로 있었다. 그는 다음날 사진(출근)하자마자 상의원 상궁을 불러 물었다. 상궁은 바느질 솜씨를 대번에 알아보았다.

"대감, 이건 침방 침선비들의 솜씨가 맞습니다. 여염집 바느질과는 다릅지요."

상궁은 베갯모를 바느질한 늙은 침선비를 찾아냈다. 이덕형은 그녀를 정경세에게 데리고 왔다.

"이 침선비가 지은 것이라고 합니다. 궁금한 것이 있거든 물어보십시오."

정경세는 두근거리는 가슴을 진정시키고 물었다.

"이걸 언제 누구에게 지어줬는가?"

침선비는 베갯모를 손으로 쓸며 기억을 더듬었다.

"이게 그러니까…… 워낙 오래되어서……."

한참 뒤에 침선비의 목소리가 달라졌다.

"아, 이건 풍 자. 이제 생각납니다요. 풍산군 나리 댁에서 쓰실 것들을 소인이 지어서 바쳤는데 그 중 하나입니다요."

"종친이 쓰시는 것도 다 상의원에서 지어 바치는가?"

"그건 아닙니다요. 관대, 버선, 베개 같은 것을 내전에서 하사하는 경우가 있습지요."

비로소 정경세는 확신을 가졌다. 베갯모의 풍 자, 상의원 침선비의 증언, 내 엉덩이 위에 자자되어 있는 린 자, 그 모든 증거와 증언이 내가 풍산군의 아들이라는 것을 설명하고 있지 않는가.

정경세는 이덕형의 집을 나와 귀천군을 만나러 갔다. 풍산군이 죽기 전에 분명히 감춰둔 아들에 대해서 무언가 말을 했을 것이라고 믿었다. 그리고 자신이 그간 조사한 것을 밝히고 속 시원한 얘기를 듣고 싶었다.

"가만, 아직 풍산군의 상중이 아닌가. 미처 그 생각을 못했군."

정경세는 다시 걸음을 돌렸다. 해가 지고 있는 서녘하늘이 유난히 붉었다. 찬란히 번지고 있는 그 빛깔이 마치 핏빛으로 물드는 것만 같았다.

"아, 장차 어찌할꼬."

 지난 옥사 때 무고로 풀려나면서 정경세가 예견한 것과 같이 옥사는 그것으로 그치지 않았다. 더 큰 옥사가 온 조정을 피바다로 만들기 시작했다.

 고관대작들의 서자 7명. 그들은 스스로 중국의 죽림칠현에 빗대어 죽림칠우라고 부르며 여주 한강 가에 무륜당이라는 정자를 지어 세태를 풍자했다. 그들은 자신들의 벼슬길이 막히고 상민보다 더 못한 취급을 받게 된 것에 불만을 품고 인륜과 국법을 무시하며 온갖 무도한 짓을 저질렀다. 그러던 중 문경새재를 넘던 은장수의 은 수백 냥을 약탈했다가 모두 붙잡혔다.

 반대파 제거에 묘안을 찾고 있던 정인홍과 이이첨은 그들을 이용해 더 큰 옥사를 일으킬 흉계를 꾸몄다. 붙잡힌 강변칠우에게 죄를 사면해 줄 것이니 역모를 위한 거사 자금이라고 둘러대라고 꼬드겼다. 칠우는 그 말을 믿고 그들이 꾀는 대로 거짓 자백을 했다.

 역모! 그것은 젊은 임금에게는 역린 중의 역린이었다. 그로 인해 새 왕으로 옹립하려고 했다는 어린 대군이 강화도로 유배를 가고 정인홍, 이이첨 무리에 들지 않은 신하들은 걸리는 대로 잡아들였다.

 성협의 중형 성영은 그때 이조판서로 있었는데 경상도 영일로 유배되었다가 그곳에서 죽고 말았다. 또 전 예조참판 정협의 아들 정불동도 연루된 혐의로 국문을 받았다. 성협은 자신의 이름이 역적의 아비의 이름과 같다고 해서 협 자를 람 자로 개명했다. 그 후 형의 죽음을 슬퍼하며 대지동에 우거하면서 바깥출입을 하지 않았다.

 영의정 이덕형과 좌의정 이항복이 임금의 패륜을 반대하다가 자리에서 물러났다. 이덕형은 용진(함경남도 문천의 옛 지명)으로 유배되었다.

정경세는 이덕형이 유배지에서 사약을 받게 되지나 않을까 걱정되었다. 사세가 워낙 급박하게 돌아가는 바람에 할 수 있는 것이 아무 것도 없었다.

옥사가 오랫동안 이어지는 동안 강변칠우 중에 단 한 사람 박치의가 종적을 감추고 다섯 달이 넘도록 잡히지 않고 있었다. 그는 선조 때 정여립의 역모를 고변하여 형조참판에 올랐다가 평난공신에 책봉된 상산군 박충간의 서자였다. 형 박치인이 잡히면서 포졸들의 다리를 걸어 넘어뜨려 아우 박치의가 가까스로 도망치도록 해준 것이었다.

임금은 큰 벼슬과 현상금을 걸고 박치의를 잡아들이기를 독촉했다. 그러나 그의 종적은 오리무중이었다. 임금은 더욱 진노해 팔도에 수배령을 내렸다. 모든 관아에서는 관내 백성들의 통적(주거 상태)과 본인을 엄격히 대조해 단 한 사람도 숨어 지낼 수 없도록 실사를 했다. 하지만 그것도 별무소용이었다.

"이 흉적이 물에 빠져 죽고 목을 매어 죽었다 하더라도 단지 나라 안에 있을 것인데 어찌하여 그 시체조차 못 찾고 있단 말인가!"

벼슬과 현상금을 노리는 자들이 나타났다. 팔도 각처에서 박치의를 보았다는 보고가 잇따랐다. 그런데 정작 금부도사와 포도군관이 달려가 보면 박치의는 그림자도 없었다. 임금은 백성들이 혹시 박치의를 숨겨주고 있는 것은 아닌가 했다.

"모든 고을에 새로 살기 시작한 사람들을 우선 수색하라. 또한 각 장터의 장사꾼들을 모두 기찰하라."

임금의 하교가 연일 이어졌다.

"또한 그 용모를 알아보지 못하게 하기 위해 삭발하고 중이 되었을 수도 있지 않겠는가. 각 고을의 수령은 관내 크고 작은 절과 암자, 토굴을 모두 뒤져봐야 할 것이다. 또한 탐문을 해 서로 면식이 없는 낯선 중이 있다면 불문곡직하고 잡아들이도록 하라."

그런데도 박치의는 신출귀몰하는 도술이라도 부리는지 잡히지 않았다. 박치의는 왼쪽 눈 아래에 검정사마귀가 있는데 그 부위에서 털이 한 가닥 길게 나 있다는 정보가 입수되었다. 털은 뽑아 버린다 하더라도 사마귀를 없애기는 어려운 일이었다. 그 때문에 백성들은 누구라도 만나거나 마주치기만 하면 그 얼굴에 사마귀가 있지 않은가부터 살폈다.

"예끼, 그 자가 사마귀를 버젓이 드러내고 다니겠는가?"

"그러면 가리고 다니고 있으려나?"

"아마 녹여냈거나 도려내었을 지도 모르지."

"무슨 수로?"

"그야 난들 알겠나. 잡히면 죽을 판인데 무슨 짓인들 못하려고."

"그런데 몸 감추는 도술을 부리지 않고서야 여태 잡히지 않을 리가 있나."

"하긴, 여러 술법에 능하다는 소문이 사실일지도 모르지."

임금은 또 전교했다.

"박치의가 강 건너 오랑캐 땅으로 들어갔을 수도 있고 왜관으로 숨어들었을 수도 있다. 또한 제주도나 남해의 작은 섬에 숨어 있을 수도 있지 않겠는가? 양남(경상도와 전라도)의 감사, 병사, 수사, 통제사, 제주목사 등은 바다에 접한 모든 고을의 나루와 진보를 철저히 수색하고 엄하게 기찰하라."

그러고는 박치의의 얼굴을 아는 사람을 모두 불러 모아 각 도에 나누어 보냈다. 팔도의 감사들은 만약 관내에서 박치의가 잡힌다면 그간의 나태함을 추궁받을까 봐 걱정이 이만저만이 아니었다.

그들은 죄를 피하고 공은 얻으려고 꾀를 내기 시작했다. 작은 죄를 지은 사람을 박치의와 무슨 연관이라도 있는 것처럼 장계를 써서 묶어 보내는 일이 빈번했다. 그 때문에 박치의는 팔도 전역에서 동시에 출몰하는 것이 되어 버렸다.

백성들은 웃지 않을 수 없었다. 민심은 어느덧 박치의가 잡히지 않기를 바라고 있었다. 임금이 어린 동생에게 역모의 누명을 씌워 죽이고 그 생모를 유폐시키는 등 패륜을 저질렀기 때문이었다. 게다가 그치지 않고 옥사를 계속 일으키는 것도 민심이 이반되어 가는 이유 중의 하나였다.

"형이 동생을 죽이다니, 차라리 뒤집어졌으면 좋겠구먼."

"이러다간 나라의 인재들이 다 죽어나가겠어."

"이 사람들아, 때가 어느 때라고⋯⋯. 말조심하게."

"에잇, 이놈의 세상!"

"박치의라도 살아서 잡히지 않았으면 좋겠네 그려."

박치의는 백성들의 희망이 되었다. 그가 잡히지 않는 것은 패륜을 일삼는 임금에 대한 경고이자 조정의 권력을 잡은 자들에 대한 조롱이라고 생각했다. 또 신분의 한계에 불만을 품고 있던 수많은 사람들은 마음속으로 박치의에게 응원을 보내고 있었다.

"그나저나 그자는 어디에 숨어 있을꼬?"

"이미 죽었을지도 모르지."

"아닐세. 어딘가에 꼭 살아있을 걸세."

박치의는 가파른 산길을 오르고 있었다. 여러 곳을 전전하다가 마지막으로 선택한 곳을 향해 가고 있는 중이었다. 그간 주막, 절간, 재실 등에서 신세를 져 왔다. 배가 고프면 밥을 얻어먹고 물이 마르면

샘물을 얻어 마셨다. 사람들은 의심의 눈초리를 보냈지만 그렇다고 관
아에 신고하는 사람은 아무도 없었다.

"빨리 떠나시오."

"어서 가시오."

"부디 잡히지 마시오."

백성들의 말은 한결같았다. 박치의는 하찮은 일개 도둑놈에서 백성
들의 희망의 상징이 된 것에 눈물이 났다. 서자로 태어난 신세를 한탄
하는 것까지는 좋았으나 도둑은 되지 말았어야 했다. 양반에 대한 저
주는 퍼부었어도 백성들에 대해서는 함부로 피해를 끼치지 않았어야
했다.

"어찌해야 백성들에게 속죄를 할꼬."

박치의는 사람들이 많이 다니는 문경새재와 계립령을 피해 인적이
드문 이화현을 택했다. 힘겹게 오르면서 돌배를 따서 씹었다. 이윽고
고갯마루에 올랐다. 바위 위에 걸터앉았다. 저 멀리 남쪽으로 보이는
산천은 상주목이고 발아래는 그에 딸린 문경현이었다.

상산 박씨의 피를 물려받은 몸이었다. 상산은 상주의 옛 이름이었
다. 그런 만큼 가문에 대한 기찰이 엄할 것은 자명했다. 그러나 등잔
밑이 어둡다고 하지 않았던가. 상주로 숨어들 것이라는 생각은 아무
도 하지 못할 것 같았다.

잡히기는 싫었다. 만약 잡히게 된다면 그 자리에서 스스로 목숨을
끊을 결심을 한 지 오래였다. 박치의는 허리에 차고 있는 주머니를 만
지작거렸다. 극약을 구해다가 배합해 만든 환약이었다.

백성들에게 속죄를 해야 한다면 관향에서부터 시작하고 싶었다. 무
엇을 어떻게 해야 할지는 몰랐다. 다만 수구초심이라 했던가. 상산 땅
이 어떤 곳인가 궁금하기도 했다. 땀이 어느 정도 마르자 박치의는 입

을 굳게 다물며 일어섰다.

그때 저 아래 붉고 강렬한 열매가 눈에 띄었다. 가까이 다가갔다. 뾰족한 돌을 주워 뿌리를 캤다. 알뿌리가 아주 컸다. 주위를 둘러보았다. 그처럼 붉은 열매를 달고 있는 풀이 여기저기 흩어져 있었다. 박치의는 그것들의 뿌리를 다 캐서 개울가로 내려가 흙을 씻었다. 그러고는 물기를 닦고 천에 잘 싸서 봇짐 속에 넣었다.

"잘 됐어. 이걸 빌미로 삼으면 되겠군."

2

내의원 탕약방에서는 수십 개가 넘는 화로 위에 약탕관이 올려져 있었다. 화로 속에는 참나무 중에서도 신갈나무로 만든 숯이 들어있었다. 적은 양으로도 은근한 화력이 오랫동안 유지되었다. 약탕관에는 각각 서로 다른 무늬가 새겨져 있었다. 임금의 것에는 다섯 발톱을 가진 용 그림이, 세자의 것에는 네 발톱을 가진 용 그림……. 마지막 후궁들의 약탕관에는 꽃무늬가 새겨져 있었다.

의녀들은 약탕관 바로 앞에 앉아서 약이 잘 달여지고 있는지 약내로 가늠하고 있었다. 탕약사령들은 의녀들의 지시에 따라 토막 숯을 화로에 넣었다 뺐다 하며 연신 불 조절을 했다.

그 뒤에는 칼을 찬 금군이 지켜 서 있었다. 연일 옥사가 이어지는 탓에 혹시나 불온한 무리들이 흉계를 꾸며 임금과 왕실을 독살하려 들지나 않을까 하여 소주방과 탕약방을 철저히 감시하고 있는 것이었다. 내의원 탕약방에 배치된 탕약사령조차 정인홍이나 이이첨을 벗바리(후견인)로 두지 않으면 들어올 수 없을 정도였다.

"수의녀님, 세자저하의 탕약이 다 되었습니다."

의녀는 약탕관에 든 약을 사발에 따랐다. 애종은 다가가 손을 저어 약 냄새를 맡아보고는 월령제약관에게 약이 다 달여졌다는 뜻으로 고개를 끄덕였다. 월령의는 금군에게 말했다.

"검사를 하시오."

뒤에 서 있던 금군 하나가 다가와 품에서 은젓대를 꺼내 들더니 탕약 속에 넣어서 두어 번 저어보고는 꺼내서 살폈다.

"됐소. 가지고 나가시오."

탕약방에 딸린 의녀들 대부분은 수의녀인 애종을 따랐지만 유독 천생, 단춘, 두 사람은 애종을 수의녀로 인정하지 않았다. 예전에 의녀로 있었다지만 출궁을 당했다가 다시 들어온 주제에 무슨 수의녀냐는 것이었다.

"장차 저년이 어의녀가 되는 거 아닙니까?"

"어의녀님이 연로하시니 그럴 수도 있지. 여러 수의녀들 중에서 의술이 가장 뛰어나다고 소문이 나 있으니 말이야."

"무슨 수를 써서라도 저년을 다시 쫓아내야 됩니다."

"천생 의녀님이 수의녀에 오를 줄 알았는데 저년이 갑자기 들어와서 그 자리를 꿰어차다니 이런 억울할 일이 또 어디 있답니까?"

"다시는 우리 내의원에 발을 붙이지 못하도록 수를 써야지, 좋은 수를……."

의녀 삼덕이 달인 약을 세자가 마시고 토하는 일이 일어났다. 도제조 이이첨이 동궁에 심어 놓은 나인으로부터 그 소식을 듣고 부리나케 달려갔다. 어의 최득룡과 어의녀 봉순이 이미 와 있었다. 이이첨이 세자의 탑전에 엎드려졌다.

"세자저하!"

"나는 괜찮소. 부산 떨 것 없소."

이이첨이 어의에게 나지막하지만 위엄 있게 물었다.

"어찌 된 일이오?"

"세자저하께서 상한 약재로 달인 탕제를 드시다가 그만 뱉어내시고 말았습니다."

"상한 약재로 약을 달여? 어의는 도대체 내의원을 어떻게 통솔하는 게요!"

세자가 손사래를 쳤다.

"다들 물러가시오."

세 사람은 뒷걸음으로 나왔다. 이이첨은 내의원 탕약방으로 향했다. 어의와 어의녀가 그 걸음을 따라가지 못해 뛰다시피 했다. 이이첨이 탕약방으로 들어서며 소리쳤다.

"누구냐? 세자저하의 탕약을 담당한 것이?"

삼덕이 앞으로 나와 꿇었다.

"소녀입니다."

"네 이년!"

이이첨은 금군의 허리에 찬 칼을 빼어 삼덕의 목을 치려고 했다. 삼덕은 깜짝 놀라 울음을 터뜨렸다.

"도제조 대감!"

애종이 그 칼날을 막고 앉았다.

"다 이 못난 것의 잘못이옵니다. 저 아이의 목숨은 살려주시고 저를 처벌해 주십시오."

이이첨은 칼을 높이 든 채 말했다.

"뭐라? 이년이 어디라고 나서는 게냐. 썩 물러나지 못할까!"

어의가 이이첨에게 말했다.

"대감, 의녀들이 큰 실수를 한 것은 사실이오나 이 일은 제가 처분하도록 해주십시오. 어찌 대감의 손에 저 하찮은 것들의 피를 묻힌단 말씀입니까? 만약 그렇게 하신다면 조야에 대감의 위신이 어찌 되겠습니까?"

이이첨은 그제야 금군에게 칼을 돌려주었다.

"허면 어의가 이년들을 똑바로 처리하시오!"

이이첨이 탕약방을 떠나고 나자 어의가 어의녀와 상의했다. 의관들에 관한 일은 어의의 소관이지만 의녀들은 어의녀가 거느리는 바였다. 두 사람이 돌아서서 여러 말을 주고받은 끝에 어의녀가 말했다.

"탕약방 의녀 삼덕은 세자저하의 탕제를 소홀히 한 죄를 물어 장악원 기방으로 출송한다."

삼덕은 어쩔 줄 모르고 계속 울기만 했다.

"또 탕약방 수의녀 애종은 의녀들을 제대로 감독하지 못한 죄가 가볍지 않다. 애종은 내일부터 율도 약전에 가서 한 달 동안 김을 매도록 하거라."

내의원에서 직접 관할하는 약초밭은 밤섬에 있었다. 조선에서 나지 않는 약재를 확보하기 위해 당약초의 모종을 키우고 시험재배를 하는 곳이었다. 그렇게 키운 약초의 값은 대단히 비싸기 때문에 병조에서 군사 4명을 보내 잡인의 출입을 통제하고 있었다. 그들은 다만 밤섬을 지키는 소임만 있을 뿐 약초밭을 가꾸는 일은 오롯이 내의원 의녀들의 몫이었다

의녀들은 당번을 정해 돌아가면서 밤섬에 가서 약초의 썩은 것은 뽑아내고 자라다 만 것은 솎아내며 김도 맸다. 그런데 그 일이 너무

힘들어 의녀들은 당번이 돌아올 때면 한숨부터 내쉬곤 했다. 꾀병을 핑계로, 또는 배멀미를 한다 하며 얌체를 부리는 의녀들이 적지 않았다.

"약전이라……. 그년이 얼마나 견디나 두고 보자."

"이 한여름에 사흘이나 넘기겠습니까요?"

이른 새벽에 애종은 호미를 하나 들고 궐문을 나섰다. 해가 뜰 무렵 애오개를 넘어 삼개나루에 이르렀다. 사공을 불러 나룻배를 타고 밤섬으로 갔다. 밤섬은 드넓은 한강에 마치 밤 한 톨이 떨어져 있는 것 같다고 해서 붙은 이름이기도 하고 섬 모양이 밤톨 같다고 해서 부르는 이름이기도 했다. 밤섬이라는 이름과 달리 정작 섬에는 밤나무 한 그루 찾아볼 수 없었다.

강가에는 바람을 막는 뽕나무가 둘러쳐져 있고 그 안에 약초밭이 있었다. 애종은 존애원 약뱅이들이 떠올랐다. 그곳에서 약초밭을 매던 때가 그리웠다. 돌아가고 싶다고 돌아갈 수 있는 곳이 아니었다. 나인이든 무수리든 의녀든 궁중에 한 번 발을 들여놓으면 죄를 지어서 쫓겨나거나 죽어서 들려 나가거나 둘 중 하나인 운명이었다.

밤섬에는 내리쬐는 뜨거운 햇빛을 피할 곳이 하나도 없었다. 머리에 수건을 쓴 애종은 감초밭부터 매기 시작했다. 김은 허리까지 자라 있었다. 쪼그리고 앉아 일을 하는 동안 감초 줄기에 얼굴이며 팔뚝이며 손등이며 군데군데 베이는 것도 몰랐다.

애종은 매일같이 새벽 일찍 나가서 저녁 늦게 궐문이 닫히기 직전에야 돌아왔다. 처소에 들기만 하면 쓰러져 잠들기 일쑤였다. 산목숨을 초주검으로 만드는 일 중에 그보다 더한 일이 있을까. 날이 갈수록 애종은 마르고 야위어 갔다.

"언제까지 견디나 두고 보자."

"이제 곧 천생 의녀님이 수의녀가 되실 겁니다요. 미리 축하드립니다."

애종은 주먹밥 하나 물 한 호리병을 가지고 배에 올랐다. 사공이 노를 저으며 말했다.

"열흘도 넘게 혼자 그 넓은 밭을 매고 있다니."

애종은 대꾸하지 않았다. 사공이 또 말했다.

"나도 듣는 귀가 있다오, 나 같으면 그만두고 말겠소."

그제야 애종은 마른 입술을 뗐다.

"그런 말씀 마셔요. 약초밭은 누가 가꾸어도 가꾸어야 할 일입니다."

애종이 꽃대를 꺾어서 뿌리가 잘 자라도록 지황 밭을 돌보고 있는데 멀찍이서 섬을 지키고 있던 병조의 입번군사들이 수군댔다.

"그년 참 반반한데?"

"흐흐. 의녀가 왜 자꾸 혼자 오지?"

"옳아, 무슨 죄를 지어 벌이라도 받은 게로군."

"그렇다면? 히히히."

그들은 서로 바라보며 무언의 의기투합을 했다. 그들 중 셋은 망을 보고 하나가 애종에게로 살금살금 다가갔다. 군사는 뒤에서 애종을 덮쳤다. 돌려 눕히고는 옷을 벗기려고 했다. 애종은 저항했지만 힘이 딸렸다.

"가만히 좀 있어!"

"제, 제발 그만두시오!"

"흐흐흐, 이 몸이 극락을 구경시켜 주마."

애종은 몸을 짓누르고 있는 군사를 도저히 밀쳐낼 수 없었다. 한 손으로 새앙머리를 더듬었다. 그러고는 침을 뽑아 군사의 목덜미에 꽂았다. 군사는 눈을 부릅뜬 채 굳어버렸다. 애종은 군사를 밀어내고 일어났다.

언제나 오려나 하고 기다리고 있던 군사들이 궁금해서 지황 밭으로 왔다. 그들은 눈앞에 벌어져 있는 광경을 보고는 놀라 입을 쩍 벌렸다. 애종을 겁탈하려던 군사는 쓰러져 꼼짝도 못하고 있었고 그녀가 마치 귀신처럼 노려보고 있는 것이었다.

"네놈들도 저놈처럼 되고 싶으냐?"

"아, 아닙니다요."

"데려가거라."

애종은 군사의 목덜미에 꽂혀 있는 침을 뽑았다. 그러고는 그들에게 보여준 뒤에 제 새앙머리에 두어 번 문지르고는 머릿속에 감추어 꽂고 일어섰다. 그들은 엉거주춤하며 쓰러져 군사를 일으킨 뒤 굽실거리며 자리를 떴다.

애종의 얼굴은 검게 타 알아보기도 어려울 지경이었다. 힘없는 걸음을 놓아 궐문을 들어서다가 갑자기 무너지듯이 쓰러지고 말았다.

"이보오!"

수문장이 얼른 내의원에 알렸다. 어의녀가 의녀들을 데리고 달려나왔다.

"이 모진……. 뭣들 하느냐. 어서 데리고 가자."

삼덕이 받을 벌을 애종이 대신 받고 있다는 것에 탕약방 의녀들은 그동안은 자신들의 일이 아니라고 쉬쉬 했지만 점차 수의녀로서 그런 사람이 없었다며 칭송을 이어갔다. 그런 한편 세자의 탕약에 썩은 약재가 들어간 일은 누군가 일부러 저지르지 않고는 있을 수 없다고 입을 모았다. 의녀들은 평소에 애종을 못마땅하게 여겼던 두 사람에게 혐의를 두고 그들을 멀리하기 시작했다. 천생과 단춘도 마음의 동요가 일었다.

"우리가 너무 심했던 거 아닌가 하는 생각이……."

"이제 와서 어떡하라고."

"알고 보면 새로 오신 수의녀님이 우릴 못살게 군 것도 아니고 잘해 줬는데……."

"따끔하게 혼을 내주려고 했을 뿐인데 대뜸 삼덕의 죄를 자기가 고스란히 덮어쓰려 하다니."

"그 칼을 막고 나선 것 좀 보셔요. 만약 우리가 그런 상황에 처했더라도 수의녀님이 과연 그래 주셨을까요?"

"아마도."

어의와 어의녀가 여러 의관과 의녀들을 데리고 밤섬 약초밭으로 나가보았다. 형개, 지황, 감초 등 모든 약초밭은 잡초 한 포기 돌멩이 하나 없이 깨끗했다. 다들 믿지 못하겠다는 표정이었다. 어의가 말했다.

"정녕 이 약전을 아무 도움 없이 혼자 맸느냐?"

"병조에서 나온 군사들이 거들어 주었습니다."

군사들이 손사래를 치며 말했다.

"아닙니다요. 저희들이 한 것이라고는 저 의녀님이 돌을 모아놓으면 그걸 강물에 쏟아 넣은 것뿐입니다. 그밖의 일은 다 본인이 할 일이라며 손도 못 대게 했습니다요."

"그렇습니다요. 정말 대단하신 분이십니다요."

어의는 고개를 끄덕이며 어의녀에게 말했다.

"이만하면 되었으니 이 사람을 다시 탕약방 수의녀로 복귀시키게."

어의는 애종에게 특별히 공진단 3환을 내렸다. 귀하디귀한 사향을 넣어 조제하는 보약으로 왕실에서나 먹는 것이었다. 한낮의 땡볕에서 한 달 동안 쉬지 않고 약초밭을 매느라 쇠잔해진 기력을 회복하라는 의미였다. 애종은 아까워하여 먹지 않고 잘 갈무리해 두었다.

애종의 처소에 천생과 단춘이 찾아왔다. 그들은 지난날의 잘못을 뉘우치며 용서를 구했다. 다른 의녀들에게 따돌림을 당하고 있는지라 더 이상 견디기 어려웠다.

"이제서야 말이네만 나는 자네들이 세자저하의 첩약을 바꿔치기 한 것을 알고 있었다네."

두 사람은 놀랐다.

"약재창 고지기로부터 들었네. 썩어서 버리려는 약재를 자네들이 달라고 해서 줬다고 하더군. 또 그날 불을 돌보던 탕약사령이 숯불을 가는데 약탕관에서 이상한 냄새가 났다고도 했네. 그때 의녀들 사이에 감기가 유행했는데 삼덕과 나는 감기가 들어서 냄새를 못 맡았지. 그 바람에 썩은 약재를 달였을 줄은 까맣게 몰랐던 게야."

"수의녀님!"

"아닐세. 감기에 걸려서 냄새를 못 맡고서도 그냥 넘긴 삼덕과 나의 죄가 크네."

"이년들을 죽여주셔요. 흐흑."

애종은 두 사람의 손을 잡아주었다.

"같이 잘 지내세. 이 대궐 안에서 우리가 천한 것들이라고 얼마나 무시당하고 멸시당하고 있는가? 우리끼리라도 서로 사람대접하고 잘 지내보세. 응?"

"예, 수의녀님!"

그들은 훌쩍이며 물었다.

"하오면 삼덕은 어찌합니까?"

"내가 어의녀님께 잘 말씀드려서 다시 데려올 수 있도록 해보겠네."

그로부터 엿새 뒤에 삼덕이 돌아왔다. 탕약방 의녀들은 삼덕을 환영하는 자리를 마련했다. 삼덕은 그새 장악원에서 배운 춤과 노래 솜씨를 선보였다. 의녀들은 다시 가라고 짓궂은 농담을 했다.

"밀실 의녀들도 이런 자리를 같이 하면 좋을 텐데."

"그러게 말이야. 그 콧대 높은 것들은 코빼기를 볼 수 없으니."

의녀들 중에서 탕약방이 아닌 별도의 밀실에서 약을 달이는 의녀들이 몇 사람 있었다. 그 의녀들은 보통의 의녀들과 섞이지도 않았고 그 모습을 잘 드러내지도 않았다. 그 밀실에서는 무엇을 달이는지 비밀이었다. 탕약방 의녀들은 그 밀실이 사약을 달이는 곳이라고 짐작하고 있을 뿐이었다.

내의원 약재창에는 인삼, 녹용, 우황을 비롯한 향재가 수백 종, 용뇌, 육두구(열대산 호두)와 같은 당약재 수십 종이 구비되어 있었다. 그 중에서도 특히 관리가 엄격한 것은 당재와 왜재였다. 수량이 귀하고 값이 비싼 약재였기 때문이다.

그런데 그보다 더 기밀을 취해 관리하는 약재가 있었다. 바로 사약에 쓰이는 약재였다. 사약은 어의의 영이 내려져야 비로소 그때 제조를 하는데 내의원 의관 중에서도 최고참 의관이 직접 감독했다. 그 조제법은 글로 남기지 않고 입에서 입으로 비밀히 전해졌다. 조제법이 알려지면 민간에서 살인의 도구로 쉽게 쓸 수 있다고 여긴 까닭이었다.

하지만 의술에 관심이 있는 사람이라면 사약에 쓰는 약재를 어느 정도 짐작할 수 있었다. 부자, 비상, 비소, 수은, 천남성, 짐독, 생금, 초오와 같이 맹독을 가지고 있는 약재들이었다. 다만 그것을 포제하는 방법과 각 약재의 배합량을 알지 못할 뿐이었다.

내의원 약재창에서 점차 눈에 띄게 줄고 있는 약재들이 있었다. 바

로 사약에 쓰이는 약재들이었다. 그 중에서도 가장 눈에 띄게 재고량
이 줄어든 것은 천남성이었다. 그 뿌리는 돼지감자와 비슷하게 생겼는
데 사약을 제조하는 데 없어서는 안 될 약재였다.

해를 이어 옥사가 계속되자 팔도의 큰 약재상들은 앞으로도 옥사
가 끊이지 않을 것으로 예상했다. 그리하여 사약에 쓰일 만한 약재들
은 깊이 감추고 내놓지 않았다. 그 바람에 값이 폭등해 시중에서는 품
귀현상을 보였다. 그 중에서 특히 천남성이 가장 두드러졌다.

"세상이 어떻게 돌아가길래 사약에 쓰는 약재들이 천정부지로 값
이 뛰나 그래."

"말세일세. 말세!"

내의원 약재창 안에는 늘 자물쇠로 잠가 두고 있는 극약실이 있었
다. 부자, 비상, 초오 등의 약재가 몇 돈씩 사라진 것을 고지기가 발견
했다. 그는 월령의에게 알렸고 월령의는 그 즉시 어의에게 보고했다.
그런데 어의는 뜻밖의 말을 하는 것이었다.

"입 다물고 모른 척하게. 더 알고자 하면 자네가 다치고 말리."

월령의는 의아했다. 어의가 뭔가 알고 있는 듯했지만 겁이 나서 더
물을 수 없었다. 그로부터 며칠 지나지 않아 한 가지 괴이한 소문이
나돌았다. 임금 몰래 이이첨이 후환을 없애기 위해 귀양 가 있는 대신
들을 죽이려고 한다는 것이었다.

머나먼 용진 땅에 유배되어 있는 이덕형이 식음을 전폐하다가 죽었
다는 비보가 전해졌다. 지각 있는 팔도의 선비들은 덕망과 재능과 학
식이 뛰어난 한 시대의 거목이 쓰러진 것에 심히 안타까워했다.

"오는 돌멩이를 맞은 것이지."

"소나무 그루터기에 걸려 넘어지신 게야."

오는 돌멩이란 정인홍의 아호인 내암을 빗댄 말이고 소나무란 이이

첨의 아호 관송을 은유한 표현이었다. 그즈음 민간에 한 가지 이야기가 만들어지고 있었다.

귀양 가 있는 상신 이덕형을 임금이 머잖아 다시 조정에 불러들여서 중용할까 봐 정인홍과 이이첨이 임금이 내린 것이라고 속이고 사약을 보냈다는 것이다. 그런데 그것을 모르는 이덕형은 임금의 뜻임을 알고 순순히 사약을 먹었다는 말이었다. 그 이야기가 사실인지 아닌지는 중요치 않았다. 백성들은 다른 말은 들으려 하지도 않았다. 오직 그 풍문만을 사실이라고 굳게 믿었다.

"아, 이 상공!"

정경세의 슬픔은 이만저만 아니었다. 자신보다 2살 위였지만 평생을 지기로 지낸 이덕형이었다. 마치 수족과도 같은 형제가 죽은 듯이 식음을 전폐하다시피 했다. 정경세의 건강이 심히 염려되었다. 타락죽과 율자죽을 바꾸어 가며 쑤어 올렸지만 그는 번번이 몇 수저 들다가 말곤 했다.

"이제 대북이 아니고서는 다 죽고 말 것인가!"

대북이란 정인홍 이이첨의 당을 말하는 것이었다.

3

존애원에는 수많은 익명의 사람들이 드나들었다. 약재상에서부터 방물장수와 같은 여러 잡상인, 오가는 길손, 존애원의 명성을 듣고 찾아온 사람들, 그리고 항왜와 향화에 이르기까지 각양각색 천차만별의 사람들이 시도 때도 없이 찾아왔다.

그들은 서로에 대해서 알려고 하지 않았다. 알 이유도 없었다. 존애원에 온 목적만 이루고 돌아가면 그만이었다. 약재를 매매하거나 치료를 받거나 곡식을 얻거나 유숙을 하거나……. 존애원은 드는 사람을 내치지 않았다. 모든 백성들에게 술이 없는 주막이었고 대가를 받지 않는 의원이었으며 고관대작이 없는 고대광실이었다.

한 사내가 존애원 앞에 이르러 대문 위에 걸려 있는 금란패를 올려다보았다. 그 누구도 소란을 일으키면 안 되는 곳. 안으로 들어섰다. 많은 사람들이 바쁘게 오가고 있었다. 누굴 찾아야 하나. 누굴 붙잡고 무얼 물어봐야 하나 난감했다.

낯선 사람이 들어와서 우두커니 서 있길래 다가가서 물었다.

"어인 일로 오셨습니까?"

"약초가 좀 있어서 보이고자 왔습니다."

사내를 약재창으로 데려가 할아범에게 안내했다. 그는 봇짐을 풀어 여남은 개 되는 알뿌리를 내놓았다. 천남성이었다. 그러잖아도 하루가 다르게 값이 뛰어 크게 품귀가 되고 있는 귀한 약재였다. 할아범은 무게를 달더니 말했다.

"값은 뭘로 쳐 드리면 되겠소?"

"값은 되었고, 그냥 며칠만 묵어가게 해주시면 됩니다."

할아범은 내게 물었다.

"빈 방이 있느냐?"

"길손이 다 차서 남은 방이 없는데……."

서로 난감한 표정이 되었다. 고민 끝에 말했다.

"하는 수 없죠 뭐. 제 방에서 같이 묵으시지요."

"아니오. 나 혼자 지낼 수 있도록 해주면 좋겠소. 헛간이라도 좋소."

할아범이 웃으면서 말했다.

"마소가 아닌데 어찌 헛간을 내어드릴 수 있겠소? 조금 불편하시더라도 이 젊은 의원과 같이 쓰시도록 하오. 빈 방이 나오면 그때 혼자 쓰시도록 해 드리겠소."

사내를 데리고 왔다. 방안을 둘러보던 그는 서책이 많은 것에 놀랐다. 사내에게 여장을 풀도록 한 다음에 말했다.

"책을 보셔도 좋고 누워서 쉬셔도 됩니다. 뭐 달리 필요하신 것이 있으면 말씀하십시오."

"고맙소."

그는 봇짐을 베고 누웠다. 얼마나 먼 길을 걸었는지 이내 코를 고는 것이었다. 사내가 실컷 자도록 내버려두고 밖으로 나왔다.

웬일인지 사람들이 꾸역꾸역 몰려들고 있었다. 그들은 하나같이 온몸이 아프다고 호소했는데 얼굴이 벌겋게 부어올랐고 쉰 목소리를 냈다. 드러낸 살갗에는 좁쌀만한 붉은 반점이 수도 없이 돋아 있었다.

불길한 예감이 들었다. 예사롭지 않은 일이라 여겨 얼른 박지지에게 알렸다. 그는 의사에서 나와 보더니 깜짝 놀랐다.

"아니, 이건?"

그러고는 소매로 입과 코를 가리며 말했다.

"얼른 모두 밖으로 내보내게!"

제 발로 든 사람들을 내친 건 한 번도 없던 일이었다. 우물쭈물하자 박지지가 다시 소리쳤다.

"돌림병이란 말일세!"

그제야 간이 철렁했다. 목을 두르고 있던 면건을 풀어 입과 코를 두르고 그들을 밀어냈다. 하지만 그들은 나가려고 하지 않았다.

"우릴 좀 치료해 주십시오."

"우릴 살려주십시오."

"이렇게 빕니다. 이 어린 것만이라도……."

한 번도 겪지 못한 돌림병이었다. 이전에는 없었던 증상이었다. 언제 어디서 시작됐는지 아무도 알지 못했다. 이미 팔도 전역에 퍼져서 수많은 백성들이 죽어가고 있었다. 한양에서는 수구문 밖에 시체가 쌓여 흐르는 물이 다 막힐 지경이었다.

어느덧 행림에서는 독한 홍역이라는 뜻으로 당홍역이라고 부르기 시작했다. 당홍역은 수그러들 기미가 보이지 않았다. 날이 갈수록 점점 심해져 깊은 산속 외딴집, 절해고도의 섬집이라도 안심할 수 없었다.

"나라가 망할 징조지."

"옥사에 연루되어 죽어간 혼령들이 억울한 한을 품고 일으킨 게야."

"그러면 백성들이 무슨 죄가 있다고 그러나? 저 정가 놈과 이가 놈만 죽이면 되지."

"그 말도 일리가 있군."

임금과 조정은 전 어의 허준이 쓴 《신찬벽온방》을 팔도에 배포했다. 그 의서에는 돌림병에 대처하는 요령과 처방이 적혀 있었다. 하지만 아무 효험이 없었다. 임금은 다시 허준에게 당홍역에 대한 대책을 재촉했다. 이에 허준은 서둘러 《벽역신방》을 저술했다. 팔도의 모든 의원들이 그 책에 적힌 처방대로 해보았다. 그러나 그 또한 별로 신통치 못했다.

존애원에서는 약초를 수확하고 나서 비어 있는 약뱅이들에 천막을 치고 환자들을 머물게 했다.

"물을 많이 마시게 하게. 고열로 탈수가 일어나지 않게 해야 하네."

"환부를 직접 만지지 말게."

"환자가 쓰던 것을 성한 사람이 써서는 안 되네."

"반드시 입과 코를 가리게."

할 만한 방법은 다 동원했지만 병세는 수그러들 기미를 보이지 않았다. 박지지는 이찬과 성람을 청해 오려 했지만 그들도 그들의 고을에서 각각 고군분투하고 있다는 소식을 전해올 뿐이었다. 온 나라가 당홍역이라는 지옥에 떨어진 느낌이었다.

십신탕과 청열해독산을 밤낮으로 만들어냈다. 그나마 효험이 있는 약이었다. 그런데 연일 만들어내다 보니 십신탕에 들어가는 마황과 같은 당재가 얼마 안 가서 바닥을 드러냈다. 아쉬운 대로 청열해독산만 만들어내는 수밖에 없었다.

환자들은 서로 약을 달라고 아우성이었다. 가만히 있다가 죽느니 약이라도 한 숟가락 먹어보자는 심정이었다. 존애원의 금란패가 무색했다. 박지지는 약을 높이 들고 소리쳤다.

"순서대로 기다리지 않으면 다 버리고 말 것이오!"

장 서방이 이어서 외쳤다.

"다 죽자고 하겠소? 어떻게 하든지 한 사람이라도 더 살 길을 택하겠소?"

환자들의 기세가 누그러졌다. 박지지는 별난이와 약방아낙들에게 어린아이들부터 약을 먹이게 했다. 그다음은 부녀자들이었고 그다음은 노인들이었다. 젊은 사내들은 푸념했지만 차례가 돌아오기를 기다리는 수밖에 다른 도리가 없었다.

사내가 잠시 사라졌다가 어디서 구해 왔는지 고추를 하나 들고 말했다.

"약을 받을 차례가 돌아올 때까지 이 고추를 구할 수 있는 사람은 이것을 먹도록 해 보시오. 그러면 효험을 좀 볼 것이오."

"저건 왜초가 아닌가?"

"왜초가 효험이 있다고 한다!"

박지지가 사내를 바라보았다.

"고추가 효험이 있다는 것은 어찌 알았는가?"

"소인이 전에 온역을 앓은 적이 있는데 이것을 먹고 효험을 좀 보았습니다. 지금 상황은 이것저것 가릴 처지가 아니지 않습니까?"

그랬다. 당흥역에서 벗어날 수 있다면 무엇이든 써야만 했다. 매운 고추를 먹은 사람들은 통증을 덜 호소하기 시작했다. 그것을 본 사람들은 술렁였다. 움직일 수 있는 사람들은 고추밭을 찾아다니기 시작했다. 고추밭이 흔할 리 없었다. 뙤기밭이라도 찾은 사람들은 엎어지듯 들어가 말라비틀어진 고추라도 따서 우적우적 눈물과 함께 씹어댔다. 고추를 못 딴 사람들은 고춧잎을 훑고 고춧대까지 꺾었다.

박지지가 내게 말했다.

"자네는 백화산에 좀 다녀오게. 남은 약초가 있거든 다 짊어지고 내려오게."

백화산 약할미를 찾았다. 하지만 이미 일단의 사람들로부터 약탈을 당한 뒤였다. 쓰러져 가던 약할미의 오두막은 더 기울어 있었고 약재를 보관하던 창고는 다 허물어져 있었다.

"세상이 아주 미쳐 돌아가는구나."

"다치진 않으셨어요?"

약할미는 대답 대신 손녀의 안부를 물었다.

"별난이는 무사히 잘 있어요."

약할미가 안심했다. 그런데 잠시 후에 의미심장한 소리를 하는 것이었다.

"이번 돌림병에 걸려서 생긴 반진(좁쌀 모양의 붉은 돌기가 나는 병)에는 그늘져 어두운 땅속 한 길 아래에 있는 황토를 캐서 환부에 펴 바르기를 반복하면 효험을 볼 것이다."

"황토를요?"

"그리 알고 어서 가 보거라."

내려오는 길에 저승골에 들를까 했다. 하지만 황토가 묘방이라는 말을 박지지에게 전하는 일이 시급했다. 그래야 한 사람이라도 더 살릴 수 있겠다 싶었다.

곧장 존애원으로 돌아와 박지지에게 약할미의 말을 전했다. 그는 얼른 사람들에게 황토가 나는 곳을 물었다. 고을 사람들은 황토가 나는 곳을 여기저기 거론했다. 박지지는 삽과 곡괭이를 들고 가서 캐오도록 했다. 젊고 건강한 사내들이 바지게에 지고 와서는 한곳에 쏟아 놓았다. 박지지는 한 덩이를 뭉쳐 들었다. 그러고는 환자를 한 사람 나오게 해 직접 발라주었다.

"잘 보았소? 다들 이렇게 하시오."

"참 나. 이젠 별짓을 다 하는군. 흙을 바르면 낫는다니 무슨 개소리야?"

"그러면 자네는 바르지 말게. 나는 발라봐야겠네."

"아니 그런 뜻이 아니고……."

차가운 흙덩이를 환부에 펴 바른 사람들은 시원함을 느꼈다. 잔뜩 성이 나 있던 환부가 수그러들더니 열이 내리는 것이었다.

"흙이 약이었어!"

"황토야, 황토! 어서 가서 황토를 더 퍼다 나르세."

읍내에서는 도의생과 의생들의 약방으로 사람들이 몰려들었다. 그들은 돌림병을 기회로 삼아 한몫 단단히 벌 생각에 가슴이 부풀었다. 처음에는 돌림병에 쓰는 약재를 썼지만 그것이 다 떨어지자 아무 약이나 썰어서 싸 주었다. 부르는 게 값이었다. 급한 건 백성들이었다. 값나가는 건 무엇이나 들고 와 약을 사 갔다.

읍내 민가건 산야건 염도 하지 않고 죽어 널브러져 있는 시체가 즐비했다. 그나마 조금이라도 지각이 있는 사람은 지게에 지고 산속에 내다버렸다. 구덩이를 파서 묻고 표식을 할 겨를도 없었다. 정해진 사람은 없었다. 그저 아무나 앓다가 죽곤 했다. 죽는 것이 예사였고 멀쩡하게 살아있는 것이 신기할 정도였다.

지독한 당홍역에는 청열해독산도 고추도 황토도 특효방은 되지 못했다. 그저 병세를 조금 누그러뜨릴 뿐이었다. 약할미가 그랬던 것처럼 천수인에게도 어떤 비방이 있지 않나 하고 다시 백화산에 올라 저승골을 찾았다.

"왔느냐? 기다리고 있었다."

천수인이 무슨 절묘한 처방이라도 줄 줄 알았다. 그런데 그는 딴 소리만 늘어놓는 것이었다.

"이러한 때가 좋은 기회지. 암."

"무슨 말씀이십니까?"

"따라오너라."

뒤꼍에는 억새를 꺾어다가 덮어놓은 것들이 있었다. 천수인은 무서운 눈빛으로 나를 보며 말했다.

"사람이고 짐승이고 간에 숨이 끊어져 죽었다면 그것으로 하나의 고깃덩어리니라."

천수인은 억새풀을 걷어냈다. 나는 벌어진 입이 다물어지지 않았다. 사람의 시체였다. 다섯 구나 되었다.

"이 시체를 다 해부해 보자꾸나. 살갗부터 오장육부며 뼈마디마디까지, 십이경맥은 물론 기경팔맥에 이르기까지 남김없이 알아보자꾸나."

"모, 못합니다!"

"알아야 한다. 그래야 사람을 고칠 수 있단 말이다!"

천수인은 내게 칼을 쥐어 주었다.

"사람을 죽이는 칼이 아니다. 살리는 칼이다. 알겠느냐?"

"아무리 그렇더라도 어찌 사람의 몸을⋯⋯."

"사람의 몸이 아니다. 아직도 내 말뜻을 못 알아듣겠느냐?"

그날 밤에서 다음날, 또 그다음날, 또 그다음날 또 그다음날, 그렇게 닷새 밤낮을 잠도 자지 않고 마치 미친 사람처럼 정신없이 사람의 몸을 들여다보았다. 남자의 몸, 여자의 몸, 어린아이의 몸, 늙은이의 몸⋯⋯.

천수인이 삽을 가지고 구덩이를 팠다. 그러고는 그 시체들을 고이 묻어주었다. 그 무덤마다 큰절을 올리며 용서를 구하며 극락왕생을 빌었다.

"저승골에는 어인 일로 그렇게 오래 있었는가?"

박지지의 물음에 대답을 회피했다.

"천수인은 무사하던가?"

"예, 원임 나리."

내 처소로 갔다. 사내가 얼굴에 붙여 놓은 종이를 떼어내고 있었다. 눈 밑에 검은 사마귀가 그대로 드러났다.

"의술을 모르는 분이 아니신 것 같습니다."

"어째서 그렇게 생각하는가?"

"천남성을 캐 온 것도 그렇고 고추가 돌림병에 좋다고 한 것도 그렇고."

"신분 탓에 출셋길이 막혀서 경서를 읽어도 소용없으니 자연히 이런저런 잡술에 관심이 가게 된 것뿐이네."

"의술은 잡술이 아닙니다."

"나도 그렇게 생각하네. 그러나 어쩌겠는가? 양반들은 잡술이라고 여기니 말일세."

그는 내게 종이 한 장을 내밀었다.

"여기에 적어 놓은 약재 좀 얻어다 줄 수 있겠는가?"

종이에 적힌 약재는 고약을 만드는 재료들이었다.

"수정고를 만들어 붙여서 그 사마귀를 빼려고 하시는군요."

"오? 자네도 대단한걸? 단번에 어디에 쓰는 약재인 걸 알아맞히다니. 할 수만 있다면 도려냈으면 좋겠네."

"도려내는 건 쉬운 일이지만 지혈을 하자면 도려낸 자리를 지져야 하는데 그렇게 되면 인두의 뜨거운 화기에 자칫 눈이 멀 수 있습니다."

"그래도 사마귀만 빠진다면 해 보겠네. 눈알이야 두 개가 있으니 하나쯤 없으면 어떤가?"

"사람의 생살을 지지면 오그라듭니다. 그 때문에 얼굴이 흉하게 일그러질 수도 있습니다."

사내는 놀란 얼굴을 했다.

"아니, 자네? 어찌 그리 꼭 해 본 것처럼 말을 하는가?"

248

어떤 가르침

1

10여 년 전 왜란 때 팔도 전역에서 셋 중에 하나는 죽었고, 또 이번 돌림병으로 셋 중 하나는 죽었다. 큰 고을 작은 고을 할 것 없이 고을 이란 고을은 사람의 자취가 줄어들어 스산하기 그지없었다. 그나마 상주 남촌에서는 사람들이 많이 죽어나가지 않았다. 존애원에서 발병 초기부터 손을 써 대다수가 살아남았기 때문이다.

박지지는 백성들이 돌림병의 무서움을 다시 한 번 확인하게 된 것을 계기로 삼아 그런 병에 대한 행동 수칙을 마련해 집집마다 알렸다. 또 약재도 특별히 비축하고 특히 황토가 있는 지역은 지도를 그려서 잘 표시해 두고는 보존하도록 했다. 고추의 효능을 알게 된 고을 사람들은 자발적으로 고추밭을 늘려 나갔다.

여러 방면으로 대비를 한다고 하더라도 무엇보다 절실한 것은 의원이 부족하다는 점이었다. 사람의 병을 치료하고 생명을 살리는 더없이 고귀한 일을 하는 의원이 가장 천대받는 직업군 중의 하나인 현실이었다. 하지만 박지지는 세월이 흐르면 의원에 대한 인식이 크게 바뀔 것으로 내다보고 그것을 일말의 위안으로 삼았다.

'의원을 양성해야 한다! 서원과 향교에서 유생에게 강학을 베푸는 것처럼 의술을 체계적으로 교습해 의원다운 의원을 길러낼 수 있는 시설을 마련해야 한다!'

혼자 할 수 있는 일이 아니었다. 여럿이 뜻을 모으고 힘을 합치더라도 쉬운 일이 아님을 잘 알고 있었다. 계획을 세워 놓고 때를 기다려야 했다. 그 때라는 것이 바로 내일일지도 모르고 내년일지도 모를 일이었다.

돌림병이 수그러든 뒤에 정경세의 장남 정심이 장가를 들었다. 아내는 이언적의 증손녀였다. 이언적은 이황의 스승이었다. 학문으로도 서로 계통이 연결되는 집안의 혼사였다. 경주에 가서 혼례를 치른 뒤에 신랑 정심과 신부 이씨가 신행을 왔다.

항간에서는 돌림병을 슬기롭게 이겨낸 존애원에서 혼례를 올리거나 회갑연을 베풀면 무병장수한다는 속설이 생겨나 있었다. 정경세는 북간의 집이 멀고 누추해 존애원에서 잔치판을 열었다. 원근을 가리지 않고 많은 하객이 찾아와 존애원은 모처럼 떠들썩했다.

"허허. 의국에서 절대 금기였던 술을 다 마시게 될 줄이야."

"앞으로 잔치란 잔치는 전부 이 존애원에서 하려고 들겠네 그려."

박지지는 신랑의 양기를 북돋아 주기 위해 육미지황탕에 해구신을 넣어 약을 지어 주었다. 그리고 낯선 고장으로 시집오느라 긴장을 많이 하고 있을 신부를 위해서는 귀비탕을 처방했다.

밤이 이슥하도록 잔치는 계속되었다. 오랜 돌림병 끝에 맞이하는 즐거운 잔치판이라 사람들은 돌아갈 줄 몰랐다. 마신 술을 못 이겨 쓰러져 잠들어 있는 사람, 술병을 들고 비틀거리며 여기저기 돌아다니는 사람, 부녀자들도 모듬전이 담긴 큰 광주리를 한가운데에 두고 둘러앉아 연신 웃고 떠들었다.

"금란패가 없어졌다!"

사람들을 일시에 침묵시킨 소리였다.

"무슨 소리야, 금란패가 없어지다니?"

도청에 있던 정경세와 계원들은 얼른 사람들을 따라 밖으로 나갔다. 사실이었다. 대문 위에 걸려 있어야 할 금란패가 감쪽같이 사라지고 없었다. 이전이 사람들에게 말했다.

"어디 떨어져 있지나 않은지 주위를 잘 살펴보게."

횃불을 가져다가 그 일대를 샅샅이 살펴보았지만 금란패는 보이지 않았다. 단단히 못질을 해 달아놓은 것이라 사람이 일부러 떼어내지 않으면 웬만한 바람이 불어도 떨어지지 않을 것이었다.

"어떤 놈이 훔쳐간 것이 틀림없습니다요!"

"대체 누가 그런 무엄한 짓을 했단 말인가?"

잔치는 그것으로 파하고 말았다. 사람들이 다 돌아가고 난 뒤에 계원들은 날이 밝을 때까지 뜬눈으로 지샜다. 임금이 하사한 금란패였다. 도둑맞은 것만으로도 벌을 받을 일이었다. 시급히 찾아야 했다.

존애원의 금란패가 사라졌다는 소식은 목사의 귀에까지 들어갔다. 그는 온 고을에 방을 내붙였다. 금란패를 가져간 사람이 있다면 돌려주기를 바라는 내용이었다. 하지만 며칠이 지나도 아무 소식이 없었다. 어떤 실마리조차 잡을 수 없었다. 계원들은 초조해졌다.

"하루빨리 되찾아야 할 텐데……."

"귀신이 곡할 노릇이군. 그걸 왜 떼어갔단 말인가?"

임금이 덕을 잃은 탓인지도 몰랐다. 간신이 권력을 쥐고 옥사를 계속 일으키는 탓에 억울하게 죽은 사람들이 많았다. 간신에 둘러싸여 있는 임금에 대한 항거의 일환으로 금란패를 없앤 것일 수도 있는 일이었다. 그게 아니라면 가져가 봐야 하등 쓸모가 없는 물건이었다. 내다 팔 수 있는 것도 아니고 집안 대대로 물려줄 만한 것도 아니었다.

빨리 찾아야 했다. 금란패를 잃어버렸다는 소식이 임금의 귀에까지 들어가는 날에는 변덕이 심한 임금의 입에서 어인 날벼락이 떨어질지 알 수 없었다. 나는 곰곰이 생각하다가 한 가지 꾀를 냈다. 다 듣고 난 정경세와 계원들은 나의 고안대로 해 보기로 했다.

"의국에서 잃어버린 금란패는 가짜라지?"

"진짜는 깊숙이 보관하고 있었다더군."

"그러면 그렇지. 아무려면 나랏님이 하사한 건데 그렇게 비바람 치는 대문짝 위에 진짜를 걸어 놓았을 리 있나."

"이제야 진짜를 내걸었다지?"

"복제품이 만들어질 때까지만 내걸어 놓는다더군."

"진품이라고 하니 어쩐지 더 위엄이 있어 보이더라고."

밤낮으로 금란패를 지키는 사람을 두었다. 삼경이 넘어가는 깊은 밤이면 지키는 사람이 깜빡깜빡 졸곤 했다. 그렇게 하기를 여러 날이었다. 마침 장 서방이 지키고 있던 날 밤에 검은 그림자가 존애원 대문 위로 나타났다. 일부러 조는 척하고 있던 그는 검은 옷을 입고 검은 복면을 한 자가 금란패를 떼어가려고 하자 벌떡 일어나 삼척장검을 빼어 들었다.

"네 이놈!"

흑의인은 달아나려고 했다. 하지만 몽둥이를 들고 주위에 잠복하고 있던 사람들의 포위망을 벗어나지 못했다. 붙잡힌 그는 도청 뜰에 끌려와 꿇어앉혀졌다. 장 서방이 복면을 확 벗겼다. 다들 놀랐다.

"아니? 계집이 아닌가?"

나이가 열댓이나 될까 한 앳된 처자였다. 김광두가 엄히 추궁하자 처자는 순순히 대답했다.

술을 좋아하는 아비가 병이 나 몸져 누운 지 여러 날이었다. 읍내 남문 밖 약방에서 침을 놓고 뜸을 뜨고 약을 썼지만 좀처럼 차도가 없었다. 무당을 불러다가 푸닥거리까지 해 보았지만 아비는 자리에서 일어나지 못했다. 그런데 그 무당이 말하기를, 남촌의 존애원 대문 위에 걸려 있는 나무패를 삶아서 그 물을 마시면 나을 것이라고 했다는 것이었다. 그런데 그 패를 훔쳐다가 우려낸 물을 먹였는데도 아무 차도가 없었다. 이윽고 그 패는 가짜 패였고 진짜 패가 새로 내걸렸다는 말을 들었다. 달여 먹인 것이 가짜 패였기에 효험이 없었다는 무당의 말을 듣고 다시 훔치러 왔다는 것이었다.

정경세가 물었다.

"어인 까닭으로 금란패가 네 아비의 병에 효험이 있다더냐?"

"나랏님이 내린 것이니 효험이 클 것이라고, 이름이 금란이니 몸속에서 일으킨 병환도 잘 진압될 것이라고 했습니다."

듣는 사람들은 다 기가 찼다. 가당치도 않은 말로 절박한 처지에 놓인 백성을 현혹시키는 무당의 행태가 괘씸하기 짝이 없었다. 계원들은 처자를 용서해 주지 않을 수 없었다. 박지지가 그녀에게 말했다.

"네 아비를 이곳으로 모셔오너라."

의사에 처자의 아비를 눕힌 박지지는 나더러 진맥을 시켰다. 내가 망설이자 그는 어서 하라는 뜻으로 눈짓을 했다. 그 아비의 손목을 짚었다. 그러고는 뛰는 맥을 감지했다. 눈을 감았다. 사람의 몸이 보였다. 맥을 따라 구석구석 찾아들어갔다. 이윽고 눈을 떴다.

"어떤가?"

"간이 많이 상해 있습니다."

그는 손발이 부어 있었고 눈에는 황달이 끼어 있었으며 얼굴이 검었다. 온몸의 통증을 호소했는데 배가 차가웠다. 갈비뼈 밑을 눌러보았더니 복수가 차 있었다.

"어떤 약을 써야 하겠는가?"

"오령산에 인진쑥을 가미하는 것이 어떨까 합니다만."

"온몸의 통증을 호소하니 인진오령산에 소시호탕을 가미하는 것이 좋을 걸세."

묵묵히 들었다. 박지지는 또 말했다.

"술로 말미암아서 온 황달은 주달이라 하네. 주달에는 어떤 처방을 하는가?"

"반온반열탕을 씁니다."

박지지는 고개를 끄덕였다.

"이 환자는 습열을 흩어놓는 것이 우선이니 당장은 그에 맞는 처방을 하도록 하게."

박지지는 자리를 떴다. 환자의 입에 감초 한 조각을 넣어주며 말했다.

"씹어서 단물을 삼키도록 하십시오."

그러고는 곁에 앉아 있는 처자에게 말했다.

"상한 간을 살리는 데에는 다슬기를 달인 물과 벌나무를 달여서 낸 물이 좋습니다. 집에 가서 그 두 가지를 마련해 오십시오."

"의원님, 그러면 우리 아버지를 살릴 수 있나요?"

"최선을 다해보겠습니다."

남천으로 가서 자라를 잡았다. 또 복수가 찬 데 좋다는 차전자(질경이씨)와 갈대뿌리를 캐 왔다. 환자에게는 매일 아침 동쪽으로 앉아서 호흡을 시켰다. 처자가 달여 온 것을 수시로 먹이고 침을 병행하면서 약을 가미해 먹였더니 환자의 얼굴이 차츰 밝아졌다. 복수도 점점 빠졌다.

그런 어느 날 처자가 나 들으라는 듯이 중얼거렸다.

"읍내 의원들의 말로는 간이 나쁜 데에는 웅담이 좋다는데……."

그 말을 듣고는 타일러주었다.

"귀하고 비싼 약재보다 주변에서 손쉽게 구할 수 있는 것을 적절히 섞어서 쓴다면 오히려 효능이 더 큽니다."

처자의 아비는 그로부터 석 달 만에 일어났다. 아직 멀쩡한 것은 아니지만 그만하면 집으로 돌아가 치료와 섭생을 병행하면 완치할 수 있을 것 같았다. 두 부녀는 박지지와 내게 절을 하며 고마워했다. 그 아비가 다짐했다.

"술은 다시는 입에 대지 않겠습니다."

박지지가 웃으며 말했다.

"술을 몰래 드실 때마다 못자리에 가서 한 삽씩 땅을 파십시오. 못자리가 다 파지는 그날이 바로 죽는 날이 될 겁니다."

"아이고, 의원님. 무슨 말씀인지 잘 알아듣겠습니다."

한양에서 선전관이 내려왔다. 임금이 정경세를 강릉부사로 삼았다는 교지를 전했다. 정경세는 북쪽으로 큰 절을 네 번 올렸다. 그는 한양으로 사은하러 떠나면서 내게 말했다.

"부디 몸조심하게."

그 말을 듣는 순간 의아했다. 몸조심하라? 정경세가 평소에 하지 않던 말이었다. 가만히 생각하니 그 의미를 알 것도 같았다. 하지만 그 누구에게도 발설은 하지 않았다.

계원들은 정경세가 조정의 중요한 벼슬자리에 있지 않고 수백 리 멀리 떨어진 외관직으로 가게 된 걸 다행스럽게 여겼다. 임금을 끼고 도는 여러 간신들의 협잡질에 희생당할 가능성이 적지 않겠는가 하는 것이 그 이유였다.

"조정이 그야말로 살얼음판이니……."

처소로 돌아오니 얼굴에 붙인 고약을 떼고 있던 사내가 말했다.

"이번 임금 밑에서 벼슬을 산다는 것은 곧 목을 내놓는 것이나 다름없어."

"임금이 왜 그렇게 욕을 먹는가요?"

"임금이 하는 모든 일에는 대의명분이 서야 되는데 일부 신하들의 말만 믿고 억지 구실로 정사를 돌보니 그런 게지."

그는 그동안 수정고 외에도 자신이 만든 또 다른 고약을 연이어 발라왔는데 어느새 사마귀가 빠지고 새살이 돋아나고 있었다. 참 신기하기만 했다.

"의술을 아는 사람은 다 저만의 비법을 한 가지씩 가지고 있는 법이야. 나는 고약에 그렇게 관심이 가더라고."

"고약의 비법을 저한테 가르쳐 주세요."

사내는 그때부터 고약에 관한 비법을 전수하기 시작했다. 의서에 있는 내용도 있었지만 없는 비방이 더 많았다.

"어떻게 이런 걸 다 알게 되셨어요?"

"구석구석 시골 의원들을 찾아다니다 보면 주워들을 만한 게 있는 법이야."

존애원에 반가운 사람들이 찾아왔다. 약재상 경설과 왜상 오타니였다. 우리는 오랜만에 만난 회포를 풀었다. 왜상 오타니의 얼굴이 어두웠다. 그의 다리에 난 종기가 덧나서 통증을 참고 있었다. 사내에게서 배운 대로 고약을 지어서 발라주었다. 며칠 만에 종기가 가라앉았다. 오타니는 그 고약의 비방을 탐냈다.

"약은 지어 드릴 수 있습니다."

"비방은 어찌해서 알려주지 않습니까?"

"종기라고 해서 다 같은 것이 아닙니다. 사람마다 증세가 다르니 똑같은 약이라도 효험을 볼 수 없기도 하고 또 오히려 덧나기도 하는 것입니다."

오타니는 가지고 온 용뇌, 해구신과 같은 비싼 왜재를 적당한 값에 내놓았다. 종기를 치료해 준 대가였다. 그가 종기에 쓸 고약을 넉넉히 만들어 주었다. 그는 고마워하며 흑사탕 두 알을 쥐어 주었다. 받지 않으려고 하자 내 손을 꼭 눌러 쥐고 놓지 않았다.

약재창으로 가서 할아범과 별난이에게 흑사탕을 한 알씩 나누어 주었다. 별난이가 사탕을 입안에서 굴리며 말했다.

"나는 장차 의녀가 될 거야. 어의녀가 되어서 출세할 거니까 두고 봐."

"그러지 말고 나랑 같이 존애원에서 오래도록 지내자."

"아니, 이 별난이는 이런 시골에서 평생 썩을 생각은 추호도 없어."

별난이가 철이 없다고 생각했다. 그런데 사람은 큰 포부를 안고 살아야 하는 법이라고 하며 사내는 그녀를 두둔했다. 그가 몸속의 큰 종기처럼 지니고 있는 비애. 그것은 서자라는 신분이었다. 그런데 그 자신은 왜 큰 포부를 가지지 않을까 하는 의구심이 들었다.

"나는 세상에 맞지 않는 사람이라네."

그가 세상을 보는 눈은 특별했다. 앞으로 다가올 일들을 예견했는데 내 귀를 의심할 정도였다.

"양반 상놈이 없어지는 세상이 곧 올 걸세. 칼로 오장육부를 도려

내어도 사람이 죽지 않는 의술이 생겨날 것이고. 말이나 마차를 타지 않고도 저절로 굴러가는 마차가 만들어질 것이며 총포가 창검이나 궁시를 대신할 걸세."

"그런 생각은 어떻게 하시는 거예요?"

더 대담한 얘기도 아무렇지도 않게 하는 것이었다.

"지금 임금은 오래 못 갈 것이네. 머잖아 조정이 뒤집어질 걸세. 정우복은 큰 고초를 겪긴 하지만 천수를 누릴 것이고."

"저는 어떤가요?"

그는 빙긋 웃었다.

"자네는 생각을 크고 멀리 가지면 될 걸세. 용이 여의주를 감추고 있는 상이지."

놀라운 말이라 숨이 멎는 듯했다. 사내는 다시 웃어 보였다.

"허허. 이런 말을 두고 구업을 짓는다고 하지."

구업. 입으로 죄를 짓는다는 뜻이었다. 사주, 관상, 풍수와 같은 것을 업으로 삼는 사람들은 다 입으로 죄를 짓는 것으로 간주하는 말이었다.

사내는 횃대에 앉아 있는 학을 팔뚝으로 옮겨 왔다. 그는 학을 잡아 기르고 있었다. 학이 그의 유일한 소일거리였다. 나도 한 마리 기르고 싶었다.

"학 잡는 방법을 알려주셔요."

여러 날 졸라댔다. 하루는 그가 긴 장대 끝에 큰 그물을 묶었다.

"학은 밤에 물가에 내려와 물을 먹고는 선 채로 잠을 잔단다."

해거름에 남천 가로 나갔다. 오리고 학이고 아무것도 날아들지 않았다. 그는 장대를 들고 볏짚으로 만든 커다란 고깔을 덮어 쓴 채 우두커니 서 있었다. 이윽고 밤이 될 무렵 학들이 날아들었다. 처음에는 경계를 하던 학들이 볏가리인 줄 알고 차츰 무신경해졌다.

사내는 때를 기다렸다가 그대로 엎어지면서 장대 좌우에 매어 놓은 그물로 학을 덮쳤다. 도망쳐 날아가려다 말고 미처 날지 못한 학이 두 마리나 그물에 걸렸다. 학들이 비명을 질러댔다.

"쩌루, 쩌루루루……."

그는 두 마리 중에서 다 큰 놈은 놓아주었고 아직 어린 학을 잡아서 돌아왔다. 재주가 참 많은 사람이었다. 그 좋은 재주들이 다 백성을 위하고 나라를 위해 쓰인다면 얼마나 좋을까. 하지만 현실은 그렇지 못했다. 살아가면서 익힌 재주나 재능이 대접받는 세상이 아니라 태어나면서부터 정해진 신분이 대접받는 세상이었다.

사내는 학의 몸통에서 날개로 이어져 있는 근육에 상처를 냈다. 그리고 깃털도 여러 개 뽑았다. 날지 못하게 하려는 것이었다. 그런 후 여러 날 굶긴 다음 먹이와 물을 이용해 천천히 길들였다. 학은 온순해져서 사내를 잘 따르는 것이었다. 그는 내게 학을 넘겨주었다. 어린 학은 이미 사람 손을 타서 내 말도 잘 들었다.

지체가 높아 보이는 백발노인이 단출하게 시종 하나만 데리고 존애원을 찾았다. 놀랍게도 그는 온 세상이 다 아는 전 어의 허준이었다. 박지지는 맨발로 뛰어나와 그를 반겼다. 사람들은 조선 최고의 명의를 보려고 몰려들었다. 방에는 낙사계 계원들이, 마루에는 존애원 사람들이, 뜰에는 환자들과 여러 사람들로 꽉 차 있었다. 사내와 함께 마루 끝에 앉았다.

허준이 사람들을 둘러보더니 말했다.

"생각해 보면 아득한 일입니다. 벌써 40여 년이 흘렀군요. 내가 서출의 울분을 달래지 못해 방황하면서 돌아다니던 중에 이 고을을 지나간 적이 있었습니다. 그때 어느 댁에서 하룻밤 묵었는데 그 댁 주인께서 저를 참 따뜻하게 사람대접을 해주셨습니다. 그날부터 저는 세상에 이런 양반도 다 있구나, 잘 생각하면 참 살 만한 세상이구나 하고 그 길로 한양 집으로 돌아가 의술 공부에 매진했습니다. 그 후 운이 좋아 내의원에 들어가게 되었지요."

허준과 상주의 인연은 그뿐만이 아니었다. 그의 동생 허징이 노수신의 서녀 사위였다. 노수신은 상주 화령현이 고향으로 영의정을 지냈는데 말년에 병이 깊자 허준이 사장어른이 되는 그의 병세를 정성으로 보살폈다.

허준은 말을 잠시 끊었다가 이어갔다.

"존심애물이라고, 뜻이 아주 좋은 의국이 상주 땅에 생겼다고 해서 와 보았더니 제가 예전에 스쳐 갔던 바로 그 고을이군요. 감회가 새롭습니다."

그는 시종에게 지고 온 궤짝을 내려놓게 했다. 그러고는 뚜껑을 열었다. 책이 들어있었다. 맨 위에 놓인 책의 겉장에 《동의보감》이라고 씌어 있었다.

"어설프기 짝이 없는 책이네만 백성들 치료에 조금이라도 참고가 될 수 있다면 내가 저승에 가서라도 기쁘겠네."

박지지는 감격에 겨워했다. 놀랍게도 궤짝 가득 의서가 들어있었다. 《동의보감》! 책 내용이 몹시 궁금했다. 당장이라도 펼쳐보고 싶은 마음이 간절했다. 박지지가 나를 불렀다.

"이 귀한 책을 의서각에 잘 비치하게."

그때 허준이 나를 알아보았다. 수년 전 정경세가 명나라 사신으로 갔을 때 의주 검동도에서 귀양살이를 하고 있었던 그를 떠올렸다. 그는 내게 치료 받은 일을 사람들에게 말해 주었다. 듣는 사람들은 다 놀라워했다. 허준은 또 청리가 정경세의 고향인 걸 알고 더욱 기뻐했다.

"정우복 영공께서 강릉부사로 가 계신다니 강릉에도 한 번 들러봐야겠군요."

허준이 돌아가고 난 뒤부터 사내가 어딘지 모르게 침울한 기색이었다. 필시 허준의 영향 때문일 것이었다. 청리의 어느 양반에게 사람대접을 받았다는 말, 잘 생각하면 살 만한 세상이라는 말, 그래서 마음을 고쳐먹고 의술 공부에 매진했다는 말, 허준의 얘기를 듣고 그의 마음속에는 무언가 크게 요동치는 것이 있음이 틀림없었다.

2

느닷없이 한 무리의 사람들이 들이닥쳤다. 한양 좌변포도청에서 경상도 지역으로 파견된 경외도장 군사들이었다. 그들은 닥치는 대로 뒤집고 다녔다. 박지지가 무슨 일인가 해 나왔다. 기찰포교가 말했다.

"여기에 대역죄인이 숨어 있다는 첩보를 받았소."

"그가 누구요?"

포교는 인상서(수배전단)를 내밀었다. 왼쪽 눈 밑에 커다란 사마귀가 있었다. 박지지가 말했다.

"그런 사람은 여기 없소."

"수색해 보면 알겠지. 여보게들 샅샅이 뒤지게."

그들은 모든 사람들을 찾아내어 세웠다. 한 사람 한 사람 가려서 부녀자들은 다 빼고 남자들만 남겼다. 그러고는 한 사람씩 다시 얼굴을 자세히 살피고 사는 곳과 이름을 물었다. 사내의 차례가 되었다.

"용박골에 사는 이무동이라 하오."

그가 존애원에 들고부터 내세워 온 이름이었다. 포교는 그의 얼굴을 유심히 살피더니 수상쩍게 여겨졌는지 사마귀를 뺀 자리를 가리키며 물었다.

"이건 무슨 흉터요?"

"어릴 적에 인둣불에 덴 자국입니다."

"으음."

포교는 사람들에게 물었다.

"이자가 용박골에 사는 자가 맞소?"

박지지가 얼른 대답했다.

"맞습니다. 저와는 집안이 됩니다."

포교는 박지지의 말을 믿고 사내에게 둔 미심쩍은 혐의를 거두었다. 사람들을 다 살폈는데도 아무도 의심할 만한 사람이 없었다. 포교는 존애원에 인상서를 한 장 남겨두었다.

"이런 자가 나타나거든 지체없이 관아에 신고하시오."

포교는 군사들을 이끌고 사라졌다. 존애원 사람들은 그동안 사내의 정체를 수상하게 여겼지만 아무도 그가 역적질을 한 사람이라고는 생각하지 않았다. 돌림병이 돌았을 때 그 누구보다 열심히 환자들을 돌봤으며 평소에도 존애원에서 필요로 하는 일손을 내왔기 때문이다.

그날 밤 박지지는 사내를 불렀다.

"자네는 나와 한 집안의 종형제뻘일세."

그는 아무 말도 하지 않았다.

"내가 형뻘이 되니 편하게 말을 하겠네. 나 또한 서자로서 세상을 한탄한 적이 많았었지. 그렇지만 자네처럼 도적질을 하고 사람을 상하게 하지는 않았다네. 자네가 이 의국으로 숨어들어 담야와 한 방을

262

쓰면서 지내는 동안 가만히 심성을 살펴보았네. 나쁜 사람은 아닌 것은 분명한데 어쩌자고 친구들과 어울려 그런 몹쓸 짓을 벌여서 일신을 망치게 되었는가?"

"면목이 없습니다."

"강변칠우 중에 잡히지 않은 사람은 자네뿐인 줄 아네. 기왕 이렇게된 거 여기 머물면서 사람을 살리는 일에 평생을 바치게. 그렇게 하겠다면 내 자네 신분을 죽을 때까지 비밀에 부치도록 하지. 자네 의향은어떤가? 그렇게 할 수 있겠는가?"

"말씀은 고맙습니다만, 이 죄인이 감히 의국에 누를 끼칠 수는 없겠습니다."

"천천히 생각해 보게."

다음 날 사내는 사라지고 없었다. 내게조차 아무 말도 없이 떠난 것이었다. 그런데 공교롭게도 별난이도 자취를 감추었다. 백화산 약할미에게 갔나 해서 찾아가 봤지만 들른 적이 없다는 것이었다. 사람들은두 사람이 남몰래 눈이 맞아서 함께 달아났다고 수군거렸다.

"별난이 그년이 어쩐지 헤퍼 보이더라니."

"둘이 눈이 맞은 건 오래전이고 별난이가 임신을 해서 배가 불러오고 있었다던데?"

"잘 알지도 못하면서 말들을 어찌 그리 잘 지어내누."

사내가 떠나간 것도 가슴이 허전했지만 별난이가 사라진 뒤에 까닭모를 슬픔이 밀려들어 우울한 날들을 보내고 있었다. 횟대에 앉아 있는 학을 보니 자꾸 그의 생각이 났다. 학의 날개 아래쪽의 상처가 다나았고 깃털도 새로 났다. 말없이 떠나간 사내처럼 자유롭게 놓아주고 싶었다.

학을 데리고 밖으로 나가서 발목의 족쇄를 제거하고 머리 씌우개도 벗겼다. 학은 눈앞이 보이자 두리번거렸다. 그러고는 날갯짓을 하려고 자꾸 어깨를 들썩였다. 팔뚝을 높이 쳐 주었더니 학은 큰 날개를 펴 날아올랐다. 그러고는 내 머리 위를 몇 바퀴 돌더니 멀리 산으로 사라져 갔다.

"부디 잘 가거라."

그런데 하늘의 색깔이 이상했다. 한낮인데도 마치 저녁노을이 비끼듯 붉게 번지는 것이었다. 사람들이 나와 하늘을 보며 신기해했다. 붉은 기운은 점차 온 하늘을 뒤덮었다. 누군가 중얼거렸다.

"또 무슨 변고가 일어나려는가?"

강릉부사로 가 있는 정경세에게 큰 변고가 닥쳤다. 사내가 앞날을 내다보며 한 예언들 중에서 정경세는 큰 고초를 겪겠다는 말이 실제로 증명되는 사건이 발생한 것이었다.

강변칠우의 한 사람 박치의가 잡히지 않고 있는 가운데 옥사는 계속 이어지고 있었다. 그런데 동몽교관 심경이 임금이 장차 대비를 폐위할 것이라는 말을 하여 체포되었는데 가혹한 고문을 당하자 그 말을 정경세에게 들었다고 무고를 한 것이었다. 청백리이자 충신인 정경세가 역모를 할 리 없으므로 그를 끌어대는 것으로 자신의 무죄를 항변하는 것이나 다름없었다. 하지만 사태는 그의 뜻대로 흘러가지 않았다.

강릉부사로 있던 정경세는 임금의 명을 받고 온 금부도사에 이끌려 관아를 나왔다. 강릉의 선비들이 모두 나와 땅을 치며 곡을 하기 시작했다. 정경세는 강릉에 부임해 있은 지 얼마 되지 않았지만 향교를 크게 중수하여 선비들의 강학을 면려했다. 또 억울하게 죽은 백성의 원혼을 달래주어 주문진 진민들은 그의 생사당까지 만들어 놓고 해신으로 떠받들고 있었다.

"이러고 있을 때가 아닙니다. 정경임이 무슨 일을 당할지 모릅니다."

"어디에 어떻게 손을 써야 할지 답답하기만 합니다."

"우선 옥바라지라도 해야 하지 않겠습니까?"

박지지는 서찰을 한 장 써 주었다.

"가거든 의금부 월령의(혜민서에서 한 달씩 파견되어 당번을 서는 의관)에게 보이게."

마음이 급했다. 약궤에 값비싼 약재를 가득 챙겨들고 정심과 함께 한양으로 갔다. 의금부 문 앞에는 옥바라지를 하러 온 사람들로 하루 종일 북적였다. 아무도 면회가 되지 않았다. 의금부 동쪽 담벼락에 붙어 있는 승혜전에 가서 미투리를 한 켤레 샀다. 그러면서 물었다.

"이번 달의 월령의가 누구입니까?"

"왜? 의관 나리에 연줄을 대시게?"

고개를 끄덕였다. 전주는 옆으로 서서 손을 내밀었다. 환약이 든 주머니를 쥐어 주었다.

"이게 뭐요?"

"약이오. 배탈이 났을 때 먹으면 즉방인 명약이오."

그는 주머니를 열어보더니 안으로 사라졌다. 잠시 후 월령의 조여로와 함께 왔다. 박지지가 써 준 서찰을 내놓았다. 그는 읽어보더니 나와 정심을 번갈아 보았다.

"한 사람만 따라오시오."

정심이 말했다.

"나는 아무 도움도 못 되니 자네가 가게. 아버님의 상태가 어떤지 보아 약을 처방하든 침을 놓든 해야 할 것 아니겠는가."

월령의 조여로를 따라 승혜전과 의금부로 이어진 암문으로 들어갔다. 희한하게도 길은 옥사로 이어져 있었다.

"오래 뵙지는 못하오."

조여로는 옥졸들에게 말했다.

"면회를 시켜주게."

옥졸 하나가 내게 눈짓을 했다. 어두운 옥사 안으로 들어갔다. 여기저기서 신음 소리가 났다. 지옥은 바로 거기에 있었다. 안쪽으로 들어가 한 옥간 앞에 섰다. 정경세는 의연한 자세로 꼿꼿하게 앉아 있었다.

"마님!"

정경세가 내 목소리를 알고 돌아보았다.

"여긴 어인 일이냐?"

"큰서방님과 같이 왔는데 한 사람만 면회가 된다고 하기에……. 그런데 몸은 좀 어떠십니까?"

"보다시피 아무 탈 없다."

진맥을 하려고 했지만 정경세는 손목을 내놓지 않았고 약을 들이려 해도 받으려 하지 않았다. 다른 사람들이 손을 뻗어 약을 탈취하려고 했다. 곁에서 지켜보고 있던 옥졸이 육모방망이로 위협해 그들을 멀찍이 떨어뜨려 놓았다.

"속히 고향으로 돌아가 모두에게 전하거라. 나를 위해 애쓸 필요 없다고 말이다."

"제가 밖에서 들으니, 지병이 도졌다고 말하고서 보방(보증인을 세우고 풀려나는 것)을 한 사람이 많다고 합니다."

"나는 몸에 병이 없거늘 어찌 거짓으로 칭병하여 상감마마를 속일 수 있겠느냐?"

그 우직함에 할 말을 잃고 말았다. 밖으로 나와 안에서 정경세와 나눈 말을 정심에게 전했다. 그는 혀를 깨물며 중얼거렸다.

"이 엄동설한에 어찌하시려고……."

그냥 돌아올 수 없었다. 누굴 찾아가 구명을 해야 되나 하고 고민을 했다. 정경세와 친분이 있는 대신들은 모두 잡혀 들어갔거나 멀리 귀양을 가 있는 상황이었다. 그때 중갓을 쓴 자가 슬그머니 접근해 왔다.

"정우복 영공 때문에 오신 분들이구먼. 풀려날 방법이 전혀 없는 것은 아닌데……."

나는 그를 경계했지만 정심은 그렇지 않았다. 그가 따라오라는 말을 듣고 뒤따라갔다. 도착한 곳은 북촌의 저택 앞이었다. 솟을대문 안으로 들어가 사랑채에 이르니 사방관을 쓴 고관대작이 우리를 반겼다. 그는 예조판서 이이첨이었다.

"정우복 영공께 무슨 죄가 있겠는가? 시류가 그렇게 만든 것을……."

"대감, 소자가 어찌해야 아버님을 살릴 수 있겠습니까?"

"자네는 영특해 보이니 후한 위소의 일과 은나라 산의생의 고사를 잘 알겠군?"

그 말은 속전을 바치라는 뜻이었다. 후한 때 무고를 당하여 길거리에서 목이 베이는 형벌에 처해진 사필을 구하기 위해 위소가 자신의 집을 팔아 마련한 돈으로 뇌물을 주고 사형을 면하게 된 일이 있었다. 또 은나라 당시에 주왕이 서백을 옥에 가두자 산의생이 여상으로부터 받은 황금 수천 냥으로 미녀와 얼룩말을 사서 주왕에게 바치고는 서백을 석방시킨 고사가 있었다. 그러니 속전을 바치고 풀려나는 일은 아무 부끄러운 일이 아니라는 의미였다.

정심은 다시 의금부로 가 정경세를 면회하는 자리에서 그 말을 넌지시 전했다. 정경세는 아들을 크게 호통쳤다.

"뇌물을 바치고 풀려난다면 그건 죄를 인정하는 꼴이 되지 않느냐! 너는 이 아비를 죄인으로 만들 작정이냐! 썩 돌아가거라!"

"아버님, 지금은 지난날의 경우와 다르지 않습니까?"

"듣기 싫다. 다시는 내 앞에 나타나지 말거라!"

면회를 주선한 월령의 조여로가 오히려 난감한 기색을 지었다. 돌아나오는 길에 그는 내가 들고 있는 약궤를 보더니 물었다.

"의원이시오?"

"아닙니다. 의술을 조금 배우고 있습니다."

정경세는 죄 없이 금부옥에 갇혀 있으면서도 조금도 화를 내거나 억울해 하지 않았다. 천명에 따를 뿐이라며 태연하게 지낼 뿐이었다. 경서를 청해 글을 읽으며 도를 즐기고 일신의 근심을 잊은 듯이 지냈다.

그러한 일화가 밖으로 알려지자 많은 선비들이 그를 흠모했다. 광주에서 은둔하고 있던 임숙영이 도라지를 보냈고 강릉 향교의 선비들은 쌀과 포를 내어 찾아와 문안하기도 했다. 전국 각지에서 선비들이 면회를 청하기도 하고 여러 가지 물품을 보내왔다.

매일같이 정심과 함께 정경세 앞으로 온 물품들을 숙소로 날랐다. 옥졸들은 정경세의 옥중 생활이 여느 사람들과 다른 것에 존경심을 보내고 있었기에 그 일을 귀찮아하지 않았다. 월령의 조여로와도 자주 얼굴을 대하다 보니 알게 모르게 친해졌다. 그리하여 나와 정심은 옥사를 드나들며 정경세를 면회하는 일이 쉬워졌다.

그날도 정심과 함께 정경세를 면회하고 있는데 의금부 도사가 옥사를 찾았다. 그 뒤에 나타난 사람은 귀인 차림이었다. 도사는 우리를 거들떠보지도 않고 옥간을 향해 말했다.

"죄인은 예를 갖추시오. 귀천군 나리시오."

정경세는 옥간의 간살 앞으로 와 두 손을 모으고 선절을 했다.

"건강을 어떻습니까? 불편한 것은 없습니까?"

정경세는 미소를 지었다.

"나리, 아무 걱정 마십시오."

그가 정심에게 말했다.

"귀천군 나리께 문안을 여쭈거라."

귀천군이 정심과 나를 번갈아 보았다. 정심이 그에게 인사를 했다.

"훌륭한 부친을 두었습니다."

정심에게 덕담을 한 귀천군은 나를 유심히 바라보았다.

"담야라고 하옵니다."

"담야? 전에도 잠깐 본 적이 있지 않은가?"

"그러하옵니다."

"정우복의 가복인가? 종살이를 할 사람 같지는 않은데?"

정심이 나에 대해서 알려주었다.

"이 사람은 의국에서 의술을 배우고 있는 중인데 종이 아니라 저희 집안의 한 식솔처럼 지내고 있습니다."

귀천군이 다시 물었다.

"자네의 고향이 상주인가?"

머뭇거리다가 대답했다.

"기억을 잃어버려서 어릴 적 일은 아무것도 기억하지 못하옵니다."

"혹시 엉덩이 위쪽에 문신이 있지 않는가?"

"그런 건 없사옵니다."

귀천군은 더 이상 캐묻지 않았다. 나에게 짧게 남겼다.

"주인을 잘 돌보도록 하게."

귀천군이 돌아갔다. 정경세가 내게 물었다.

"왜 거짓말을 했느냐?"

"불필요하게 남의 이목을 사고 싶지 않아서 그랬습니다."

"필요한 일인지도 모르지 않느냐?"

더 이상 대답을 하지 않았다. 정경세도 더는 묻지 않았다.

3

무작정 존애원을 뛰쳐나온 별난이는 유리걸식하며 꼬박 열흘이 걸려 한양에 도착했다. 길도 모르고 아는 곳도 없었다. 어디로 가야 할지 몰랐다. 남대문 앞에 선 별난이는 웅장하고 높은 문루를 올려다보며 신기해했다. 길 가는 사람을 붙잡고 물었다.

"약방이 어디에 있습니까?"

"약방이라면 혜민서 말이오? 저쪽으로 가 보시오."

별난이는 무작정 혜민서를 찾아갔다. 길 가에는 사설로 차려 놓은 약방들이 즐비했다. 혜민서에는 사람들이 함부로 드나들지 못했다. 문지기 두 사람이 일일이 물어 그 신분과 병증을 확인하는 것이었다. 별난이가 다가서자 문지기들이 험상궂게 눈을 부라리며 말했다.

"처자는 뭐야?"

"아니, 그게 저어······."

문지기들은 별난이를 아래위로 훑어보더니 단번에 시골에서 온 사람이라는 것을 알아챘다.

그 중 하나가 목소리를 누그러뜨렸다.

"무슨 일인지 말하면 우리가 도와주지."

"의녀가 되고 싶어서······."

"의녀?"

그들은 서로 마주보며 웃었다.

"의녀 정도는 우리가 되게 해줄 수 있지."

"정말요?"

"오늘은 시간이 늦었으니 내일 오면 되는데? 그런데 보아하니 한양이 초행길인 것 같은데 잘 데는 있는가?"

"없어요."

"그럼 조금 기다렸다가 우리랑 같이 가. 오늘밤 잘 곳도 마련해 주고 내일 의녀도 되게 해주지. 암."

별난이가 망설이자 두 문지기는 또 차례로 말했다.

"의녀가 되려면 의관 나리를 알아야 되는데 처자가 아는 사람이 없지 않나?"

"우리가 의관 나리들을 잘 아니 오늘밤에 한 분 소개시켜 주겠네."

문지기들은 교대를 한 뒤 별난이를 데리고 어디론가 갔다. 골목길을 돌고 돌아 으슥한 집에 이른 그들은 별난이를 방에 들어가게 한 뒤에 가위바위보를 했다. 순서가 정해지자 그 중 하나가 망을 보고 하나는 방으로 들어갔다.

별난이는 저항했지만 문지기의 완력을 당해낼 수 없었다. 문지기는 다급한 나머지 별난이를 구타하기 시작했다. 별난이는 얼굴과 전신을 얻어맞고 정신을 잃고 말았다. 그들은 차례대로 겁탈을 한 후 밤중에 별난이를 업어다가 길 가에 내동댕이치고는 유유히 사라져 갔다.

"으으······."

별난이는 간신히 신음 소리만 낼 뿐이었다. 몸을 움직일 수 없었다. 도와달라고 외치고 싶었지만 아무 소리도 입 밖에 낼 수 없었다. 인정을 칠 무렵이라 길에는 인적이 끊겼다. 별난이는 이를 악 물었다. 눈에는 독기가 서렸다.

"내, 내가······. 이렇게 죽을 순 없어!"

혜민서 주부 조여로가 파청을 하고 집으로 돌아가는 길이었다. 골목길에 웬 사람이 쓰러져 있는 것을 발견했다. 조여로는 얼른 다가갔다. 젊은 처자였다. 맥을 짚어보았다. 가늘게 뛰고 있었다. 그는 좌우를 살펴보다가 처자를 들쳐 업었다.

혜민서로 데려다가 눕혀 놓고 보니 치마가 피에 젖어 있었다. 들추어 보니 하혈을 계속하고 있는 것이었다. 서둘러 임맥에 침을 놓고 궁귀교애탕을 처방하여 달여 먹였다.

"대체 어떤 놈들이 몹쓸 짓을 했단 말인가."

당번을 서고 있던 의관 이유성이 말했다.

"간도 크지. 처자 혼자 밤길을 돌아다니다니."

얼마 지나지 않아 별난이는 하혈을 멈추었다. 조여로가 또 몸을 보하는 약을 먹였다. 별난이는 그 덕분에 추스르고 회복하게 되었다. 그런데 그대로 혜민서를 나가면 다시 돌아올 수 없을 것 같았다. 두 문지기에게 속아 겁탈을 당한 건 치가 떨리는 일이었지만 그 바람에 조여로에게 업혀서 혜민서에 들어오게 된 건 큰 행운이었다. 별난이는 조여로에게 넙죽 엎드리며 간청했다.

"나리, 이년을 제발 이 혜민서에서 일하게 해주셔요. 무슨 일이든지 시키는 대로 하겠습니다."

"처자가 할 일은 없소."

"나리, 제발, 제발, 시체를 닦는 허드렛일이라도 마다하지 않겠습니다. 그리고 나리의 은혜는 훗날 죽어서도 꼭 갚겠습니다."

"근본도 모르는 처자를 어떻게 혜민서에 둔단 말이오?"

"나리, 이년은 여기서 나가면 아무 데도 갈 데가 없습니다. 아무 힘 없는 아녀자의 몸으로 또 저자거리를 헤매다가 지난번처럼 능욕을 당할 수밖에요. 흐흑."

조여로는 거듭되는 애원을 모질게 뿌리치지 못했다. 별난이를 의포를 빠는 빨래방에 넣어주었다. 별난이는 머리가 땅에 닿도록 절을 했다.

드디어 혜민서 생활을 하게 된 별난이는 몸을 아끼지 않고 일을 했다. 하루 종일 의포를 빨고 널고 개는 일은 고되었다. 하지만 별난이는 언젠가 좋은 기회가 오리라 생각하고 꾹 참고 견뎌냈다.

별난이가 혜민서 안에서 오가는 것을 본 문지기들은 깜짝 놀랐다. 별난이는 그들 곁으로 다가갔다. 그러고는 마치 귀신의 눈으로 그들을 쏘아보듯이 했다. 문지기들은 겁에 질려 턱을 덜덜 떨었다.

"당장 혜민서를 그만두고 사라지거라. 그렇지 않으면 네놈들 두 눈앞에서 망나니칼춤이 펼쳐질 것이다."

문지기들은 말도 못하고 고개만 끄덕였다. 별난이는 빨래가 든 함지박을 옆구리에 꼈다. 혜민서 뜰을 가로질러 가려는데 갓 들어온 신임 의관 두 사람이 뜰에 서서 무얼 들고 한참 다투는 것이었다. 지나가는 겨를에 얼핏 보니 침이 삐죽삐죽 나 있는 열매를 하나 들고 있었다.

"이게 귀침초가 아니면 무엇이란 말인가?"

"허어, 맹장초라고 해도 그러네."

"그건 낭파초 열매랍니다."

두 의관이 놀란 얼굴을 하며 입을 다물었다. 별난이는 그대로 지나쳐 빨래방으로 돌아왔다. 이윽고 조여로가 부른다는 전갈을 받았다.

"네가 약초에 대해서 잘 아느냐?"

"조금 배운 것이 있으나 안다 할 정도는 못 됩니다."

조여로는 본초(중국 약초)와 향초(우리나라 약초)에 대해서 이것저것 물었다. 별난이는 단 하나도 막힘없이 대답했다. 조여로는 흡족하게 여겼다.

"이러니 의녀가 되고 싶어 했구나. 내 너를 몰라보아 미안하구나."

조여로는 별난이에게 의녀 취재를 보게 했다. 당당히 입격한 별난이는 혜민서 빨래방 계집종에서 초학의녀가 되었다. 의녀 수련을 받은 뒤에는 꿈에도 그리던 정식 의녀가 될 꿈에 부풀어 잠도 오지 않았다.

초학의녀에 대한 가르침은 탕약방 수의녀 애종이 맡았다. 열흘에 두 번 혜민서로 와서 강습을 하는데 초학의녀들은 먼저 수많은 약재를 외워야 했다. 내의원과 혜민서 등에서 쓰는 약재는 1천 종이 넘었다.

애종은 약재 하나를 집어 들었다.

"이것은 삽주라는 약초의 뿌리다. 이것에서 백출이라는 약재가 나오고 또 창출이라는 약재도 나온다. 백출은……."

뒤에 앉아 있던 별난이가 뒷말을 받아서 이었다.

"삽주 뿌리의 껍질을 깐 것을 백출이라고 하고 까지 않은 것을 창출이라고 합니다."

"누구냐?"

별난이가 모습을 드러냈다. 애종은 깜짝 놀란 반면에 별난이는 새침한 표정을 지었다. 애종은 별난이를 잠시 쳐다보고는 아는 척을 하려다가 그만두었다. 기율의녀 천생과 단춘이 함부로 끼어든 별난이를 벌주려는 뜻을 나타냈지만 애종은 눈짓으로 만류했다.

"삽주 뿌리를 보면 덩이져 있는데 그 중에서 맨 아래 쪽에 있는 이 햇뿌리를 백출이라고 하고 그보다 위쪽에 있는 묵은 뿌리를 창출이라고 한다. 백출은 껍질을 벗겨서 쓰고 창출은 껍질째 그대로 쓴다."

강습이 끝나고 난 뒤에 애종은 따로 별난이를 불렀다. 별난이는 애종을 똑바로 바라보지 않았다.

"여기서 너를 만나게 될 줄은 몰랐구나."

274

"저는 의녀가 되면 안 됩니까?"

"그런 뜻이 아니다. 그래, 상주 남촌 의국 사람들은 다 잘 있느냐?"

"그냥 담야 소식을 묻지 왜 돌려서 말하시는 겁니까? 담야는 잘 있습니다."

애종이 잠깐 별난이를 바라본 뒤에 조용히 타일렀다.

"네가 나를 마땅치 않게 여기는 건 잘 안다만 우리는 삼의사에 소속된 의녀다. 의녀는 의녀로서의 막중한 소임이 있고 기율이 있단다. 경박하게 함부로 언행을 하다가는 큰 벌을 받게 될 것이니 부디 자중하거라."

별난이는 대답하지 않았다. 뒤쪽 문 앞에 서 있던 천생과 단춘이 다가들어 별난이의 두 팔을 잡았다.

"수의녀님, 아무래도 이년은 혼쭐이 나야 정신을 차릴 것입니다."

"그만두게. 아직 몰라서 그런 것이네."

내의녀 탕약방에서 임금의 약을 달이는 간병의녀들은 어탕제에 반드시 들어가야 할 해구신이 빠져 있고 그 대신에 개의 음경과 고환을 말려서 썬 것이 들어있는 것을 발견하고는 애종에게 알렸다.

애종은 자신이 직접 어탕제를 확인하고는 제약관에게 알렸다. 그런데 제약관은 이미 알고 있다는 듯이 전혀 놀라지 않았다.

"해구신이 없으니 궁여지책을 낸 것이오."

"나중에 이 사실이 알려지면 그 책임을 어찌합니까?"

"어의가 지겠지요. 나도 어의가 시켜서 약재고에 처방전을 낸 것이오. 의녀들이 다치는 일은 없을 것이오."

내의원에서 특별히 따로 취급하는 약재는 사향, 침향, 우황, 해구신과 같은 것이었다. 비싸고 쉽게 구할 수 없는 귀한 약재였다. 그런데 아무리 조달하려고 해도 한계에 부딪힌 약재가 있었다. 바로 해구신이었다. 임금이 해마다 철마다 후궁을 들이니 내의원에서는 해구신을 넣은 탕약을 끊이지 않고 달였다. 나라 안에서 나는 해구신은 임금이 다 먹는다고 해도 될 판이었다. 평해군 해안가에서는 더 이상 물개가 잡히지 않았다. 한겨울이라 배를 타고 바다에 나간다는 건 엄두를 못 낼 일이었다.

가짜가 유통되기 시작했다. 추운 데서 자라는 크고 누런 개의 음경과 고환을 잘라다가 해구신이라 속이고 비싼 값에 파는 것이었다. 해구신이 워낙 귀한 약재라 생전에 한 번도 보지 못한 지방의 의원들과 관원들은 속아 넘어가기 일쑤였다.

어의는 팔도 각 감영의 심약에게 엄히 영을 내려 해구신을 진공하도록 했지만 황구의 음경과 고환만 쌓여 갈 뿐 진짜 해구신은 단 한 마리 분도 올라오지 않았다.

"동래와 의주를 다 뒤져서라도 빨리 구하라."

일본 상인과 중국 상인이 드나드는 곳이었다. 밀수를 한 것이라도 좋으니 빨리 구하라는 독촉이었다.

임금에게 올릴 탕약을 더 이상 제조하기 어려워지자 내의원 도제조 정인홍과 제조 이이첨은 난감해하던 끝에 황구 세 마리 분의 음경과 고환을 넣고 탕약을 달이도록 했던 것이었다.

"항간에는 그렇게 하면 해구신의 약효가 난다고 하더군. 그렇지 않소?"

어의는 동조할 수밖에 없었다.

"그런 민방(민간요법)이 있긴 합니다."

"그러면 됐소. 우선 급한 대로 그렇게 하고 속히 해구신을 구하시오."

옥에 갇힌 정경세를 구완하려고 한양에 올 때 가지고 왔던 약궤를 열어보았다. 우황청심환에다가 해구신과 같은 비싼 약재들이 들어있었다. 정경세에게 처방해서 기력을 돋우려고 했지만 그가 완강히 거부하는 바람에 그대로 남아 있는 것이었다.

"큰서방님, 아무래도 손을 좀 써야 할 것 같습니다."

"어떻게 손을 쓴단 말인가?"

"주인마님이 아시면 큰일 날 테니 큰서방님은 모른 척 하십시오. 소인이 알아서 해보겠습니다."

정심을 숙소에 혼자 남겨둔 채 약궤를 들고 예조판서 이이첨을 다시 찾아갔다. 그의 앞에서 약궤를 열어 보였다. 이이첨은 고개를 들어 넘겨보더니 물었다.

"뭔가?"

"해구신과 우황청심환입니다."

"뭐? 해구신?"

이이첨은 직접 해구신을 들고 살폈다.

"물개의 배꼽은 사향 냄새가 나며 불그스름한 빛이 감돈다고 했거늘……. 그런데 이것들이 진품이라는 것을 어찌 믿을 수 있겠느냐?"

"요즘과 같은 섣달 한겨울 저녁에 대접에 물을 가득 떠 놓고 그 속에 진품 해구신을 담가 놓으면 다음날까지 얼지 않습니다."

"그만큼 양기가 강하다는 말이렷다?"

"그러하옵니다."

"이걸 내게 가지고 온 이유는 무엇이냐?"

"소인이 한 가지 바라는 것은……."

이이첨은 내가 요청하는 바를 듣고 나더니 크게 웃음을 터뜨렸다.

"네가 이 집에서 쥐도 새도 모르게 죽어 나갈 수도 있는데 감히 내게 그자를 방면시켜 달라고 요구를 해? 만약 그자가 풀려나지 못하면 어찌할 테냐?"

"소인이 해구신을 들고 이 댁에 온 것을 다방골 사람들이 다 알고 있습니다. 만약 소인에게 무슨 일이 생기거나 제 주인이 풀려나지 못한다면 고작 말라비틀어진 그 해구신 하나로 장차 만인지상에 오르실 대감 체면에 작은 흠집이 나지 않겠습니까?"

"종놈 주제에 제법 세상살이의 지각이 있구나. 내가 너를 거두어 줄 테니 앞으로는 내 집에 있지 않겠느냐?"

"소인이 아무리 하찮은 사람이라 하더라도 어찌 감옥에 들어가 고초를 겪고 있는 주인을 등지고 다른 분을 모실 수 있겠습니까."

이이첨은 나를 빤히 쳐다보더니 방사오리를 탁 내리쳤다.

"종놈으로 있기엔 아까운 놈이로고. 오냐, 네 주인의 일은 내가 힘써 보겠다."

이이첨의 집을 나와 터벅터벅 걸었다. 만약 그가 약속을 어긴다면 어찌하나. 할 수 없는 일이었다. 칼자루는 그가 쥐고 있으므로 그 앞에 무방비로 앉은 입장에서는 기다리는 수밖에 다른 도리가 없었다. 다방골로 돌아와 숙소에 들려는데 차를 마시고 있는 사람들이 나누는 소리가 귓골을 파고들었다.

"아, 글쎄 박치의가 기어이 용인에서 체포되었다는군."

"몇 년 동안 용케도 잘 피해 다니더니 어쩌다가 잡혔다던가?"

"용인 장터에서 금란관이 무심코 한 놈을 잡고 보니 왼쪽 눈 아래에 검은 사마귀와 털이 나 있었다는군. 그래서 오라를 지우고 의금부로 압송해서 엄히 캐물어 조지니 얼마 안 가서 제놈이 박치의라고 실토를 했다지 뭔가?"

"그러면 그 즉시 극형에 처해졌겠군?"

다른 사람이 누명을 쓴 것이 틀림없었다. 박치의의 눈 밑에는 더 이상 사마귀가 없었다. 어디로 갔을까? 언젠가 존애원을 다시 찾을까? 나는 풍운아 박치의가 새 사람으로 탈바꿈해 드넓은 세상에서 마음껏 큰 꿈을 펼쳤으면 했다.

드디어 기다리던 반가운 소식을 들었다. 임금이 정경세를 삭탈관직하고 보방하라는 명을 내렸다는 것이었다. 정심과 함께 의금부로 달려갔다. 옥에서 나온 정경세는 여전히 의연했다.

"주인마님!"

"아버님!"

"오래 기다렸구나. 이제 그만 다 잊고 어서 집으로 돌아가자꾸나."

의금부 앞에는 석방된 사람들과 그들의 가족이 북적였다. 정경세를 맞이하는 우리 두 사람을 멀찍이서 바라보는 시선이 있었다. 그 중에서 남몰래 내게 깊은 눈길을 보내오고 있는 사람, 그는 바로 귀천군이었다.

태독(아토피피부염)을 치료하라

1

두 번이나 역모사건에 무고를 당했음에도 정경세는 마치 아무 일도 없었던 것처럼 모든 언행을 평소에 하는 것처럼 했다. 그 대범함 내지는 평정심은 대체 어디에서 나오는 걸까? 학문이 깊어지면 가능한 걸까? 아니면 본래 타고난 성품이 차분해서일까? 정경세의 태도에서 큰 사람의 풍모를 여실히 느낄 수 있었다.

계원들은 그만하길 천만다행으로 여겼다.

"다시는 출사하지 마십시오."

정경세는 웃는 낯으로 대답을 대신했다. 그는 날마다 이른 아침에 일어나서부터 밤에 잠자리에 들 때까지 몸가짐 하나하나를 예법에 맞게 하며 거의 모든 시간을 경서를 연구하며 보냈다.

오랫동안 가보지 못한 백화산으로 갔다. 저승골 무덤가에 서 있는 큰 자작나무를 돌아 오두막에 이르렀다. 아무런 인기척이 없었다. 짐승을 잡으러 갔나 하고 오두막의 문을 열었다. 모든 것이 가지런히 정돈되어 있었다.

여러 가지 의술도구와 검시기구, 그리고 사람의 몸속을 부위별로 세밀하게 그린 그림이 차곡차곡 쌓여 있었다. 그뿐만이 아니었다. 작은 단지마다 종이를 써 붙이고 독한 술에 담가 넣어둔 각각의 장기들이 있었다. 병이 든 것과 성한 것을 비교할 수 있도록 해놓은 것이었다.

"설마 어디로 떠나신 건 아니겠지?"

편지 한 장이 베개 밑에 끼워져 있었다. 빼어들고 펼쳤다.

"담야 보거라. 이제 이곳을 너에게 물려줄 때가 되었구나. 병들어 죽은 사람의 몸을 더욱 깊이 연구해서 살아있는 모든 병든 몸을 치료토록 하거라. 무릇 신분에는 귀천의 차별이 있을 것이나 생명에는 귀천의 차별을 두어서는 안 된다. 부디 명심하기 바란다."

몹시 허전해졌다. 천수인은 친구였고 스승이었다. 언제나 기댈 수 있는 품이었고 믿음이었다. 그와 있을 때는 세상 모든 것이 편했다. 그런 그가 떠나버린 것이었다. 왜 떠났는지 그 이유도 알려주지 않았고 어디로 간다는 말도 없었으며 언제 돌아오겠다는 말도 남기지 않았다.

한동안 마음을 추스르지 못하고 오두막 일대를 서성거렸다. 걸음을 옮겨 약할미한테 갔다. 노파도 천수인이 어디로 갔는지 알지 못했다.

"가야 할 때가 되면 가는 거란다. 그 때라는 건 오직 본인만 알지."

약할미는 알쏭달쏭한 말을 했다. 가만히 보니 노파가 부쩍 노쇠해진 모습이었다. 지난날 호방했던 여장부다운 면모는 다 어디로 갔는지 무거운 세월에 힘겨워하는 야윈 몸만 남아 있었다.

"별난이는 잘 있느냐?"

차마 존애원에서 사라졌다는 말은 하지 못했다.

"잘 지내고 있습니다."

얼버무리고 말았다. 어디에 있는지 알 수 없으니 찾아 나설 수도 없는 일이 아닌가. 찾을 수만 있다면 다시 데려오고 싶은 마음이 굴뚝같았다. 의녀가 되는 게 꿈이었으니 어쩌면 내의원 의녀가 되어 있을지도 몰랐다. 애종이 다시 의녀로 불려갔으니 그녀에게 편지라도 내어볼까 했지만 전해질지도 의문이었다. 마음은 이래저래 심란했다.

약할미는 약재창고에 가서 이것저것 챙겨주었다. 존애원 약뱅이들에서 재배하지 못하는 것들이었다.

"이제 나도 다 됐나 보다. 쪼그리고 앉아서 약초 한 포기 캐는 것도 힘들구나."

"캐지 마셔요. 약초꾼들이 다 캐다 나르는 걸요. 할머니는 건강하게 오래오래 사시기만 하면 돼요."

"사람이 해오던 일을 손 놓으면 그 자리가 바로 저승이지. 그만 내려가 보거라."

약초가 든 망태기를 둘러매고 산을 내려왔다. 존애원으로 돌아오는 내내 저승골이 생각났다. 천수인은 그곳을 내게 물려주었지만 존애원을 아주 떠나서 가 있을 수 없는 형편이었다.

"가끔 약할미에게 양식을 갖다 드리러 가는 길에 들르는 수밖에 없겠군."

존애원으로 돌아오니 박지지가 불렀다. 놀랍게도 애종으로부터 편지가 와 있었다. 그는 편지를 건네주었다.

"네가 답장을 쓰거라."

처소에 들어 애종의 편지를 읽었다. 한 번만으로는 안 되었다. 읽고 또 읽었다. 별난이 소식도 들어 있었다. 내 예상대로 의녀가 되어 있었던 것이다. 맹랑한 성품이 곧바로 재주로 이어졌는가 싶었다. 고민 끝에 두 통의 편지를 썼다. 애종한테만 써 보낸다면 그녀는 그것을 별난이한테 보일 것이었다. 질투심이 남다른 별난이가 편지를 반가워할 리없을 게 뻔했다.

편지 두 통을 박지지에게 내놓았다. 그가 어떤 경로로 내의원에 편지를 전할지는 알 수 없었다. 묻는 것이 결례가 될 것만 같았다. 어쨌든 애종과 별난이 두 사람의 소식을 알 수 있게 된 것만도 다행이었다.

"어디가 아파서 왔소?"

"아파서 온 게 아니라 의술을 배우고 싶어서……."

존애원을 찾아오는 많은 사람들 중에는 환자도 그의 가족도 그리고 약재상도 아닌 부류가 더러 있었다. 그들은 의원이 되고 싶어서 찾아온 사람들이었다.

그들 중에는 존애원에서 치료를 받았던 사람도 있었는데 무료로 병을 고친 것에 대해서 큰 감동을 받은 까닭이었다. 또 의술에 입문은 했으나 여러 가지 이유로 중도에 그만두었던 사람도 있었다. 또 한 부류는 평소에 의술에 큰 관심이 있었지만 좀처럼 배울 기회를 얻지 못한 사람들이었다.

의술은 의원과 문하생의 관계로 도제 방식으로 전수되어 왔는데 의원 밑에서 상머슴처럼 온갖 허드렛일을 오랫동안 하고도 침 한번 잡아보지 못하는 경우가 많았다. 의원이 의술을 무슨 큰 비밀처럼 여겨서 잘 가르쳐 주지 않은 것도 원인이었지만 명색만 의원이지 의술에 대해서 잘 모르는 것이 더 큰 이유였다.

"대뜸 찾아와서 의술을 가르쳐 달라니, 여긴 의술을 베푸는 곳이지 가르치는 곳이 아니오."

박지지가 타일러 돌려보내려고 했다. 그는 물러서지 않았다.

"소인이 물어물어 천 리 길을 찾아왔습니다. 시키는 일은 무엇이든 할 테니 제발 받아만 주십시오."

"의술을 왜 배우려고 하오?"

"나리처럼 아프고 병든 백성을 돌보고 싶습니다."

"의술은 먹고 살 수 있는 일이 아니오. 그리고 알다시피 세상이 알아주지 않는 천한 일이고."

"그런 건 아무 상관 없습니다. 소인은 의술을 익혀 그저 절실한 사람에게 도움이 되었으면 할 뿐입니다."

박지지는 태도로 보나 말투로 보나 선량해 보이는 그가 의원으로 적격으로 생각되었다. 그렇지만 받아들일 수 없었다. 아무것도 모르는 사람에게 의술을 가르치자면 여건이 마련되어야 하는데 존애원은 그럴 만한 준비가 되어 있지 않았다.

"훗날 이 의국에서 의원을 양성한다는 말이 나거든 그때 다시 와 보시오."

그는 섭섭함을 감추지 못했다. 적지 않은 시간 동안 머뭇거리다가 끝내 발길을 돌렸다. 박지지는 그 모습이 안타까웠는지 잠시 생각에 잠겼다.

존애원 도청에는 계원들과 그 지인들이 많이 들어있었다. 이전, 정경세, 강응철, 정언황, 이대규, 조정, 손린 등이었다. 조정의 곁에 중이 한 사람 앉아 있었는데 작은 절 경출사에서 수도하고 있는 천옥이었다. 그는 침승으로 이름이 높았다.

이전이 자꾸 다리를 폈다 오므렸다 했다. 천옥이 그것을 보고는 물었다.

"이숙재께서는 무릎이 안 좋으시군요?"

이전이 자신의 무릎을 어루만지며 대답했다.

"구부리는 이 관절 부위가 영 시원찮소. 가만히 있어도 아프고 앉아 있다가 일어나려고 하면 금방 다리를 펼 수 없어서 한동안 엉거주춤해야 하오. 걸을 때도 아픈데 특히 오르막이 나타나면 아이구나 싶소."

"허허, 날이 흐리거나 쌀쌀해지면 더 아프지요?"

"그렇소."

"어디 좀 봅시다."

천옥은 이전의 손목을 잡고 진맥했다. 그런 뒤 그의 무릎을 앞뒤로 만져보고 눌러보고 구부렸다 폈다 해 보았다.

바랑에서 작은 목갑을 꺼냈다. 그 속에는 벌이 들어 있었다. 목갑의 뚜껑을 조금 밀어 엄지와 검지를 넣더니 벌 한 마리를 집어냈다. 그러고는 이전의 무릎에 벌의 꽁무니를 몇 번 대었다 뗐다 했다. 벌은 약이 올라 침을 쏘았다. 벌침은 마치 살아있는 듯 살갗을 파고들었다.

이전은 인상을 쓰며 따끔한 아픔을 참았다. 천옥은 계속해서 봉침을 놓았다. 무릎의 좌우 양구혈과 혈해혈 세 군데였다. 조금 있으니 봉침을 맞은 자리가 봉독으로 부어올랐다. 봉침을 뽑아낸 천옥은 침통에서 호침을 꺼내 양릉천혈과 음릉천혈에 침을 놓았다.

"통증이 많이 줄었소."

좌중은 다들 감탄하며 천옥의 의술을 신통하게 여겼다. 그가 침을 거두며 말했다.

"무릎에 병통이 생기는 것은 간장과 신장의 기능이 약해진 탓인데 기혈이 순행하지 못하니 근육과 뼈가 약해지는 것입니다. 이숙재의 무릎 통증은 오래 묵은 것이니 약을 써도 잘 듣지 않을 것이고 또 무를 아픈 약만 계속 달여서 먹을 수도 없을 것입니다."

"그러면 어찌하면 좋겠소?"

"싸리나무와 벌나무의 가지를 꺾어서 잘 말렸다가 토막을 내어 한 줌씩 달여 드십시오. 하루 다섯 번, 한 번에 한 홉씩 그냥 물 마신다 생각하고 마시면 차차 효험을 볼 것입니다."

"고맙소. 내 오늘에야 속 시원한 처방을 듣는구려. 허허."

"이숙재 형이 경출사에 시주를 좀 해야겠습니다?"

"암, 하고말고."

좌중이 웃음을 터뜨리는 가운데 밖에 서 있던 장 서방이 박지지가 와 있다고 알렸다. 그는 안으로 들어가 말석에 앉았다.

"드릴 말씀이 있는지라……."

박지지는 오랫동안 가슴에 품고 있던 일, 의원 양성의 필요성을 역설했다.

"나라 안의 용한 의원은 대부분 취재를 보아 삼의사로 들어갑니다. 취재에 낙방한 사람들은 팔도의 심약이 되어 의생들을 거느린 채 횡포를 일삼으니 백성들이 의원과 의술을 보는 눈이 좋을 리 없습니다. 자질 있는 자들을 골라서 인품과 의술을 가르쳐 백성을 널리 이롭게 하는 것이 어떻겠습니까?"

"우리 의국에 의술을 가르치는 학당을 설치하자는 말씀이군요?"

"불가한 일만은 아닐 것 같습니다. 그간 약재를 매매해서 얻은 이익도 적지 않고 약뱅이들에도 약초가 잘 자라고 있지 않습니까?"

"그렇다면 재정이 닿는 대로 추진해 보기로 하십시다."

계원들이 찬성하고 동의했다. 박지지는 계획을 말했다.

"우선 의숙(의술을 공부하는 방)을 지어야 합니다. 또 여러 가지 의술 도구와 교습에 필요한 교구들도 마련해야 하겠지요. 그런 다음에 방을 내붙여서 의술을 배우고 익힐 사람들을 모집해야 합니다."

계원들은 의술을 교습할 강학당을 짓는 일을 전적으로 박지지에게 일임했다. 존애원에서 의원을 양성할 것이라는 말이 퍼져나갔다. 읍내 남문 밖 팔가계 의생들은 기가 찰 노릇이었다.

"이것들이 무료로 시술을 하는 바람에 우리 약방거리에 손님이 다 끊긴 지 오래인데 이제는 뭐, 의원을 길러?"

"아주 대놓고 작정을 했군."

"우리 자리까지 넘보는 처사가 아닙니까?"

도의생은 갓 부임한 신임목사 정호선을 찾아가 하소연을 했다.

"존애원에서 의원을 양성하는 것은 부당한 일입니다."

"자네들은 어찌 자네들 밥그릇만 생각하는가? 나라에 의원이 많아지면 그만큼 병든 백성을 많이 보살필 수 있으니 좋은 일이 아닌가? 다시는 이 일을 거론치 말라."

의학을 가르칠 건물은 존애원 옆쪽 빈 터에 짓기로 했다. 그곳은 존애원 의사와 통하면서도 약뱅이들을 내려다볼 수 있는 장소였다. 의생들이 기숙할 좌우 건물을 행랑처럼 길게 짓고 위쪽 한가운데에는 강학당을 배치했다.

왼쪽 동재에는 침과 뜸을 주로 다룰 침의를, 오른쪽 서재에는 약재의 효능을 공부할 약의를 들게 할 예정이었다. 한가운데에 둔 강학당은 정경세가 선의당이라고 현판을 써 주었다. 백성들에게 널리 의술을 편다는 뜻이었다.

건물 세 동이 다 지어지는 동안 장 서방은 의생들이 사용할 침, 뜸, 목인형, 약절구, 약판, 약탕관, 저울 등과 같은 의학기구를 사들였다.

"이제 의학당이 다 지어져 가는 것 같습니다. 의생들을 모집해야 하지 않겠습니까?"

"먼저 자격 조건을 정해야 할 줄 압니다."

"아무나 받아들이는 게 아니었습니까?"

"의서를 읽고 약재며 경맥과 혈자리를 공부하자면 한문을 모르고는 안 됩니다."

그리하여 소학 정도는 읽어낼 수 있는 사람으로 한정해서 뽑기로 했다. 또 침의와 약의 중에서 어느 쪽으로 택할지는 본인이 선택하게 했다. 존애원에서 길러낼 참된 의생, 원의생을 모집한다는 방이 나붙었다.

사람들은 내가 당연히 응시할 것이라고 생각했다. 하지만 그러고 싶지 않았다. 원의생이 되면 존애원 일을 거들기 어려울 뿐더러 천수인이 남긴 백화산 저승골에도 다녀오기 쉽지 않을 것 같았다. 의서는 모두 의서각에 있으니 언제든지 가져다가 보면 되고 침술과 뜸술 그리고 약재에 관한 것은 박지지의 진료를 돕는 틈틈이 보고 들을 수 있기 때문이었다.

또 다른 이유가 있었다. 만약 내가 의원 취재를 보아 의관이 된다면 애종과 별난이를 만날 수 있을 것이지만 그렇게 된다면 왠지 서로 불편할 것 같았다. 그리고 다른 많은 관원들과도 관계를 맺게 될 것이고 어쩌면 종친들을 돌보게 될 수도 있는 일이 아닌가. 그건 내가 원하는 길이 아닌 것이다.

약재창 할아범이 내 속을 꿰뚫어보고 있는 듯했다.

"의관이 되는 것을 포기하면 별난이를 만나는 것도 포기하는 것이 되는데…….하긴, 사람 인연은 알 수 없는 것이니 언제 어느 때 예기치 않게 만날 수도 있겠지."

박지지는 내가 생각하고 있는 이유가 아닌 다른 생각을 했다. 그는 내가 원의생들과 나란히 의술을 교습 받을 수준은 아니라는 것이었다.

나의 의술로 보아 한 사람의 의원 몫을 할 만하다고 여기고 있었다.

"자네는 장차 의학당에서 원의생들을 가르치게 될 의학교수들을 돕도록 하게."

"원임 나리께서 가르치는 게 아니고 의원들을 초빙합니까?"

"그렇다네."

원의생을 모집한다는 방을 한 달 동안 붙여두었는데 경상도뿐만 아니라 충청도, 전라도에서 수백 명이나 몰려와 면접을 봤다. 박지지와 계원들은 심사숙고 끝에 그들 중에서 침의를 희망하는 자와 약의를 희망하는 자를 각각 25명씩 모두 50명을 가렸다.

그 중에는 뜻밖의 사람들이 있었다. 존애원 약초꾼 유후성과 서원 한언협도 지원해 당당히 뽑혔다. 존애원 사람들은 유후성을 두고 칭찬을 아끼지 않았다.

"외딴 약재창에서 꾸준히 글공부를 하더니 빛을 보게 되었네 그려."

유후성은 자신의 인생이 달라지는 것 같아 가슴 벅찼다. 평생 땅만 보고 다니는 약초꾼으로 살아갈 뻔한 인생을 바꾸어준 사람, 애종을 잊을 수 없었다. 그녀가 있다는 내의원, 반드시 의원 취재에 입격해 내의원 의관이 되고 싶었다. 자신이 어의가 되고 애종이 어의녀가 되어 있는 꿈을 꾸었다. 생각만 해도 설레는 일이었다.

"이제 꿈은 없어. 오직 내가 이루어갈 현실만 있는 거야."

뽑힌 사람들 중 한 사람이 박지지에게 말했다.

"원임 나리, 소인을 기억하시겠습니까?"

"아, 자네는 바로?"

그는 지난번에 의술을 배우고 싶다며 존애원을 찾아왔던 사람 유달이었다. 박지지는 빙그레 웃으며 그의 손을 잡아 주었다.

"이제 원 없이 의술을 익히도록 하게."

면접에서 떨어진 사람들은 투덜거리며 돌아갔다. 대흥(충남 예산의 옛 지명)에서 온 이형익과 음성사람 반충익이 남아서 항의했다.

"왜 소학으로 시험을 하는 것이오? 소학에 무슨 의술이 적혀 있단 말이오?"

"의원이 되기 이전에 성품을 먼저 갖추어야 하오."

"거 무슨 말도 안 되는 소리를! 병을 의술로 고치지 성품으로 고친 단 말이오?"

"미리 다 내정해 놓고 겉으로만 공정하게 뽑는답시고……."

"말을 삼가시오!"

두 사람은 박지지와 면접관으로 참여한 계원들을 번갈아 보며 쏘아 붙였다.

"흥, 우리를 낙제시킨 것을 반드시 후회할 날이 있을 것이외다."

2

새로 온 환자가 박지지에게 호소했다.

"귀에서 자꾸 소리가 납니다요. 하루 이틀도 아니고 시시때때로 휘 잉 하는 바람 소리가 나니 괴로워서 견디지를 못하겠습니다요."

박지지는 나더러 진맥을 하라고 했다. 환자가 어리둥절해했다.

"원임 나리가 진맥을 안 하시고 웬?"

"이 사람도 의원이오."

"그래도 원임 나리께 진료를 받고 싶습니다요."

"이 사람이 나보다 더 잘 보니 진맥을 하라는 것이오."

그는 믿기지 않는다는 듯이 고개를 갸웃거렸다. 불만이 가득 찬 얼굴로 마지못해 손목을 내놓았다. 그의 맥을 짚고는 집중을 하기 위해 가만히 눈을 감았다가 잠시 후 떴다.

"필시 변을 제대로 못 보거나 오줌발이 시원찮을 것입니다."

"마, 맞습니다요?"

"귀에서 소리가 나는 것은 위장과 신장이 약해서 생긴 증상입니다. 먹은 것이 소화가 잘 안 되고 아랫배가 가끔 아프기도 할 것입니다."

"아이고, 의원님. 어찌 그리 신통하게 잘도 맞히십니까요?"

박지지가 내게 물었다.

"어떤 처방을 해야겠는가?"

환자를 똑바로 눕혀 놓고 베개를 목에 받쳐 턱을 들게 했다. 그러고는 입을 벌리게 한 다음 관자놀이 뒤쪽 부분에 있는 양쪽 청회혈과 상관혈을 번갈아 지그시 눌렀다. 몇 번 그렇게 지압을 해주었다. 환자가 편안해했다. 그런 후에 침을 놓았다. 그것을 본 박지지는 고개를 끄덕였다.

"약은 쓰지 않는가?"

"궁지산이 좋을 것 같습니다."

침을 뽑았다. 환자가 일어나 앉았다. 그는 자신의 귀를 이리저리 기울여보기도 하고 흔들어보기도 했다.

"신기하네? 이제 소리가 안 납니다요."

"귀에 생기는 증세는 대부분 위장, 콩팥, 방광과 같은 장부에 장애가 있어서 오는 경우가 많습니다. 귀가 위장이나 콩팥처럼 생긴 것도 바로 그런 까닭입니다."

그 말을 들은 박지지가 놀라며 물었다.

"자네 그걸 어찌 아는가? 사람의 위장이나 콩팥을 봤는가?"

아차 싶었다. 얼버무리거나 변명을 하기엔 이미 늦은 일이었다. 그때 갑자기 나도 모르게 임기응변의 기지가 발휘되었다.

"그 장기들이 귀를 닮지 않았나 하고 짐작할 뿐입니다."

박지지가 의아하다는 표정을 지었다.

"짐작하고 한 말이 아닌 것 같은데……."

얼른 일어났다.

"이분에게 약을 지어드리겠습니다."

치료를 받고 약을 받아간 그 사람이 며칠 후에 그림을 한 장 가지고 왔다. 나와 박지지 앞에서 펼쳤는데 놀랍게도 존애원 전경을 그린 것이었다.

계원들이 회의하는 도청, 환자들을 치료하는 의사, 길손들이 묵어가는 행랑, 약재창고, 탕약방, 의포를 말리는 빨랫줄과 바지랑대, 흰고깔을 쓴 약방아낙들, 그리고 분주히 오가는 사람들도 하나하나 그 용모를 세밀하게 그렸다. 또 갓 지어져 의생들의 입학을 기다리고 있는 의학당, 존애원 앞으로 드넓게 펼쳐진 약뱅이들과 연당, 멀리로는 백화산까지 그려 놓았다.

"소인이 그림 그리는 것을 좋아하는지라 달리 드릴 것은 없고 해서……."

"화공이셨소?"

"관아에서 그려 달라는 것이 있으면 소인이 그려서 바치기는 합니다."

박지지는 그림을 계원들에게 보였다.

"도청에 걸어두면 좋겠습니다."

김지복이 말했다.

"의사에 걸어두고 드나드는 환자들이 다 보도록 하는 것이 맞겠습니다."

존애원 전경을 그린 그림은 누워 있는 환자에게나 진료를 받는 환자에게나 다 좋은 눈요깃감이 되었다.

병부일지를 들추어 그 사람이 적어 놓은 거소를 눈여겨 봐두었다. 그런 뒤 날을 가려 그의 집으로 찾아갔다. 예기치 않은 나의 방문에 그는 놀라움과 반가움을 동시에 나타냈다.

"아니, 의원님 아니십니까?"

"부탁이 있어서 염치불고하고 찾아왔습니다."

"염치불고라니 당치 않습니다. 어서 들어오십시오."

방에 들어가 앉았다. 그가 말했다.

"무슨 부탁이신지?"

몸을 돌려 윗옷을 벗었다. 그러고는 바지춤을 조금 내렸다.

"엉덩이 위에 있는 이 문신을 똑같이 좀 그려주실 수 있겠습니까? 아주 똑같이 말입니다."

"그거야 어려운 일이 아닙니다."

"그렇다면 다행이군요. 내가 등에 눈이 없으니 이 문신을 잘 볼 수가 없어서……."

화공은 나를 밖으로 데리고 나왔다. 햇빛 아래에 나를 돌려 앉혀 놓고 그림을 그려 나갔다. 그는 한참 만에 붓을 놓았다. 그러고는 그림과 나의 문신을 번갈아 보더니 몇 번 더 붓을 들어 대고는 끝냈다.

"이제 다 됐습니다. 마르기만 하면 됩니다."

그림을 잘 말아서 가지고 돌아왔다. 처소에 들어 문고리를 걸어 잠그고는 그림을 펴 놓고 살폈다.

"린(麟) 자와 자(子) 자로군. 린의 아들이라, 린의 아들……."

그때 밖에서 정경세의 목소리가 들렸다. 얼른 그림을 감춰두고 밖으로 나갔다. 그는 나들이차림이었다.

"어디 출타하십니까?"

"물 따라 바람 따라 다녀오려고 한다. 같이 가겠느냐?"

"어디로 가시려고 하는지?"

"양성 땅에 가보려고 한다. 어떠냐?"

"특, 특별히 따라갈 일이 아니라면 소인은 의국에서 환자를 돌보겠습니다."

"좋을 대로 하거라."

정경세는 군기침을 두어 번 하더니 집사와 시종만 데리고 존애원을 나섰다. 따라 나가 배웅했다.

'양성에는 가서 어쩌시려는 거지?'

정경세는 양성현(경기도 안성의 옛 지명)에 이르렀다. 풍산군의 어머니 영가군부인이 살았던 고을은 시내를 건너 야트막한 산기슭이었다. 집은 폐허가 되어 있었다. 안으로 들어가 살펴보고 있는데 지나가던 고을 사람이 물었다.

"어디서 오신 분들이신데 그 댁에 들어가 계십니까?"

정경세는 오히려 반문했다.

"이 댁에 사시던 분들은 다 어디로 갔습니까?"

"군부인마님은 일찍이 돌아가셨고 그 이듬해에 상을 치르던 며느님도 돌아가시고 말았습지요."

"저런! 안타까운 일이……"

정경세는 짐짓 안됐다는 표정을 지으며 계속 물었다.

"그런데 종실이신 풍산군께 돌아가신 군부인 말고 후부인은 없었습니까?"

"후처는 없고 첩실이 하나 있었지요."

"첩실?"

정경세의 눈이 커졌다.

"그분에 대해서 소상히 좀 듣고 싶소이다."

정경세는 드디어 수수께끼를 풀 실마리를 잡은 것 같았다. 상중에 첩을 두었다면, 그리고 그 첩에게 소생이 있다면? 그건 얘기가 되는 것이었다.

"그런데 대체 어디서 오신 뉘신데 이 댁의 사정을 캐묻는 것입니까?"

"아, 그건……."

정경세는 집사에게 눈짓을 했다. 집사가 촌로의 손에 무언가 쥐어주었다. 그는 받아든 은자를 보고는 두 눈이 휘둥그레졌다.

"누추하나마 소인의 집으로 가시지요."

정경세는 두말할 것 없이 그를 따라갔다. 그로부터 풍산군이 감춰두고 얘기를 하지 않았던 첩실에 대해서 자세히 들을 수만 있다면 은자 아니라 금자인들 못 주랴 싶었다.

"그 첩실은 실은 저의 누이입지요. 그때가 아마……."

정경세는 그 촌로에게 자초지종을 듣고는 놀랍고 안타깝기 그지없었다. 그의 손을 꼭 잡아주고는 집사에게 일러 노자를 다 털어주다시피 했다. 정경세가 일어서서 나오려고 하자 그는 옷자락을 잡으며 물었다.

"그런데 그런 이야기를 듣고 싶어 하신 양반님네는 어디서 오신 뉘십니까?"

정경세가 노인의 등을 두드리며 말했다.

"머잖아 그 누이가 낳은 자식을 볼 날이 있을 것입니다."

"뭐라고요? 제 누이의 자식이라고요?"

"그렇습니다. 지금은 더는 말씀 못 드립니다. 다만 부디 그때까지 오래오래 사십시오."

상주로 돌아오는 정경세의 기분은 유쾌했다. 오랫동안 풀리지 않던 숙제를 단번에 해결한 느낌이었다. 하지만 양성 촌로에게 들은 이야기는 어느 누구에게도 단 한마디도 입 밖에 꺼내지 않을 작정이었다. 심지어 그림자같이 지내는 벗 이준한테도 함구할 결심을 했다.

정경세는 내 처지를 안타까워했다.

'종실이 종살이를 하고 있다니, 어찌 이러 기구한 운명이 다 있단 말인가.'

문경새재를 넘어 오는 길을 잡았다. 길을 따라 시내가 흘렀다. 문득 바라보니 용소에 있는 큰 바위 위에 두 사람이 서 있었다. 한 사람은 컸고 또 한 사람은 작았다. 두 사람이 우는 소리가 길에까지 들려왔다. 정경세는 집사를 시켜 그 연유를 알아오게 했다. 그는 두 사람을 데리고 왔다.

"우리는 부자지간인데 제 아들의 몸에 온통 태독(아토피피부염)이 번져 밤낮으로 견디지 못하니 차라리 같이 죽자고 나섰습니다."

정경세가 아이를 보았다. 얼굴과 팔다리에 붉은 반점이 있고 어떤 부위에서는 허옇게 딱지가 앉았는가 하면 어떤 부위에서는 진물이 흐르기도 하는 것이었다. 아이는 버릇처럼 제 몸을 긁어대며 몹시 고통스러워했다.

"그 지경이 되도록 의원에게 보이지도 않았단 말인가?"

"보였습지요. 명의란 명의는 다 찾아 다녔지만 별 효험을 보지 못했습니다요."

"아무리 그렇기로서니 어린 것을 데리고 죽을 생각을 다 하다니……."

"나리, 이 태독이라는 병은 안 겪어본 사람은 모릅니다요. 죽이지도 않고 살리지도 않고 그저 평생 괴롭히는 병입지요. 이런 병은 아마 세상에 또 없을 겁니다요."

아비는 울먹였다. 그것을 본 아들이 울음을 터뜨리며 제 아비 품에 안겨들었다. 정경세는 측은한 마음을 달랠 길 없어 먼 허공을 잠시 바라보았다.

"아주 방도가 없는 것은 아닐세. 혹시 존애원이라고 들어봤는가?"

"존애원이라고요? 알고말고요. 공짜로 백성들을 치료해 준다는 소문을 들었습지요. 하지만 세상에 그런 곳이 어디 있겠습니까?"

"있다면 나를 따라가 볼 텐가?"

그가 어찌할 줄을 모르고 멀뚱히 있었다. 집사가 말을 보탰다.

"이분이 그 존애원을 설립하신 분이네."

"예에?"

먼 길을 떠났던 정경세가 돌아왔다. 그가 양성에 다녀온 일이 궁금했다. 하지만 물어볼 수 없었다. 그걸 묻는다는 것 자체가 내가 나의 신분에 관해 뭔가 알고 있다는 방증이 되기 때문이었다. 그가 무엇을 알아냈는지 알 수 없었다. 그저 아무것도 알아낸 것이 없기를 바랄 따름이었다.

이제 와서 나의 출신과 신분이 알려진들 무슨 소용이란 말인가. 이대로가 좋았다. 존애원이 좋고 존애원을 찾아오는 환자들을 돌보는 일이 좋았다. 치료를 받고 다 나은 뒤에 돌아가는 그들의 얼굴을 보는 것이 보람이고 기쁨이었다.

남아가 세상에 태어나 남을 도우며 남을 위해 살 수 있다는 것. 비록 그 처한 자리가 아무도 알아주지 않는 하찮은 자리라고 할지라도 그것만으로도 가슴 뿌듯한 한 세상을 사는 것이 아니겠는가.

"담야 있느냐?"

얼른 달려 나갔다. 그의 뒤에는 두 부자가 서 있었다. 집사가 말했다.

"마님께서 데리고 오셨네. 아이가 태독을 심하게 앓고 있다는군."

아비가 입을 열었다.

"같이 죽고 싶어 자살을 몇 번이나 결심했는지 모릅니다. 의원이고 의생이고 안 찾아가 본 데가 없고 안 써 본 약이 없습니다."

"어디 좀 봅시다."

박지지는 아이를 진맥하고 상처를 살펴보더니 내게도 맥도를 짚게 했다. 아이의 맥을 살핀 뒤 그 아비에게 물었다.

"이 아이를 뱄을 때 산모가 우울증을 앓았습니까?"

"예, 그런데 그걸 어찌 아십니까요?"

아비의 말을 들은 다음 박지지에게 말했다.

"산모의 우울증으로 인해 체내에 쌓인 열이 태아에게 옮겨져서 태열이 되었는데 그게 아마도 묵어서 심한 태독이 된 것 같습니다."

"잘 보았네. 그렇다면 어찌 치료해야 하겠는가?"

"청상방풍탕이 적당하겠습니다."

"그 처방에는 황금(속썩은풀의 뿌리)이 들어가네. 그대로 쓰는가, 아니면 달리 포제를 하는가?"

"황금은 고금과 지금 두 종류가 있는데 지금을 쓰는 것이 마땅할 것입니다. 지금을 황주(찹쌀, 수수 등으로 만든 중국 술)에 축였다가 질그릇에 덖어서 식힌 뒤에 다른 약재와 함께 달입니다. 황련도 또한 이와 같이 합니다."

"상처에는 뭘 바르면 좋은가?"

"동지받이(동지 무렵에 잡은 명태)의 간을 쓸개가 붙은 그대로 달여서 기름을 얻어낸 다음 고약같이 만들어서 태독의 상처에 바릅니다."

"침은 놓지 않는가?"

"아이가 기가 약해 침을 이기지 못할 것입니다."

"그렇다면 뜸은 어떤가?"

"축빈혈(오른쪽 종아리에 있는 혈)에 뜸을 뜨면 효험이 클 것입니다."

"그렇네. 태독은 곧 열독인데 이것을 몸 밖으로 발산시켜 버리면 낫는 병이네. 뜸을 뜨는 것은 몸속에 화기를 더하는 것인데 이열치열의 치료라는 것은 바로 이를 두고 하는 말이네."

박지지는 내게 아이의 치료를 맡겼다. 나는 그 아비에게 말했다.

"치료 중에 땀이 비 오듯이 하고 상처가 심해지는 것처럼 보일 것입니다. 그것을 견뎌내야 합니다."

"낫기만 한다면 견디고말고요."

"몸속에 깊이 뿌리박혀 있는 열독이 배출되는 동안 더 고통스러울 수도 있습니다."

"죽을 결심까지 했는데 그걸 못 견디겠습니까. 아무 걱정하지 마십시오."

"그럼 치료 과정을 견뎌내기로 저와 약속했습니다?"

"암요. 약속합니다. 약속이 다 뭡니까요. 무조건 견뎌야지요."

아이에게 약을 달여 먹이고 상처에 고약을 발랐다. 그리고 뜸을 떴다. 밤이 되자 아비가 말했다.

"아이를 집으로 데려가겠습니다."

"안 됩니다. 의사에 그대로 두어야 합니다."

"할 일도 있고 하니 통원치료를 하도록 해주십시오."

그는 끝내 고집을 부리는 것이었다. 하는 수 없이 허락했다.

사흘이 지나자 열독이 빠져나오기 시작했다. 그와 동시에 아이는 더욱 고통스러워했다. 상처마다 진물이 나오는 것은 물론 상처가 넓게 퍼져가는 것이었다. 아이의 아비는 근심스런 눈빛으로 자꾸만 나를 쳐다보았다.

"좋아지는 게 아닌 것 같은데……."

"견뎌야 한다고 약속하지 않았습니까?"

"그야 그렇지만 치료를 하면 좋아져야 하는데 자꾸만 더 나빠지니……."

열흘이 지났다. 아이의 온몸이 벌겋게 타올랐다. 아이는 엉엉 울며 통증을 호소했다. 하루는 아이의 아비가 술 냄새를 풍기며 낫을 들고 찾아왔다.

"다 죽여 버리겠어."

존애원 사람들이 다 그를 피했다.

"이것들 어디 있어! 이 돌팔이들아, 치료를 해야지 더 심하게 만들잖아!"

그 앞에 섰다.

"상처가 덧나 보이는 것이 바로 낫고 있다는 증거입니다."

"전에도 의원들이 다 그렇게 말했어!"

박지지가 나서서 호통을 쳤다.

"이놈! 감히 어디서 행패냐! 저 밖에 걸어놓은 금란패도 못 보았느냐!"

그 뒤로 아비는 아들을 데려오지 않았다. 치료를 포기한 것 아닌가 궁금했다. 그런 어느 날 읍내에 다녀온 장 서방이 놀랍고 안타까운 소식을 전했다.

"그 부자가 끝내 절벽에서 뛰어내려 자살을 했다고 합니다."

아, 갑자기 나락으로 떨어지는 것만 같았다. 말할 수 없는 허탈감에

휩싸였다.

"내가 사람을 죽였어. 살리지는 못할망정 사람을 죽게 만들다니……."

넋 나간 표정이 되었다. 박지지가 그런 나를 나무랐다.

"그들이 의원을 믿지 못해 스스로 저지른 일이네. 자네가 죽게 한 것이 아니란 말일세. 자네는 그 아이를 살리고자 했으나 그 아비는 어리석게도 제 아들을 살리는 길을 택하지 않았네."

존애원 사람들이 수군댔다.

"선무당 사람 잡는다더니."

"그 사람 그렇게 안 봤는데, 그것 참."

박지지는 지나가는 걸음에 듣고 큰 소리로 그들을 꾸짖었다.

"세상에 어느 의원이 환자를 죽이려고 치료하겠는가! 다들 지난번 일을 다시는 거론하지 말라!"

읍내 팔가계는 들떴다.

"그동안 참고 기다리던 기회가 마침내 찾아왔습니다."

"이 기회에 존애원을 문 닫게 만들어야 합니다."

사람의 죽음조차 자신들의 잇속을 챙길 구실로 만들려는 자들. 그들은 마냥 신이 났다. 그리하여 말을 만들어 퍼뜨렸다.

"존애원이 사람을 죽음으로 내몰았다."

"존애원에는 의원이 아니라 저승사자가 있다."

"무료라는 의술이 바로 그런 것이다."

여론은 존애원에 좋지 않게 흘렀다. 그간 백성들이 보내던 찬사는 온데간데없고 손가락질과 힐난이 날아들었다.

"이제 때가 무르익었어."

팔가계의 도의생이 여러 의생들을 거느리고 목사를 찾았다.

"백성들이 다 존애원을 원망하고 있습니다. 사람을 죽게 만든 의원을 불러다가 죄를 물으시고 존애원은 문을 닫도록 처분하심이 마땅한 줄 압니다."

관아 병방군관이 나졸들을 이끌고 존애원으로 왔다. 나는 순순히 오라를 받았다. 계원들과 박지지를 비롯한 모든 존애원 사람들의 걱정어린 눈빛을 뒤로하고 묵묵히 읍내로 향했다.

목사 정호선이 문초를 하기 시작했다. 묻는 말에 사실대로 대답했다. 그 모든 말을 도의생을 비롯한 의생들이 듣고 있었다. 목사가 그들에게 물었다.

"이자의 처방을 자네들은 어찌 생각하는가?"

"태독에 청상방풍탕을 쓰는 것은 합당하오나 그 밖의 것은 도무지 모르겠습니다."

"명태 간의 기름을 바른다는 건 의서에 없는 처방이란 말인가?"

"그것도 그렇지만 태독은 곧 태열이 쌓인 것인데 거기다가 또 열을 가하는 뜸을 뜨는 것은 불난 데 부채질하는 격입지요."

"이열치열이라는 것도 하기 좋고 듣기 좋은 말입니다. 열을 어찌 열로써 다스리겠습니까? 불이 났으면 물로써 꺼야지 어찌 불을 더하겠습니까?"

"이자의 처방이 잘못되었다는 말이군?"

그때 내가 입을 열었다.

"도의생 어른, 의서에 있는 것을 읽지도 않고 그런 처방은 없다고 하는 것이 과연 의원으로서 하실 말씀입니까? 존애원 의서각에 있는 의서에 분명히 그 처방들이 다 있습니다."

그의 대답이 궁해졌다.

"의, 의서에 적혀 있다고 어찌 다 옳은 처방일 수 있겠는가?"

목사는 한참 뒤에 말을 꺼냈다.

"이 일의 본말은 의원이 환자를 치료하려다 일어난 일이다. 무릇 의원이 환자를 치료하다가 그 환자가 낫지 않으면 모든 의원이 죄를 얻어야 할 것이 아니겠는가? 존애원 의원 담야가 태독을 앓는 아이를 치료하면서 그 치료 과정에서 나타날 증세를 다 일러주었다고 해도 충분히 안심시켜 주지는 못했다. 또 병이 나을 것이라고 해도 그들의 마음을 편안하게 하여 계속 치료 받게 하지 못한 아쉬움이 남는다. 의원의 허물을 들어 딱히 이것이다 하고 죄를 물을 수는 없다는 말이다. 그렇다고 민심을 돌아보지 않을 수도 없다."

드디어 판결이 내려졌다.

"존애원 의원 담야는 앞으로 일 년 동안 모든 처방과 시술을 금한다. 그 기간 동안 채약부로서 근신하면서 약재의 효능과 쓰임을 더욱 깊이 연구하라."

그러고는 뒤따라 와 있는 박지지에게 말했다.

"듣거라! 존애원이 곧 의학당을 연다고 들었다. 부디 좋은 의원을 양성하라. 의원이라고 어찌 실수가 없겠는가. 하지만 명의란 실수를 하지 않는 의원을 두고 하는 말일 것이다. 무릇 의원이 된 자는 백성의 병도 고쳐야 하겠지만 그보다 먼저 병들어 고통스러워하는 그 마음을 편안케 해야 참된 의원이라고 할 것이다."

박지지는 두 손을 모으고 선절을 했다. 목사가 파청하고 나자 나졸들이 나를 묶었던 오라를 풀어주었다. 박지지가 동헌 뜰에 꿇려 있는 내게 다가와 손을 잡아 일으키고는 말없이 등을 어루만졌다.

도의생과 의생들은 입맛을 다셨다.

"고작 채약부에 처분하시다니."

"그래도 실망하지 말게. 그 눈엣가시 같은 존애원 놈이 이제 우리 휘하에 들어오게 되지 않았는가."

"말씀을 듣고 보니 그렇습니다, 도의생 어른."

의생들은 서로 바라보며 회심의 미소를 지었다.

"이놈, 어디 두고 보자."

3

존애원 도청으로 낯선 사람들이 속속 도착하고 있었다. 의학당 의학교수로 초빙된 사람들이었다. 박지지는 한 사람 한 사람 손을 이끌었다. 계원들도 그들을 반갑게 맞이했다.

침의로 이름 높은 송언길 백학기 이석간, 약의로 명성이 자자한 백불암 최홍원이 그 뒤를 이었다. 안동에 사는 김령, 김광계의 모습도 보였고 성람과 이찬도 오랜만에 보는 얼굴들이었다.

"존애원이 이렇게 규모가 커졌다니, 놀랍습니다."

"말로만 듣던 존애원에 와 보다니, 허허."

그다음날은 원의생들의 입학일이었다. 각자 등에는 봇짐을 지고 손에는 보따리를 들고 찾아들었다. 시종에게 등짐을 지워 도착하는 사람들도 있었다. 장 서방은 그들의 성명을 물은 뒤에 미리 배정해 놓은 방을 알려주었다.

"유후성 의생, 동재2방!"

"김건 의생, 동재2방, 두 사람은 같은 방을 쓰시오."

방이 다 정해지자 원의생들을 선의당으로 모이게 했다. 미리 와 있던 의학교수들은 그들과 상견례를 나누었다. 의학교수 중에서 기율을 담당한 백학기가 말했다.

"자네들은 이제 이곳 존애원 의학당에 기숙을 하면서 의술을 배우고 익히게 될 것일세. 여러 사람이 모여서 생활하는 만큼 몇 가지 규칙이 없을 수 없네. 첫째, 어떤 이유로든 음주와 도박은 엄금일세……."

또 의학당에서 무단으로 이탈하는 자, 강학에 이유 없이 결석하는 자, 다른 원의생과 다툼을 일으키는 자……. 일어날 수 있는 불미스러운 일들에 따라 뒷간 치우기부터 청소, 의포 빨래, 약뱅이들 김매기 등 그 범규의 정도에 따라 벌칙을 차등 있게 두었다.

백불암이 말했다.

"고금에 수많은 의서가 있네. 그런데 한 사람이 평생을 바쳐도 그 모든 의서를 다 읽기란 불가능하네. 다행히 우리에게 참으로 좋은 의서가 한 종 생겼네. 그것만 보면 모든 의서를 보는 것과 같은 효과를 얻을 수 있으니 얼마나 다행한 일인가."

원의생들 속에서 한마디 나왔다.

"그 의서가 뭡니까?"

"양평부원군 대감이 지은 의서 《동의보감》이네. 대감은 안타깝게도 돌아가셨지만 우리에게 세상에 다시없을 이 귀중한 의서를 남기셨네."

마지막으로 박지지가 나섰다.

"여러분들은 장차 의원이 될 사람들이네. 의원의 자질을 함양하고 의술을 배우는 데 있어서 반드시 명심해야 할 것이 있네. 다음의 글은 하루에 한 번 이곳 선의당 앞에서 조회를 할 때 반드시 합창을 해야 하네."

존애원 의학당 기서

나는 어떤 경우라도 환자를 외면하지 않을 것이다.

나는 어떤 환자라도 신분을 차별하지 않을 것이다.

박지지가 한 구절씩 선창을 하고 원의생들은 후창을 했다. 나만갑이 투덜댔다.

"별것을 다 시키는군."

정훤이 그 말에 동조했다.

"입학례는 이제 그만 마칩시다!"

그가 목소리를 높이자 박지지가 매서운 눈으로 바라보았다.

"벌써부터 일탈하려는 사람들이 있군. 입학례도 마치기 전에 퇴학을 당하려는가!"

나만갑은 혀를 삐죽 내밀며 목을 움츠렸고 정훤은 입맛을 다시며 먼 산을 바라보았다. 원의생들은 생각보다 만만치 않은 분위기에 잡담을 다 그쳤다.

다음날부터 의학당의 일과가 시작되었다. 새벽에 일어나 동쪽을 향해 양생 체조를 하고 머리를 빗고 세수를 한 다음 식당에 모여서 아침을 먹었다. 잠시 휴식을 취한 뒤에 선의당에 모여서 기서를 한 뒤에 의술에 관한 강의를 들었다.

첫 강의를 맡은 사람은 약의 최홍원이었다.

"사람이 앓는 404병에 쓰는 약재는 모두 1천여 종이네. 자네들은 오늘부터 이 약재를 다 외워야 하네."

원의생들 사이에서 푸념 어린 탄성이 터져 나왔다.

"그뿐만이 아닐세. 약재가 되는 약초도 알아야 하네. 뿌리와 줄기와 잎과 열매 중에서 어느 것을 쓰는지 그 약초를 보면 약재를 단번에 연상할 수 있어야 하네. 자, 지금부터 저 약뱅이들에 재배하고 있는 약초부터 알려주겠네. 그곳에는 향재 당재 왜재, 일백 여 종이 자라고 있네. 오후에는 직접 가서 눈으로 살펴보도록 해주겠네."

그다음 시간은 침의 송언길이 맡았다.

"자네들에게 묻겠네. 사람의 몸에서 가장 중요한 것이 무엇인가?"

"머리입니다."

"오장육부입니다."

"아닙니다. 두 다리 사이에 있는 것입니다."

원의생들은 와아 웃음을 터뜨렸다. 송언길도 미소를 지으며 말했다.

"모든 병은 오장육부에서 비롯되네. 오장육부가 제대로 기능하지 않으면 그 병증이 머리부터 발끝까지 우리 몸의 겉으로 드러나게 되는데 우리는 그 겉으로 드러난 병증을 살펴 진단하고 처방을 하며 치료를 하네.

그러면 무엇을 살펴서 알게 되는가? 우리 몸을 돌고 도는 기운이 있는데 이를 경맥이라고도 하고 정경이라고도 하네. 경맥에는 수양명대장경을 비롯하여 12가지가 있고……."

의술 공부는 첫날부터 점점 깊어졌다. 처음이라 그런지 원의생들의 눈동자는 초롱초롱하기만 했고 다들 진지하게 들었다. 오전 강의의 마지막 시간은 정경세의 몫이었다.

"나는 자네들에게 의역을 알려주려고 하네. 의역이 무엇이냐 하면 의술을 주역에 접목시켜서 해석해 보는 것일세. 역에 음양이 있듯이 우리 몸의 12경맥에도 음양이 있다네. 하늘이 양이듯이 머리 쪽에서 발 쪽으로 아래로 흐르는 경맥은 양맥, 땅이 음이듯이 발 쪽에서 머리 쪽으로 위로 흐르는 경맥은 음맥이라고 하네. 예를 들면 수양명대장경은 양맥인데……."

떡과 식혜로 점심을 먹은 뒤에는 침과 뜸의 강의가 이어졌다.

"침에는 모두 9종류가 있는데 가장 많이 쓰는 것은 터럭 호 자를 써서 호침이라고 하네. 그다음은 시침으로……."

"뜸은 열로써 경맥의 기운을 원활하게 하고 어혈을 풀며 몸의 냉증을 다스리는 등 실로 그 치료의 범위가 끝이 없다고 하겠네. 뜸을 셀 때는 장이라고 하고 뜨는 것을 지진다고 하네. 그래서 장을 지진다는 말은 뜸을 뜬다는 말이네."

"손바닥에 장을 지지겠다는 말이 있는데 뜸을 뜬다는 말입니까?"

"그렇다네. 손바닥에는 뜸을 뜨지 않으므로 그곳에 장을 지지겠다는 말은 불가능한 일을 하겠다고 할 만큼 무언가 자신에 찬 경우에 쓰는 말이라네."

원의생들은 고개를 끄덕였다.

"뜸을 뜨는 방법에는 여러 가지가 있는데 먼저 우각구가 있네. 이 방법은 소의 뿔 끝을 잘라 한쪽 구멍을 배꼽 위에 놓고 그 뿔 속에 뜸쑥을 채워서 불을 붙이는 것이고……."

오후의 마지막 시간에는 약뱅이들에 나가서 실제로 약초를 살펴보았고 또 돌아오는 길에 의사에 들러서 환자들이 어떤 병으로 치료를 받고 있는지 둘러보았다.

강의를 다 마친 원의생들은 저녁을 먹고 자유로운 시간을 가졌다. 유후성과 한언협은 의서각으로 가 의서를 빌려다 보았다. 김건은 약뱅이들에서 본 약초를 그려보았고 유달은 강의 시간에 적은 것을 복습했다. 나만갑과 정훤은 담벼락에 붙어 서서 존애원 뜰을 오가는 아낙들에게 관심을 보이며 히죽히죽 웃었다.

박지지는 의학교수들과 첫날 하루 동안 원의생을 가르친 소감을 나누었다. 양춘이 육점어미와 옥산댁과 함께 찾아왔다.

"원임 나리, 의술은 귀천을 차별하지 않는다고 들었습니다. 우리가 지난날 의술에 조금 눈을 떴는데 애종 원의녀님이 내의녀로 가시고 별난이마저 사라지고 난 뒤부터는 아무것도 배우지 못하고 있습니다. 우리에게도 의술을 가르쳐 주십시오."

박지지는 의학교수들과 협의했다. 그리하여 약방아낙들에게는 닷새에 한 번 강의를 하기로 결정했다.

"부탁 말씀 드릴 것이 또 있습니다."

"뭔가?"

"부녀자의 뒷간을 따로 만들어 주십시오."

"알겠네."

"그리고 저희들을 부르는 이름을 바꾸어 주십시오."

"뭘로 바꾸어 달라는 말인가?"

"약방아낙은 천해 보이니까 저희들을 존애원 의녀라는 뜻으로 원의녀로 불러주십시오."

"알겠네. 앞으로도 원하는 것이 있으면 언제든지 말하게."

약방아낙들, 아니 원의녀들은 다 환호했다. 그러면서 박지지에게 깊이 허리를 굽혀 선절을 하고는 물러갔다.

의술을 강학하는 첫날이 되자 원의녀들은 기대에 차 몰려들었다. 박지지는 그들에게 약재의 이름을 묻고 그 모양을 물었다. 원의녀들은 대부분 대답을 잘하는 것이었다. 박지지는 애종과 별난이가 잘 가르쳐 놓았다는 생각이 들어 흐뭇했다.

"이제 숙제를 낼 것입니다. 사람의 몸에는 기운이 순환하는 12경맥과 기경8맥이 있고, 그 경맥에는 모두 361곳의 혈자리가 있습니다. 다음 강의 때까지 이것을 외워서 오십시오."

"그 많은 걸 어찌 닷새 만에 외운단 말입니까?"

"하루 만에 외우는 사람도 있습니다."

옥산댁이 물었다.

"원임 나리, 궐내에 있는 내의원 의녀들도 그런 것을 배웁니까?"

"더 많은 걸 배우지요. 가차 없이 회초리를 맞아가면서 호되게 배웁니다."

매도 맞는다는 소리에 원의녀들은 뜻밖이라는 표정을 지었다. 박지지는 짐짓 목소리에 힘을 주었다.

"사람의 병을 다스리는 일은 곧 생명을 다루는 일이고 그것이 바로 의술입니다. 심심풀이 삼아 할 수 있는 것이 아니지요. 의술을 배우려거든 자기 자신의 목숨을 내놓을 각오가 되어 있어야 합니다."

우리도 의술을 조금 아네 하면서 우쭐대는 마음이 있던 원의녀들은 그 말을 듣고는 다 입이 쑥 들어가 버렸다.

인내하는 깊은 뜻

1

네모난 개다리소반 위에 약초가 다섯 뿌리 놓여 있었다.

"오른쪽에 놓인 것부터 차례대로 그 이름을 적어 내거라."

"다 맞혀야 합니까?"

"그걸 말이라고 하느냐?"

초학의녀들은 줄지어 한 사람씩 돌아가며 그것을 보고 제자리로 돌아갔다. 여러 의녀들이 확신이 없어 붓끝을 입에 물고 고개를 갸우뚱거렸다. 기율의녀 천생과 단춘이 의녀들 사이를 다니면서 부정을 저지르지나 않나 하고 매서운 눈으로 살폈다.

이윽고 향이 다 탔다. 의녀들이 적은 것을 거두어들였다. 내의원 수의녀 애종은 그것을 한 장 한 장 살펴보면서 양쪽으로 구분해 나누었다. 그런 뒤 답안지를 하나하나 들고 불합격자를 불러주었다. 이름이 불린 의녀들은 당혹스러움을 감추지 못했다. 그 중 한 의녀가 말했다.

"수의녀님, 저는 다섯 가지 다 맞게 적어 냈다고 생각됩니다."

"너는 언문으로 적어 내지 않았느냐? 약재의 처방이 어디 언문으로 나온다더냐?"

그러면서 한문으로 쓴 글자들을 보여 주었다.

"어디 한번 읽어보거라."

의녀는 읽지 못했다. 애종이 그 답안지를 소반 앞에 가져다 놓았다.

"맨 오른쪽에 있는 것은 낭탕근(미치광이풀의 뿌리), 그다음 것은 길경(도라지뿌리), 세 번째 것은 양유(더덕뿌리), 네 번째 것은 당삼(만삼), 맨 왼쪽 것은 사삼(잔대뿌리)이다."

의녀들은 그제야 기억난다는 듯이 탄성을 내뱉기도 하고 고개를 끄덕이기도 했다. 다 맞힌 의녀들은 기쁨을 감추지 못하고 서로 바라보며 웃음꽃을 피웠다. 별난이가 불만이 가득 찬 얼굴로 애종에게 말했다.

"당삼과 만삼은 둘 중에 아무거나 써도 약효가 거의 똑같으니 그 두 약재의 이름을 바꾸어 적어 냈다고 해도 무방한 일이 아닙니까?"

애종이 그 말을 듣고는 빙그레 웃었다.

"그래?"

그러면서 의녀들을 둘러보며 말했다.

"방금 별난이가 한 말이 옳은 말이냐, 그른 말이냐?"

의녀들은 수군거리기만 할 뿐 아무도 대답하지 않았다. 한참 뒤에 애종이 입을 열었다.

"낭탕근은 잘못 먹으면 미치광이가 될 만큼 독성이 있어 포제를 해서 미량을 쓴다. 이 약재는 옴, 옹종, 치통 등에 사용하며 그 씨앗은 천선자라고 한다. 길경은 기침, 가래, 천식, 인후통에 쓴다. 양유는 자르면 흰 즙이 나오는데 양의 젖과 비슷하다고 해서 붙여진 이름이다. 독감과 폐의 모든 병에 쓴다."

애종은 침을 한 차례 삼켰다가 말을 이어갔다.

"당삼은 인삼과 비슷하게 생겨서 혼동하기 쉽다. 그 효능도 인삼과 비슷하다. 빈혈에 효험이 뛰어나다. 사삼은 모래밭에서도 잘 자란다고 해서 모래 사 자를 써서 사삼이다. 사삼은 인삼보다 그 맛이 쓰다. 마른기침과 콧병에 특효가 있다.

조금 전에 별난이가 당삼과 사삼은 바꾸어 써도 된다고 말했다. 그건 잘못 알고 있는 것이다. 당삼은 인삼과 마찬가지로 열재다. 찬 몸을 따뜻하게 해주는 효능이 있다. 그 반면에 사삼은 냉재다. 더운 몸을 식혀주는 약재다. 이런 까닭으로 당삼과 사삼은 그 성질이 정반대가 된다. 열재를 써야 되는 병증에 냉재를 쓰고, 냉재를 써야 하는 병증에 열재를 쓰면 어찌 되겠느냐? 당삼과 사삼을 혼동해 절대로 바꾸어 쓰면 안 된다는 말이다."

별난이는 아무 말도 하지 못했다. 애종이 의녀들에게 말했다.

"의술은 사람의 목숨과 직결되는 일이다. 무엇이든 대충 알거나 잘못 알고 있어서는 안 된다. 그러니 얕은 지식을 무슨 거창한 것인 양 여기고 공부를 게을리 해서는 절대로 훌륭한 의녀가 될 수 없다."

기율의녀 천생이 답을 잘못 써낸 의녀들의 이름을 불렀다. 그녀들은 맨 앞으로 나와 앉았다. 그 중에는 별난이도 들어있었다. 애종이 그들에게 말했다.

"너희들은 장악원으로 들어가 기생이 되든지 궁녀들 밑에서 무수리가 되든지 해라. 초학의녀를 그만두란 말이다."

"수의녀님!"

"차라리 매를 맞겠습니다. 내치지만 말아주셔요."

"내치지만 말아주셔요!"

애종이 기혈의녀들에게 눈짓을 주었다. 천생과 단춘이 그들에게 말했다.

"다들 버선을 벗고 무릎을 꿇어라."

의녀들이 미적거렸다.

"뭘 그리 꾸물대고 있는 게냐!"

학업이 미달된 의녀들이 하나둘씩 버선을 벗고 무릎을 꿇었다.

"손은 방바닥을 짚고 발바닥이 천장을 향하도록 들거라."

천생과 단춘이 회초리를 높이 들었다. 그러고는 발바닥을 모질게 쳤다. 의녀들이 입에서 터져 나오는 비명을 손으로 막고는 애써 참았다. 별난이는 입을 꽉 다문 채 낯살 하나 일그러뜨리지 않은 채 견뎌냈다.

"짝, 짝, 짝……."

두 기율의녀가 초학의녀들의 발바닥에 회초리질을 하고 있는 동안 애종이 말했다.

"우리가 보살피는 왕실과 대신들은 이 나라의 근간이다. 그분들이 무병장수하시는 것이 곧 이 나라 만백성을 편안하게 하는 일이 된다. 지체 높은 분들을 진맥하고 처방할 때는 웬만한 의관이라도 그 위엄에 당황하기 마련이다. 너희들은 그런 의관들의 실수를 알고 조언할 수 있어야 한다. 그러자면 약재에 통달해야 한다. 한 가지 약재만 잘못 넣어도 사람이 상할 수도 있고 죽을 수도 있다."

매질이 끝나고 나자 애종은 또 말했다.

"미달 의녀들은 앞으로 한 달 동안 밤섬에 있는 약초밭에 나아가 김매기를 하거라."

기율의녀 단춘이 공부에 미달한 초학의녀들을 데리고 밤섬에 있는 약초밭으로 갔다. 시험에 합격한 의녀들이 그들을 측은해하면서도 고소하게 여겼다.

"늘 놀 궁리나 하더니 다들 꼴좋다."

"저 미달이들이 과연 한 달이나 견딜 수 있을까?"

"예전에 수의녀님은 혼자서 한 달 동안 김매기를 했었지."

"그게 정말이야?"

"어떻게 그럴 수 있었는지."

"수의녀님은 사람도 아냐."

김매기를 한 지 사흘째가 되는 날 미달 의녀들은 힘들어하는 기색이 역력했다. 처소에 든 별난이는 호졸근한 몸을 벽에 기댔다. 무표정한 얼굴이었다. 애종의 말이 뇌리를 떠나지 않았다. 얕은 지식을 무슨 거창한 것인 양 여기고 공부를 게을리 해서는 절대로 훌륭한 의녀가 될 수 없다는 말, 별난이는 평생 애종을 앞설 수 없는 것일까 하는 회의감에 빠져 들었다.

다음날 미달 의녀들이 약초밭으로 나가고 난 뒤 비번 의녀들은 처소인 행랑에서 잡담을 나누거나 낮잠을 자기도 하고 몸치장을 하기도 했다. 그들은 갑자기 나타난 사람을 보고는 화들짝 놀랐다. 애종이었다.

애종은 기율의녀 천생에게 말했다.

"다 모이도록 하게."

의녀들이 강의당에 모이자 애종은 부드러운 음성을 냈다.

"너희들은 의녀다. 대궐과 각사에 있는 모든 의녀를 합쳐 봐야 수십 명에 불과하다. 그 중에서 이곳 혜민서에 있는 의녀들은 고작 20명이 아니냐? 너희끼리 서로 의지하지 않고 너희끼리 서로 돌봐주지 않으면 그 어떤 사람들이 너희들을 위해 주겠느냐? 궂은 일이 생기면 같이 하고 힘든 일이 생기면 서로 도와야 한다. 너희들은 모두 같은 운명에 처한 한 자매라는 말이다."

의녀들은 그 말이 무엇을 뜻하는지 모르지 않았다. 그들은 애종의 타이름이 끝나자마자 다들 호미를 들고 모였다. 애종 역시 머리에 수건을 쓰고 손에는 호미를 들고 나왔다.

"수의녀님까지?"

"나도 의녀 아니냐. 자, 다 같이 가자."

애종은 의녀들을 이끌고 밤섬으로 향했다. 따가운 햇빛 아래에서 힘겹게 약초밭을 매고 있던 미달 의녀들이 밤섬으로 오는 배를 보았다. 섬이 가까워졌다. 배에 타고 있던 의녀들이 손을 흔들며 소리쳤다.

"미달이들아, 우리가 간다!"

"저것들 뭐야?"

배에서 내린 의녀들은 미달 의녀들 틈으로 스며들 듯이 들어가 김을 매기 시작했다. 미달 의녀들은 애종을 바라보았다.

"시험에 합격한 의녀들이 너희들을 도우러 왔다."

"수의녀님!"

그들은 감격에 겨웠다.

"야, 미달이들! 뭘 그리 멀뚱히 서 있어? 빨리 하지 않고."

"그래 고맙다, 통달이들아."

그리하여 한 달 넘게 걸릴 약초밭 김매기는 단 이레 만에 끝났다. 미달 의녀들은 진심으로 그들을 고마워했다. 통달 의녀들은 미달 의녀들에게 모자란 것들을 차근차근 가르쳐 주었다. 그리하여 비로소 모든 초학의녀들이 한 마음 하나로 뭉치게 되었다.

"별난이는 왜 안 보이느냐?"

"약초밭 일이 힘들었는지 처소에 누워 있습니다."

애종은 별난이의 방을 찾았다. 창백한 얼굴로 누워 있던 별난이가 몸을 일으켰다. 애종은 다가가 그대로 눕게 하려고 했다. 하지만 별난이는 그 손길을 뿌리쳤다. 그러고는 애종을 외면하고 다른 곳에 눈길을 두었다.

"네가 나를 이기려면 이런 약한 몸과 나태한 정신 가지고는 안 된다."

애종은 별난이 앞에 비단주머니와 편지 한 통을 내놓았다. 그러고는 더 이상 말을 하지 않고 자리를 떴다. 별난이는 고개를 돌려 비단주머니를 바라보기만 한 채 편지 봉투부터 열었다. 그런 뒤 편지를 읽어보더니 갈기갈기 찢어버렸다.

"나쁜 놈! 할 말이 있으면 나한테 직접 편지를 보낼 것이지 왜 꼭 애종을 거쳐야 하느냐고, 왜!"

비단주머니 안에 든 것이 궁금했다. 손으로 집어서 아구리를 끌러 보았다. 귀하디귀한 공진단이 3알이나 들어있었다. 얼른 그 중 하나를 집어 입속에 넣고 우적우적 씹었다.

"그래, 내 언젠가는 애종 너에게 이 모든 것을 배로 갚아주마."

애종은 삐뚤어진 별난이의 인성을 바로잡을 방법을 고심했다. 아무리 잘 대해주고 타일러도 호승심에만 빠져 있는 것이 안타까웠다. 별난이는 모든 의녀 앞에서 우쭐대고 으스대기를 좋아했고 자신의 의술과 미모가 제일인 것으로 생각했다. 그 때문에 의술 공부에는 진정한 진척이 없었다. 마치 무슨 기녀처럼 틈날 때마다 얼굴 가꾸기와 몸치장에 여념이 없었다. 애종은 어떻게 해야 별난이를 철들게 할 수 있을까 하는 고민이 깊어졌다.

예고도 없이 전의감 수의녀가 감찰의녀들을 데리고 내의원으로 왔다. 마치 살기등등하게 쳐들어온 기세였다. 애종은 전의감 수의녀에게 물었다.

"어인 일입니까?"

"내의원 수의녀께서 의녀들을 가혹하게 대한다는 투서가 있었기에 감찰을 할 것이오."

애종은 의녀들을 다 불러 모은 뒤에 물러났다. 전의감 수의녀가 종이를 나누어 준 뒤에 말했다.

"지금까지 내의원에서 부당한 일을 당한 것이 있다면 그 어떤 것도 괜찮으니 적어 내도록 하게. 이름은 안 적어도 되네."

이윽고 감찰의녀들이 종이를 모두 거두었다. 한 장 한 장 살펴보던 전의감 수의녀는 고개를 갸웃했다.

"이상한 일이군. 전부 다 내의원 수의녀를 칭찬하는 말뿐인데……"

그녀는 애종에게 말했다.

"불만이나 부당한 처사를 당했다는 말이 하나도 나오지 않은 것은 처음이오."

애종은 기율의녀들을 데리고 그들을 배웅했다. 별난이가 입을 삐죽이며 의녀들에게 말했다.

"내가 적어 내려다가 참아줬어."

의녀들 중 하나가 별난이의 코를 쥐고 비틀었다.

"에라이, 못난 것아. 너 앞으로 별난이라 하지 말고 못난이라고 해!"

애종이 돌아오려는 데 길에서 만난 어의녀의 시종의녀가 말했다.

"수의녀님, 그러잖아도 내의원으로 가는 길인데 잘 되었습니다."

"무슨 일인가?"

"어의녀님께서 부르십니다."

애종은 어의녀에게 갔다.

"어서 오게. 내일은 비번의녀들을 모두 단장시키고 대기토록 하게. 내의원 의녀들만으로는 그 수가 모자라니 혜민서 의녀들까지 모두 불러 모아야 할 것이네."

"무슨 일이 있습니까?"

"예판 대감의 사저에서 큰 잔치가 있다네."

"그런 자리라면 기녀를 부르시지 않고 어찌 의녀를?"

"대감께서 원하시는 게 기녀가 아니라 의녀일세. 여러 말 말고 준비시키게."

전갈을 받은 의녀들은 술렁였다.

"우리를 기녀 취급하다니 이건 아니지 않나?"

"의녀면 어떻고 기녀면 어때? 높은 분의 눈에 들어 첩이라도 되면 팔자 고치는 거지."

은근히 기대하는 의녀들이 적지 않았다. 평생 대궐 구석이나 혜민서 뒤뜰에 처박혀 힘든 의녀 생활을 하느니 고대광실의 한 별당을 차지하고 가만히 먹고 노는 첩실이 더 낫다고 생각해서였다.

"아무리 그래도 정실부인의 등쌀을 견뎌내기 힘들 걸?"

"그것도 다 하기 나름이지."

"별난이 네 생각은 어때?"

"고작 정승 판서의 첩? 흥, 나는 더 큰 꿈이 있어."

"그게 뭔데? 가만, 너 혹시?"

"그래, 나는 후궁이 되고 말 테야."

애종은 병을 핑계하고 나가지 않았다. 하는 수 없어 어의녀가 의녀들을 인솔했다. 해질 무렵 군사들이 초롱을 들고 앞뒤 좌우로 호위하는 가운데 의녀들은 예조판서 이이첨의 집으로 향했다.

대궐을 나온 일행은 이윽고 북촌의 큰 저택 앞에 이르렀다. 대문은 활짝 열려 있었고 집 안에는 이미 많은 사람들이 웃고 떠들며 시끄러웠다. 조정의 실권을 쥔 좌의정 정인홍을 비롯해 그를 따르는 대신들은 다 모여 있었다.

어의녀는 의녀들을 그들 곁에 하나하나 앉혔다. 예조판서 이이첨의 옆자리에는 별난이를 앉게 했다. 이이첨은 별난이의 자태를 아래위로 훑어보았다. 별난이는 무표정한 얼굴이었다. 이이첨이 그녀의 손목을 덥석 잡고는 품안으로 당기듯이 곁에 앉혔다. 별난이는 중심을 잃고 무너지듯이 자리에 앉았다.

의녀들이 다 감히 고개를 들지 못하고 있는데 오직 별난이만 똑바로 허공을 응시할 뿐이었다.

"이년, 참 맹랑하구나."

이이첨은 별난이를 지그시 바라보았다. 그러고는 그 색기 어린 용모에 반해 침을 꿀꺽 삼켰다.

그 무렵, 애종은 누운 채 의녀들을 어떻게 하면 대신들의 잔치에 불려나가지 않게 할 수 있을까 고심했다. 약방기녀, 그것이 의녀들의 또 다른 호칭이었다. 애종은 기녀, 두 글자는 반드시 떼어내어야 한다는 생각뿐이었다.

"수의녀님, 김 상궁마마의 처소에서 수의녀님을 찾습니다!"

"나를?"

애종은 몸을 일으켰다. 김 상궁마마란 다름 아닌 김개시를 말하는 것이었다. 선대왕의 총애를 받는 몸으로 세자와 정을 통했다는 소문이 있는 상궁, 세자가 왕위에 오르자 모든 시선은 그녀에게 쏠렸지만 후궁의 작위를 원치 않고 그대로 상궁에 있었다. 후궁은 아무 것도 할 수 없는 반면에 상궁은 비교적 자유로웠다. 생가에도 마음대로 출입할 수 있었고 대궐 안 어디나 마음대로 돌아다닐 수 있었다.

임금의 총애를 입고 있는 상궁, 다른 후궁들도 김 상궁 앞에서는 함부로 고개를 들지 못한다는 말이 있었다. 조정에서는 이이첨, 내명부에서는 김 상궁이라는 풍문까지 나돌았다. 더구나 천하의 이이첨조차 김 상궁 앞에서는 오금을 못 편다는 것이었다.

애종은 김 상궁의 처소로 갔다. 진맥을 하고 나니 김 상궁이 기대에 찬 얼굴로 물었다.

"어떤가?"

"상궁마마, 아뢰옵기 황송하오나 임신이 아니옵니다."

"임신이 아냐? 내가 입덧을 했는데?"

"그건 체기가 있어서 그런 것이옵니다."

김 상궁은 크게 실망한 표정을 지었다. 그러더니 시녀에게 물었다.

"이 의녀가 혹시 잘못 진맥한 것은 아닌가?"

"상궁마마, 이 수의녀로 말할 것 같으면 그 의술이 여느 의관 못지 않다는 평판이 자자하옵니다. 오진을 할 리 없을 것이옵니다."

"으음? 그래?"

김 상궁은 애종에게 칠보노리개를 하나 내어주었다.

"넣어 두게. 오늘 나를 진맥한 일은 비밀로 해야 할 것일세. 그리고 앞으로는 자네만 부를 것이니 그리 알게."

"상궁마마, 소녀는 내의원 의녀를 감독하고 혜민서 초학의녀들을 가르쳐야 하옵니다. 하오니 다음부터는 의술이 출중한 대령의녀를 가려서 보내드리겠사옵니다."

"다른 사람은 필요 없네. 자네가 오게."

김 상궁의 목소리가 차가워졌다. 시녀가 애종에게 눈짓을 주었다. 애종은 하는 수 없이 대답했다.

"분부 받잡겠나이다."

"혹시 내게 바라는 것이 있으면 말해보게. 무엇이든 들어줄 터이니."

애종은 좋은 기회라고 생각해 서슴없이 입을 열었다.

"의녀들이 대궐 연회가 아닌, 대신들의 사사로운 잔치에 불려 다니는 일이 없도록 해주옵소서."

"의녀들이 잔치에 불려 다녀?"

"그러하옵니다, 상궁마마. 왕실과 내명부를 돌보아야 하는 의녀들이 수시로 궐 밖 출입을 하며 기녀 노릇을 하고 있사옵니다. 의녀는 기녀가 아니옵니다."

"알았네. 앞으로는 그런 일이 없도록 해주지."

김 상궁의 처소에서 물러나온 애종은 괜히 말한 것은 아닌가 하고 후회되었다. 자칫 감 상궁과 이이첨 두 사람에게 싸움을 붙인 것은 아닌가 해서였다. 만약 자신이 한 말이 이이첨의 귀에 들어간다면 그날로 죽은 목숨이 될 판이었다.

애종은 내의원 의녀 생활에 새삼 회의가 일었다. 늘 시퍼렇게 벼린 칼날 위를 맨발로 걷는 것만 같았다. 갑자기 잊고 지냈던 존애원이 생각났다. 그곳에서의 생활이 그리웠다. 담야가 보낸 편지 내용이 생각났다.

"담야는 마음씀씀이가 참 깊어."

품속에 간직하고 있던 손거울을 꺼내보았다. 정경세가 명나라 사신으로 갈 때 따라갔다가 사 와서 선물로 준 것이었다. 애종은 마치 세상에서 가장 소중한 것인 양 두 손으로 고이 만지작거렸다. 고개를 들었다. 멀리 남녘 하늘로 시선이 향했다.

"언제쯤이면 다시 존애원으로 돌아갈 수 있을까?"

2

"담야? 그놈 이름 참 특이하구나."

322

팔가계 의생들에 딸려있는 채약부는 수십 명이었다. 그들의 우두머리를 도약부라고 했다. 채약부들은 나이 지긋한 그를 도약 어른이라고 불렀다. 도약부가 내게 부당한 지시를 내렸다.

"네놈은 오늘 당삼을 캐오너라."

당삼은 상주에서 나지 않는 약초였다. 함경도에서나 겨우 구경할 수 있는 것인데 그것을 캐오라니.

"못 캐오면 큰 벌을 내릴 테니 그리 알아!"

기가 막힐 노릇이었다. 그들은 내가 약초를 캐오기를 바라는 것이 아니었다. 혼낼 궁리만 한 것 같았다. 망태기를 둘러매고 백화산으로 갔다. 구석구석 내 발길이 닿지 않은 곳이 없는 산이었다. 그래도 혹시나 하고 당삼을 찾아보았지만 허사였다.

걸음은 자연히 약할미가 사는 오두막으로 향했다. 안부나 묻고 물이라도 한 모금 얻어먹을 작정이었다.

"뭐라고 당삼을 캐오라고 시켰다고? 이런 개똥같은 놈들 같으니!"

약할미의 기세가 예전처럼 되살아나는 듯했다. 그 모습을 보니 왠지 기분이 좋아졌다.

"내가 오래전에 이 백화산 꼭대기에서 당삼 한 뿌리를 본 적이 있긴 한데…… . 하도 신기해서 캐지 않고 그냥 두고 지나쳤지."

그 말을 곧이 믿고 산정으로 올라갔다. 산비탈을 맴돌면서 당삼을 찾아보았다. 백화산 꼭대기는 여름철에도 서늘한 곳이었다. 추운 지방에서 자라는 당삼이 자랄 가능성이 전혀 없지는 않았다.

문득 눈앞에 보라색 꽃이 눈에 띄었다. 초롱꽃이었다. 가만, 초롱꽃이라면? 쪼그리고 앉아 자세히 살폈다.

"당삼이다!"

놀랍게도 당삼이 자라고 있었다. 그 일대를 둘러보았다. 당삼밭이라고 해도 될 정도로 무더기로 자라나 있었다.

"아, 백화산 꼭대기에는 약초가 자라지 않는다는 것은 그른 말이었어."

그 중에서 세 뿌리를 캤다. 잎과 꽃까지 고스란히 달려 있는 채로 망태기에 담았다. 내려오는 길에 약할미한테 들렀다. 노파는 당삼을 캔 나를 보고는 빙긋 웃었다.

"이놈아, 산신령이 보살폈구나."

"산신령은 할머니예요."

"어서 내려가 보거라."

눈앞에 있는 당삼을 본 도약부가 눈이 휘둥그레졌다. 다른 채약부들도 마찬가지였다. 그러나 곧 그들의 태도가 달려졌다.

"너 이거 약뱅이들에서 얻어 온 거지?"

"맞아, 거기서 당삼을 키우고 있잖아."

"아니에요. 백화산에서 캐 왔습니다. 정말이에요."

"이놈아, 아니긴 뭐가 아냐. 이런 맹랑한 놈은 혼쭐을 내놔야 해."

그들은 내게 달려들어 주먹으로 치고 발로 찼다. 쓰러진 나는 얼굴을 감싼 채 몸을 오그렸다. 그들은 한참 동안 나를 짓밟았다. 점차 의식이 아련해져 갔다.

눈을 떴다. 주위엔 아무도 없었다. 일어나 비틀거리며 존애원으로 돌아왔다. 대문간 행랑으로 갔다. 방문을 열고 들어가 누웠다. 아무것도 보이지 않았다. 눈이 절로 감겼다.

도의생과 팔가계 의생들은 경상감영 심약청에 공상하기 위해 약재의 종류별로 근량을 달았다. 모자라는 것이 한두 가지가 아니었다. 어떤 것은 아예 하나도 없었다. 도의생이 의생들에게 화를 벌컥 냈다.

"이게 어찌된 일인가?"

어릴 적에 두질을 앓아 얼굴에 곰보자국이 있는 의생이 말했다.

"장마철이면 곰팡이가 피고 겨울철에는 얼어서 못 쓰게 되고……. 다 그렇게 된 것입지요."

"자네가 야금야금 팔아서 노름판에 가져다 바친 건 아니고?"

의생의 입이 쑥 들어갔다. 도의생이 다른 의생들에게 말했다.

"자네들이 다 작당을 해서 빼돌린 줄을 내가 모를 줄 아는가? 속히 수량을 채워 놓게. 아니면 이참에 따끔하게 곤장 맛을 보게 하리!"

도의생은 도약부에게 눈길을 돌렸다.

"모자라는 약초를 당장 채취할 수 있겠는가?"

"지금 캐다가 말려서는 공납에 댈 수 없습니다."

뒷줄에 앉아있던 의생 하나가 말했다.

"도의생 어른, 소인에게 좋은 수가 있습니다."

"뭔가?"

"잠시 귀를 좀……."

듣고 난 그의 얼굴에 미소가 번졌다.

"그것 참 묘안이군. 자네 말대로만 된다면, 흐흐흐."

그로부터 며칠 뒤 존애원의 약재창고가 감쪽같이 털리는 일이 발생했다. 고지기 할아범이 죽은 뒤 다른 젊은 고지기를 앉혔지만 그는 성실한 사람이 못 되었다. 약재 관리도 제대로 하지 못하면서 자기 자신은 고급 인력이라는 둥, 이런 일을 할 사람이 아니냐는 둥 늘 불만만 늘어놓는 사람이었다.

그는 낙사계 어느 계원의 추천으로 그 자리에 앉은 사람인데 막상 들이고 보니 사람의 됨됨이며 뱀뱀이가 영 아니었다. 그렇다고 칼로 자르듯이 내보내지도 못하고 그대로 둘 수도 없고 이만저만한 골칫거리가 아니었다.

다만 한 가지 교훈은 있었다. 그 사람을 계기로 계원들은 더 이상 존애원에 필요한 사람을 추천하지 않기로 계령을 추가로 정해두었다. 하지만 그건 사후 약방문 격이었다. 이미 일은 터지고 말았기 때문이다.

고지기가 약재창고를 지키지 않고 무단으로 밤에 자기 집에 가서 잠을 자 버렸다. 창고 문을 잠갔다고 하지만 도둑질을 하려 들면 그깟 자물쇠가 문제겠는가. 잃어버린 약재는 수량이 적으면서도 귀하고 값나가는 것들이 대부분이었다.

박지지는 그 즉시 약재창고에 도둑이 든 사실을 읍내 관아에 알렸다. 목사 정호선은 특별히 판관을 시켜 범인을 잡도록 했다. 하지만 여러 날이 지나도 범인은커녕 그 실마리조차 잡지 못했다.

"그래도 사람이 안 다쳤으니 다행한 일입니다."

정경세의 말에 고지기를 추천한 계원은 얼굴을 붉히며 곤혹스러운 표정을 지었다.

"그를 벌주도록 하십시다."

이준이 말했다.

"고지기를 그만두게 하는 선에서 마무리 짓는 게 좋겠습니다."

탕약방 원의녀들은 의사에 들어있는 환자들에게 쓸 약재가 없어 박지지가 낸 처방대로 탕약을 달이지 못하고 있었다.

"당장 없는 약재를 어디서 구한단 말인가."

팔가계 의생들은 도의생의 약방에 모여 도둑질이 성공했음에 쾌재를 불렀다.

"히힛, 이제 존애원 놈들이 어찌하나 두고 보자."

"약재가 없으니 두 손 다 들겠지?"

도의생이 점잖게 물었다.

"약재는 잘 처분했겠지?"

"암요. 도의생 어른, 아무 걱정 마십시오."

공상 약재를 미리 간검하기 위해 경상감영 심약 정계립과 의학교유가 상주목 관아를 방문해 팔가계의 영접을 받았다. 그들은 관아 동헌 뜰에 가득 쌓아 놓은 약재를 보더니 수량을 세고 그 중에서 몇 고리 짝은 풀게 해 약재의 상태를 살피고 저울에 달아보기도 했다.

간검이 다 끝나자 목사는 그들의 노고를 치하하기 위해 조촐한 자리를 마련했다. 그들이 갖가지 이유를 붙여 공상을 거부한다면 목사가 약재의 공납에 관한 모든 책임을 져야 하기 때문에 함부로 대할 수 없었다.

심약 정계립이 술잔을 내려놓으며 말했다.

"사또께서도 아시다시피 김 상궁마마께서 우리 경상도 약재에 여간 관심이 큰 것이 아닙니다. 품질 좋지, 약효 뛰어나지, 뭐 어느 것 하나 흠 잡을 데가 없으니까 말입니다."

도의생이 그 말을 이어받았다.

"경상도 약재 중에서도 단연 상주 약재가 으뜸입죠. 안 그렇습니까, 교유 어른?"

"어, 허험. 그거야 뭐 다 사또께서 하시기 나름 아니겠습니까. 허허."

목사는 속으로 몹시 불쾌했다.

'사또 하기 나름이라? 이놈들이 감히······.'

하지만 압 밖으로 내뱉지는 못했다. 그들은 임금의 입이라는 김 상궁의 비호를 받고 있기 때문이었다. 김 상궁의 말 한마디에 목이 달아난 관원이 하나둘이 아니었다.

"사또, 상궁마마께서 요즘 건강이 좋지 않습니다. 우황청심환이나 공진단이나 뭐 그런 것을 바쳐서 사또께서 손해를 보실 일은 절대로 없지요."

"나더러 궁관(궁녀)에게 사사로이 약재를 바치라는 말인가?"

"무엄하오! 상궁마마더러 궁관이라니! 사또께서 약주가 과하신 게로군요."

목사는 더 참지 못하고 큰 소리를 터뜨렸다.

"상궁이 궁관이 아니면 뭐란 말인가! 본관은 국법에 정해진 약재를 진상하는 것 외에는 다른 것은 알지 못하니 썩 물러들 가게."

"이, 이런!"

심약 정계립이 자리에서 일어났다. 그러고는 목사를 향해 경고하는 것이었다.

"사또, 조금 전에 하신 말씀으로 말미암아 크게 후회하실 날이 있을 겁니다."

"그럴 일 없네. 멀리 안 나가네."

목사가 감영에서 나온 심약과 의학교유를 호통 쳐 돌려보냈다는 말이 나돌았다. 백성들은 모두 통쾌하게 여겼다. 그러면서도 목사가 앙 갚음을 당하지 않을까 우려했다.

"그놈들이 그냥 있을 놈들이 아닌데."

"목사또가 곧 갈려 가겠군."

존애원의 약재를 도대체 누가 훔쳐갔을까 곰곰이 생각해 보았다. 틀림없이 약재에 눈 밝은 사람의 소행일 것이었다. 값나가고 귀한 약재들은 싹쓸이해 갔고 그보다 흔한 약재는 뭉텅뭉텅 털어간 것으로 보면.

팔가계의 의생들일까? 혹은 그 밑에 딸린 채약부들일까? 아니면 존 애원에 소속된 약초꾼들일까? 어쩌면 존애원을 드나드는 여러 약재상 중에 범인이 있을지도 몰랐다.

그런데 누가 훔쳐갔건 간에 반드시 그 약재를 시중에 되팔려고 할 것이다. 돈을 만들기 위해서가 아니겠는가. 그렇다면 누구에게 되팔 것인가? 아마도 모르는 사람에게 팔려고 할 것이다. 그렇다면 모르는 사람이 가장 많이 모이는 곳은 대구 경상감영 남녘에서 열리는 약령 시가 아니겠는가.

약령시로 갔다. 약재상 경설의 약도가로 가서 사정을 털어놓았다. 그랬더니 그는 깜짝 놀라는 것이었다. 그러고는 나를 이웃한 약재전 으로 데리고 갔다. 그는 약전 주인과 뭐라 몇 마디 나누더니 나를 안 으로 이끌었다. 약재전 주인이 꼭꼭 감추어 둔 것을 가지고 와 내놓았 다. 사향과 침향이었다.

"이건 언제 누구로부터 구입한 것입니까?"

"이것들이 그 의국에서 잃어버린 약재가 맞는가?"

"틀림없습니다."

두 사람에게 약재를 싼 종이를 접은 부분을 보여주었다.

"우리 의국에서는 모든 약재를 이렇게 세 번 접은 뒤에 마치 매듭을 만들 듯이 끼워 넣습니다."

경설과 약재전 주인은 고개를 끄덕였다.

"그 의국에서는 첩지를 아주 특이하게 접는군."

"그게 존애원 표식이니까요."

약재전 주인에게 물었다.

"약재를 팔러 왔던 자들의 말투나 인상착의가 기억나십니까?"

"두 사람이 왔는데 그 중 하나는 얼굴에 곰보자국이 있더군."

"그렇다면 그자는 상주 읍내 팔가계의 의생이로군요."

그 장물을 들고 약량시 바로 뒤에 있는 경상감영으로 갔다.

"존애원에서 도둑맞은 약재를 찾아냈습니다. 그것을 훔친 범인은 상주 읍내 남문 밖 약방거리에 있는 의생 일당입니다."

나의 고알(고발)을 들은 경상감사 정조는 약재 도난사건을 조사하라는 영을 내렸다. 그런데 그 조사할 권한을 부여받은 자가 다름 아닌 심약 정계립이었다. 아, 그들은 다 한통속인데 어찌 조사가 제대로 이루어지겠는가.

내 예상대로 심약 정계립은 사실무근이라는 결론을 내렸다.

"감사또께 아뢰오. 이자는 사람을 죽게 만든 의원이며 그 때문에 벌을 받아 채약부에 처분 받은 사실이 있습니다."

감사는 크게 노했다. 나는 오히려 무고죄를 얻게 되었다. 그리하여 태(엉덩이를 치는 회초리) 다섯 대를 맞고 쫓겨났다. 억울하기 짝이 없는 노릇이었다. 경설이 태 맞은 데를 치료해 주었다.

"그만 돌아가게. 저들이 한통속이 되어 저지르는 폐단이 어디 어제 오늘의 일인가."

"그걸 뻔히 알면서 왜 두고 보아야만 합니까?"

"두고 보는 게 아니라 모른 척하는 걸세. 내 한 몸 다치기 싫어서 말일세. 미안하네."

상주로 돌아오니 목사가 바뀌어 있었다. 그런데 신임목사 김지남은 부임하자마자 존애원을 꼭 집어서 경고했다는 것이었다.

"상주에는 그 의국이 항상 말썽의 진원지라고 들었다. 본관이 재임하는 동안 만약 시끄러운 소리가 난다면 불문곡직하고 그 즉시 폐쇄하겠다."

억지로 구실을 들어 폐쇄하지 않더라도 존애원이 문 닫을 판이었다. 없는 약재가 많아서 환자를 더 받지도 못하는 데다가 의사에 들어 있는 환자들마저도 내보내야 될 상황이었다.

그런데 하늘이 무심치 않으셨는가. 바로 그때 뜻하지 않은 일이 일어났다. 약재상 경설이 여러 가지 귀한 약재를 가지고 온 것이었다.

"의국이 정상화되고 나면 그때 후불로 받겠습니다."

박지지는 그의 손을 잡았다.

"고맙소. 정말 고맙소. 그대가 진실로 우리 의국의 은인이오."

"은인이라뇨 당치 않습니다. 소인은 장사꾼입니다. 손해날 장사는 하지 않습니다."

약재상 경설 덕분에 존애원은 약재가 부족한 데서 닥친 위기를 간신히 넘길 수 있었다. 그 소식을 들은 팔가계는 분개했다.

"아, 존애원 놈들! 참 질기군. 까짓 거 또 훔쳐냅시다."

"아니 될 말! 이젠 밤낮으로 경계가 삼엄해서 섣불리 들어갔다간 바로 잡히게 될 게야."

"그러면 불이라도 질러 버립시다요."

도의생은 도리질을 했다.

"사람을 해치는 것은 안 돼."

"듣자하니, 약재를 가져다 준 그 약재상이 평소에 담야 그놈과 친분이 두터웠답니다요."

"어쩐지……."

존애원이 부족한 약재를 해결하게 된 배후에 내가 있음을 알게 된 도의생은 도약부를 불러 지시를 내렸다. 아무 것도 모르고 있던 나는 아침에 존애원을 나서서 읍내로 갔다. 도의생의 약방 안으로 들어서자마자 등짝으로 몽둥이가 날아들었다.

"퍼억!"

"윽!"

얼마나 얻어맞았는지 몰랐다. 지난번처럼 또 정신을 잃었다가 눈을 떴다. 이미 해가 지고 있었다. 일어나 걸으려고 했지만 몸이 말을 듣지 않았다. 기다시피 해 도의생의 약방을 나왔다. 골목을 기어 큰 길로 나오자 어떤 사람이 지나가다가 나를 발견했다.

"아니? 담야 의원님 아니십니까? 이게 어떻게 된 일입니까?"

"의국으로 좀……."

그는 나를 업고 존애원으로 갔다. 그 먼 길을 걸어 나를 데려다 놓고는 사례도 받지 않고 사라져 버렸다. 자신도 존애원에서 무료로 치료를 받았는데 무슨 사례냐고 하면서. 박지지가 내 온몸을 살펴보고는 침을 놓고 고약을 발라 주었다.

"어찌 사람을 이 지경이 되도록 두들겨 팬단 말인가."

"저는 아무 잘못도 하지 않았습니다."

"자네가 잘못한 게 있어서 저들이 이렇게 만든 줄 아는가?"

그날 이후로 해가 있을 때는 바깥출입을 하지 않았다. 그 때문에 소문이 났다.

"경상감영부터 여기저기 함부로 돌아다니며 쓸데없는 짓을 많이 했다는군."

"의생들한테 매를 실컷 얻어맞는 바람에 굴신도 못하고 있다지?"

"사람이 좀 모자란 데가 있나."

사람들의 입방아는 전혀 개의치 않았다. 의생들의 횡포에 저항할 수 없는 나 자신이 너무 무기력하게 느껴질 따름이었다.

집사가 와서 정경세가 부른다는 전갈을 했다. 겨우 걸어서 도청으로 갔다. 정경세는 내 몰골을 보더니 혀를 끌끌 찼다. 그 앞에는 삼척 장검 한 자루와 책이 한 권 놓여 있었다.

"남아는 모름지기 일신을 지킬 줄 알아야 하느니."

그러면서 이야기를 한 가지 들려주었다.

"유 상공께서 재상으로 계실 때 《증손전수도십칠책》이라는 검법에 관한 책을 상감께 지어 올렸다……."

유성룡은 임진왜란 때 체찰사로서 명나라 척계광의 진중에 오랫동안 머물렀다. 그의 휘하에는 용맹한 절강성의 병사들이 있었는데 그들을 절강병이라고 불렀다. 그들을 본 유성룡은 격전을 벌일 때 검술보다 중요한 것이 없음을 깨달았다.

그래서 조선 군사들에게 검술을 익히게 할 것을 임금에게 주청했다. 임금은 그의 말을 옳게 여겨서 먼저 금위군에게 검술을 익히게 했다. 그런 뒤 유성룡과 함께 금위군의 군영에 친림해 그들의 검술을 시험하고 나서 등급을 나누어 시상했다. 우수한 자는 품계를 높여 주기도 하고 군마를 하사하기도 했다. 그럼으로써 사기를 진작시켜 나라의 무속(무인들의 풍속)을 궁술에 이어 검술까지 아우르도록 했다. 장차 일본에 복수할 기반을 다지고자 했던 것이었다.

그러나 불행하게도 임금이 바뀌자 유성룡은 정인홍과 이이첨의 무리에게 배척을 당하고 말았다. 그뿐만 아니라 그가 주장해 군문에서 이미 시행해 오던 절강병의 검술까지 모두 폐기되고 말았다.

"이 책은 유 상공께서 지으신 것으로 검술의 요체가 들어 있다. 또 이 검은 절도사 정기룡 영공께서 쓰시던 것이다. 오늘 이것들을 너에게 물려줄 테니 틈나는 대로 익혀 검술의 요체를 터득해 보거라."

그로부터 얼마 지나지 않아 내가 비전의 검술을 익힌다는 소문이 났다. 나는 그 소문이 아주 더 크게 더 멀리까지 났으면 했다. 그래야 아무도 내게 덤벼들지 않을 것 같았다. 그런데 그 소문을 듣고 긴가민가하고 있던 도약부가 약초를 캐러 가려는 나를 불러 세웠다.

"요즘 검술인지 뭔지를 익힌다면서?"

그는 나무막대기를 하나 내게 던졌다. 반사적으로 손을 뻗어 잡았다.

"어쭈? 소문이 사실인가 보네?"

채약부들이 내 주위를 둘러쌌다. 그들의 손에는 몽둥이가 하나씩 들려 있었다. 나는 손에 들고 있던 막대기를 발 아래로 던져 놓았다.

"싸우고 싶지 않소."

"이놈아, 싸우자는 게 아니라 오랜만에 매맛을 좀 보란 말이다!"

그들은 또다시 나를 두들겨 팼다. 조금도 대항을 하지 않았다. 날아드는 몽둥이를 고스란히 맞았다. 정신을 잃은 뒤 깨어보니 존애원 행랑에 있는 내 방이었다. 내가 어떻게 거기에 있는 건지 알 수 없었다. 박지지가 왔다.

"자네를 데리러 장 서방을 보냈더니 또 그 읍내 약방거리에 뻗어 있더라고 하더군. 검술을 익힌다고 알고 있는데 왜 또 이토록 매를 맞았는가?"

부르터진 입술을 소매로 닦은 뒤 말했다.

"목사또의 경고가 있지 않았습니까? 제가 분란을 일으킨다면 반드시 의국을 연관시키고 말 것입니다. 그리 되면 의국은 문 닫을 수밖에 없습니다. 그것이 바로 저들이 바라는 일입니다. 이제 곧 제가 채약부 생활을 그만두게 될 것인데 그때까지만 참으면 될 일입니다."

"이 사람아, 그러다가 몸이 남아나질 않겠네."

3

전 목사로부터 벌을 받아 시작한 채약부 생활. 꼭 일 년을 채우고 나서 그만두는 날이었다. 그 일 년은 거룩한 수행과도 같은 생활이었고 의술에 대한 안이했던 눈을 더 크고 깊게 뜨도록 해준 시간이었다.

팔가계 의생들과 채약부들은 그간 미운 정이 든 탓인지, 아니면 더이상 괴롭힐 대상이 없어지게 된 것이 서운했던 것인지 다 얼굴이 밝지 않았다. 도의생부터 여러 의생들 그리고 도약부와 채약부들에게 일일이 하직 인사를 했다. 그들은 내 눈을 피하며 군기침만 했다. 아무도 말을 하지 않았다. 도의생이 멀어지는 내 등에 짤막하게 내뱉었다.

"잘 가게."

존애원 사람들은 너나 할 것 없이 좋아했다. 박지지가 말했다.

"다시 환자들을 돌보도록 하게."

그런데 의사에 드니 나를 보는 환자들의 표정이 예전 같지 않았다. 그들의 태도가 이상하게 생각되었지만 그 이유를 알지 못했다. 한 환자 앞으로 갔다. 그는 다리가 부러져 부목을 대고 있었다.

"어디 좀 봅시다."

"싫습니다요."

환자는 다리를 내놓으려 하지 않았다.

"왜 그러십니까?"

"의원님의 치료를 받다가 사람이 죽지 않았습니까요."

그제야 그들이 나를 어떻게 생각하고 있는지 알게 되었다. 할 말이 없었다. 그때 언제 왔는지 뒤에서 박지지의 음성이 들렸다.

"치료를 받다가 죽은 것이 아니라 치료를 못 참고 자살한 것이라오."

"그게 그거지 뭡니까?"

사람이 죽도록 만든 의원이라는 낙인이 찍혀 있었다. 더 이상 환자를 돌볼 수 없었다. 박지지는 의외의 사태에 난감했다.

"하루 빨리 명예 회복을 할 방법을 찾아야겠네."

이미 죽은 사람들을 살려 놓지 못할진대 무슨 수로 그들의 인식을 돌려놓을 수 있단 말인가. 침울해진 마음을 달랠 겸 백화산으로 올라갔다. 저승골은 사람이 살지 않으니 오두막이 양귀비과 여러 잡초에 거의 묻혀 있다시피 했다. 노루 두 마리가 풀을 뜯다가 후다닥 달아났다. 저들도 나를 경계하는구나.

약할미네 오두막으로 갔다. 적막하기만 하고 아무 인기척이 없었다. 방문을 열었다. 어두운 방 안에 노파가 누워 있었다. 들어가 보고는 깜짝 놀랐다. 약할미는 반듯하게 누운 채 죽어 있었다. 아! 나는 외마디 탄성밖에 나오지 않았다.

약할미에게 유일한 혈육인 별난이를 불러다가 상을 치르게 해야 할 텐데 의녀가 되어 한양에 있으니 난감하기만 했다. 그간 약할미를 혼자 내버려둔 행실이 여간 괘씸하지 않았다. 지난번에 애종을 통해 편지를 보냈지만 답장도 받지 못했다.

"참 무심한 것 같으니라고."

약할미의 머리맡에 책이 한 권 놓여 있었다. 집어 들었다. 겉장에 적혀 있는 글자를 읽었다. 한글로 씌어진 《독약》이었다. 호기심에 책갈피를 넘겼다. 한 장 두 장……. 약할미의 시체 곁에서 책 속에 빠져들었다.

책을 읽어갈수록 온몸에 전율이 일었다. 마침내 끝까지 다 읽고 나자 책을 들고 있던 손이 부르르 떨렸다. 세상에 나와서는 안 될 책이었다. 사람을 살리는 의서가 아니라 온갖 약초로 사람 죽이는 비방을 적어 놓은 책이었다.

약할미는 왜 이토록 무서운 책을 내게 남겨준 것일까? 시신을 묻으려고 땅을 파는 내내 그 의문은 사라지지 않았다. 사람 사는 이승에 있어서는 안 될 책, 고심하던 끝에 그 한글 책 《독약》을 약할미의 시신과 함께 묻었다.

"의서란 모름지기 사람을 살리는 책이어야 한다. 이건 의서가 아냐."

존애원으로 내려왔다. 이전, 이준, 김지복, 우성적을 비롯한 낙사계 계원들이 와 있었다. 새 고지기에게 약재창고를 맡겼다가 도둑이 들어 약재를 털리고 난 뒤부터 그들은 도청에 모이는 일이 거의 없었다.

"간섭하지 않겠다고 했지만 자꾸 눈이 가면 간섭하지 않을 수 없게 되네."

이전의 말에 수긍해 그동안 존애원과 의학당 출입을 삼간 것이었다. 그들은 도청에서 강학을 하거나 회의를 하려고 모인 것이 아니었다. 우북산 아래에 있는 정경세의 집에 매화가 피었다는 연락이 와서 다함께 가기 위해 모였을 뿐이었다.

"자, 이제 출발하십시다."

우성적이 나를 보고 말했다.

"참, 정경임이 자네도 데리고 오라더군."

존애원에서 딱히 할 일도 없고 해서 박지지에게 말한 뒤에 그들을 뒤따라갔다. 길을 걷는 내내 약할미가 남겼던 책 《독약》의 구절구절이 떠올랐다. 아무리 떨치려고 해도 떨쳐지지 않고 더욱 또렷이 각인되는 것만 같았다.

"할머니는 어쩌자고 그런 책을 다 지었단 말인가?"

정경세는 매화를 심은 화분을 방 안에 놓아두고는 종이를 펴 시를 적고 있었다. 매화의 꽃망울이 맺힌 것에 대한 감흥을 적은 것, 또 막 꽃망울이 터지는 것을 보고 지은 것, 그다음에는 매화꽃이 활짝 핀 것을 보고 지은 것, 마지막으로 꽃이 시들어 떨어지는 것을 안타까워

한 것, 모두 네 수였다. 정경세는 친구들 앞에 시를 내놓았다.

"어제 여기 도착해 보니 시냇가 누각에 봄빛이 환한 것이 매화가 저절로 벌어지려고 하지 않겠습니까? 그만 그 흥을 주체하지 못하고 붓을 들긴 했으나 시 짓는 재주가 없어 부끄러울 따름입니다."

"허허, 정경임이 시 짓는 재주가 없다 하시면 우리는 다 붓을 아궁이 속에 던져야 하겠습니다."

"매번 와 보지만 이 북간은 참으로 고요하기만 해 티끌세상의 시끄러움이라곤 전혀 찾아볼 수 없습니다."

계원들은 화분에 심겨져 있는 매화 네 그루를 보고 각자 떠오른 시흥을 적었다. 그 양이 제법 되었다. 정경세가 제안했다.

"우리 이 시문을 가지고 책을 하나 엮도록 하십시다. 《관매창수》가 어떻겠습니까?"

관매창수란 매화를 보고 느낀 감흥을 시나 수필로 적어 서로 돌려본 것을 뜻했다. 좌중은 다 동의했다. 계원들은 시간 가는 줄 모르고 정담을 나누었다. 밤이 깊어졌다. 하나둘 잠을 청했다. 정경세가 조용히 나를 부르더니 말했다.

"자네가 의국에 있는 것이 불편할까 봐 오라고 한 것일세."

정경세는 내가 환자들에게 용납이 되지 않고 있다는 걸 이미 다 알고 있었다. 그의 속 깊은 배려가 참 고맙게 느껴졌다. 시냇가 누각 위에서 잠을 청했다. 밤새 흐르는 청랑한 물소리가 온 몸속을 씻어내는 것만 같았다.

다음날 강응철이 사람을 보내와 정경세를 초대했다. 그는 정경세의 처남이었다. 사람들은 어차피 다시 돌아가야 했으므로 정경세와 함께 강응철이 사는 갑장산 터골로 가기로 했다.

강응철, 그는 5세 신동으로 소문이 났던 사람이었다. 불과 다섯 살

때 그 부친이 붓을 쥐어 주며 글씨를 써 보라고 했는데 '강산풍월' 넉 자를 썼다. 그 글씨를 본 사람들은 하나같이 찬사를 아끼지 않았다.

"소년문장은 있되 소년명필은 없다고 했거늘."

"중국의 채옹이나 왕희지도 이와 같은 경우는 없었다."

"이 글씨가 바로 천하명필의 탄생을 예고하는 도다."

노수신은 감탄사를 멈추지 않으며 말했다.

"인간 세상에 봉황이 나타나니 지상으로 석린이 가는구나."

강응철은 벼슬에 뜻이 없어 평생 처사로 살았다. 그는 집 옆을 흐르는 시내의 풍치를 사랑했다. 친구들을 자주 청해다가 갓과 버선을 벗어놓고 시내 속에 발을 담그고 술과 시를 즐겼다.

그날도 그는 친구들을 상산 기슭에 있는 정자로 이끌었다. 정경세가 시내를 내려다보며 말했다.

"명보(강응철의 관자) 형, 여기보다 저 아래가 더 낫지 않겠습니까?"

좌중이 내려다보니 시냇가에는 너럭바위가 있어 사람들이 둘러앉기에 충분해 보였다. 다들 내려갔다. 정경세가 갓을 고이 벗어놓고 주섬주섬 버선을 벗었다. 무릇 선비는 의관을 함부로 벗지 않는 것이 예의였다.

"정경임이 어인 일이십니까?"

"벗어야 할 때는 마땅히 벗어야지요. 허허."

다들 웃으며 따라 벗었다.

"요사이 세상 돌아가는 것을 보면 친한 친구 간에도 무릎을 맞대고 속마음을 토로하는 것이 어려워졌습니다."

벼슬을 그만두고 낙향해 세월을 보낸 지도 오래였다. 그동안 많은 사람들이 억울하게 죄를 얻어 죽거나 귀양을 갔다. 조정은 정인홍 이이첨의 손아귀에서 놀아나고 있었다. 아무도 그들에게 대항하지 못했다. 임금이 오직 그 두 사람에게만 무한한 신뢰를 보내주고 있기 때문이었다.

날이 저물었다. 다른 사람들은 다 돌아가고 남은 사람은 이전 이준 형제와 정경세였다. 그들은 다음날도 너럭바위에 앉아 시와 문장을 주고받았다. 쉴 틈에는 바둑을 두면서 시간을 보냈다.

들에서 일을 하고 있던 사람들은 문득 상산 쪽을 바라보았다. 산 중턱에 백발노인 네 명이 둘러앉아 있었다. 그 모습이 마치 신선처럼 여겨졌다. 그리하여 백성들은 그들 네 사람을 '상산사호'라고 불렀다.

상산사호라는 별칭은 그들이 처음이 아니었다. 진나라 말기의 혼탁한 세상을 피해 상산에 은거했던 사람들, 즉 동원공, 하황공, 기리계, 녹리선생이 지초에 맺힌 이슬을 받아먹고 살았다는 전설에서 유래한 말이었다.

정경세를 비롯한 네 사람이 옛 상산사호가 불렀던 노래 자지가를 부른 것도 아니고 그들처럼 이슬을 먹고 사는 것도 아니었지만 백성들은 벼슬에 연연하지 않고 물러나 있을 때를 아는 그들에게 깊은 존경심을 보낸 것이었다.

"성무주께서 위중하시다고 합니다."

네 사람은 얼른 달려갔다. 혹시나 해 의궤를 들고 뒤따랐다. 성람은 방에 든 친구들을 보고도 일어나지 못했다. 기색은 피곤해 보였으나 정신은 맑은 듯 눈동자에 한 점 흐린 티가 끼지 않았다. 그는 누운 채 정경세의 손을 잡았다.

"태어나면 죽는 법이니 슬퍼하지 마오. 큰 한계에 이르면 유부(황제 때의 명의)와 편작(주나라 때의 명의)인들 어찌 하겠습니까."

성람은 이미 생사를 달관한 듯했다. 정경세가 나를 바라보았다. 얼른 성람을 진맥했다. 맥이 당장 끊어질 듯했다.

인중혈에 침을 놓아 인사불성이 되는 것을 방지해 놓고 우황청심환을 따뜻한 물에 갰다. 그러고는 그의 윗몸을 일으켜 부축한 뒤 한 숟갈씩 천천히 떠 먹였다.

"억지로라도 넘기셔야 합니다."

반은 턱으로 흘러내렸고 반은 삼켰다. 성람은 차츰 기력을 되찾는 듯했다.

"제가 이런 꼴을 보여드리다니."

"무슨 말씀이십니까? 천하에 아무리 용한 명의도 자기 병만은 못 고친다 했습니다. 담야 이 사람이 그래도 의술을 조금 아니 도움이 될 것입니다."

그날부터 성람의 집에 머물면서 그의 병세를 보살폈다. 하지만 점점 한계에 부딪혔다. 천수가 다한 사람의 수명을 늘리는 일, 그것은 어쩌면 천명에 반하는 일이었다. 그렇다 하더라도 그 반하는 일을 해내고 싶었다. 하지만 그것은 나의 바람에 불과했다. 성람은 얼마 더 살지 못했다.

"아버지!"

그가 임종했다. 위급하다는 말을 처음 들은 지 석 달 열흘 만이었다. 부음을 들은 사람들이 조문을 하러 모여들었다. 정경세, 조우인, 강응철, 조정 등 친구들이 모두 와서 방 앞에서 슬피 곡을 했다. 그 뒤를 이어 성람의 셋째아들 성여춘의 처남 채득기가 조문을 하러 왔다.

성람의 장례가 끝난 뒤 존애원으로 돌아왔다. 그런데 이전까지와는 다른 분위기가 감돌았다. 원의녀들이 지나가면서 내게 깊이 절을 하기도 하고 의사에 든 환자들이 나를 보면 몸을 일으키기도 하는 것이었다.

"저 의원님이 당장 숨넘어가는 사람을 백일이나 더 살렸다네."

"그래? 그렇다면 오늘내일 하는 사람은 일 년도 더 살릴 수 있겠군 그래?"

"일 년이 뭔가? 십 년은 살릴 테지."

"가만히 생각해 보니, 전에 태독을 앓던 아이와 그 아비가 조금만 더 참았더라면 나았을 수도 있었을 것만 같네."

나라의 근본은 오직 백성

1

이이첨은 어느 누가 어떤 언로를 열어 임금의 귀에까지 들어가게 했는지 궁금하기만 했다. 조회를 하는 중에 임금의 입에서 의녀들이 궐 밖 나들이가 잦다는 소리가 나오다니. 그는 속으로 뜨끔하지 않을 수 없었다.

임금의 입에서 그런 소리까지 나오게 만들 수 있는 인물. 아무리 생각해도 한 사람 밖에 떠오르지 않았다. 그는 바로 김 상궁, 자신에게 덤빌 수 있는 유일한 사람이었다. 이이첨은 자신의 생일잔치 때 의녀들을 불러다가 진탕 놀았던 사실을 분명히 그녀에게 말한 사람이 있을 것이라고 추측했다. 어의와 어의녀를 불러다가 떠보았다. 그들은 완강히 부인했다. 이이첨은 그들을 더 의심하지 않았다. 자신이 그 자리에 앉혀 놓은 사람들이었다.

"도대체 누구일꼬?"

이이첨은 내의원 수의녀 애종을 떠올렸다.

"설마하니 그년이?"

애종은 내의원 제조 이이첨이 부른다는 말을 듣고 예조로 갔다. 이이첨은 이상하다 싶을 만큼 아주 반갑게 맞이했지만 애종은 거리를 두고 앉았다.

"자네가 의녀들 중에서 가장 출중하다고 들었네. 어의녀가 연로해서 물러날 때가 되었으니 내 자네를 부른 것일세."

애종은 그 말뜻을 모르지 않았다. 이이첨이 자신의 말만 잘 들으면 어의녀 자리에 앉게 해주겠다고 넌지시 떠보는 말이었다.

"소녀, 천한 것인지라 높으신 대감의 말씀을 알아듣지 못하겠습니다."

"그래그래, 알아들을 필요까지는 없지. 그런데 의녀 생활에 뭐 어려운 점은 없는가?"

"맡은 바 소임을 다할 뿐입니다."

"듣자하니, 김 상궁의 처소에 자주 드나든다지?"

"상궁마마의 처소뿐만 아니라 내명부는 다 의녀가 진료하고 있으니 저희들이 어딘들 드나들지 않겠습니까."

"그 말도 맞군. 그러면 내 부탁 한 가지 함세. 앞으로 김 상궁 처소의 일들을 내게 좀 은밀히 알려주게. 그렇게만 해준다면 자네에게도 큰 보람이 생길 걸세. 내 약속하지."

"대감, 아뢰옵기 송구하오나 금중의 의녀는 보는 것이 없고 듣는 것도 없습니다."

이이첨은 일개 의녀에 불과한 애종이 자신의 요구를 다 예의바르게 비켜 가는지라 민망하기도 하고 놀랍기도 했다.

'으음, 그 속이 여간 아닌 년이로다.'

내의원으로 돌아온 애종은 본의 아니게 김 상궁과 이이첨 사이에

서 위태로운 줄타기를 하게 된 건 아닌가 했다. 기율의녀 천생과 단춘
이 번갈아 말했다.

"수의녀님, 아무래도 김 상궁마마 쪽이 낫지 않겠습니까?"

"그렇습니다. 어차피 우리가 내명부의 진료를 맡고 있으니 그게 자
연스러운 일입니다."

"예판 대감은 김 상궁마마를 내칠 수 없지만 김 상궁마마는 마음만
먹으면 예판 대감을 날려버릴 수도 있습니다."

애종이 두 사람의 말을 듣고 나서 엷은 미소를 지으며 입을 열었다.

"고맙네. 나를 걱정해 줘서. 하지만 그런 말들은 우리가 입에 올릴
것이 아니네. 이후로는 그런 얘기일랑 절대 함구하게. 알겠는가?"

"예, 수의녀님."

애종은 답답한 마음에 처소에서 나와 월대에 섰다. 버릇처럼 남녘
하늘을 바라보았다. 그런데 하늘 색깔이 평소와는 달랐다. 갑자기 하
늘이 벌겋게 타오르는가 싶더니 무언가 펑펑 터지는 소리가 났다.

"무슨 일이지?"

그때 담장 밖에서 외치는 소리가 들렸다.

"불이야!"

"시전 쪽에서 불이 났다!"

행랑에 들어있던 의녀들이 다 나와 불이 난 쪽을 바라보며 호들갑
을 떨었다.

"대궐이 불나면 어쩌나."

"설마 여기까지 번지겠어?"

불은 어물전 행랑에서 일어나 삽시간에 번지더니 종각까지 이르렀
다. 수성금화사 멸화군이 출동해 불길을 잡으려고 애를 썼다. 하지만
화마의 기세가 워낙 거세져 종각을 활활 태웠다. 그 바람에 달려 있던

종이 떨어져 굴렀다. 불은 바람을 타고 사방으로 번져 걷잡을 수 없는 지경에 이르렀다. 훈련도감의 군사들과 백성들까지 다 나와 물을 떠다 날랐지만 역부족이었다.

새벽이 되어서야 바람이 잠잠해지는 틈을 타 불길을 잡을 수 있었다. 서궁 남별궁 군기시는 가까스로 화마 앞에서 구할 수 있게 되었다. 이른 아침에 도성은 안개가 낀 듯 연기로 자욱했다. 무려 가옥 일천여 호를 태웠고 수백 명이 불에 타 죽었다.

불을 끄다가 화상을 입은 군사와 백성들은 이루 말할 수 없었다. 그들은 길 가 아무렇게나 앉아 있거나 누워 있었다. 삼의사의 모든 의관과 의녀들이 동원되어 불에 덴 사람들을 치료했다.

"화상을 입은 상처에 어서 찬물을 부어!"

"몸속에 든 열기를 빼내야 한다!"

의관들은 침을 들었고 의녀들은 연신 고약 자운고를 발랐다. 상처가 심해 진물이 흘러나오는 환자들은 고통을 참느라 신음했다. 의녀들은 진물을 닦아냈다. 온몸에 화상을 입다시피 한 군사들이 여기저기서 눈을 부릅뜬 채 죽어갔다. 의녀들은 무서움에 떨며 눈물을 흘렸다. 하지만 멈출 수 없었다.

"고약이 다 떨어졌습니다!"

민간의 약방에 있는 것까지 다 가져다 썼지만 턱없이 부족했다. 애종이 소리쳤다.

"궐내 사옹원이고 소주방이고 어디든 가서 오소리기름, 술, 식초, 배즙, 꿀, 오이풀……. 있는 대로 다 가져오너라."

임금은 급히 명을 내렸다.

"화상치료에 쓰는 모든 약재와 약초와 그 밖의 효험이 있는 재료는 어느 것 불문하고 다 급히 진공하라."

경기 지방 곳곳으로 급히 파발이 달려 나갔다. 도성 안에는 각 부와 방과 통으로 이어지는 연락체계를 가동해 민간에 있는 약재들을 징발했다. 그리하여 화상을 입은 환자들의 구급처치를 꼬박 하루 만에 끝낼 수 있었다.

"전하, 이번 화재 사건에서 가장 큰 공을 세운 사람은 바로 내의원 수의녀 애종이옵니다."

"그러하옵니다. 애종은 불이 난 즉시 의녀들을 이끌고 대궐을 나갔사온데, 화상을 입은 환자들을 신속하게 치료해 많은 이들의 목숨을 구했사옵니다."

"내의원 수의녀 애종을 전의감으로 이적케 하옵소서."

전의감 수의녀 자리는 어의녀가 되는 것을 보장하는 것이나 마찬가지인 요직이었다. 전의감의 의녀 수는 적지만 내의원과 혜민서 등 모든 의녀를 총괄했다. 의녀를 교육하고 감독하고 감찰하는 권한이 있었다. 또 각 지방에서 공납하는 약재를 감별하는 임무도 맡고 있었다.

내의원의 의녀들은 애종이 전의감으로 가는 것을 몹시 서운하게 여겼다. 다만 한 사람 별난이만은 심기가 불편했다. 애종은 날이 갈수록 그 지위가 자꾸만 높아지는 반면 자기 자신은 만년 제자리만 맴도는 것만 같았다. 별난이는 지그시 입술을 깨물었다.

'두고 봐. 내 언젠가는…….'

내의원에 있다가 전의감으로 와 있던 의관 조여로가 애종을 맞이했다. 그의 얼굴이 왠지 편치 않아 보였다.

"나리, 어디 불편하신 데라도?"

"아무 일도 아니오."

애종은 한참 후에야 조여로에 관한 이야기를 들었다. 그가 내의원 탕약방 월령제약관 직책부터 여느 의관들은 마다하는 온갖 궂은일을 도맡아 해 온 것은 심약으로 나가기 위해서였다. 그러면서 제조 이이첨에게 몸에 좋다는 보약은 종류대로 다 지어다 바쳤다. 이이첨은 그때마다 조금만 더 고생하면 내보내 줄 것이라고 약속해 왔는데 이번에도 나아가지 못했다는 것이다.

이이첨이 그를 감영이나 병영에 심약으로 내보내지 못한 것은 바로 김 상궁 때문이었다. 그녀가 의적(의원들의 명부)에도 오르지 못한 사람들로부터 뇌물을 받아먹고는 자격도 안 되는 그들을 각 도와 병영의 심약으로 내보낸 것이었다. 그런 김 상궁을 이이첨은 물론 정인홍도 어찌하지 못했다.

"스승님, 그년을 이대로 두어서는 안 되겠습니다."

"참게. 아직은 참아야 하느니."

김 상궁은 관원들을 거느리지 못하는 대신에 다른 방법을 택했다. 그것은 바로 심약들이었다. 팔도의 각 감영, 병마절도영, 수군절도영 그리고 삼도수군통제영에는 심약청이 설치되어 있고 그 우두머리는 심약이었다. 그들은 관장과 관원들을 보살피는 한편 약재의 진상을 담당하고 있었다.

김 상궁은 그 자리에 자신에게 충성을 맹세한 수족들을 내보냈다. 그리하여 팔도의 감사, 병사, 수사, 삼도수군통제사가 매일 무슨 일을 하는지, 누구를 만나는지, 역적모의를 하지나 않는지, 그 일거수일투족을 모두 알리도록 했다. 그리하여 김 상궁은 구중궁궐 속에 앉아 있으면서도 지방의 일을 손바닥 보듯이 훤히 꿰뚫어 보고 있었다. 또 유용한 정보를 입수하기만 하면 때로는 생짜 그대로, 때로는 입맛에 맞게 적절히 가공해 임금의 귀에 소곤거렸다. 임금은 그런 그녀를 조정 대신 그 누구보다 신뢰하고 있었다.

김 상궁의 수완이 이러하니 천하의 정인홍도 그녀를 함부로 대할 수 없었다. 나이가 들어 임금의 눈 밖에 날 만도 했건만 다른 어린 후궁들보다 더 총애를 받고 있는 것이 의아스럽기만 했다.

　　"그 요망한 것이 방중술도 남다르다고 합니다. 그러니 상감이 그 치마폭에서 헤어나지 못하는 것이 아니겠습니까?"

　　"걱정 말게. 열흘 붉은 꽃 없다지 않는가? 허허."

　　애종은 전의감으로 이임해 온 뒤 처음으로 약재창고를 실사해 보기로 했다. 전의감 약재창고에는 각 도에서 봉진된 약재들이 밀봉된 그대로 들어있었다. 포장도 안 벗긴 약재들은 때가 되면 내의원이나 혜민서로 내려 보내게 돼 있었다. 그런 만큼 약재의 번고(창고를 실사함)는 중요한 일이었다.

　　약재창고에는 갖가지 약재들이 산더미처럼 쌓여 있었다. 어떤 것들은 오래 가져다 쓰지 않아 먼지가 한 치나 앉아 있었다. 애종은 하나하나 장부와 실물을 대조했다. 그런데 맞는 것이 거의 없었다.

　　특히 우황과 인삼 같은 귀한 약재들이 거의 바닥나 있었다. 장부에는 탕약에 쓸 것으로 내주었다고 적혀 있는데 그만큼 나갈 수가 없는 약재들이었다. 그리고 실제로 내의원이나 혜민서로 그 약재들이 나가는 것을 보지 못했다. 애종은 고관 조여로를 찾아가 물었다.

　　"이 약재들은 다 어디에 있습니까?"

　　조여로는 애종이 표시한 것을 보더니 별일 아니라는 듯이 말했다.

　　"그거? 그냥 모른 척 하시오."

　　"안 됩니다. 이 약재들이 어떻게 된 건지 알아야겠습니다."

　　"알려고 들면 수의녀가 다쳐요."

　　"하는 수 없군요. 어의녀님께 보고하겠습니다."

"맘대로 하시오."

애종은 어의녀에게 가서 약재장부와 실물이 많이 차이가 난다는 것을 알렸다. 그런데 어의녀의 말이 조여로의 말과 똑같은 것이었다.

"모른 척 하게. 자꾸 파헤치려 들면 목이 달아날 것이네."

"어의녀님? 그러면 어의 영감께 직접 보고하겠습니다."

"좋을 대로 하게."

애종은 어의를 찾아갔다. 어의의 말도 어의녀의 말과 다르지 않았다.

"모른 척 하라."

그런 뒤 알 수 없는 말을 덧붙이는 것이었다.

"우리가 감당할 수 없는 사람이 태산처럼 굽어보고 있느니."

애종은 그제야 약재와 관련해 거대한 비리와 부정이 도사리고 있음을 느꼈다. 전의감으로 돌아오니 조여로가 기다리고 있었다.

"어디까지 갔다 오는 길이오?"

"어의녀님과 어의 영감께 다 말씀드렸지만 다들 조 의관님과 똑같은 말씀이더군요."

"내가 이참에 다 얘기해 드리리다."

김 상궁이 관여한 것은 심약뿐만 아니었다. 그들을 통한 약재의 봉진(밀봉해서 임금에게 진상함)에도 깊숙이 개입하고 있었다.

우황, 인삼, 웅담과 같은 약재는 언제나 봉진할 근량을 맞추지 못하는 귀한 약재였다. 봉진을 하지 못하면 엄히 추궁을 받고 심약 자리에서 물러나야 하므로 각 도의 심약들은 내의원이나 전의감 의관들과 모종의 결탁을 했다.

삼의사 약재창고에는 늘 값진 약재가 비축되어 있으므로 의관들은 서로 짜고서 그것을 꺼내다가 문서상으로는 탕약을 지은 것으로 해 놓고는 그것을 필요로 하는 각 도의 심약에게 보냈다. 그러면 심약

들은 그것을 비싼 값을 치르고 사들였다. 그런 다음에 도로 그것으로
봉진을 하는 것이었다.

심약들은 약재를 봉진하지 못하는 걱정을 덜었고 감약관들은 품
질이 확인된 약재들이니 퇴짜를 놓을 일도 없었다. 약재 값은 대부분
김 상궁의 주머니로 흘러들어갔다. 그 대신 의관들은 김 상궁의 도움
으로 도목정사(인사이동) 때 직품이 올라가는 것이었다.

문제는 심약이 삼의사에 치르는 약재 값을 누군가는 부담해야 한
다는 것이었다. 바로 채약부들이었다. 그들은 구경도 못한 약재 값을
물어내느라 죽을 지경이 되었다. 그런데 그들도 솟아날 구멍은 있었
다. 산에서 캔 다른 약재들, 이를 테면 산약(마의 뿌리), 천궁(궁궁의 뿌
리), 백작(백작약의 뿌리), 포황(부들의 꽃가루) 같은 것을 터무니없는 값으
로 시중에 내놓았다.

약재를 봉진해야 하는 봄철이 되면 팔도 전역이 몸살을 앓았다. 어
느 곳 할 것 없이 약재 값이 뛰었다. 그 중에서 10배 20배에 이르는 약
재가 속출하기도 했다. 해마다 있는 일이나 놀랍지도 않았다.

약재의 봉진에서 비롯되는 부정과 비리는 약재를 돈 되는 물건으로
여기는 풍조를 낳았다. 그리하여 각지에서 약계가 성행했다. 특정한
약재들은 매점매석되어 시중에 잘 나오지 않게 되었다. 시중에서 귀
해지니 자연히 약재 값은 올랐고 오르는 것을 보고 더 내놓지 않으니
약재 값은 그칠 줄 모르고 천정부지로 치솟았다.

당황하는 것은 약재상들이었다. 그들은 약재가 비싸야 돈을 벌 수
있는 게 아니었다. 유통이 잘 되어야 큰돈을 만질 수 있었다.

"면포 10필을 준다 해도 인삼 1냥을 사기가 어렵습니다."

"감초는 아예 씨가 말랐는지 단 한 쪽도 눈에 띄지 않습니다."

"다들 깊숙이 감추어 놓고 내놓지 않는 게지."

심약과 의관과 김 상궁과의 삼각 결탁에서 비롯된 약재 값의 폭등. 아무도 그러한 구조적인 비리를 문제 삼지 못했다. 설령 약재의 봉진에 그러한 병폐가 있다는 물증을 잡는다 하더라도 함부로 발설할 수 없었다.

"이제 속이 시원하오?"

애종은 고개를 절레절레 흔들었다. 있을 수 없는 일이 일어나는 데도 아무도 어찌할 수 없는 상황이 무섭기만 했다.

"약재 값이 죄다 오르는 통에 하다못해 흔한 풀뿌리까지 다 들썩이는 실정이오. 그러니 힘없고 가난한 백성들은 사소한 병증에도 약 한 첩 못 써 보고 줄줄이 저승행차 하는 것 아니겠소?"

조여로가 한숨을 길게 내쉬었다.

"나도 이놈의 의관 생활에 신물이 난다오. 그만둘 때가 한참 지났지. 다 때려치우고 고향으로 내려가 작은 약방이나 열어야겠소. 설마하니 입에 풀칠을 못하겠소."

애종은 어떠한 말도 할 수 없었다.

"수의녀님, 김 상궁마마께서 찾으십니다."

애종은 시녀를 따라갔다. 김 상궁은 애종을 웃는 낯으로 바라보았지만 목소리에는 힘을 주었다.

"자네가 여러 의녀들로부터 신임이 두터운 것을 내 잘 아네."

그러고는 시녀에게 고갯짓을 했다. 시녀는 보자기로 싼 것을 가져와 애종 앞에 놓고 풀었다. 조그만 상자였다. 뚜껑을 열어서 애종이 잘 보이도록 해 놓고는 물러났다. 상자 안에는 우황청심환이 20알이나 들어있었다. 민간에서는 구경조차 할 수 없는 수량이었다.

"요긴할 때 쓰게."

"상궁마마, 아뢰옵기 송구하오나 이 귀한 약은 상궁전에서 더 필요

할 것 같사옵니다."

그 말을 듣고 시녀가 김 상궁의 눈치를 보더니 말했다.

"어디라고 감히 그런 말을 하는 게요. 어서 감추어 들고 나가시오."

애종은 빈손으로 일어섰다. 그러고는 허리를 굽힌 채 뒷걸음으로 나왔다.

"저, 저런!"

애종이 나가고 나자 시녀는 안절부절못했다. 금방이라도 김 상궁의 입에서 불호령이 떨어질 것만 같았다. 하지만 그녀는 차분한 음성이었다.

"내 그러잖아도 요즘 발칙하기가 이를 데 없는 의녀들에게 본보기를 한번 보일 때가 되었다고 생각하고 있었지."

2

약재 가격이 하루가 다르게 올랐다. 약재상 경설이 빌려준 약재를 이자를 쳐서 다 갚고도 약재창고에 비축해 놓은 것이 많아 별 걱정은 되지 않았다. 또 약뱅이들에서는 일백여 종의 약초를 재배하고 있었고 백화산에서는 화수분처럼 약초가 자라나온다는 것이 다행이라면 다행이었다.

말썽 많던 젊은 고지기가 결국 그만두고 공정한 공모를 통해 새로 뽑혀 들어온 약재창 고지기는 어릴 때부터 등이 굽어 평생 곱사라고 불리운 젊은이였는데 그 처신이 부지런해 믿을 만했다.

약재상 경설이 오랜만에 존애원을 찾았다. 그는 거의 존애원 사람이라고 해도 무방할 정도였다. 그만큼 존애원을 위해 여러 모로 힘써 주는 사람이었다.

"약재 값이 지금 거의 최고조에 이른 것 같습니다. 의국에 있는 약재를 조금이라도 내다 파시지요."

"그러다가 값이 더 올라서 구하기 힘들어지면 어떻게 하오?"

"머잖아 약재 값이 꺾일 것입니다."

"어떤 근거로 그런 말을 하는 게요?"

"이제 공납도 거의 끝나가고 곧 장마철이 될 것인데 약재상들이 약재가 상할까 우려해서 내놓기 시작할 것입니다. 그러면 자연히 물량이 쏟아져 나오게 되고 그러면 하루아침에 모든 약재가 폭락할 수도 있습니다."

박지지는 곱사에게 말했다.

"약재대장을 가져오너라."

그런 뒤 각 약재에 따라 적혀 있는 수량을 보고는 당장 내다 팔아도 될 만한 약재들을 골라주었다. 경설이 그 약재들을 가지고 간 뒤에 마치 거짓말처럼 약재 값이 폭락하기 시작했다.

약재 값의 기준은 대구 약령시를 따랐는데 그 많은 약재가 어디서 나오는지 약재 도매상마다 높이 쌓여만 가는 것이었다. 그런 소식은 팔도를 떠돌아다니는 장꾼들에게 쉽게 들을 수 있었다. 박지지가 감탄했다.

"경설 그 사람 참 대단한 식견을 지녔군."

약재 값이 오를 때도 끝없이 오를 것처럼 여겨졌지만 내릴 때도 끝없는 나락으로 떨어질 것만 같이 생각되는 것이 사람 심리였다. 경설이 또 알려왔다.

"약재 값이 거의 바닥에 다다랐네. 약재를 매입할 시기가 되었다는 말일세."

그의 말을 듣고 그가 하는 대로 따라서 약재를 매매했다. 그리하여 얻은 이익은 실로 막대했다. 박지지는 경설에게 은자 10냥을 내놓았다.

"이건 대행수 몫이오."

경설은 웃으면서 받지 않았다.

"원임 나리께서 백성을 위해서 하시는 일에 비하면 저는 아무 것도 한 것이 없습니다."

박지지는 나를 보았다.

"이 은자 10냥을 어찌했으면 좋겠는가?"

웃으며 대답했다.

"따로 잘 넣어 두십시오. 언젠가 좋은 일에 쓸 때가 있지 않겠습니까?"

며칠 뒤에 의학교수들이 회의를 열었다. 뜻밖에도 새로 영입할 의학교수로 내가 추천되었다. 그 자리에 불려갔다.

"소인은 남을 가르칠 만한 실력도 재주도 없다는 것을 소인 스스로 잘 알고 있습니다."

결국 박지지는 그런 내 뜻을 존중해 입장을 철회했다. 그러고는 존애원 의사에서 환자를 돌보는 데에만 전념하게 해주었다.

의학당 원의생들의 공부가 깊어지고 있었다. 팔도에서 이름난 여러 명의를 모셔다가 가르치고 있으니 당연한 일이었다. 하지만 그보다 더 중요한 것은 면학 분위기였다. 박지지가 틈날 때마다 의술의 중요성과 그것이 백성들의 삶에 어떤 영향을 미치는지, 의원은 어떠해야 하는지 귀에 못이 박히도록 역설했다. 그런 한편 가끔 그들을 자극했다.

"자네들이 장차 취재를 보아 운 좋게 합격했다고 치자고. 그런데 의관이 되어서 의녀보다 못하면 그 얼마나 부끄럽고 망신이겠는가?"

원의생들의 입에서 야유가 쏟아졌다.

"어림도 없는 말씀!"

"의관보다 뛰어난 의녀가 어디 있다고."

박지지는 한 술 더 떴다.

"예전에도 있었고 지금도 있다네."

"그게 누구란 말입니까?"

"누굽니까? 말씀해 주십시오."

박지지는 잠시 동안 입을 열지 않고 그들을 둘러만 보았다.

"그 의녀가 누군지는 자네들이 장차 의관이 되어 직접 확인하게."

또다시 빈정거림이 터져 나왔다.

"에이!"

"거짓말!"

박지지가 큰 목소리로 말했다.

"오늘 나의 강의는 이 한마디로 끝내겠네. 세상은 넓고 고수는 많다."

원의생들은 오전과 오후로 나누어 정해놓은 강의를 다 들은 후 밤에도 불을 켜 놓고 자습을 이어갔다. 고된 일을 마친 원의녀들도 마찬가지였다. 그들 중에는 나이 많은 아낙도 있지만 의녀를 꿈꾸는 어린 계집아이도 있었다.

원의녀들의 처소인 행랑에서, 또 원의생들이 들어있는 의학당 동재와 서재에서 나오는 불빛으로 검암 고을 전체가 밤새도록 환할 지경이었다. 다른 고장에서는 보기 드문 진풍경이었다. 그 찬란한 불빛의 정경을 보기 위해 일부러 밤에 찾아오는 사람들도 있었다.

"상주의 소나무가 남아나지 않겠군."

"그게 무슨 소리인가?"

"날마다 관솔불을 저렇게 밝히니 상주의 소나무가 남아나겠는가 말일세."

"허허허, 듣고 보니 그렇군?"

원의생들은 소가죽 돼지가죽에다가 침을 놓고 뜸을 뜨는 법을 연습했다. 그런 뒤에 살아있는 닭과 꿩에다가 침을 놓는 실습도 이어갔다. 처음엔 손을 떨기도 하고 실수로 잘못 찌르기도 하고 잘 찔렀어도 깊이 조절을 못하기도 하더니 점차 익숙해져 갔다.

이찬은 원의생들을 의사로 데리고 갔다. 그러고는 한 환자 앞에 이르러 말했다.

"이 환자는 어젯밤에 발목을 삐었다. 어디에 침을 놓아야 하겠는가?"

원의생들이 망설였다. 이찬은 동재의 장의(학생회장) 유후성을 지목했다.

"구허혈(복사뼈 바깥쪽 오목한 곳에 있는 혈)에 호침을 놓습니다."

"거기뿐인가?"

아무도 대답하지 않았다. 이찬은 한언협에게 물었다.

"자네가 대답해 보게."

"그게 저어……."

유달이 대신 말했다.

"발목을 만져 보아 통증이 느껴지는 아시혈에도 놓습니다."

이찬은 다시 원의생들에게 알려주었다.

"조해혈(복사뼈 안쪽 아래에 있는 혈)과 상구혈(조해혈 앞쪽에 있는 혈)에도 놓아야 큰 효험을 볼 수 있네."

원의생들은 고개를 끄덕였다.

"자네들은 의원이 되기도 하고 의관이 되기도 할 사람들이네. 의술 공부는 유후성 의생과 유달 의생과 같은 사람을 본받아서 해야 하네."

그 말에 한언협은 몹시 자존심이 상했다. 유후성은 한낱 약초꾼 출신이지만 자신은 서원 출신이었다. 그런데 의술 공부가 더 나으면 나았지 못할 리 없다고 여겨왔는데 어느덧 그가 앞질러가는 것만 같았다. 한언협은 입술을 깨물었다.

이찬이 유후성에게 말했다.

"시침하게."

그 말에 놀란 것은 유후성만이 아니었다. 발목에 수침할 환자도 눈이 휘둥그레졌다. 이찬이 유후성에게 재차 종용하자 환자가 발목을 오그렸다.

"원임 나리, 나리께서 침을 놓지 않으시고 왜 이런 사람들에게 시키는 것입니까?"

"아무 염려 마시오. 이들도 다 의원이오."

"제가 알기로는 의술을 배우고 있는 사람들인데 이들이 실수라도 해서 제가 반병신이 되면 어쩝니까요? 싫습니다. 저는 이분들에게 침을 맞을 수 없습니다요."

다른 환자들도 다 그 광경을 지켜보고 있었다. 다들 그 환자의 말에 동조하는 분위기였다.

"우리가 실험대상이야 뭐야?"

"공짜로 치료해 준다더니 실험을 할 목적이었군."

"에이 몹쓸 사람들!"

그들은 드디어 웅성거렸다. 하마터면 큰 사태라도 벌어질 판이었다. 이찬과 박지지는 예상치 못한 그들의 반발에 곤혹스러워했다. 그들을 진정시키는 것이 급선무였다. 나는 그 환자 앞으로 가서 앉았다. 그러고는 세 혈자리에 점혈을 했다. 침통에서 침을 하나 빼어 환자의 손에 쥐어 주었다.

"발목에 꽂아 보시오."

그는 놀란 얼굴로 나를 바라보았다.

"내가 해 보일 테니 따라해 보시오."

침을 들고 그의 구허혈에 살짝 꽂았다. 그런 뒤에 그의 손을 조해혈에 가져다가 침을 꽂아보게 했다. 침은 꽂히지 않고 방바닥에 떨어졌다. 나는 다른 침을 꺼내 주었다. 그는 용기를 내 꽂았다. 침이 그대로 꽂혀 있었다. 또 하나 더 꺼내 주었다. 그는 상구혈에도 꽂았다.

"자, 보시오. 혈자리만 알면 누구나 할 수 있소. 이게 어디 환자를 실험하는 일이란 말이오?"

조금 전까지만 해도 웅성거리던 환자들이 아무 말도 못했다.

"저기 서 있는 원의생들은 장차 의관이 되어 임금님을 진료할 사람도 있고 천하의 명의가 될 사람도 있소. 공부를 충분히 하지 않았다면 원임 나리께서 저들을 이곳에 데려오지도 않았을 것이오. 내 장담컨대, 저 사람들이 읍내 의생들보다 나으면 나았지 못하지는 않을 것이오."

말을 마친 뒤 자리에서 일어섰다. 발목에 침을 맞은 환자가 말했다.

"의원님, 소인이 아무 것도 모르고 그만……. 용서해 주십시오."

오해를 푼 환자들은 그 뒤로 오히려 원의생들이 오기를 기다렸다. 그들이 의사에 들어서면 다들 반겼다. 무뚝뚝한 박지지나 나보다 그들은 더 밝은 얼굴로 더 다정하게 대하며 시술을 하기 때문이었다.

의사에 들어 환자들을 치료하다가 그들이 하는 말을 들었다.

"나는 이렇게 업혀서라도 약방에 찾아올 수나 있지. 옆집 상구아비는, 쯧."

"우리 고을에도 굴신을 못하고 자리보전하고 있는 사람들이 많은 데……."

곰곰이 생각한 끝에 박지지에게 제안했다.

"아직도 의국에 올 마음을 내지 못하거나 누워서 거동을 못하는 환자가 없지 않을 것입니다. 원의생들을 데리고 고을마다 찾아가 보는 것은 어떻겠습니까?"

"그것 좋은 생각일세. 우선 가까운 고을부터 시작해 보도록 하세."

맨 처음 찾아간 곳은 존애원에서 멀지 않은 달내골이었다. 공교롭게도 이전이 살고 있는 고을이었다. 원의생들은 오랜만의 외출이라 마음이 들떴다. 길을 따라 걸어서 달래골에 도착했다. 동구 어귀에 이전을 비롯해 고을 사람들이 마중 나와 있었다. 이전이 말했다.

"남촌 약방 의원들이 우리 고을 환자들을 위해 진맥을 해주러 오다니, 세상에 이런 날도 다 있구려."

"이렇게 반겨주시니 참으로 감사합니다."

박지지는 고을 한 가운데에 천막을 쳤다. 그러고는 아픈 사람들이 있는 집으로 원의생들을 나누어 보냈다. 유후성과 김건이 한 조가 되어 다 쓰러져 가는 초가에 들었다. 젊은 아비와 어린 딸이 나왔다.

"의원님, 저 여편네가 자리보전하고 있은 지가 벌써 한 달이 다 되었습니다요."

한언협이 방에 들어가려고 하자 날카로운 소리가 들렸다.

"안 돼! 외간 남정네한테 어찌 몸을 내보인단 말이오!"

남편이 아내를 달랬다.

"이 사람아, 의원님이라니까 의원님!'

"의원님은 남자 아니랍디까!"

결국 두 사람은 그녀를 진맥하지 못했다. 발길을 돌려 다른 집으로 갔다. 원의생들의 방문 진료는 오후 늦게까지 이어졌다. 어느덧 해가 기울기 시작했다. 드디어 모든 진료를 마쳤다. 고을 사람들은 눈물어린 얼굴로 원의생들을 전송했다.

"부디 잘 가시오."

"고맙소. 젊은 의원님들."

존애원 의학당으로 돌아온 박지지가 방문 진료를 나간 소감을 물었다. 여러 가지 말이 나왔지만 그 중 가장 마음에 걸리는 것은 부녀자들을 단 한 사람도 진맥하지 못했다는 말이었다.

박지지는 의학교수들과 협의해 대책을 강구했다.

"다음부터는 원의녀들도 함께 데리고 나가야겠습니다."

그로부터 열흘이 지나 다시 방문 진료를 나가는 날이 되었다. 원의생들과 같이 나가게 된 원의녀들은 긴장된 얼굴이었다.

"오늘은 덕산 고을로 나갈 것이네."

고을에 이른 박지지는 원의생 두 명에 원의녀 두 명을 짝지어 보냈다. 한언협은 유달과 함께 원의녀 양춘과 옥산댁 두 사람을 데리고 여시바우골로 갔다. 집집마다 아프지 않은 사람이 없었다. 두 사람은 환자들의 증상에 따라 가지고 있는 약재를 다 털어서 나누어 주었다.

어떤 집 앞에서 사내가 서성이고 있었다. 그럴 때면 아픈 사람은 십중팔구 부녀자였다. 양춘이 그를 따라 방으로 들어갔다가 나와서 증상을 얘기해 주었다.

"버짐이 피었는데 말도 못할 정도입니다."

"소리쟁이 뿌리를 찧어서 즙을 내어 바르라고 하십시오."

"소인은 한쪽 귀에서 자꾸 소리가 납니다요."

"누룽지를 태워서 물에 타 드시면 효험을 볼 것입니다."

"밥을 해야 누룽지가 나올 텐데……."

그 말을 들은 한언협은 민망해서 얼굴이 화끈거렸다. 환자의 처지를 잘 살펴 처방을 해주어야 했는데 그만 실수했다는 것을 뼈저리게 깨달았다. 백성들은 누구랄 것 없이 밥도 제대로 못 먹어서 생긴 병을 앓고 있었다. 그것이 백성의 실상이었다.

그 무렵 유후성은 김건과 함께 섶밭골에 머물고 있었다. 이웃의 말을 듣고 한 집에 이르렀는데 아들은 자기 어머니를 보이지 않으려고 했다. 김건이 이웃에게 들은 말도 있고 해서 진료를 해주겠다고 했지만 그는 완강히 거부했다. 김건이 말했다.

"무엇 때문에 보이지 않으려는 것이오?"

"필요 없어! 다 필요 없으니까 그만 나가란 말이야!"

등을 떠밀었다. 원의녀 육점어미가 아들의 행동을 이상하게 여겨 얼른 안으로 들어가 방문을 열어젖혔다.

"아, 아니?"

늙은 노파는 온 얼굴에 멍이 들어있었다. 육점어미는 단번에 사태를 짐작했다.

"이 불효막심한 패륜아 같으니!"

아들은 기둥에 걸려 있는 낫을 빼어들더니 소리쳤다.

"어서 내 집에서 나가지 못해! 너희들이 뭘 안다고 그래!"

위협을 느낀 네 사람은 도망치듯이 돌아왔다. 박지지는 그들이 본 것을 관아에 알렸다. 아들은 강상죄로 처벌을 받았다. 치매에 걸린 그 어머니는 존애원 의사로 이송했다.

방문 진료를 하는 횟수가 늘어날수록 원의생들의 경험도 쌓여 갔다. 아픈 환자들의 마음을 어루만지는 법을 터득해 갔으며 또 학대받는 환자가 있으면 그 낌새를 단번에 알아차리기도 했다.

원의녀들은 환자를 보는 것에만 그치지 않고 집안청소며 빨래며 이불을 햇빛에 꺼내 말리는 등 가사일도 서슴지 않았다. 그것을 본 원의생들도 마냥 뒷짐만 지고 있을 수 없었다. 비가 새는 지붕에 올라가서 수리해 주기도 하고 황토흙을 개어 벽을 보강해 주기도 했다.

박지지가 장의 유후성에게 은자 10냥을 내놓았다.

"필요한 연장이나 목재나 뭐 그럴 것이 많을 걸세. 이걸로 장만하게."

민심은 존애원뿐만 아니라 의학당에도 쏠렸다. 의술을 배우고 있는 젊은 사람들이 나라도 못하는 일을 한다는 평판이 자자했다. 암행어사가 몰래 와서 살펴보고 갔다는 말도 나돌았고, 나라에서 큰 상을 내릴 것이라는 풍문도 있었다. 또 원의생들을 다 의관으로 채용할 것이라는 말도 떠돌았다.

박지지는 그 모든 소문을 듣고 원의생들에게 엄히 주의를 주었다.

"우리가 하는 일은 어느 누구에게라도 대가를 바라고 하는 것이 아니다. 무슨 뜻인지 알겠는가?"

그러나 모두 한마음이 될 수는 없는 것일까. 원의생 나만갑이 방문진료를 나갔다가 환자의 가족에게 치료의 대가로 은가락지를 받았다가 함께 갔던 원의녀에게 들키고 말았다. 정훤은 환자의 집에서 금이여기저기 박혀 있는 주먹돌을 훔쳐서 나오다가 그만 떨어뜨리는 바람에 그 주인에게 매를 맞고 쫓겨나 버렸다.

박지지는 그지없이 한심하게 여겼다. 장의 유후성을 불렀다.

"이번 일로 존애원과 의학당의 위신이 땅에 떨어졌네. 원의생들끼리 의논해서 그 두 사람을 어떻게 처벌할지 결정해 보게."

유후성은 원의생 회의를 열었다. 색장(학생회 총무) 유달이 회의의 내용을 꼼꼼히 기록했다.

"학령(교칙)을 위반한 자들이니 그대로 두어서는 안 됩니다."

"처음 벌인 일이니 한 번은 봐 줍시다."

"그게 어찌 봐 줄 일이란 말입니까? 우리 원의생 전체가 도적놈이 되고 말았습니다."

"그들은 의원의 자격이 없는 사람들입니다."

"그래도 그동안 우리랑 한솥밥을 먹던 사람들이 아닙니까? 너무 가혹한 벌은 내리지 않는 것이 좋겠습니다."

의논이 갈라지자 유후성은 그들의 처벌을 표결에 부쳤다. 그 결과 출재(퇴학) 조치가 마땅하다는 의견이 다수였다. 결국 원의생 나만갑 정훤 두 사람은 그간의 고생스러운 의학당 생활을 물거품으로 날리고 떠나가게 되었다.

3

존애원 의학당 원의생들이 방문 진료를 왔던 것이 큰 반향을 일으켰다. 달내 고을 사람들은 전에 없이 이전에게 존경과 신망의 눈길을 보냈다. 그가 존애원 창설에 참여했으며 또 그 근간이 되는 낙사계의 계장으로 있었기 때문이었다.

이전은 서산 앞을 흐르는 달내의 시냇가에 살았다. 집 앞에 맑은 소가 있었는데 달빛이 시냇물에 비출 때마다 그 모양이 너무 환하고 사랑스러워 일찍이 월간이라는 두 글자를 취해서 아호로 삼았다.

이전은 동생 이준을 비롯해 정경세, 강응철을 청해 달내의 말먹이 통바위에서 시를 지으며 노닐었다. 이준이 문득 말했다.

"형들은 백성들이 우리를 두고 상산사호라고 칭하는 것을 아십니까?"

"말 만들기 좋아하는 사람들의 말을 들어서 뭘 하겠나."

"그 말 또한 저들의 귀에 들어간다면 무슨 트집을 잡을지……."

저들이란 조정의 실권을 쥐고 있는 정인홍과 이이첨을 두고 하는 말이었다. 분위기는 갑자기 침울해졌다. 정경세가 말했다.

"상주의 선비들을 모아다가 문회(문학회)를 여는 것이 어떻겠습니까?"

"문회? 거 좋은 생각입니다."

강응철이 제의했다.

"장소는 우리 서당이 어떻겠습니까? 천석(경치 좋은 시냇가)도 좋고 하니 말입니다."

네 사람은 그 자리에서 합의를 보았다. 다음날부터 문회 준비는 착착 진행되었다. 문장가 정경세가 문회에 참석하기를 청하는 글을 지었고 명필 강응철이 잘 옮겨 적었다. 이준과 이전은 초대할 사람들의 목록을 만들었다.

갑장산 연악서당으로 사람들이 모여들기 시작했다. 먼저 온 사람들은 서당으로 들어가지 않고 잠시 걸음을 멈추고는 그 앞을 흐르는 시내와 바위를 감상했다. 강응철이 이름 붙인 연악구곡 중에서 제 2곡 사군대였다.

서당의 산장인 강응철이 손님들을 맞이하는 가운데 정경세, 이준, 황정간, 김원진, 김안절, 조광벽, 김지복이 도착해 서로 인사를 나누었다. 정경세는 어린 손자 정도응을 데리고 왔는데 강응철의 둘째아들 강용량이 데리고 놀았다. 이어 이전과 김혜가 도착했고 그 뒤를 따라 목사 조찬한도 나타났다. 먼저 온 사람들은 다 일어나서 그를 맞이했다.

술판이 벌어졌다. 흥을 돋우어야 시가 나오는 법이었다. 사람들은 오랜만에 모여 유쾌하게 주고받았다. 목사 조찬한이 공무를 핑계로 자리에서 일어나려고 했다. 그러자 이전이 옷자락을 붙잡고 도로 앉혔다. 사람들이 다 웃었다.

별안간 시커먼 구름이 골짜기 위 하늘로 몰려들어 온통 뒤덮였다. 곧이어 사나운 바람이 불고 억수 같은 비가 내리기 시작했다. 조찬한은 더 이상 머물다가는 당일로 돌아가지 못할 줄 짐작했다. 만류하는 사람들을 뒤로하고 빗속을 뚫고 읍내로 향했다.

비는 그치지 않고 계속 내렸다. 골물이 우당탕 내려가는 소리가 듣기에 좋았다. 술도 거나하게 취한 데다가 한여름 소낙비까지 길을 막으니 사람들은 하룻밤 묵어가기로 했다.

비는 새벽이 되어서야 그쳤다. 목사 조찬한의 사위 이상필과 강응철의 맏아들 강용후, 그리고 강응철의 제자 허충룡과 김진이 아침 일찍 찾아와 사람들에게 문안을 올렸다.

강응철의 안내로 선비들은 연악구곡을 탐방했다. 밤새 내린 비로 계곡은 전에 없는 풍광을 자아냈다. 맨 아래에 있는 탁영담에서 출발해 서당 앞 사군대 그리고 풍암, 영귀정, 동암, 추유암, 나암, 별암, 용추에 이르기까지 10여 리를 거슬러 올랐다.

쉴 때마다 누구는 시를 읊었고 누구는 퉁소를 불었다. 나는 새는 날갯짓을 멈추고 내려다보았으며 뛰는 짐승들은 귀를 쫑긋 세우고 고개를 돌려 바라보았다. 발아래로는 맑은 물이 흐르고 이마에는 깊은 숲에서 나온 솔바람이 스쳤으며 구름이 떠가는 하늘은 아득히 푸르렀다. 술이 깨면 또 마시고 마시다가 흥취가 일면 시를 지었다.

사람들은 그날도 그다음날도 돌아가기를 잊었다. 애초에 당일로 잡았던 문회는 연이어 계속되었다. 대성공이었다. 4일이 지나서야 겨우 마쳤다. 그동안 쓴 시문을 모아 놓으니 반 길이나 쌓였다. 상산사호는 크게 흡족했다. 선비들의 시문을 책으로 엮고는 이름을 《연악문회록》이라고 붙였다.

"해마다 문회를 가지도록 합시다."

"이 문집이 한 권 두 권 쌓이면 그게 바로 훗날에 우리 상주의 보물이 되는 것이 아니겠소?"

조화옹이 세상사에 언제나 기분 좋은 일만 있는 것은 아니라는 것을 일깨워주려는 것만 같았다. 여름의 끝자락에 들어서 우울한 소식이 상주 선비들 사이에 날아들었다.

"조이재(이재는 조우인의 아호)께서 하옥되었다고 합니다."

조우인이 분승지로 당직을 할 적에 대비가 유폐되어 있는 서궁을 가꾸는 사람이 아무도 없어 궁이 마치 사람이 살지 않는 것처럼 황폐하다는 내용의 시를 적었다. 그런데 별다른 뜻없이 적은 그것이 그만 임금의 심기를 건드리고 말았다. 임금은 대궐 뜰에서 조우인이 역적을 편들고 자신을 배신한 죄로 친국했다. 혹독하게 고문을 받은 조우인은 정강이뼈가 부러져 버리고 말았다.

그 소식을 들은 경상도의 선비들은 울분을 감추지 못했다. 하지만 감히 목숨을 걸고 나서서 상소 한 장 올리는 사람이 없었다. 상소를 잇따라 올려서 임금의 마음을 바로잡을 수 있다면 모르되 언로란 언로는 다 막힌 지 오래였다.

"듣자하니, 속전을 바치면 풀려날 수도 있다고 합니다."

"누구한테 얼마나 바쳐야 한답디까?"

"누구한테 바치느냐 하는 것은 일단 자금을 모은 후에 결정합시다."

영남 선비들은 사발통문을 수십 장 만들어서 각 고을로 돌렸다. 그렇게 해서 모은 돈이 은자 70냥이었다. 그 일을 주도한 이도 추진한 이도 철저히 비밀에 부쳤다. 문제는 감 상궁에게 바치느냐 이이첨에게 바치느냐 하는 것이었다. 그들은 고민 끝에 김 상궁으로 결정하고 속전을 한양으로 올려 보냈다.

"이제 기다려 보는 수밖에."

조정은 살벌한 분위기임에 틀림없었다. 애종과 별난이가 걱정되었다. 무사해야 할 텐데. 그 두 사람으로부터 편지도 없고 따로 들려오는 소식도 없었다. 할 수 있는 일이란 그저 기다리는 것뿐이었다.

조우인이 억울하게 대역죄를 얻은 사건으로 상산사호는 더욱 시류에 분개하고 벼슬에 뜻이 없어졌다. 지난 여름에 개최한 연악문회가 크게 성공한 사례도 있고 해서 더 큰 행사를 치르기로 했다.

송나라의 대문장가 소식이 황주에서 유배 생활을 할 때 땅이 거칠어 아무도 밭 갈지 않는 동쪽 언덕 동파를 스스로 일구어 양식을 마련했다. 소식은 그때 자신의 아호를 동파라고 지었는데 가끔 그를 찾은 친구들은 동파의 신선이라는 뜻으로 파선이라고 불렀다.

초가을 바람이 선선하게 불어오는 7월 16일 밤, 소동파는 친구 양세창 등과 함께 뱃놀이를 나섰는데 조조와 손권의 대군이 서로 맞붙은 유명한 전투 적벽대전에 빗대어 인생무상을 노래하면서 풍류를 즐겼다.

이준이 제의했다.

"올해가 임술년이고 마침 오는 7월 16일이 소동파가 적벽부를 지은 지 꼭 540년이 되니 우리도 성현을 모방해 뱃놀이를 즐기는 것이 어떻겠습니까?"

"그때도 임술년, 올해도 임술년이니 그것 참 딱 맞춤입니다. 허허."

"이런 좋은 기회가 우리 살아생전에 또 오겠습니까? 무조건 해야지요."

"그럼 그날 낮에 다들 도남서원에 모이기로 합시다."

박지지가 그 소식을 내게 전했다.

"초가을의 밤 날씨가 차가우니 자네가 동행해서 어른들의 건강을 보살펴 드리게."

정경세를 뒤따라 도남서원으로 갔다. 모인 사람은 모두 23명이었는데 이전, 이준, 전식, 조정, 유진 등이었다. 도남서원 원임 조정을 따라 서원에 모셔둔 5현을 배알하고 나서 달밤에 나루터로 나왔다. 비는 그쳤지만 달은 아직 구름 속에서 나오지 않아 날이 어두웠다. 쌀쌀한 추위에 모인 사람들의 기분이 착 가라앉아 있었다.

이준이 분위기를 바꾸기 위해 말했다.

"이제 여기서부터 배를 타고 물길을 오르내릴 것인데, 구름을 헤쳐 달을 꺼낼 재주가 없을 바에는 부지런히 노를 저어 강 안개를 헤치고 나가야지 달이 없다고 이 좋은 때 좋은 놀이를 포기해서는 안 될 것입니다."

사람들이 그 말을 듣고는 모두 큰 소리로 웃었다. 이준이 또 말했다.

"소동파의 적벽놀이는 고금의 모두가 우러르고 부러워하는 것이 아닙니까? 오늘 여기 모인 우리가 비록 부(시짓기 형식의 한 종류)를 짓는 재주는 없지만 낙동강의 밤 풍치를 보고 각자 특별한 느낌이 인다면 고인에게 그리 부끄러울 것도 없을 것입니다. 어화, 올해 오늘 다행히 임술년 칠월 열엿샛날 밤이 돌아왔습니다!"

"자, 갑시다!"

모두 두 척의 배에 나누어 탔다. 배마다 비가 내릴 것에 대비해 우장을 씌웠으며 술과 안주를 미리 실어두었다. 둥실 물에 뜬 배는 사공이 노를 젓자 물길을 따라 잘도 흘러갔다. 상주시 낙동면 신암리 토진 뒷산에 있는 거북바위인 구암, 좌랑을 지낸 조정의 거처인 풍호를 거쳐 전의병장 김홍민이 살던 점암에 배를 댔다.

밤이 깊어졌다. 음산한 구름이 점차 걷히더니 달빛이 희미하게 비쳤다. 배를 나란히 붙였다. 몸이 차가워진 사람들은 술을 따르고 받아 마시느라 밤이슬에 옷이 다 젖는 줄도 몰랐다.

맨 먼저 이희성의 입에서 시가 나왔다.

"해는 임술년 달은 7월, 시원하게 내리는 비에 번뇌 가득 찬 가슴을 씻어내네."

조정이 받았다.

"장생에 어찌 술법이 있으랴. 사람들은 어인 연유로 끝도 없이 명리를 좇는가."

이전도 가만히 있을 수 없었다.

"낙수엔 신령한 거북이 나오고 상산엔 자줏빛 영지가 자란다네."

이준이 화답했다.

"상산엔 진나라 백성이 숨었고 낙수엔 우주(우왕의 홍범구주)가 나왔다네."

그들은 밤이 이슥해서야 배를 돌렸다. 도남서원으로 돌아와서 젖은 옷을 말린 뒤 잠을 청했다. 다음날은 뱃머리를 나란히 해 자천대 아래 용연으로 거슬러 올라갔다. 강물이 깊어 마치 먹물을 풀어놓은 듯했다. 골을 타고 내려오는 기운이 차가웠다. 적막하고 처량한 정취가 감돌았다. 오래 머물지 않고 남쪽으로 내려갔다. 차츰 석양이 비끼고 있었다. 이윽고 온 서녘하늘을 찬란하게 물들였다. 배에서 내려 반구정에 올랐다. 둘러앉아 술판을 벌이고 시회를 가졌다.

강웅철이 입을 열었다

"즐기자면 모름지기 때가 맞아야 하니 물 흐르듯 세월의 빠르기가 화살 같네."

김지복이 읊었다.

"두 다리가 있으나 저잣거리를 밟고 싶지 않고, 술이 있으나 칠귀(서한 때 조정을 장악했던 7개 성씨를 말함)와는 더불지 않네."

유진이 낭랑히 읊었다.

"동산에 달이 뜨니 이슬이 하늘을 씻고, 평평한 물결은 만 리에 유리같이 깔렸네."

이준이 잔을 높이 들고 말했다.

"이 상주 땅은 일찍이 경서와 현인이 많았던 고장이요 도술을 부리는 신선이 살았던 고을이니, 저 중국 적벽의 비탈면과 비견할 바가 아니로다. 소동파 공에게 우리 상주를 보게 한 뒤에 우리 중 누가 마주 앉아 대작을 짓는다면 마땅히 천하를 울릴 것이며 다만 적벽놀이만 전해지지 않으리라."

이전이 말했다.

"허허, 우리 숙평 아우님이 이 상주에 살고 있다는 긍지가 대단하시구려."

낙동강에서 뱃놀이를 끝내고 나서 다들 앓아 누워 버렸다. 감기에 걸린 것이었다. 정경세부터 시작해서 일일이 찾아가서 진맥을 하고 약을 처방해 보냈다. 사람들은 그로부터 며칠 지나지 않아 다 원기를 회복했다.

정경세가 중얼거렸다.

"놀긴 잘 놀았다만 적벽놀이도 아무나 하는 것은 아니구나. 흉내 내는 것조차 어려우니 아마도 소동파 공께서 하늘에서 우릴 비웃으실 게지."

이준이 그 말을 듣고 웃었다.

"허허, 아마 다음 임술년에도 어떤 철없는 작자들이 반드시 뱃놀이를 나설 것입니다"

속전을 보낸 지 두 달 만에 조우인이 보방되었다. 그는 걷지 못해 배를 타고 연풍까지 왔다가 거기서부터는 말을 타고 계립령을 넘었다. 그를 맞이하기 위해 존애원에 사람들이 많이 모였다.

조우인이 말에서 내리는 것을 장 서방이 도와주었다. 그러고는 그를 업고 와 의사에 눕혔다. 박지지가 뒤따라 들어가 앉았다. 그는 조우인의 바지를 벗기고 정강이를 살폈다. 살짝살짝 누르니 조우인이 몸을 움찔하며 신음했다.

"뼈가 으스러졌어."

나를 돌아보며 물었다.

"어찌 처방해야 하겠는가?"

"당귀수산으로 어혈을 풀고 접골에 좋은 가미궁귀탕을 복용하는 것이 좋겠습니다."

"산골은 쓰지 않는가?"

대답을 하지 못했다.

"이와 같은 경우에는 빨리 뼈를 자라게 해 서로 붙도록 해야 하네. 산골 중에서도 으뜸은 당재일세. 구화산 문수동 골짜기에서 나는 것을 쓴다면 좋겠는데."

그 말을 들은 정경세가 말했다.

"어디에 가면 그 약재가 있는가?"

"워낙 소량으로 쓰는 약재라서 내의원이나 전의감에 있을지 모르겠습니다. 그밖에 충훈부에서도 당재를 무역하기는 합니다만."

"알겠네. 내가 한양에 다녀오겠네."

이준이 말렸다.

"경임 형, 가지 않는 게 좋겠습니다. 한양이 얼마나 위험한 곳인지 잘 아시지 않습니까?"

"약재를 구하는 일 말고도 충훈부에 갈 일이 있습니다. 조정의 일로 가려는 것이 아니니 아무 염려 마십시오."

한양 도성에 도착한 정경세는 귀천군의 집을 찾았다. 그는 아무런 예고도 없이 찾아온 정경세를 전혀 경계하지 않고 반갑게 맞이했다.

"나리, 충훈부에서도 약재를 무역한다고 들었습니다."

"어떤 약재가 필요하길래 이렇게 몸소 구하러 오셨습니까?"

"산골이라고, 당재 중에서도 구화산 문수동 골짜기에서 나는 걸 으뜸으로 친다고 해서 나리께 특별히 부탁을 드리려고 찾아뵈었습니다."

"산골? 그건 뼈가 부러졌을 때 쓰는 약재인데? 가만 있자, 얼마 전에 풀려난 분승지가 상주사람이 아닙니까? 그 사람이 국문을 받다가 정강이가 부서졌는데 그래서 오신 거군요."

정경세는 부인하지 않았다. 귀천군은 집사를 충훈부로 보냈다. 주안상이 들어왔다. 귀천군은 정경세에게 한 잔 권한 뒤에 단도직입적으로 말했다.

"양성에 다녀가셨더군요."

정경세는 풍산군의 뒤를 캐고 다닌 것이 들켰음을 알고 속이 뜨끔했다. 귀천군이 많은 것을 알고 있는 것 같아 더 이상 감출 수 없었다. 정경세는 처음 산양현 송정산 아래 주막에서 있었던 일부터 시작해 긴 이야기를 풀어놓았다.

풍산군은 영가군부인이 병이 들었을 때 시골의 아리따운 처자를 만나 어머니를 모시게 했다. 이때 이미 그 처자는 아들을 낳았는데 풍산군에게 짐이 될까 하여 말하지 않았다. 영가군부인이 상을 당했을 때 풍산군이 다시 양성으로 왔는데 그때 처자는 아들이 있음을 실토했다. 풍산군은 상을 마치면 한양으로 찾아오라고 하며 자신의 베갯모를 뜯어서 증표로 주었다. 처자는 그건 잃어버리면 그만인 물건이니 다른 증표를 달라고 했다. 풍산군은 아들의 엉덩이 위에 이종린의 아들이라는 뜻에서 린자 두 글자 문신을 새겨주었다.

그 후 왜란이 일어났다. 처자는 어쩔 수 없이 어린 아들을 업고 양성을 떠나 피란길에 올랐다. 정기룡 장군이 지키는 영남의 상주 땅이 안전하다고 하면서 사람들이 몰려가는 것을 보고 그 행렬에 들었다. 처자는 굶주린 배를 움켜쥐고 계립령을 넘다가 그만 쓰러져 죽고 말았다. 그 뒤로 아이가 어떻게 되었는지 소식을 알지 못했다.

"그 후 어떤 젊은 아낙이 아이를 거두었는데 그녀가 산양현 송정나루에 주막을 차리고 살면서 키웠다고 했사옵니다. 이제야 이런 말씀을 드리게 되어 송구하옵니다, 귀천군 나리."

"아니오. 오늘이라도 이렇게 속 시원히 알게 돼서 다행이오. 선고께서 꼭 나의 동생을 찾으라고 했는데 그 유지를 받들게 되어서 기쁘기 한량없소. 자, 한 잔 하십시다."

정경세는 귀천군이 당장이라도 담야의 신원을 복원시킬 생각을 가지고 있는 것 같아 마음이 편치 않았다.

"나리, 지금까지 그랬듯이 아우님이 신분을 감추고 살게 하는 것이 좋지 않겠사옵니까?"

"거 어인 말씀이오? 내 아우가 그동안 천한 신분으로 온갖 고생을 하면서 살다가 이제야 진면목을 되찾게 되었는데."

"시세를 워낙 예측할 수 없는지라……."

귀천군은 그 뜻을 곧바로 알아챘다. 그동안 모르고 있었던 젊은 종실이 나타난다면 임금이 제 발 저리듯 위협을 느껴 역모의 누명을 씌울 수도 있다는 말이었다. 듣고 보니 틀린 말이 아니었다.

"나리께서도 매사 몸조심하셔야 하옵니다."

귀천군은 정경세의 당부를 옳게 여겼다.

"하기야 죽이려 들면 누굴 못 죽이겠소?"

그러고는 중얼거렸다.

"그러다가 정작 본인이 죽을 수도 있겠지."

정경세는 깜짝 놀랐다. 혹시 누군가 진짜 역모를 꾸미고 있는 것은 아닌가 해서였다. 귀천군도 가담하고 있는 것인지도 몰랐다. 갑자기 모골이 송연했다.

"이번 고비만 잘 넘기면 될 것이오."

정경세는 그 말뜻을 알아듣지 못했다.

"무슨 고비를 말씀하시는 건지?"

"세상에 발 디디고 살다보면 죽을 고비도 있고 살 기회도 있는 법 아니겠습니까?"

정경세가 또 한 번 놀라는 겨를에 밖에서 집사가 말했다.

"귀천군마마, 말씀하신 산골을 가져왔사옵니다."

〈2권에서 계속〉

존애원 1

1판 1쇄 발행 2025년 1월 10일

지은이 · 하용준
펴낸이 · 주연선

(주)은행나무
04035 서울특별시 마포구 양화로11길 54
전화 · 02)3143-0651~3 | 팩스 · 02)3143-0654
신고번호 · 제 1997—000168호(1997. 12. 12.)
www.ehbook.co.kr
ehbook@ehbook.co.kr

ISBN 979-11-6737-518-6 04810
      979-11-6737-517-9 (세트)